Knaur.

Knaur.

*Im Knaur Taschenbuch Verlag sind bereits
von der Autorin erschienen:*
Thereses Geheimnis
Ein Lied für die Ewigkeit
Charlottes Rückkehr

Über die Autorin:
Verena Rabe wurde 1965 in Hamburg geboren. In Göttingen und München studierte sie neuere Geschichte, Wirtschafts- und Sozialgeschichte und Volkswirtschaftslehre und machte 1990 in München ihren Magister. Heute lebt sie wieder in Hamburg. Sie ist verheiratet, hat zwei Kinder, arbeitet als freie Autorin und engagierte sich jahrelang im Vorstand des Writers' Room, einem von der Hamburger Kulturbehörde unterstützten Verein für Autoren.
Der längste Tag in unserem Leben ist ihr vierter Roman.
Mehr zur Autorin erfahren Sie unter www.verena-rabe.de

VERENA RABE

Der längste Tag in unserem Leben

Roman

Knaur Taschenbuch Verlag

Besuchen Sie uns im Internet:
www.knaur.de

Originalausgabe Februar 2011
Copyright © 2011 by Knaur Taschenbuch.
Ein Unternehmen der Droemerschen Verlagsanstalt
Th. Knaur Nachf. GmbH & Co. KG, München
Alle Rechte vorbehalten. Das Werk darf – auch teilweise –
nur mit Genehmigung des Verlags wiedergegeben werden.
Umschlaggestaltung: ZERO Werbeagentur, München
Umschlagabbildungen:
Yumiko Kinoshita/Anyone/amanaimages/Corbis
Satz: Adobe InDesign im Verlag
Druck und Bindung: CPI - Clausen & Bosse, Leck
Printed in Germany
ISBN 978-3-426-50482-6

2 4 5 3 1

Anstatt einer Widmung:

*Nun aber bleibt Glaube, Hoffnung, Liebe,
diese drei; aber die Liebe ist die größte unter ihnen.
Aus: Hohelied der Liebe, 2. Korintherbrief, 13*

1

7. Juli 2005, Spangereid, Norwegen

Silje lief am Strand entlang, den Blick auf das Meer gerichtet, wie sie das bisher fast jeden Morgen getan hatte, seit sie nach Spangereid zurückgekehrt war. Sie spürte den Widerstand des an manchen Stellen harten, an manchen Stellen jedoch weichen Sandes unter ihren Füßen und war froh, dass es eine Laufstrecke direkt am Strand gab. Es war zu mühsam, über die Felsen zu joggen. Sie stimmte ihre Schritte auf ihre Atmung ab. Das morgendliche Laufen entspannte sie und machte sie bereit für ihre Arbeit im Hotel.

Als sie noch in London lebte, war sie oft nach der Arbeit durch Kensington Gardens gejoggt. Einerlei, wie anstrengend ihre Schicht an der Rezeption des Fünf-Sterne-Hotels gewesen war, sobald sie zehn Minuten gelaufen war, fiel aller Stress von ihr ab. Es war zwar nicht dasselbe, wie mit dem Boot über einen norwegischen Fjord zu fahren, aber es war eben das, was in einer Riesenstadt wie London möglich gewesen war.

An der Innenseite ihrer Spindtür im Hotel klebte ein Foto von der Spangereider Bucht. Am Tag der Aufnahme war das Meer nur mäßig bewegt gewesen, der Himmel grau verhangen, und es hatte nach Regen ausgesehen. Sie liebte dieses Foto und ahnte von Woche zu Woche mehr, dass sie auf die Dauer nicht in London bleiben, sondern nach Norwegen zurückkehren wollte.

Silje blieb stehen und wartete, bis ihr Puls langsamer wurde. Sie sah auf das Meer hinaus. Manchmal tobten die Wellen dort draußen, als ob sie ein alter Troll in den steilen und tiefen Fjorden hinterm Kap Lindesnes entfesselt und hier herübergeschickt hätte. Bis nach Schottland war offene See.

Was hatte Leo gesagt, als sie ihm auf der Karte zeigte, woher sie kam? »O Gott, das ist ja ungefähr so nördlich wie Inverness in Nordschottland. Wie konntest du dort überhaupt leben? Da gibt es doch nur Sturm und Kälte, und es regnet die ganze Zeit.« Sie hatte ihm nicht widersprechen können. Es stimmte ja: Die Wetterlage an der westlichsten Spitze Südnorwegens war sehr instabil und das rauhe Klima nicht jedermanns Sache. Man konnte die Naturgewalten nicht bezähmen, man musste mit ihnen leben und sich mit ihnen arrangieren, und das konnten die Norweger, die hier lebten. Jeder hatte eine Schaufel im Kofferraum, falls man im Matsch oder Schnee stecken blieb, und besaß einen Overall, der vor Wind, Regen und Kälte schützte.

Leo hatte noch nicht einmal versucht, ihre Liebe zu ihrer Heimat zu verstehen. Er hatte sogar gesagt, dass er diese gar nicht kennenlernen wollte. Und ihre Sehnsucht nach Norwegen war so unbändig geworden, dass sie Leo eines Morgens aus heiterem Himmel verlassen hatte, um nach Norwegen zurückzukehren. Er hatte sich gegen sie entschieden, als er sie gehen ließ und ihr auch nicht nach Norwegen hinterherreiste. Wochenlang hatte sie gehofft, dass er käme. Aber die Hoffnung war irgendwann so unerträglich geworden, dass sie damit aufgehört hatte.

Leo mochte den Süden. Er liebte Italien und Südfrankreich. Sie hatten einmal in der Toskana gemeinsam Urlaub gemacht. Es hatte ihr gefallen, in einem knappen Bikini neben ihm am Strand zu liegen und jeden Moment damit rechnen zu können, dass er seine Hand ausstreckte und sie streichelte. Sie hatten sich im Hotelzimmer bei geöffnetem Fenster geliebt. Der Sand kratzte auf ihrer Haut, und Gesprächsfetzen drangen von der Straße zu ihnen ins Zimmer herauf. Später nahmen sie einen Drink auf der Promenade. Der Wind strich unter ihr dünnes Kleid. Ihre Haut wurde schnell braun, und ihr kupferfarbenes Haar leuchtete in der Sonne. Sie fühlte sich sexy. Dieses Sommergefühl kannte sie aus Norwegen nicht. Jeden Nachmittag gingen sie in dieselbe Bar, tranken Aperol und später Gin Tonic.

Heute war das Meer nicht durch den Wind aufgewühlt, sondern glatt und blau. Die Sonne glitzerte auf dem Wasser, und es war fast windstill. Das richtige Wetter zur richtigen Jahreszeit, dachte Silje. Jetzt wäre sie gerne mit ihrem offenen Holzboot mit Außenbordmotor zu einer der winzigen Felseninseln gefahren, um sich dort einen einsamen Platz zum Lesen und zum Baden zu suchen. In Spangereid füllte sich langsam der Strand. Windschirme wurden aufgestellt. Drei Jungen hatten den Fußballplatz lautstark in Beschlag genommen. Silje blieb stehen und beobachtete die kickenden Jungen. Sie würde keine gemeinsamen Kinder mit Leo haben, die hier irgendwann spielen würden, wie sie es sich in London so oft ausgemalt hatte. Vielleicht hatte ihre Liebe einfach zu nicht mehr gereicht als zu 16 intensiven und wunderschönen Monaten in London. Es war entschieden. Sie wollte nicht zurückkehren, und er war nicht zu ihr gekommen. Sie konnte nicht in London leben. Ihr war dieser Moloch von Großstadt zu viel, die Abgase, der Schein und vor allem der Lärm. An den Lärm hatte sie sich nie gewöhnen können. Egal, wo sie war, es war immer laut, außer in der Mitte des Hyde Parks oder in einer Kirche. Dorthin hatte sie sich oft geflüchtet und die Stille genossen. Leo schien gar nicht zu registrieren, dass es überall laut war. Dieses hohe Piepen des Aufzugs in der U-Bahn-Station Gloucester Road, das Kreischen der Bremsen beim Einfahren der Züge, die lauten elektronischen Ansagen: »Mind the gap, mind the gap.« Das nervtötende Rattern der Waggons, die Musik in den U-Bahnhöfen der Piccadilly Line. Man musste minutenlang auf diesen uralten Rolltreppen, die einen in die Tiefe oder an die Oberfläche beförderten, verharren und war der Musik ausgeliefert. Am Anfang hatte Silje den Musikern Geld gegeben. Da wusste sie noch nicht, dass das Repertoire einiger Künstler ausgesprochen klein war und sie wochenlang mit denselben Liedern genervt werden würde.

Auch in den Geschäften dudelte andauernd Musik, und wenn die U-Bahnen nicht kreischten, brummten draußen die Busse. Und dann die immerwährend in ihre Handys sprechenden Londoner. Silje wollte zuerst nicht glauben, dass die eigentlich für ihre Zurückhaltung bekannten Briten ihre Privatgespräche so öffentlich führten. Jeder konnte mithören, wenn er wollte, aber das tat niemand auf der Straße oder im Bus, denn das widersprach der englischen Diskretion – oder war es einfach nur Gleichgültigkeit gegenüber anderen? Auch Leo setzte diese gleichgültige Miene auf, wenn sie gemeinsam unterwegs waren. Er, der sonst so interessiert an Menschen war, saß mit leerem Blick in der U-Bahn, sah sein Gegenüber nicht an und versuchte niemanden zu berühren, selbst wenn in dem U-Bahn-Abteil drangvolle Enge herrschte.

Leo schien nicht begreifen zu wollen, dass sie Schwierigkeiten hatte, sich den Londoner Gepflogenheiten anzupassen, obwohl er sie doch auch deshalb liebte, weil sie anders war als die Frauen, mit denen er vor ihr zusammen gewesen war. Sie schimpfte nicht sofort, wenn es regnete, und war nicht um ihre Frisur besorgt. Sie machte sich über den Londoner Regen sogar lustig, weil er fast immer gerade vom Himmel fiel und nicht schräg von der Seite auf einen einpeitschte. Sie hatte versucht, ihm zu erklären, dass das Wetter und die Natur viel mehr waren als Staffage für sein großstädtisches Leben, aber er hatte sie nicht verstanden.

Sie musste sich damit abfinden, dass sie sich niemals mit Leo bei Sturm in einem ächzenden und knarrenden Holzhaus lieben würde. Sie war für ihn sicher schon Vergangenheit. Passé.

Das hatte sie zumindest bis gestern angenommen.

Aber gestern hatte er angerufen. Es war in London zehn Uhr abends gewesen, bei ihnen schon elf, aber das war Leo sicher nicht klar gewesen.

»Hallo, Silje«, hatte er gesagt. Er war sehr schwer zu verstehen gewesen. Im Hintergrund hatte sie Barmusik und Lachen gehört.

»Ich bin im *Balans* in der Kensington High und habe gerade ein paar Gin Tonic getrunken. Muss die ganze Zeit an dich denken«, hatte er ihr ins Ohr gebrüllt.

Sie war gerade nach der Spätschicht auf dem Weg zu ihrem Auto und hatte sich darüber gefreut, dass es jetzt erst dämmerte. Leos Stimme klang rauher als sonst – hatte er wieder mit dem Rauchen begonnen? –, und er hatte die Konsonanten mit schwerer Zunge geformt. Trank er allein? Das war gar nicht sein Stil. War er mit einer Frau unterwegs? Hörte sie nicht im Hintergrund jemanden lachen? Dieses aufreizende hohe englische Lachen, das sie nie hatte kopieren können.

Er und alle anderen in der Bar feierten, dass London den Zuschlag für die Olympiade 2012 bekommen hatte. Als Silje es auf dem Weg zur Arbeit erfuhr, hatte sie sich so sehr darüber gefreut, als ob sie immer noch in London lebte und ihren Wohnsitz nicht vor einem halben Jahr zurück nach Norwegen verlegt hätte.

Vor zweieinhalb Jahren war sie nach London gegangen, weil sie einmal etwas anderes kennenlernen wollte als das Meer, Felsen, weiße norwegische Häuser und Sturm und weil sie darunter litt, dass sie fast alle Einwohner der Gegend kannte. Zuerst war sie in ihrer freien Zeit mit ihren Kollegen durch die Bars, Clubs und Pubs gezogen. Es war eine nicht endende Party gewesen, aber nach einigen Monaten war ihr das ewige Feiern auf die Nerven gegangen. Aber sie faszinierte die Internationalität Londons. Auf der Straße konnte sie innerhalb von wenigen Minuten Menschen im Sari sehen, junge Leute in schriller Kleidung oder Geschäftsleute in akkuraten, aber sehr schicken Anzügen oder Kostümen. Am Anfang war sie mit der U-Bahn kreuz und quer durch London gefahren. Sie hatte es aufregend gefunden, wenn sich die Waggons in die Kurve legten und sie durchgeschüttelt wurde, selbst das Quietschen und Kreischen der Bremsen hatte sie nicht gestört.

Sie war in ihrem Leben vor London nur selten U-Bahn gefahren. Eigentlich war sie vorher überhaupt noch nicht viel herumgekommen. Sie war gerade 23 geworden, als sie den Entschluss fasste, Norwegen zu verlassen. Ein weiteres halbes Jahr verging, bis sie alles geplant hatte. Ihre Eltern waren am Anfang gar nicht begeistert, zumal sie vorhatte, im Frühjahr wegzugehen, obwohl die Saison mit den Ferienhäusern, die ihre Familie in Spangereid und Umgebung vermietete, begann und auch auf dem Hof ihrer Eltern mehr getan werden musste.

Nach neun Monaten in London, als sie schon nicht mehr so begeistert von der Stadt war, lernte sie Leo im Londoner Zoo kennen. Sie vermisste ihre langjährigen Freunde in Norwegen und wusste mittlerweile, dass sie doch nicht so kosmopolitisch dachte, wie sie angenommen hatte. Sie vermisste es, Norwegisch zu sprechen, obwohl sie Englisch mittlerweile fließend beherrschte. Sie vermisste ihre Familie. Sie vermisste die Abende mit ihren Freunden in einer der Sommerhütten, von denen fast jeder, den sie kannte, eine besaß. Sie hatten oft lange draußen gesessen, auf das Meer geschaut, auch wenn es manchmal ziemlich kalt wurde. Sie hatten norwegischen Jazz und Blues gehört und Wein getrunken, den irgendjemand immer günstiger als im Laden hatte besorgen können. Sie hatten über alles Mögliche geredet, viel gelacht, im Laufe des Abends waren sie dann meist alle angetrunken gewesen und hatten gemeinsam auf der Helms in der Hütte übernachtet.

Kurz bevor sie Leo kennenlernte, war sie besonders schlechter Laune gewesen. Sie hatte eigentlich ans Meer fahren wollen, um endlich einmal wieder durchzuatmen, aber dann hatte sie erfahren, dass sie ab sechs Uhr abends arbeiten musste. Sie hatte nicht gewusst, was sie tun sollte, und so war sie im Zoo gelandet, weil sie dort zumindest Tiere beobachten konnte.

Sie trafen sich vor dem Gehege des Sumatratigers. Silje hatte sich gerade darüber aufgeregt, wie klein der Londoner Zoo war und dass sie dafür siebzehn Pfund zahlen musste, als sie bei dem Tiger vorbeikam und sah, wie ein ungefähr siebenjähriger Junge versuchte, über die Absperrung zu steigen, und ein Mann mit schwarzen Locken ihn gerade noch am Jackenzipfel erwischte und ihn zurückzog. Der Tiger lief unruhig hin und her. Sie blieb stehen und sah dem Jungen und dem Mann zu.

»Timmy, der Tiger erschreckt sich, wenn du so dicht an ihn herankommst. Das ist sein Revier. Da will er keine Menschen haben«, versuchte er es auf die vernünftige Tour.

»Aber der Wärter geht doch auch in das Gehege«, maulte Timmy.

»An den Wärter sind die Tiere gewöhnt, an dich nicht«, sagte der Mann, der sich als Leo herausstellen sollte, mit ungeduldigerem, aber immer noch beherrschtem Tonfall und hielt den Jungen, der vehement versuchte sich zu befreien, jetzt mit beiden Armen umklammert.

»Hör auf, du tust mir weh, du bist doof«, schrie Timmy. »Das sage ich meiner Mum.«

»Deine Mum ist bestimmt nicht begeistert, wenn sie erfährt, wie nervig du warst«, keuchte Leo. »Jetzt komm da endlich runter.«

Normalerweise mischte sich Silje nicht schnell irgendwo ein, aber ihr tat der Mann, der ungefähr in ihrem Alter sein musste und offensichtlich mit der Situation überfordert war, leid. Und sie nervte die Ungezogenheit des Kindes, für die dieser gut aussehende Mann Gott sei Dank nichts konnte, weil er ja nur die Position eines Onkels einnahm.

»Wenn du den Tiger noch weiter reizt und näher rangehst, wird er dich mit seiner Pranke auch durch die Gitterstäbe erwischen. Das ist dem Sohn einer Freundin von mir passiert. Er musste genäht werden, sechs Stiche ohne Betäubung, und er bekam eine Tetanusspritze in den Hintern«, sagte sie ruhig. Der Junge drehte sich zu ihr um.

»Wirklich?«, fragte er. Silje nickte nachdrücklich. »Sechs Stiche und eine riesige Spritze in den Po.«

Der Junge nahm das Bein vom Geländer und sprang zurück auf den Gehweg.

»Komm, Leo, ich will jetzt zu den Affen«, sagte er barsch und stürmte an seinem Onkel vorbei, ohne auf ihn zu warten.

»Danke noch mal«, sagte Leo mit einem Lächeln und einem Augenzwinkern. »Ich muss jetzt leider weiter. Schade«, und er verschwand auf der Suche nach seinem Neffen, der schon nicht mehr zu sehen war.

Eine Stunde später fand sie den Jungen ohne Leo bei den Kröten und Schlangen. Er wirkte gar nicht mehr selbstbewusst, sondern wie ein Häufchen Elend. Er weinte.

»Was ist los?«, fragte Silje. »Hast du dich verlaufen? Wo ist dein Onkel?«

»Weiß ich nicht«, schluchzte der Junge. »Wir waren eben im Aquarium, und dann hat er gesagt, warte hier auf mich, ich komme gleich wieder. Aber das hat mir zu lange gedauert, und dann bin ich schon mal los, und jetzt weiß ich nicht, wo er ist.«

»Timmy, so heißt du doch, oder?«, fragte Silje.

»Ja«, antwortete der Junge. »Wenn meine Mum erfährt, dass ich wieder abgehauen bin, wird sie böse«, fügte Timmy mit jetzt kleinlauter Stimme hinzu.

»Hat dein Onkel ein Handy?«, fragte Silje.

»Ja«, sagte Timmy. »Und ich weiß Leos Nummer auswendig«, gab er gleich wieder an.

Silje wählte die Nummer, die Timmy ihr vorsagte, und hoffte, dass er nicht die Ziffern durcheinanderbrachte.

Am anderen Ende meldete sich ein sichtlich hektischer Leo.

»Hallo«, sagte sie. »Ich bin die Frau vom Tiger vorhin. Ich habe Timmy gefunden, er ist bei den Schlangen und Kröten.«

»Da passt er auch hin«, gab Leo zurück. »Vielen Dank, dass Sie mich angerufen haben.«

»Timmy hat mir Ihre Nummer gegeben. Ziemlich clever, der Junge«, fügte sie hinzu.

»Ja, aber so anstrengend. Ich weiß nicht, wie meine Schwester das aushält. Doch, ich weiß es, sie versucht einfach gar nicht mehr, ihn zu erziehen.«

»Auch eine Möglichkeit«, sagte Silje, »wenn auch nicht die beste.«

»Können Sie mit Timmy dort warten?«

»Ja, ich habe Zeit. Ich glaube nicht, dass er jetzt noch einmal weglaufen wird«, vermutete Silje.

»Ich bin gleich da, wenn ich auf diesem blöden Plan die Kröten und Schlangen finde«, sagte er. »Nächstes Mal gehe ich mit ihm ins Kino. Da kann er mir nicht so schnell entkommen.«

Er ging mit Timmy fest an der Hand neben ihr Richtung Ausgang und lud sie ein, mit ihm einen Kaffee zu trinken, sobald er seinen Neffen bei seiner Mutter abgegeben hätte. Silje hatte noch Zeit bis zum Schichtbeginn, außerdem gefiel ihr Leo, der zwar wie ein Engländer sprach, aber nicht wie einer aussah. Sein Teint war dunkler als der der meisten Engländer und seine Augen dunkelbraun. Sie gaben Timmy bei Leos Schwester ab, die Silje interessiert musterte, aber nicht direkt ansprach.

»War alles in Ordnung?«, fragte sie, und Leo antwortete: »Ja, alles bestens. Dein Sohn hat sich sehr gut benommen.« Seiner Schwester schien sein ironischer Tonfall zu entgehen, Timmy aber zuckte zusammen.

»Danke, Lieber, ich rufe dich an«, antwortete Leos Schwester und zog mit Timmy ab.

»Es hat keinen Sinn, sich mit Betty auf Diskussionen über Kindererziehung einzulassen«, sagte Leo zu Silje. »Sie versteht sowieso nicht, was ich sagen möchte, und ihr Killerargument ist immer, dass ich ja schließlich keine Kinder habe.«

»Das kenn ich auch von meiner großen Schwester«, antwortete Silje.

»Geschwister sind manchmal anstrengend, oder?«, seufzte Leo, und Silje nickte. Sie wanderten durch den Regent's Park und redeten über ihre Geschwister, Tiger, das Wetter, die wahnsinnig hohen Mieten in London. Sie fachsimpelten darüber, wo es die besten Sandwichs gab, und tranken Cappuccino im Nero-Café in der Camden Road. Leo fand ihren Akzent offensichtlich süß. Jedes Mal, wenn sie das R etwas zu hart anschlug, schmunzelte er.

Stopp, dachte Silje, während sie am Strand von Spangereid Dehnübungen machte. Sie durfte sich jetzt nicht weiter erinnern, denn dann wäre sie schnell bei ihrer ersten Berührung und dem Gefühl angelangt, als ob sie ab jenem Zeitpunkt wie ferngesteuert gehandelt hätte. Ihre Fingerspitzen hatten sich berührt, als er ihr den Zucker für ihren Kaffee reichte, und es war dieser elektrisierende Moment gewesen, der alles Weitere entschied und von dem sie geglaubt hatte, dass er eine Erfindung Hollywoods sei. Sie hatte sich wie besoffen gefühlt, zwar ihre Hand schnell weggezogen, aber da war es schon zu spät gewesen. Sie hatte sich in Leo verliebt.

Wie sehr hatte sie in den vergangenen Monaten gegen die Erinnerung an seine Berührungen kämpfen müssen. Wie oft hatte sie nachts wach gelegen, hatte versucht, sich auf die Geräusche von draußen zu konzentrieren, die über den Platz des Hofes ihrer Eltern wehten: auf das Säuseln des Baches hinterm Haus, auf den Lärm eines gelegentlich vorbeifahrenden Autos, das Rauschen des Windes in den Kiefern und Birken, die hinter dem Haus auf felsigem Grund standen. Aber sie hatte es trotz dieser vertrauten und in London so sehr vermissten Geräusche nicht geschafft, die Sehnsucht nach Leo zu verdrängen und wieder einzuschlafen. Sie hatte die Arme um ihren Körper geschlungen, um die Einsamkeit zu lindern, sie hatte sich gestreichelt und dabei an ihn gedacht, aber es hatte nichts genützt. Sie vermisste Leo über alle Maßen, nachts noch viel mehr als tagsüber. Sie hatte gar nicht erst versucht, einen Ersatz für ihn zu finden, auch wenn es nur für eine Nacht gewesen wäre. Es hätte bestimmt Gelegenheit dazu gegeben, seit die Angler wieder in der Region waren und mit ihren Booten hinausfuhren. Von den Einheimischen kannte sie fast jeden Mann in den Zwanzigern. Die meisten waren schon verheiratet und hatten Kinder. Einige wenige waren nach einem Auslandsaufenthalt oder einem Studium in Oslo oder Bergen in die Region zurückgekehrt und auf der Suche nach einer passenden Frau. Aber mit denen trank sie nur gelegentlich in der Mandal-Bar ein Bier. Mehr wollte sie nicht, es hätte wohl auch nichts gebracht. Sie hätte Leo sicher noch mehr vermisst, wenn sie mit jemand anderem ins Bett gegangen wäre. In ihren schlaflosen Nächten war

Silje oft kurz davor gewesen, ihn anzurufen. Manchmal war sie dann sogar bereit gewesen, nach London zurückzukehren und in diesem Moloch von Stadt mit ihm zu leben, obwohl ihr bei Tagesanbruch jedes Mal bewusst wurde, dass dies für sie keine Alternative war. Auf die Dauer hätte sie in London die Nerven verloren. Ihr hatte die Rückzugsmöglichkeit in die Natur gefehlt, und ein Ausflug an die Küste alle vier Wochen oder die Aussicht auf Urlaub in Südeuropa hatten ihr nicht ausgereicht. Sie brauchte ihr Boot am Steg im Hafen, den sie in kurzer Zeit nach der Arbeit erreichen konnte. Es gab ihr die Freiheit zu verschwinden, wann immer sie wollte. Während der Arbeit war sie ständig mit Menschen zusammen, daher brauchte sie die Möglichkeit, sich in ihrer Freizeit jederzeit in die Natur zurückziehen zu können.

Wie gern hätte sie Leo die Fjorde gezeigt, hätte ihn davon überzeugt, dass auch der norwegische Sommer strahlend und warm sein konnte, aber Leo hatte nichts von einer Reise nach Norwegen wissen wollen. Seine Mutter war Brasilianerin und lebte seit einigen Jahren wieder in Rio de Janeiro, weil sie es auf die Dauer in England nicht hatte ertragen können. Sie hatte Leos Schulabschluss abgewartet und ihn dazu gedrängt, gleich eine Ausbildung zu beginnen. Und als sie sah, dass er seine Wahl, Physiotherapeut zu werden, getroffen hatte, verließ sie ihn, seine Schwester und seinen Vater, der sich weigerte, mit ihr nach Brasilien zu gehen.

Leo hatte ihr diese Geschichte am frühen Morgen nach einer leidenschaftlichen Nacht erzählt. Sie hatte den Kopf an seine Brust geschmiegt, und er hatte mit ihren Haaren gespielt, während er ihr erzählte, wie verstört und traurig er gewesen war, als er erfuhr, dass seine Mutter England verlassen würde.

»Komm doch nach«, hatte sie gesagt. »Du wirst in Brasilien mit Sicherheit Arbeit finden.«

Bei einem Besuch in Brasilien merkte er schnell, dass er dort nicht leben wollte. Es war zu heiß, zu exotisch. Die Menschen waren ihm zu direkt. Er mochte es nicht, wenn jemand ihn im Gespräch am Arm packte oder die Hand auf seine Schulter legte.

»Meine Mutter war ganz anders in Brasilien. Sie redete viel lebhafter. Ihre Stimme war heller und jugendlicher, wenn sie portugiesisch sprach. Sie war plötzlich nicht mehr die zurückhaltende Frau, die ich kannte. Sie musste sich nicht mehr krampfhaft bemühen, ihren Akzent zu überspielen, den sie auch noch nach 20 Jahren in London besaß. In Brasilien war sie eine sehr begehrenswerte Frau. Sie versteckte sich nicht mehr, flirtete, sprach rasend schnell und lachte laut«, erzählte Leo.

Nach diesem Gespräch war Silje nachdenklich geworden. Würde sie nach 20 Jahren in London auch so verbittert und frustriert sein, dass ihr allein die Rückkehr nach Norwegen und damit die Trennung von Leo würde helfen können?

Was würde geschehen, wenn die Verliebtheit vorüber wäre und sie ihren ersten großen Streit hätten? Würde sie Leo nicht hassen, weil seine Liebe zu ihr sie daran gehindert hatte, in ihre Heimat zurückzukehren, die sie von Tag zu Tag mehr vermisste?

Er würde ihr nicht nach Norwegen folgen, das hatte er klargemacht. Brasilien war ihm zu warm und Norwegen zu kalt. Es liege zu weit nördlich für einen Halb-Brasilianer, hatte er behauptet. Das war typisch Leo. Er nutzte die Argumente immer so, dass sie für ihn arbeiteten. Aber sie hatte ihn selbst dann noch geliebt, als er mit dieser leicht dahingesagten Bemerkung den Traum von einem gemeinsamen Lebensweg zerstörte.

Warum hatte er gestern Nacht angerufen? Selbst wenn er »In London regnet es. Ich gehe gleich zur Arbeit« gesagt hätte, wäre die Wirkung auf sie genauso elektrisierend gewesen wie eine Liebeserklärung. Seine Stimme zog sie sofort wieder in ihren Bann. Die Wut darüber, dass er so kompromisslos war, und die Enttäuschung darüber, dass er ihr nicht gefolgt war, die sie normalerweise durch den Tag begleitete und durch die sie die Sehnsucht im Zaum hielt, waren sekundenschnell verflogen. Es reichte ein Wort, und sie war wieder genauso hingerissen von ihm wie an jedem einzelnen Tag, den sie gemeinsam verbracht hatten.

Da war es egal, dass sie vor einigen Tagen beschlossen hatte, in Mandal eine Wohnung zu suchen, um noch mehr Tatsachen zu schaffen, die sie an Norwegen banden. Auch noch jetzt, einige Stunden nach seinem Anruf, wollte sie nichts lieber als eine Tasche packen, das nächste Flugzeug nehmen und ihm in die Arme fallen. Aber lebte er denn noch in ihrer gemeinsamen Wohnung? Während der ersten Wochen in Norwegen, als ihr bewusst wurde, dass dieses rauhe Land im Februar selbst ihr wenig von seinem Zauber preisgab, hatte sie manchmal ihre alte Telefonnummer in London gewählt und ihrer eigenen Stimme auf dem Anrufbeantworter zugehört, aber keine Nachricht hinterlassen. Und dann war nur noch die Ansage gekommen, dass es keinen Anschluss unter dieser Telefonnummer gäbe.

Also musste Leo umgezogen sein. Aber wohin? Sie hatte keine Adresse. Sie hatte zwar übers Internet recherchiert, war aber auch dort nicht erfolgreich gewesen. Es gab keinen Eintrag zu ihm im aktuellen Londoner Telefonbuch, und ihren gemeinsamen Eintrag hatte er löschen lassen.

Bevor sie überhaupt noch eine Entscheidung treffen konnte, hatte sie schon ihr Handy in der Hand und wählte Leos Handynummer, die sie nicht gelöscht hatte. Sie wusste, dass ihr dieses Telefonat erneut Schmerzen bereiten würde, denn der Ausgang war jetzt schon klar. Er würde sicher nicht sagen, dass er zu ihr kommen und ihrem Heimatland eine Chance geben wollte. Es wäre jedenfalls fatal, das zu hoffen. Wenn sie seine Stimme wieder gehört hätte, würde die Sehnsucht sie erneut im Griff haben und dieses Mal sicher nicht nur für eine Nacht. Aber sie liebte diesen Mann eben noch. Und er hatte ihr gestern gesagt, dass er an sie denken musste. Ihr Herz klopfte hart und zu schnell. Sie schwitzte und hatte keine Ahnung, was sie ihm sagen sollte. Vielleicht nur Hey, ich denke auch an dich. Gestern war sie zu verwirrt gewesen, um irgendetwas zu sagen.

»Hallo«, hörte sie Leos Stimme. Im Hintergrund nahm sie das altbekannte Quietschen der U-Bahn wahr. Leo war sicher auf dem Weg zur Arbeit. Silje sah auf die Uhr. Es war bei ihnen 9.47, also bei Leo 8.47 Uhr. Er ist mal wieder spät dran, schmunzelte sie. Wie oft hatte er morgens zur U-Bahn laufen müssen, weil er sich nicht von ihr losreißen wollte. Heute Morgen waren hoffentlich nur der Alkohol und die durchfeierte Nacht in der Bar schuld. Oder hatte ihn eine andere Frau davon abgehalten, pünktlich zu sein? Bloß nicht so etwas denken, rief sie sich zur Ordnung. Sie schloss die Augen, um ihre verrückt spielende Vorstellung in den Griff zu bekommen.

»Hey, Leo«, sagte Silje. Es fiel ihr plötzlich schwer, sich an ihr Englisch zu erinnern. Weil Englisch ihre gemeinsame Sprache war, hatte sie Leo viel von dem, was sie ausmachte, gar nicht vermitteln können. Selbst ihre Stimmlage veränderte sich, wenn sie Englisch sprach.

»Silje, schön, deine Stimme zu hören«, sagte Leo etwas betreten. Er wusste im nüchternen Zustand wohl nicht mehr, was er sagen sollte.

»Ich habe gerade am Meer gejoggt, gleich muss ich ins Hotel. Ich arbeite wieder in Mandal«, erzählte Silje.

»Aha, ich bin gerade auf der Circle Line«, sagte Leo und fragte nach einigem Zögern: »Und, geht es dir gut?«

»Manchmal, aber ich vermisse dich sehr«, sagte sie. Leo räusperte sich und schwieg.

Silje schwieg auch, aber sie legte nicht auf. Plötzlich hörte sie einen lauten Knall und Bremsen kreischen, Schreien und Stöhnen und dann nichts mehr. Die Verbindung war unterbrochen.

Was war in der U-Bahn los? Wie laut musste der Knall gewesen sein, wenn man ihn schon so deutlich durchs Handy hatte hören können? Und vor allem: Was hatte diesen Knall ausgelöst? Und warum war die Verbindung sofort abgebrochen? War ihm das Handy aus der Hand gefallen? Und warum hatte Leo geschrien? War es überhaupt Leo gewesen, der geschrien hatte? Oder jemand anderes?

Siljes Herz raste. Sie konnte sich nicht mehr konzentrieren. Irgendetwas war mit Leo geschehen. Er war in Gefahr. Aber was für eine Gefahr? War der Zug mit einem anderen zusammengestoßen? Siljes Hände zitterten, und ihr wurde abwechselnd heiß und kalt.

Was sollte sie jetzt tun? Sie wählte Leos Handynummer, aber bekam keine Verbindung. Sie musste doch irgendetwas tun, konnte nicht einfach hier stehen bleiben und warten oder arbeiten gehen. Sie musste Gewissheit haben, was geschehen war.

Und wenn es so etwas war wie ...?

Silje wagte den Gedanken gar nicht zu Ende zu formulieren. Sie musste sich im Griff behalten. Bloß jetzt nicht den Kopf verlieren.

Die Tankstelle gegenüber vom Strand auf der anderen Seite der Straße fiel ihr ein. In der Tankstelle war auch ein Imbiss. Und dort gab es einen Fernseher, links oben an die Wand geschraubt, der die ganze Zeit lief. Die Tankstelle war einige hundert Meter entfernt. Dort würde sie vielleicht erfahren, was in London vorgefallen war. Wenn es das war, was sie vermutete ... wenn es das war ... würden sie ziemlich schnell darüber berichten. Wie damals ...

Man war sogar live dabei gewesen. Das ging jetzt nicht – die U-Bahn steckte im Tunnel fest, dachte Silje.

Sie musste rüber zur Tankstelle laufen. Aber sie hatte keine Luft zum Laufen. Sie konnte nur gehen, musste sich gleichzeitig in die Seiten greifen, weil sie dort Stiche spürte. Ihr kam es vor, als würde sie schleichen, sich kaum von der Stelle bewegen. Sie wollte unbedingt wissen, was in London geschehen war. Sie ahnte, dass es etwas war, was außerhalb ihrer Vorstellungskraft lag. Sie musste Bescheid wissen, aber scheute gleichzeitig davor zurück. Sie hatte große Angst um Leo. Irgendetwas Schlimmes war geschehen. Und sie würde es bald wissen; wenn es das war, was sie vermutete, würde sie es bald wissen. Wenn sie London nicht verlassen hätte, wäre sie vielleicht jetzt mit ihm in der U-Bahn?

Silje erreichte die Tankstelle mit dem angeschlossenen Supermarkt. Touristen fuhren mit ihren Vans vor und gingen in den Supermarkt. Die Sonne ließ das Weiß der Holzhäuser noch stärker erstrahlen. Es war so idyllisch, dass es weh tat, und in diesem Moment hasste Silje das alles.

Sie stürmte in das Tankstellenhäuschen, das auch gleichzeitig ein Laden für Angelbedarf war, und stieß fast mit einem Touristen zusammen.

Frida stand hinter der Theke und brühte gerade neuen Kaffee auf.

»Hey, Silje, irgendwas passiert?«, rief Frida ihr zu. Sie war die jüngere Schwester einer ihrer Schulfreundinnen, die während der Sommermonate mit dem Job an der Tankstelle ihr Konto aufbesserte.

Im Fernseher lief MTV, noch keine Meldung im Nachrichtenticker.

»Frida, schalt um auf CNN«, sagte Silje.

»Warum denn, da gibt es doch nur öde Nachrichten.«

»Genau deshalb.«

»Das wollen die Gäste nicht sehen.«

»Aber es ist doch gar niemand hier.«

Silje und Frida waren allein in dem Laden mit den Zeitungen und Zeitschriften, Süßigkeiten, Getränken auf der einen und den Ködern, Gummistiefeln, Angelumhängen, Blinkern, Fischmessern auf der anderen Seite des Gangs.

»Bitte schalt um«, flehte Silje.

Frida fragte nicht weiter, sondern schaltete auf CNN. Dort gab es nichts außer einer langweiligen Nachtshow. Keine Eilmeldungen als Spruchband. Gott sei Dank. Aber konnten sie es überhaupt schon wissen?

»Kriegen wir hier BBC rein?«, fragte Silje.

»Nein, warum denn?«

»Irgendwas ist passiert in London. Ich habe gerade mit jemandem telefoniert. Der war in der U-Bahn. Und dann brach die Verbindung ab. Vorher gab es einen Knall.«

»Du zitterst ja. Setz dich. Beruhig dich. Willst du einen Kaffee, eine Zimtschnecke? Ich habe noch welche von heute Morgen. Sie sind köstlich.«

Silje ließ es zu, dass Frida sie sanft auf einen Plastiksessel drückte, der vor einem wackeligen weißen Campingplastiktisch zwischen dem Angelbedarf stand. Sie stellte ihr eine Zimtschnecke und einen Kaffee hin. Automatisch führte Silje die Tasse an die Lippen und verbrannte sich die Zunge, aber sie bemerkte es kaum. Sie biss von der Zimtschnecke ab, ohne auf den Geschmack zu achten. Bei CNN lief immer noch nichts.

»Es ist bestimmt gar nichts passiert«, beruhigte Frida sie.

»Aber die Verbindung brach ab, und vorher knallte es so laut, dass ich mich erschreckt habe.«

»Versuch doch noch einmal, in London anzurufen. Vielleicht erreichst du jetzt jemanden«, riet ihr Frida.

Silje wählte mit klammen Fingern Leos Handynummer. Kein Freizeichen, kein Ton. Nichts.

Kunden kamen in den Laden, um die sich Frida kümmern musste. Sie verkündeten lautstark auf Schwedisch, dass sie ein paar Köder kaufen wollten. Es dauerte eine Ewigkeit, bis sie sich entschieden hatten und endlich wieder verschwanden. Zum Glück wollten sie nichts essen und auch keinen Kaffee trinken. Dann hätte Silje ihren Sessel räumen müssen – es gab nur zwei –, an dem sie sich verzweifelt festklammerte. Sie wusste nicht, wie lange sie dort sitzen blieb. Auf CNN leuchtete eine Uhr auf. Es war 4.45 East Coast Time. Das hieß 10.45 in Norwegen – 9.45 in London. Ich warte hier schon fast eine Stunde, dachte Silje erstaunt. Ich sollte lieber gehen. Vielleicht war Leo einfach das Handy heruntergefallen. Zuzutrauen war es ihm auf jeden Fall. In einer Viertelstunde begann ihre Schicht im Hotel. Sie musste dort anrufen. Die Nummer hatte sie doch im Handy gespeichert. Sie drückte die Ziffern und merkte, dass sie immer noch zitterte.

Sie landete an der Rezeption bei ihrem Kollegen Lars. »Entschuldige, Lars, ich komme eine halbe Stunde später«, sagte sie.

Ihre Stimme klang anscheinend so alarmierend, dass Lars gar nicht weiter fragte.

»Nimm dir die Zeit, die du brauchst. Ich erkläre es dem Chef, wenn nötig«, sagte Lars.

Silje starrte weiter auf den Bildschirm: Jetzt erschien etwas im Nachrichtenband.

Explosionen erschüttern Londoner U-Bahn, zerstören Bus, las sie.

Mein Gott, es war also doch ...

»Frida, dreh lauter«, krächzte Silje. Ihre Stimme schien auf einmal zu versagen.

»Ich kann nichts hören, dreh lauter.«

Mittlerweile hatte sich auch die deutsche Familie mit den kleinen Kindern, die in den Shop gekommen war, zum Fernseher umgedreht.

Es herrschte Stille. Man hörte nur die Stimme von Ralitsa Vassileva, der CNN-Nachrichtensprecherin.

»Ich bin Ralitsa Vassileva im CNN Center mit den neuesten Nachrichten. Gerade sehen wir Live-Aufnahmen von King's Cross, einer Station der Londoner U-Bahn.«

Silje versuchte der Journalistin zu folgen. Was für ein Beamtenenglisch, dachte sie. Im gesamten U-Bahn-Netz ist der Strom ausgefallen, sagen die verantwortlichen Stellen?

»King's Cross Station«, murmelte Silje. »Da kann er nicht gewesen sein, oder doch?« Sie wusste doch gar nicht, wo er jetzt wohnte.

Frida schüttelte den Kopf und zuckte mit den Achseln.

Sie versuchte, sich den U-Bahnplan von London vorzustellen, aber es gelang ihr nicht. Hatte sie nicht im Hintergrund eine Ansage gehört, als sie mit Leo telefonierte? Was war es gewesen? Paddington, Edgware Road. Hatte er nicht, kurz bevor der Knall kam, gesagt, dass er auf der Circle Line sei? Also nicht an King's Cross. Bildete sie sich nur ein, dass er das gesagt hatte? Sie versuchte, sich auf die Bilder und den Text zu konzentrieren. Sie sah den Reporter in London und hinter ihm Menschen, die mit rußverschmierten Gesichtern und Händen aus der King's Cross Station herauskamen.

»Es war ein Zusammenstoß«, sagte der Reporter.

Ein Zusammenstoß, ein Zugunglück?

»Es ist jetzt zehn vor zehn hier in London. Sehr wahrscheinlich passierte es vor dreißig Minuten oder vielleicht etwas früher.«

Mehr als dreißig Minuten, dachte Silje. Sie kaute an ihren Fingernägeln. Sie war sich sicher, dass Leo etwas passiert war, sie spürte es.

»Es war also in der Rushhour«, sagte Vassileva.

Rushhour, dachte Silje. Übervolle Züge. Kein Platz mehr, um eine Zeitung aufzuschlagen, wenig Luft zum Atmen. Drangvolle Enge.

Lass es ein Zusammenstoß zweier Züge gewesen sein, hoffte Silje.

Jetzt sprach der Reporter in London wieder, O'Reilly. Silje konzentrierte sich, um alles, was er sagte, mitzubekommen. Fünf Explosionen um zehn vor neun erwähnte er und dann sagte er die Namen der Stationen: Edgware Road, King's Cross, Aldgate.

Fünf Explosionen. Edgware Road war eine Station auf der Circle Line, nicht weit von der Kensington High Street, wo Leo arbeitete. Silje erschrak. Sie griff noch einmal nach ihrem Handy, das vor ihr auf dem Tisch lag. Sie wählte Leos Nummer. Wieder hörte sie nichts. Die Leitung blieb tot.

Leo war etwas geschehen, das wusste sie einfach. Er war in dieser U-Bahn gewesen, in der irgendetwas explodiert war.

Sie schloss die Augen, um sie gleich wieder aufzureißen, denn statt der Dunkelheit ihrer Augendeckel sah sie Leos schmerzverzerrtes Gesicht vor sich, Blut rann ihm den Hals hinunter.

Aber auch mit geöffneten Augen sah sie die Bilder weiter. Sie glichen den Bildern, die sie damals in London überfallen hatten, als sie nach Tagen in ihrer Wohnung, die sie mit Schlafen, Lieben, Lesen, Musikhören und Reden verbracht hatten, wieder nach draußen kamen, nur um an der Ecke in dem kleinen Laden etwas zu essen zu kaufen. Sie hatte sich bei Leo eingehakt, sie sprachen nicht, sahen sich nicht an. Silje schmiegte sich an ihn und sog seinen Geruch ein. In diesen ersten Tagen in der gemeinsamen Wohnung hatte sie sich glücklich gefühlt und fast vergessen, dass sie sonst um diese Jahreszeit in ihrer freien Zeit in Norwegen zum Langlaufen ging.

Sie schlenderten gemächlich dahin und ignorierten die Hast der anderen Passanten. Plötzlich blieb Leo stehen und wies stumm auf Schlagzeilen und Fotos mit den aufgerissenen Zugabteilen und den verletzten, blutüberströmten Menschen in den Tageszeitungen. Es war in Madrid geschehen.

»Kennst du dort jemanden?«, fragte Silje gedankenverloren. Sie wollte sich jetzt mit Sicherheit nicht mit fremdem Unglück beschäftigen.

»Nein«, sagte Leo, »muss ich denn dort jemanden kennen, um schockiert zu sein?«

»Natürlich nicht.«

»Ist dir eigentlich klar, was dort geschehen ist? Ein Terrorangriff.«

»Die ETA?«, fragte Silje, eigentlich nur, um etwas Kluges zu sagen. Sie interessierte momentan nichts anderes, als mit Leo schnell wieder nach Hause und ins Bett zu kommen.

»Nein, ich glaube, nicht die ETA. Das sieht nach Al Kaida aus«, murmelte Leo. Er schüttelte den Kopf und vergaß, warum sie in den Laden gekommen waren.

Silje holte Kuchen und Sandwichs aus dem Kühlfach und griff im Vorbeigehen nach einer Flasche Gin. Wenn das mit dem Sex heute noch weitergehen soll, muss Leo sich erst mal entspannen, dachte sie.

Damals hatte sie sich nicht klargemacht, wie viele Menschen in Madrid betroffen waren, nicht nur die in den Abteilen, sondern auch die, die auf ein Lebenszeichen ihrer Angehörigen warteten. Nicht mehr als 16 Monate später wartete jetzt sie in Norwegen vor einem Fernseher, weil sie annahm, dass der Mensch, den sie am meisten liebte, Opfer eines solchen Attentates geworden sein könnte. Sie konnte nicht weinen. Dies hier war zu schlimm.

Einige Zeit später hatte sie Gewissheit. Es waren Explosionen, die durch Bomben verursacht worden waren, Terroranschläge. Mittlerweile hatte sie bestimmt zwanzig Mal versucht, Leo auf dem Handy zu erreichen. Erst nach längerer Zeit kam sie auf die Idee, in der Praxis, in der Leo damals gearbeitet hatte, anzurufen. Die Leitung war nicht tot.

»Nein, Leo ist bisher nicht gekommen«, sagte Lucy am Empfang, die Silje noch von früher kannte. »Aber er wollte heute sowieso später anfangen, er hat erst ab dreizehn Uhr Patienten«, fügte sie hinzu. »Also muss er auch noch gar nicht hier sein. Er ist bestimmt zu Hause.«

»Nein, ich habe gerade vorhin mit ihm telefoniert. Er war in der U-Bahn auf der Circle Line. Und dann gab es einen Knall. Wohnt er noch in Camden? Früher ist er immer bis King's Cross auf der Northern gefahren und hat dann die Circle Line bis Kensington High Street genommen«, sagte Silje.

»Ja, er wohnt noch in Camden«, bestätigte Lucy, »und soviel ich weiß, fährt er immer noch so«, fügte sie leiser hinzu. »Aber warum sollte er jetzt schon dort unterwegs sein? Du kennst ihn doch, er steht nicht gern früh auf.«

»Ich weiß, aber vielleicht wollte er vor der Arbeit noch etwas erledigen?«

Lucys Stimme wurde noch leiser und war jetzt kaum zu verstehen.

»Mach dir keine Sorgen, dear. Er kommt sicher gleich. Und dann ruf ich dich sofort an, okay?«

»Gut«, antwortete Silje, jetzt etwas beruhigter. »Du

hast sicher recht. Ich mache mir bestimmt zu viele Sorgen.«

»Sicher, Honey, ich melde mich sofort bei dir, wenn er hier ist – und schön, deine Stimme wieder zu hören«, fügte sie rasch hinzu.

Als Silje noch in London gelebt hatte, waren sie manchmal mit Lucy essen gegangen. Sie war zwar schon um die 50, aber nett und lustig.

»Weißt du, Leo ist bestimmt nichts passiert. Das habe ich im Gefühl. Er vermisst dich immer noch sehr«, setzte Lucy schnell und leiser hinzu. »Wie ist es in Norwegen?«

Jetzt klang ihre Stimme etwas spitz. Lucy konnte offensichtlich nicht verstehen, dass man so einen fantastischen Mann wie Leo einfach hatte verlassen und nach Norwegen zurückkehren können.

»Ich muss jetzt aufhören. Bitte melde dich, wenn du mehr erfährst. Ich lasse mein Handy an«, sagte Silje und legte auf.

Lucy hatte sie nicht sehr beruhigen können. Immer noch griff die Angst nach ihr und drückte ihr die Kehle zu. Sie war sich sicher, dass Leo in der Nähe der Bombe gewesen war.

Sie legte auf und starrte weiter auf den Bildschirm. Immer mehr erschreckende Bilder sah sie jetzt. Menschen, die mit blutverschmierten Gesichtern, notdürftig verbunden und überall mit Ruß bedeckt, gestützt auf Helfer aus den U-Bahn-Stationen kamen. Menschen mit Panik in den Gesichtern. Überall Krankenwagen. Dieses Kreischen der Sirenen, das einem den Gehörgang malträtierte. Frida hatte den Fernseher mittlerweile laut gestellt, als ob sie vergessen hätte, dass es die Touristen stören könnte, während ihres Urlaubes mit solch schrecklichen Nachrichten konfrontiert zu werden.

Die meisten blieben stehen und sahen auf den Bildschirm, diejenigen, die kein Englisch konnten, fragten, was geschehen war. Sie schüttelten den Kopf, aber blieben nicht lange. Sie unterhielten sich darüber, ob jemand in London war, den sie kannten, und atmeten erleichtert auf, weil sie das verneinen konnten. »Was für eine schreckliche Sache«, sagten sie dann noch, versuchten, ihre Kinder abzulenken, und verließen die Tankstelle, um ihren Tag in der norwegischen Idylle zu genießen, die sie sich ja ausgesucht hatten, um dem Alltag und den Abgründen der Zivilisation zu entfliehen.

Nur Silje blieb an dem weißen Campingtisch sitzen und trank mechanisch die Cola, die Frida ihr hingestellt hatte.

Was soll ich bloß tun? Ich werde verrückt, wenn ich hier den ganzen Tag sitzen bleibe und auf diesen Bildschirm starre, dachte sie. Was ist, wenn Leo sie brauchte, wenn er mit Verletzungen in ein Krankenhaus eingeliefert worden war? Wer würde sich um ihn kümmern? Seine anstrengende Schwester sicher, aber ihre hektische, ichbezogene Art würde nicht unbedingt zu seiner Genesung beitragen. Seine Mutter war zu weit weg, und sie würde auch bestimmt nicht seinetwegen aus Südamerika kommen. Sein Vater würde sicher kurz vorbeischneien, hätte aber nur wenig Zeit. Natürlich hatte Leo Freunde, die sich um ihn kümmern würden, aber ob das reichte? Was, wenn er allein dort liegen müsste und sich niemand um ihn kümmerte? Was, wenn sie irgendwann erfahren müsste, dass er vielleicht in so einem Krankenbett gestorben war? Was, wenn er jetzt schon tot war und verbrannt irgendwo unten im U-Bahn-Tunnel lag? Sie durfte so etwas nicht denken, sonst würde sie die Nerven verlieren. Er war nicht tot, nein, er lebte, das hatte Lucy doch auch gesagt. Sie konnte es spüren. Also musste es stimmen, Leo lebte.

Es war nicht anders möglich. Er gehörte nicht zu den Toten; sie wussten nicht, wie viele es überhaupt waren. Sie hatten noch keine genauen Zahlen. Warum konnte man in diesem Saftladen keine BBC rein bekommen?

Sie konnte nicht hier sitzen bleiben und warten. Sie musste etwas tun. Egal, wie sinnlos es hinterher auch erscheinen mochte.

Sie würde hinfliegen. Nach Kristiansand fahren und nach London fliegen. Einfach die erste Maschine nehmen.

»Ich fliege nach London«, sagte Silje.

»Wie, sofort?«

»Ja, ich fahre sofort zu meinen Eltern, ruf meine Mutter an. Ich muss meinen Ausweis holen und meine Kreditkarte. Meine Mutter soll am Flughafen in Kristiansand anrufen. Frida, mach das für mich«, sagte Silje mit schriller, atemloser Stimme.

»Gut«, sagte Frida. Wenn sie das Unterfangen für absurd hielt, ließ sie es sich zumindest nicht anmerken.

Silje erhob sich ruckartig. Jetzt, wo sie wusste, was sie tun musste, ging es ihr besser.

»Sag meiner Mutter, dass ich in zehn Minuten da bin, sie soll mir bitte schon eine Tasche packen, Waschzeug, Schuhe, Zeug zum Wechseln«, rief sie Frida noch zu.

Sie joggte zu ihrem Auto, das auf dem Parkplatz hinter der Schule stand. Beim Anlassen sprang die CD an, die sie zuletzt gehört hatte. Die Stimme von Silje Nergaard füllte den Innenraum ihres alten Kombis, den sie von ihrer Mutter übernommen hatte, kurz nachdem sie den Führerschein gemacht hatte, und der während ihrer Zeit in London in der Scheune gestanden hatte und regelmäßig von ihrem jüngeren Bruder Sondre inspiziert worden war, weil er hoffte, ihn zu bekommen, sobald er 18 wäre, falls Silje in London bliebe, wovon ja alle ausgegangen waren.

Es gab da ein Lied, das hieß *Be still my heart*. Darin ging es darum, dass jemand vorgibt, nichts mehr für seine große Liebe zu empfinden, die er vor kurzem wieder getroffen hat. Sie hatte das ganze Lied mitgesungen – inzwischen kannte sie es auswendig –, war die engen Kurven der Fjordstraße nach Spangereid so schnell gefahren, wie es nur Einheimische tun, und hatte von Leo geträumt und gehofft, dass er noch einmal anrufen und ihr dann sagen würde:

»Ich komme dich besuchen, in zwei Tagen bin ich da.«

Und jetzt flog sie mit der brennenden Hoffnung nach London, ihn dort unversehrt vorzufinden. Und was, wenn nicht? Sie wagte nicht, daran zu denken.

Sollte sie ihre große Schwester Malin anrufen und ihr erzählen, was sie vorhatte? Sie wohnte mit ihrem

Mann in Mandal, vielleicht könnte sie es übernehmen, mit Siljes Chef zu sprechen. Aber Malin war mit ihrem zweiten Kind im siebten Monat schwanger und hatte schon mehrmals Wehen gehabt. Sie musste sich schonen. Silje beschloss, es ihrer Mutter zu überlassen, Vater, Malin, Sondre und auch ihren älteren Bruder Kristoffer, der in Stavanger arbeitete, zu informieren. Sie würde sich sicher nicht zurückhalten können und nachher einen Familienrundruf starten und allen Bescheid sagen. Und dann würden sie anfangen, darüber zu diskutieren, ob es richtig oder falsch war, was Silje vorhatte.

Ihre Familie entsprach überhaupt nicht dem Klischee der schweigsamen Skandinavier. Sobald zwei Leute ihrer Familie zusammentrafen, wurde es laut mit viel Lachen, Schimpfen, Geschichtenerzählen, Klatschen. Die Frauen ihrer Familie konnten das noch besser als die Männer. Ihre Mutter wusste alles über die Leute aus Spangereid und den umliegenden Dörfern bis nach Vigeland, aber die Männer palaverten auch gerne, vielleicht nicht darüber, wer mit wem zusammen war und Kinder bekam, sondern wer welches Boot gekauft hatte, ob es etwas taugte und wer auf der Jagd was geschossen hatte.

Silje wusste, dass ihre Mutter sich in den vergangenen Monaten mehr als einmal gewünscht hatte, ihre Tochter würde diesen Leo, der ihr so offensichtlich das Herz gebrochen hatte, vergessen und sich den Junggesellen zuwenden, die in der Umgebung noch zu haben waren. Aber als ihrer Mutter klarwurde, dass sie Leo auch nach mehreren Monaten des Schweigens immer noch liebte, hörte sie auf, über verfügbare und nicht so komplizierte Männer Bemerkungen zu machen.

Silje konnte sich sicher sein, dass ihre Mutter gleich mit gepackter Tasche auf sie warten und ihr noch Geld für die Reise zustecken würde. Selbst an das Aufladekabel für den Akku des Handys würde sie gedacht haben. Ihre Mutter war ein praktischer Mensch, den selten etwas aus der Ruhe brachte. Natürlich würde sie es nicht gutheißen, dass ihre Tochter nach London flog, über das die höchste Terrorwarnstufe verhängt worden war, aber sie würde ihr ihre Bedenken nicht mitteilen, weil sie ahnte, dass Silje keine andere Wahl hatte, als nach London zu fliegen, und dabei überhaupt nicht in Erwägung ziehen wollte, dass sie vielleicht schon längst zu spät kam.

Silje fuhr die Küstenstraße zum Hof ihrer Eltern zu schnell und hoffte, dass ihr jetzt kein Wohnmobil entgegenkäme.

Sie hatte Glück, in einer besonders engen Kurve begegnete ihr nur der örtliche Bus. Als der Fahrer Silje erkannte, grüßte er sie durchs offene Fenster. Silje musste lächeln. Den Busfahrer kannte sie schon seit Jahren. Er hatte sie zur Schule gefahren, jeden Morgen hatte sie an der Bushaltestelle in Lindal auf ihn gewartet, im Winter auch in der Dunkelheit. Sie hatte immer eine Taschenlampe dabeigehabt, aber die benutzte sie nur im Notfall. In Norwegen hatte sie nie Angst gehabt, wenn sie allein unterwegs gewesen war. Was sollte ihr schon passieren? Sie kannte sich aus in den Bergen und auf dem Wasser. Da fühlte sie sich wohl, und sie war nie auf den Gedanken gekommen, dass ihr dort ein anderer Mensch etwas antun könnte.

Diese Angst war erst in London gekommen, wo sie auch noch nach Monaten ungern abends im Dunkeln allein durch die Straßen gegangen war. Leo kannte solche Bedenken nicht. Ihn machte es nicht nervös, wenn sich die Wagen wieder stundenlang in der Oxford Street stauten. Er lachte sie ungläubig aus, wenn sie über den Lärm jammerte. »Im Vergleich zu New York ist hier so gut wie nichts los, du Landei«, sagte er spöttisch.

Sie war in den vergangenen Monaten oft ans Kap Lindesnes gefahren, hatte ihren Wagen auf den außerhalb der Saison, die nur von Juni bis Oktober ging, meist verlassenen Parkplatz gestellt und war die Steinstufen zum Leuchtturm hinaufgelaufen. Bei viel Wind hatte sie sich an das Gemäuer des Leuchtturms gelehnt und von dort aus in die Gischt der Wellen gesehen, die sich am Kap brachen. Sie hätte schreien müssen, wenn sie sich hätte unterhalten wollen. Der Wind pfiff, das Wasser krachte an die Felsen, aber für sie war es kein Lärm, überhaupt nicht bedrohlich, sondern entspannend. Es störte sie nicht, dass sie sich beim Hinuntergehen gegen den Wind stemmen musste und ihr der Regen direkt ins Gesicht peitschte, so dass ihre Haut prickelte und brannte.

Würde Leo die Natur verstehen und sich auf sie einlassen können oder würde er sich über die Kälte und den Wind beschweren?, fragte sich Silje dann. Wäre der Gesang der Wellen für ihn nur Lärm und unnötiger Krach?

Er sei kein Naturmensch, hatte er ihr ziemlich am

Anfang gesagt. Er würde nie Ferien in der Einöde machen wollen. Einöde, was für ein Blödsinn! Das hier war keine Einöde. Das war fast das Paradies.

Hatte Leo jetzt jemanden, der ihm eine tröstende Hand auf die Schulter legte? Brauchte er eine solche Hand? Führte ihn jemand gerade aus den Trümmern weg? Trug ihn jemand oder trug er selbst jemanden? Verband er jemanden im Zug? Als Physiotherapeut konnte er Erste Hilfe leisten. Es war tröstlich, sich vorzustellen, wie er anderen mit seinen warmen Händen und sicheren Handgriffen half, die Ruhe und Geborgenheit ausstrahlten.

Ihre Mutter wartete vor dem weißen Holzwohnhaus auf sie. Als Silje ausstieg, sprang Tugo, ihr schwarzer Mischlingshund – eine Mixtur aus Neufundländer und Hirtenhund –, an ihr hoch. Er war noch ziemlich kräftig für sein mittlerweile fast biblisches Alter, aber er hatte leider Mundgeruch, den Siljes Mutter bisher mit keinem ihrer Kräutersäfte in den Griff bekommen hatte. Auch jetzt drang ein Schwall leicht fauligen Gestankes aus seinem Mund, aber Silje störte es nicht. Sie tätschelte Tugos Rücken.

»Ich habe genug Sachen für einige Tage in deine Tasche gepackt«, sagte Siljes Mutter. »Ausweis und Portemonnaie sind in der Handtasche. Du hast genug Geld mit. Das kannst du gleich am Flughafen umtauschen«, fügte sie hinzu.

»Danke, Mama.« Mehr konnte sie nicht herausbringen, sonst hätte sie angefangen zu weinen.

»Willst du, dass ich dich nach Kristiansand bringe?«, fragte ihre Mutter.

»Nein«, sagte Silje. »Hast du dich erkundigt, wann der nächste Flug nach London geht?«

»Ja, um 15.50 mit SAS über Oslo und Kopenhagen. Den habe ich gebucht. Einen anderen Flug habe ich nicht bekommen«, sagte sie und zögerte, bevor sie hinzufügte: »Soll ich dich nicht doch hinfahren?«

Silje schüttelte den Kopf. Wenn ihre Mutter sie nach Kristiansand brächte und sie ohne Beschäftigung neben ihr sitzen müsste, würde sie grübeln und dann sicher zusammenbrechen. Da musste sie jetzt allein durch. Das wusste ihre Mutter, und deshalb fragte sie auch nicht noch einmal nach.

Silje stieg in den Wagen und konzentrierte sich auf ihr Ziel, rechtzeitig in Kristiansand zu sein. Sie verbot sich alle besorgten Gedanken. Sie stellte sich Leos Gesicht mit dem spöttischen Grinsen vor, das sie von Anfang an verunsichert und das sie gleichzeitig sexy gefunden hatte. Sie versuchte daran zu denken, wie oft er ihre Verspannungen aus Schultern und Nacken massiert hatte. Seine festen Finger auf ihrer Haut hatten ihr in solcher Situation nicht Erregung, sondern Ruhe und Geborgenheit gebracht. Er hatte sofort die harten Stellen unter ihrer Haut erspürt; er massierte ihre Anspannung weg, die sich fast ununterbrochen aus ihrem Ehrgeiz speiste, immer und in jeder Situation alles richtig machen zu wollen, damit sich ja niemand über sie beschweren konnte. Sie war im Hotel beliebt, weil sie fast nie aus der Haut fuhr, und falls doch einmal, dann niemals in Gegenwart der Gäste, sondern im Mitarbeiterbereich und hinter verschlossenen Türen. Gerade in London hatte sie manchmal den Eindruck gehabt, das besonders höfliche und gleichzeitig distanzierte Lächeln der Engländer hätte sich in ihre Gesichtszüge eingegraben. Und genau deshalb brauchte sie Leos direkte Art, wenn sie von der Arbeit nach Hause kam und er ihr sagte: »Jetzt setz die Maske ab, hier kannst du locker sein.« Dann legte er meistens Musik auf, keine melancholische und ruhige, wie sie es getan hätte, sondern Samba oder Salsa, wenn er gerade mal wieder seine brasilianische Phase hatte. Dann nötigte er sie, mit ihm zu tanzen, ob sie dazu Lust hatte, spielte keine Rolle. Meistens steckte er sie mit seiner Begeisterung für Rhythmus an, und alle Anspannung fiel von ihr ab, und sie tanzte Salsa, als ob sie das schon ihr ganzes Leben getan hätte.

Oder er legte Reggae auf, diese Musik faszinierte ihn, auf sie dagegen wirkte sie fast schon altmodisch. Er tanzte zu *Jamming* von Bob Marley und grölte laut mit, und wenn er zufälligerweise irgendwoher etwas Gras organisiert hatte, war der Abend perfekt und endete todsicher in heißen Umarmungen, die sich über Stunden hinzogen.

Manchmal allerdings war sie nach Hause gekommen und hatte ihn in seinem abgeschabten braunen Sessel gekauert vorgefunden. Er starrte vor sich hin und schien außer der Musik – Nirwana oder Pink Floyd – nichts mitzubekommen. Dann wusste sie, dass sie an der Reihe war, ihn aus seiner Missstimmung herauszuholen, und das schaffte sie auch meistens, indem sie ihn erst einmal in Ruhe ließ, in der Küche einen Tee für ihn zubereitete und ihm den Becher in die Hand drückte, während sie sich auf das Sofa legte und auch zuhörte. So konnten sie schweigend und in die Musik versunken einige Zeit miteinander verbringen, ohne dass es für den anderen unbequem wurde. Obwohl Silje die Musik nicht mochte, beschwerte sie sich nicht, weil er auch nichts sagte, wenn sie sich in die Chansons ihrer norwegischen Lieblingssängerinnen Rebekka Bakken und Silje Nergaard hineinsteigerte, die ihr so ans Herz gingen, dass sie manchmal weinen musste, wenn sie ihre Lieder hörte.

Leo war nicht oft deprimiert, aber wenn, dann warf er sich mit Genuss in diese Emotion, wie er sich auch mit Genuss in jedes andere Gefühl warf. Silje war zuerst erstaunt darüber gewesen, weil sie das von einem Engländer nicht erwartet hätte. Aber es hatte sie auch entzückt, denn er war der erste Engländer gewesen, der sie nicht mit seiner kontrollierten Freundlichkeit irritierte.

Die Fahrt nach Kristiansand zog sich dieses Mal endlos hin, obwohl die Straße immer breiter wurde und nicht mehr so kurvenreich war, je näher sie Kristiansand kam.

Sie hörte Radio. Die Anschläge in London waren immer noch die Topmeldung. Das wird vielleicht heute noch so bleiben, dachte sie, wusste aber, dass vielleicht schon morgen eine andere Meldung die Schreckensnachrichten aus London verdrängt haben würde.

Sie hätte nie gedacht, dass sie jemals mehr als ein mitleidiges und erschrecktes »O Gott, die Armen« mit solchen Meldungen verbinden würde. Warum, um alles in der Welt, hatte sie bisher angenommen, sie sei nicht als Opfer solcher Katastrophen vorgesehen?

Warum war sie bisher immer der Meinung gewesen, sie und ihre Familie würden alle eines natürlichen Todes sterben? Gut, lebensbedrohliche Krankheiten wie Krebs waren schon in ihrem Bewusstsein gewesen, aber eigenartigerweise nie Aids, und sie hatte sich noch nicht einmal vorstellen können, dass sie oder jemand, den sie liebte, in einen schweren Autounfall verwickelt sein könnte. So etwas geschah doch immer den anderen, so etwas ähnelte den Geschichten, die ihre Mutter aus dem Ort mitbrachte und mit einer Mischung aus Schaudern und Freude beim Abendbrot erzählte. So etwas geschah in den Romanen, die sie im Sommer auf die kleine Schäreninsel mitnahm und die sie dann in dieser atemberaubenden Weite und Einsamkeit las.

Jetzt war sie mittendrin in so einem Drama, vielleicht sogar noch schlimmer, sie war eine, die nicht wusste, woher die Gefahr eigentlich kam, was für eine Wirkung das Unglück auf ihr eigenes Leben haben würde. Silje nahm ihr Handy während der Fahrt oft in die Hand und kontrollierte, ob mit ihm alles in Ordnung war. Sie hoffte jede Minute auf die erlösende Antwort von Lucy, die sie anrufen und ihr sagen würde: »Hi, eben ist Leo hier reingekommen. Er sieht etwas mitgenommen aus, aber es scheint alles in Ordnung zu sein. He, Leo, willst du Silje nicht selbst sagen, dass es dir gut geht? Sie macht sich große Sorgen um dich.«

Und dann würde Silje Leos etwas atemlose und vielleicht auch ein wenig schüchterne Stimme hören, vielleicht sogar einen Unterton der Freude darüber, dass sie sich um ihn Sorgen gemacht hatte. Aber was würde sie tun, wenn sie mit ihm gesprochen hätte? Würde sie dann umdrehen und beruhigt wieder zurück zu ihrer Mutter auf den Hof fahren, mit ihr einen Kaffee trinken und später in die Sauna gehen, um sich von der Strapaze und der Angst zu erholen? Nein, sie würde dennoch das Flugzeug nach London nehmen, weil sie jetzt endgültig wusste, dass sie dort noch eine Rechnung offen hatte und nichts so klar war, dass sie damit weiterleben wollte.

Das Handy klingelte während der Fahrt nicht ein Mal. Sie stellte ihren Wagen auf dem Parkplatz neben dem Flughafen ab, nahm ihre rote Segeltuchtasche und stürmte in das Flughafengebäude. Während der Fahrt hatte sie nicht die Nerven gehabt, auf die Uhr zu schauen, jetzt tat sie es. Es war erst 14 Uhr, sie lag gut in der Zeit und würde ihre Maschine auf jeden Fall schaffen.

Silje checkte ein, der Flug ging über Oslo, sie war die Einzige, die nach London weiterwollte.

Auf dem Weg zum Abflugterminal wiederholte sie bei sich immer wieder dieselben Sätze: Leo lebt. Das ist nicht das Ende unserer Liebesgeschichte.

2

2. Juli 2005, London

Als Leo morgens erwachte, schmiegte sich ein warmer Frauenkörper an ihn. Es war ein angenehmes Gefühl, wenn auch nicht so berauschend wie mit Silje – wie lange war das eigentlich schon her? Glücklicherweise hatte er seit der letzten Liebesnacht mit Silje, die direkt vor dem Morgen lag, an dem sie ihm erklärt hatte, sie müsse nach Norwegen zurück und könne nicht weiter mit ihm leben, mit so vielen verschiedenen Frauen geschlafen, dass die Erinnerung an Siljes Haut und ihren Geruch morgens schon etwas zu verblassen begann, wenn er sich zu ihr umgedreht und seine Nase in ihrer Schulter vergraben hatte, um ihren betörenden Duft einzuatmen. Er hatte sich damals eingebildet, dass sie nach Kiefern röche und nach dem Meer, er glaubte, das sei ihr natürlicher Geruch gewesen, bis sie ihm irgendwann gestand, dass sie eine Bodylotion benutzte, die so duftete, und dass es nichts damit zu tun hatte, wo sie aufgewachsen war.

Also, Silje war es nicht, die ihre Brüste gerade an ihn schmiegte. Dem Druck an seinem Rücken nach mussten es sowieso eher beachtliche Brüste sein, und Siljes waren sportlich rund gewesen. Er erinnerte sich auch daran, dass eine Frau mit ziemlich großen Brüsten in einem knappen T-Shirt neben ihm an der Bar im Pub gestanden und für ihre zwei Freundinnen und sich die dritte Runde Gin Tonic bestellt hatte. Er war mit ihr ins Gespräch gekommen, das irgendwie von Anfang an anzüglich gewesen war. Die Frau hatte zu Hause mit ihren Freundinnen schon ein wenig Sekt getrunken, um in Stimmung zu kommen. Sie hatte eindeutig das Outfit an, das man trug, wenn man am selben Abend noch auf Teufel komm raus Sex haben wollte: knappes T-Shirt, enger kurzer Rock, hochhackige Schuhe. Es sollte wohl elegant wirken, sah aber billig aus, wobei das Leo nur kurzfristig störte, weil er auch schon einige Bier getrunken hatte und mit genau denselben Gedanken in den Pub gekommen war wie diese Frau.

Er wusste, dass es die Frau mit den großen Brüsten war, die jetzt neben ihm lag; sie hatte lange Haare, die seine Haut angenehm kitzelten. Waren die Haare nicht ziemlich blond, eigentlich zu blond gewesen? Aber das hatte Leo auch nur kurz am Anfang in der Bar gestört, als sie vor ihm zu ihrem Platz zurückkehrte, während er einen Gin Tonic für eine ihrer Freundinnen hinter ihrem schon sehr mächtigen Hintern hertrug, der ausgesprochen einladend hin und her wippte.

Aber wer war die Frau nun wirklich? War es Mandy, Laury oder Cindy? Als solche hatten sich die drei Frauen nämlich vorgestellt, und es war offensichtlich, dass zwei von ihnen daran interessiert waren, von ihm abgeschleppt zu werden. Die dritte hielt sich vornehm zurück, sie lachte nicht über seine Witze und schien sich auch nicht von seinen dunkelbraunen Augen und vom rein zufälligen Klimpern seiner für einen Engländer wirklich langen schwarzen Wimpern bezirzen zu lassen. Eigentlich war sie die Interessanteste, aber um sie in sein Bett zu bekommen, hätte er mehr Zeit gebraucht als nur noch diese eine Stunde, die ihm bis zur Schließung des Pubs blieb. Also konzentrierte er sich auf die beiden anderen Frauen, zwischen denen er schließlich gesessen hatte. Beide berührten seine Knie im Laufe der Stunde wie zufällig, sie hauchten ihm ziemlich dumme Sachen ins Ohr, ihn störte es ein wenig, dass beide eine Fahne hatten. Aber was sollte er machen? Das musste er ignorieren, wenn er heute Nacht noch mit einer von ihnen ins Bett gehen wollte, und das wollte er weiß Gott.

Kurzzeitig hatte er die Idee, sich mit beiden gleichzeitig einzulassen, aber das würde wohl nicht gut gehen, weil die beiden Frauen sich augenscheinlich nicht so gerne mochten und die Gefahr bestand, dass sie sich darüber in die Haare bekommen könnten, wer als Erste von ihm mit Aufmerksamkeit bedacht werden sollte. Also wurde es nichts mit einem flotten Dreier, es wäre auch sowieso nicht gegangen, weil er wusste, dass Marie, seine Mitbewohnerin, so etwas nicht geduldet hätte.

»Du musst dich an die Regeln halten, hier wohnt auch ein Kind«, hatte sie ihm erklärt, als er sie gefragt hatte, ob sie Frauenbesuch generell akzeptiere. »Du musst an ihre Seele denken, sie ist so verletzlich«, fügte sie noch hinzu und meinte damit die ihrer elfjährigen Tochter Olivia, die auf Leo eher robust wirkte, äußerlich wie innerlich. Er glaubte nicht, dass es Olivia wirklich interessierte, was Leo machte, und er war auch nicht davon überzeugt, dass sie bestimmen sollte, was er in seinem nicht besonders geräumigen Zimmer trieb. Aber er hörte sich die Regeln, die seine Vermieterin Marie aufstellte, dennoch geduldig an und versuchte auch, sie zu beherzigen. Frauenbesuch ja, aber nicht ständig wechselnde Frauen beim Frühstück, am besten gar keine fremden Frauen beim Frühstück. Er hatte sich bisher immer daran gehalten und zog es sowieso vor, in die Wohnungen der Frauen zu gehen, weil er dort morgens früh oder im Laufe der Nacht besser abhauen konnte, aber im Falle von Mandy, Laury und Cindy war das nicht möglich gewesen, weil die drei zusammenwohnten und die Frau mit den gefärbten langen blonden Haaren, die schließlich bei ihm das Rennen machte, weil sie ihm, als er vor ihr aus dem Pub ging, kurz die Hand auf den Hintern legte, nicht die Gefühle der Freundin verletzen wollte. Schließlich hatte die ja auch Interesse an ihm gezeigt und war sehr wahrscheinlich ohne männliche Begleitung nach Hause gegangen, es sei denn, sie hatte auf dem Heimweg noch jemanden aus der U-Bahn mitnehmen können.

Also landeten sie bei ihm, waren, soweit er sich erinnerte, auch nicht besonders leise gewesen, zumindest sie nicht. Sie sagte immer »Gib's mir« und einmal, glaubte er sich zu erinnern, auch so etwas wie »Mein Hengst«. Was er aber sofort wieder verdrängte, weil die Tatsache, dass ihn die Frau, die gerade unter ihm lag und mit der er schlief, »Mein Hengst« nannte, nicht antörnte, sondern sein Verlangen schlagartig minderte, da es ihn zu sehr an einen billig gemachten Pornofilm erinnerte.

Jetzt gab die Frau neben ihm Töne des Erwachens von sich. Wenn er noch länger wartete, würde sie aufwachen und ihn ansprechen. Sicher hatte sie seinen Namen nicht vergessen, sie hatte ihn im Laufe des Geschehens auch mehrmals ausgesprochen, was ihn wiederum sehr angetörnt hatte. Er liebte es, wenn die Frau beim Akt seinen Namen sagte: »Leo, Leo, o ja.« Allerdings durfte er sich nicht daran erinnern, wie Silje das immer gesagt hatte – mit diesem süßen norwegischen Akzent in der Stimme, mit dem sie das e ein wenig zu dunkel ausgesprochen hatte.

Er musste jetzt sofort aus seinem Bett raus, bevor die Blondgelockte neben ihm endgültig erwachte. Leo fischte sich Shorts vom Boden und erhob sich vorsichtig, damit Cindy, Laury oder Mandy es nicht bemerkte. Bevor er das Zimmer verließ, drückte er der Frau noch sein Kissen in die Arme, das sie lächelnd als Ersatz für seinen Rücken akzeptierte.

In der Küche traf er auf Olivia. Sie lehnte am Kühlschrank und trank Milch aus der Flasche.

»Hi«, begrüßte sie ihn. »Gut geschlafen?« Dabei musterte sie interessiert seinen nackten Oberkörper.

»Du siehst aber nicht gerade frisch aus«, fügte das Mädchen noch charmant hinzu.

»Du auch nicht«, murmelte Leo, aber das störte Olivia nicht. Sie lachte und fuhr sich durch ihre zerzausten dunkelblonden, halblangen Haare, die sie bestimmt seit zwei Tagen nicht gekämmt hatte.

Olivia war intelligent, schnell und ausgesprochen scharfzüngig, wenn sie gerade Lust dazu hatte. Und sie redete eigentlich immer. Nur jetzt musterte sie stumm seinen Oberkörper, und das beunruhigte ihn mehr als ihr schnelles Reden, weil es bedeutete, dass sie eine spöttische Bemerkung vorbereitete und nur noch einen passenden Moment abwartete, um sie zu plazieren.

Leo versuchte es mit einem jungenhaften Grinsen und zuckte hilflos die Achseln.

»Ich kann da jetzt nicht rein und mir ein T-Shirt holen«, entschuldigte er sich.

Olivia hob fragend die rechte Augenbraue. Sie war das einzige Mädchen, das er kannte, das das konnte.

»Da ist eine Frau in meinem Bett, und ich weiß nicht mehr, wie sie heißt«, erklärte er, weil er wusste, dass bei Olivia die Flucht nach vorne immer am besten wirkte.

»Soll ich dir helfen?«, fragte sie gelassen. Als sie Leos Erstaunen bemerkte, sagte sie:

»Das ist Mum auch mal passiert, und da hat sie mich gebeten, ins Zimmer reinzuplatzen und zu sagen: ›Mum, Dad hat angerufen, er kommt gleich nach Hause.‹«

»Kannst du das bei mir auch machen? Ich will, dass diese Frau verschwindet, ohne dass ich noch einmal mit ihr reden muss. Ich glaube, sie ist schrecklich dumm, und das kann ich heute Morgen nicht vertragen.«

»Wird gemacht«, stimmte Olivia lässig zu und schlurfte Richtung Leos Zimmertür. Er verzog sich sicherheitshalber aufs Klo, weil er der Szene, die jetzt unweigerlich folgen musste, nicht beiwohnen wollte. Aber er lauschte an der Klotür und hörte Olivias bestürztes Gestammel, das dem »Dad, Mum hat angerufen, sie ist gleich zu Hause« folgte. Dann brach sie in Schluchzen aus und lief in ihr Zimmer. Die muss unbedingt Schauspielerin werden, dachte Leo. Er wartete nur ein paar Minuten, bis die Wohnungstür hinter der Blondgelockten ins Schloss fiel, schlich in sein Zimmer und ließ sich erschöpft auf sein Bett sinken. Er hasste solche Strapazen vor dem ersten Kaffee.

Kaum war er in Träume versackt, die irgendetwas mit dickbusigen Frauen zu tun hatten, die sich zu mehreren auf seinem Bett aalten und ihn aufforderten, sich doch zu ihnen zu legen – komischerweise taten sie das alle mit einem skandinavischen Akzent –, wurde Leo wieder gestört. Marie pochte laut an seine Tür und rief: »Aufstehen, wir müssen in einer Stunde los.« Sie sagte nicht bitte und bemühte sich nicht, einen sanfteren Ton anzuschlagen. Ihr Ton war herrisch, und es war klar, dass sie keinen Widerspruch oder eine Verzögerung duldete. Leo wusste, dass sie, wenn er nicht reagierte, die Tür aufreißen, die Vorhänge zurückziehen und das Fenster mit den Worten: »Nach was für einem Nuttenparfum riecht es hier denn?« hochschieben würde. Im nüchternen und ausgeruhten Zustand und ohne diese Kopfschmerzen, die ihn so lange begleiten würden, bis er endlich seinen ersten Kaffee getrunken hätte, hätte er die nötige Gelassenheit besessen, Maries Auftritt humorvoll zu ertragen. Eigentlich liebte er es, auf diese Art von ihr bemuttert zu werden, aber heute und nach diesem katastrophalen Tagesanfang, den vier Bieren zu viel und dem, wenn er sich recht erinnerte, nur mittelmäßigen Sex wusste er, dass er nicht die Nerven für einen von Maries Auftritten in seinem Zimmer hatte, und so murrte er nur laut: »Alles klar, ich komm schon« und noch leise: »Aber sei still jetzt.« Das konnte Marie allerdings nicht mehr hören, weil sie schon mit klackenden Absätzen in die Küche gestiefelt war, wo sie sicher ihr nächstes Opfer zum Antreiben und Zurechtweisen fand.

Er verstand ja, dass sie aufgeregt war, das Live-8-Konzert im Hyde Park war auch wirklich eine große Sache, und er war sich sicher, dass Marie im Stillen hoffte, während des Konzertes jemanden kennenzulernen. Er war sich klar darüber, dass sie ihn eigentlich nur gefragt hatte, ob er mitkommen wolle, damit er sich um Olivia kümmerte und sie besser nach einem potenziellen Opfer Ausschau halten könnte. Er hatte ja auch nichts dagegen, mit zu dem Konzert zu kommen. Joss Stone würde auftreten, die er lecker fand, Madonna, Coldplay und am Abend Robbie Williams. Er war zwar kein Fan seiner Musik, aber er wollte ihn unbedingt mal live erleben, um sich davon zu überzeugen, dass er wirklich über so viel Power und Bühnenpräsenz verfügte, wie alle behaupteten. Und spät abends sollten Pink Floyd auftreten. Er hatte sich früher viele Nächte mit Pink Floyd und Rauchen versüßt. Sein Vater hatte ihm beides nahegebracht. Aber waren die Jungs von Pink Floyd nicht mittlerweile auch steinalt? Er würde nicht so genau hinsehen. Außerdem wollte sein Vater nachher kommen, und sie würden bestimmt zusammen Spaß an dem Auftritt haben. Olivia wäre dann schon längst bei ihrem Urgroßvater Ralph Cross. Der erwartete sie am frühen Abend, und sie würde auch bei ihm übernachten, das hatte Marie so organisiert, weil sie anscheinend hoffte, dass sie in dieser Nacht jemanden abschleppen würde.

Leo hatte es am Anfang ihrer Bekanntschaft auch auf diese Art bei ihr versucht. Es hatte ihn überhaupt nicht gestört, dass sie schon 37 war. Er war zwar zwölf Jahre jünger als sie, aber fand sie ziemlich reizvoll, zumindest bei Dämmerlicht in dem Pub in der Camden Road, in dem er früher mit Silje gewesen war, was ihn traurig machte, weshalb er dringend Ablenkung gebraucht hatte. Er hatte Marie abgeschleppt, aber dann stellte sich heraus, dass sie im Bett nicht zueinander passten. Sie waren nicht in der Lage gewesen, ihre Körperbewegungen aufeinander abzustimmen. Sie stieß ihm ein Knie in die Magengrube, bekam einen leichten Kinnhaken, weil er in dem Moment, in dem sie ihm übers Gesicht streicheln wollte, seinen Kopf abrupt in die verkehrte Richtung bewegte. Er zog sie an den Haaren und kniff ihr aus Versehen zu fest in eine Pobacke, so dass sie aufschrie. Die Nacht endete damit, dass sie gemeinsam eine Flasche Wodka leerten, während sie nackt nebeneinander im Bett lagen, sich über ihre verflossenen Lieben austauschten, unglaublich viel lachten und beschlossen, dass sie es auf keinen Fall noch einmal versuchen sollten, miteinander zu schlafen, aber dass sie durchaus beste Freunde sein könnten.

Er suchte gerade eine neue Bleibe, weil er die Wohnung, die er mit Silje teilte, überstürzt gekündigt hatte, ohne etwas Neues gefunden zu haben, was in London einem Todesurteil gleichkam, und Marie hatte ein Zimmer in ihrem knallblauen Haus in der Kelly Street, die von der Kentish Town Road abging und nicht weit von seiner Wohnung und von der Camden Road entfernt lag. Unten befanden sich eine ziemlich unaufgeräumte Küche mit Holztisch und ein ebenso unaufgeräumtes, aber gemütliches Wohnzimmer. Im Vorgarten blühten Krokusse und Tulpen, die Haustür war sonnengelb gestrichen. Im ersten Stock gab es ein Badezimmer und zwei Zimmer, und er wohnte unterm Dach. Er brachte nicht viel mit. Die Möbel hatte er fast alle dem Nachmieter überlassen. Er wollte nichts behalten, was ihn an Silje erinnerte. Dass Marie eine Tochter hatte, störte Leo nicht. In seinem desolaten Gemütszustand war er für ein bisschen Familienanschluss dankbar, allerdings musste er sich erst einer kritischen Prüfung durch Olivia unterziehen, die ihn mit verschränkten Armen aus einiger Entfernung musterte, als er vorbeikam, um sich sein zukünftiges Zimmer anzusehen. Gegen sein Aussehen schien sie keine Einwände zu haben, und reden wollte sie glücklicherweise auch nicht mit ihm. Der neugierige Blick aus ihren hellbraunen Augen war aussagekräftig genug. Er hoffte, dass das Leben in einer WG nicht von Dauer war, aber er hatte keine bessere Idee. Er war froh, dass Marie ihm in dieser Orientierungsphase ein Zuhause bot. Denn er musste sich neu orientieren: Silje hatte ihm den Boden unter den Füßen weggezogen, als sie ihn verließ. Und wenn er sich zu wenig beschäftigte, abends zu oft zu Hause blieb und sich nicht ablenkte, führte das regelmäßig dazu, dass er den Schmerz, den er immer noch verspürte, wenn er daran dachte, auf welche Art Silje einfach aus seinem Leben verschwunden war, nicht mehr ignorieren konnte, und das war dann nicht zum Aushalten. In solchen Situationen war es einfach gut, dass Marie da war, die ihn nicht fragte, wie es ihm ging, oder mit Ratschlägen nervte, sondern wortlos einen Tee zubereitete oder eine Flasche Wein öffnete, sich zu ihm in die Küche hockte oder mit ihm Fernsehen schaute – er hatte sogar begonnen, *Sex and the City* zu sehen, obwohl er die Serie ziemlich albern fand.

Marie war eine tolle Frau, fand Leo, aber eben nicht sein Typ, zu knochig, zu eckig, nicht weich genug. Und manchmal auch ein wenig zu verbissen und zu streng oder zu deprimiert. Nach dem, was er von ihrem Leben wusste, war das aber auch verständlich. Sie kam aus Deutschland, war in Hamburg geboren, hatte ihre Mutter verloren, als sie zehn war, und war bei ihrer Großmutter und ihrem schwierigen Großvater aufgewachsen. Sie hatte nie erfahren, wer ihr Vater war.

Aber sie hatte studiert und war danach mit dem, was sie von ihrer Großmutter geerbt hatte, nach London gekommen, um hier ein neues Leben zu beginnen. Sie hatte ihren wirklichen Großvater Ralph Cross gefunden, der sich rührend um sie und Olivia bemühte und ihr auch finanziell half. Sie arbeitete als freie Journalistin, kam finanziell gut klar. Nur mit Männern klappte es irgendwie nicht so besonders.

Wie sie zu Olivia gekommen war, wusste er nicht genau. Es war wohl eine Affäre mit einem Englischlehrer gewesen, der zu seiner Freundin zurückkehrte, aber Olivia ab und zu sah und auch regelmäßig zahlte.

Leo quälte sich aus dem Bett und zog seine blauen stonewashed Jeans, ein grünes T-Shirt und ein grünes Sweatshirt an. Dazu seine grünen Chucks, und sein Outfit war genau richtig für das Konzert. Er wollte bestimmt niemanden abschleppen, sondern hatte erst einmal genug von solchen Aktionen wie heute Morgen.

Er traf Marie und Olivia in der Küche an und musste sich einen Kommentar über Maries Outfit verkneifen. Sie trug eine schwarze Lederhose und ein schwarzes T-Shirt und sah ein wenig aus wie eine Rockerbraut. Der Ausschnitt war zwar tief, aber da sie obenherum nicht viel zu bieten hatte, wirkte das eher bemitleidenswert als erotisch. Gut, in der Hose sah sie noch ziemlich jung und sexy aus, aber wenn man ihr Gesicht betrachtete ... Sie hatte, wie Leo fand, zu viele Falten für 37, was umso erstaunlicher war, da sich an ihrem Körper keine Dellen oder Streifen fanden, die nicht dorthin gehörten. Ihre Haare hatte sie glücklicherweise nur als Pferdeschwanz nach hinten gebunden und sich keine Zöpfe gemacht, wie sie es manchmal tat, wenn sie mit Olivia ausging, weil sie hoffte, dann für Olivias große Schwester gehalten zu werden.

Olivia trug Jeans und ein zu großes rotes T-Shirt mit der Aufschrift »No More Landmines«. Bestimmt hatte Marie ihr das heute Morgen mit den Worten »Hier, für dich« aufs Bett gelegt, und Olivia hatte sich nicht wehren können oder die politische Aussage vielleicht sogar gutgeheißen. Bei ihr konnte das durchaus so sein. Sie war zwar erst elf, aber guckte Nachrichten und behauptete, sie sei politisch interessiert. Bestimmt wusste sie auch, warum das Live-8-Konzert veranstaltet wurde, bei ihm war nur hängengeblieben, dass es darum ging, den Politikern des G-8-Gipfels einen Erlass der Schulden einiger Dritte-Welt-Länder vorzuschlagen und darauf hinzuweisen, wie viele Kinder in Afrika infolge von Hunger und Krankheiten starben. Es gab da seit einigen Wochen diesen Spot im Fernsehen: Bekannte Schauspieler bauten sich vor der Kamera auf und schnipsten alle drei Sekunden mit den Fingern. Und dann wurde der Satz eingeblendet: *Every third second a child dies in Africa.* Leo war natürlich auch dafür, dass etwas gegen die Armut in der Welt getan wurde, aber er bezweifelte, dass das Geld, das dafür gespendet wurde, wirklich dort ankam, wo man es benötigte. So etwas hätte er Marie aber nie gesagt, denn sie stand voll und ganz hinter der Aktion und wäre seiner Skepsis mit einem langen Sermon über sein unverzeihliches politisches Desinteresse begegnet.

Sie fuhren mit der U-Bahn. Marie bestand darauf, obwohl Leo sich zu diesem besonderen Anlass gerne ein Taxi geleistet hätte. Autos hatten sie beide nicht, sie fanden, dass es in London fast schon einem Selbstmordversuch gleichkam, wenn man versuchte, innerhalb der City und dann auch noch während der Rushhour mit dem Auto von A nach B zu kommen. Mit der U-Bahn war es zwar manchmal auch etwas schwierig, pünktlich zu einem Termin zu erscheinen, wenn mal wieder gestreikt wurde oder aufgrund von technischen

Problemen eine Bahn auf der Strecke stehen blieb, aber im Großen und Ganzen fand Leo, dass er mit der U-Bahn und dem Bus in London überall hinkam. Er war selten außerhalb von London unterwegs, und wenn er mal ein Auto brauchte, lieh er sich eines.

Aber heute hatte er keine Lust auf die Massen, die sich in die Abteile quetschten und die Bahnsteige überfüllten. Ganz London schien in Richtung Hyde Park unterwegs zu sein. Sie mussten zwei Bahnen abwarten, bis sie eine mit einem halbwegs leeren Waggon fanden, in dem sie nicht Gefahr liefen, zerquetscht zu werden. Olivia sah missgelaunt aus, anscheinend war es ihr ein wenig peinlich, mit Marie und ihm zu dem Konzert zu gehen. Sie hatte sich der Illusion hingegeben, sich dort mit ihren Freundinnen allein treffen zu können. Das war zumindest ihr Plan gewesen, den Marie mit ihr sogar diskutiert hatte, was Leo wiederum albern fand, denn für ihn war absolut klar, dass kein Mädchen mit elf allein zu einem Konzert gehen durfte, außer vielleicht von einer Schülerband in der Schule, und auch dort hätte Leo sie hingebracht und wieder abgeholt, wenn er überhaupt etwas zu bestimmen gehabt hätte. Olivia hatte sich am späten Nachmittag mit ihrem Urgroßvater Ralph verabredet, dorthin würde sie allein mit der U-Bahn hinfahren, so hatte Marie es bestimmt. Leo war sich sicher, dass auch Ralph die Idee nicht gut fand, seine Urenkelin an so einem Tag allein mit der U-Bahn fahren zu lassen, aber er hatte seiner Enkeltochter das bestimmt nicht gesagt, weil er keinen Streit mit ihr anfangen wollte. Er hatte nur bei Leo angerufen und ihn gebeten, Marie davon zu überzeugen, dass Olivia von ihr oder Leo bis zur U-Bahn gebracht wurde und dass sie ihn anrufen sollten, damit er ihr zur Bahnstation South Kensington schon entgegengehen könne.

Ralph war der erstaunlichste alte Herr, den Leo kennengelernt hatte. Er war jetzt weit über 80, das genaue Alter kannte Leo nicht. Darüber sprach Ralph nicht, und man wagte auch nicht, ihn danach zu fragen. Niemals hatte Leo Ralph nachlässig gekleidet gesehen. Er trug immer Tweedsakkos und Cord- oder Flanellhosen, Anzughemden und ein Einstecktuch in der Brusttasche. Er, Ralph und Olivia hatten schon einige Abende mit Fernsehen im blauen Haus verbracht, wenn Marie wieder lange arbeiten musste. Sie guckten Fußball oder sahen sich eine DVD an – meistens eine Folge von Harry Potter –, aßen Pizza aus der Schachtel oder Sushi, das Ralph mitbrachte. Marie freute sich darüber, wenn Olivia Gesellschaft hatte. Glücklicherweise interessierte sich Olivia auch ein wenig für Fußball, und wenn man ihr versprach, dass sie das nächste Mal einen Harry-Potter-Filmabend machen würden, beschwerte sie sich auch nicht. Leo war unweigerlich zum Potter-Spezialisten geworden, wusste, was Hogwarts war, konnte die vier Häuser von Hogwarts herunterbeten und die wichtigsten Personen den entsprechenden Häusern zuordnen. Er hätte auch strafende und vernichtende Blicke einkassiert, wenn er es gewagt hätte, sich nicht für Harry Potter zu interessieren, denn in diesem Punkt war Olivia vollkommen humorlos. Sie lebte in der Welt von Harry, Ron und Hermine, seit ihr mit neun Jahren der erste Band geschenkt worden war, den sie innerhalb weniger Tage durchgelesen hatte. Marie hatte ihrer Tochter nicht erlaubt, die Harry-Potter-Filme zu sehen oder Hörbücher zu kaufen, bevor sie die Bücher nicht gelesen hatte. Olivia war mit dem ersten Band am Anfang der Ferien in ihrem Zimmer verschwunden und nur zu den Mahlzeiten erschienen, entweder als Ron, Hermine oder Harry, je nachdem, welche Lieblingsfigur sie gerade hatte, erzählte Marie. Die Phase der Initiation lag schon länger zurück. Leo hatte sie nicht erlebt, was er bedauerte, denn es war bestimmt amüsant gewesen, Olivia als Hermine zu sehen. Manchmal ähnelte Olivia Hermine auch, ohne dass sie spielte, sie war besserwisserisch und altklug, allerdings witziger als Hermine. Und sie hatte einen Hang zu waghalsigen, abenteuerlustigen Jungs. Das glaubte Leo zumindest, denn ihre Augen leuchteten, wenn sie über Harry und Ron sprach, wobei sie sich anscheinend nicht entscheiden konnte, ob sie den waghalsigeren Harry oder den lässigeren Ron bevorzugte.

Leo war froh, dass im November der vierte Teil in die Kinos kam, dann würde er auch bald auf DVD erscheinen. Langsam konnte er die ersten drei Teile nicht mehr sehen. Natürlich wusste er, dass der sechste Harry-Potter-Band am 16. Juli, also in zwei Wochen, herauskommen würde, denn Olivia wies ihn und Marie bestimmt einmal am Tag darauf hin. Sie würde in den Nächten vorher wieder nicht besonders gut schlafen und so lange betteln, bis sie mit ihrer Mutter zusammen in die Buchhandlung um die Ecke gingen, die eine Harry-Potter-Nacht veranstaltete.

Und Marie freut sich, dass der sechste Band vor ihrem Cluburlaub auf Fuerteventura erscheint, dachte Leo, denn dann wäre Olivia beschäftigt, während sie selbst auf Männerfang ging. Sie hatte Leo gefragt, ob er nicht mitkommen wolle, aber er hatte dankend abgelehnt. Er stand nicht auf diese organisierten Reisen, wollte lieber in London bleiben und arbeiten. Er hatte vorgehabt, im Herbst nach Brasilien zu fliegen und seine Mutter zu besuchen, aber als er das plante, war Silje noch bei ihm gewesen. Er hatte eigentlich keine Lust, ohne sie zu fliegen. Und eine andere Frau mitzunehmen, die nur als Ersatzspielerin fungieren konnte, weil er nicht mehr mit Silje zusammen war, wollte er nicht. Mit einer Frau ins Bett zu gehen und sie am nächsten Tag wieder zu verlassen machte ihm keinerlei Probleme, aber er hätte es nicht ertragen, längere Zeit mit ihr zu verbringen.

Marie redete auf dem Fußweg zum Hyde Park die ganze Zeit. Dass sie als Jugendliche bei einem Supertramp-Konzert gewesen sei »ohne Wissen meiner Großmutter, das war vielleicht aufregend. Wir haben uns fast bis zur Bühne vorgedrängelt, es war das letzte Konzert von Supertramp in Hamburg. Alle kreischten und jubelten bei *Take a look at my girlfriend* und *School*. Ich hatte meine schwarze abgeschabte Lederjacke vom Flohmarkt mit und trug meine Jeans mit den Löchern, die ich bei meiner Freundin deponiert hatte, weil meine Großmutter sie nicht sehen durfte. Es war absolut super.«

Leo hörte mit Erstaunen zu. Supertramp kannte er natürlich, aber die Musik hatte ihm nie was gesagt. Als sie ihr letztes Konzert in Hamburg veranstaltet hatten, ging er gerade in die Grundschule. Meistens vergaß er, dass Marie so viel älter war als er, sie benahm sich überhaupt nicht so, aber jetzt störte es ihn plötzlich, mit einer Frau und deren Tochter zum Hyde-Park-Konzert zu gehen und nicht mit jemandem in seinem Alter. Aber wenn er das gewollt hätte, hätte er momentan allein gehen müssen. Nachdem Silje ihn verlassen hatte, war er für seine Freunde in der Versenkung verschwunden. Am Anfang hatten sie noch angerufen und versucht, ihn aufzubauen und ihn zu überreden wegzugehen. Er hatte immer sehr kurz und barsch reagiert, wollte keinen von seinen Freunden sehen, weil sie alle Silje gekannt hatten. Er wollte nicht über sie sprechen, wollte nicht an sie erinnert werden. Mit diesem Kapitel in seinem Leben wollte er abschließen. Er wollte es ausstreichen, wenn er es schon nicht auslöschen konnte. Er rief seine Freunde nicht an, und sie taten es irgendwann auch nicht mehr. Nachdem er umgezogen war, wussten nur wenige, wo er wohnte, und wenn mal kurz jemand bei ihm reinschneite, hatte Leo dessen Irritation darüber bemerkt, dass er jetzt mit einer so viel älteren Frau und deren Tochter zusammenlebte. Sie dachten sicher, er hätte sich einen Mutterersatz als Freundin gesucht – und dann auch noch eine Deutsche –, die ihn über den Verlust von Silje hinwegtrösten sollte. Er klärte das Missverständnis nicht auf, und die Besuche wurden seltener. Eine Freundin hatte ihn, kurz nachdem Silje verschwunden war, angerufen und ihn beschimpft, weil er nicht in der Lage gewesen war, das Beste, was ihm bisher passiert war, zu halten. Sie hatte ihn dazu gedrängt, nach Norwegen zu fahren und Silje zurückzuholen oder einen Kompromiss zu finden und, wenn es denn sein musste, für einige Zeit in Norwegen zu bleiben. Aber er würde ihr nicht hinterherfahren, eher hätte er sich freiwillig etwas abgehackt. Er würde ihr nicht nachlaufen, das war nicht sein Stil. Sie hatte sich entschieden, und das musste er respektieren.

Marie hatte glücklicherweise Karten für den ersten Zuschauerblock direkt vor der Bühne bekommen. Leo war erleichtert, dass sie sich nicht über hundert Meter entfernt von schubsenden Menschen, die frustriert darüber waren, die Bühne nur schemenhaft und die Musiker nur als Punkte sehen zu können, bedrängt werden würden, sondern verhältnismäßig gemütlich mit den anderen Auserwählten, die auch VIP-Karten ergattert hatten, ganz in der Nähe der Bühne stehen konnten. Direkt vor der Bühne hatten sich die Fotografen aufgebaut, dahinter gab es ein breites Band von Ordnern. Selten war Leo so glücklich gewesen, so viele Ordnungskräfte auf einem Haufen zu sehen. Obwohl er schon als ziemlich kleines Kind mit seinen Eltern bei Konzerten gewesen war – sie hatten ihn immer mitgeschleppt, deshalb hatte er auch sicher den leichten Gehörschaden –, mochte er die Enge nicht und dass die Gefahr bestand, anderen ungewollt bis auf Tuchfühlung zu nahe zu kommen. Sehr wahrscheinlich war er als kleiner Junge zu oft zwischen den Beinen der Erwachsenen herumgewuselt, immer mit der Angst, dass jemand auf ihn trat, ohne es zu bemerken.

Olivia war glücklicherweise nicht mehr so klein, dass das passieren konnte, und jetzt wippte sie neben ihm von einem Fuß auf den anderen – es war noch eine Stunde bis zum Konzert – und sah sich mit strahlenden Augen um. Plötzlich fand sie es cool, bei dem Live-8-Konzert dabei zu sein. Sie war fast die Einzige aus der Klasse, die hingehen durfte. Die anderen Eltern hatten es ihren Kindern nicht erlaubt und waren selbst zu konservativ oder zu beschäftigt, um mitzugehen. Leo wunderte es, dass Olivia auf eine Privatschule in Battersea ging, auf die sonst nur die Reichen und Snobs aus der Gegend ihre Kinder schickten. Eigentlich passte das gar nicht zu Marie. Sie wollte ihre Tochter doch anders erziehen, als sie selbst erzogen worden war.

Soviel Leo wusste, hatte sie sich in ihrer eigenen konservativen Schule immer als Paradiesvogel gefühlt, weil sie nicht bei ihren Eltern, sondern bei ihren Großeltern lebte, ihren Vater nicht kannte und ihre Mutter, bis sie starb, nur selten bei ihnen zu Hause erschienen war und dann auf mysteriöse Weise auf Ibiza ums Leben kam. Eigentlich hätte Marie ihre Tochter auf eine Schule schicken sollen, wo der Prozentsatz der Alleinerziehenden höher war als auf dieser. Die ersten Jahre war Olivia auch in Camden zur Schule gegangen, hatte Marie erzählt, aber es sei dort nicht so gut gewesen, zu wenig Stil und zu schlechte Manieren der anderen Schüler. Leo hatte sich über Maries Snobismus gewundert, bis er gesehen hatte, woher sie kam. Sie hatte ihm Fotoalben gezeigt, und er hatte sich Bilder von Blankenese und den Hamburger Elbvororten im Internet angesehen. Danach hatte er verstanden, warum sie wollte, dass ihre Tochter sich in den so genannten besseren Kreisen bewegte, auch wenn sie selbst Magenschmerzen bekam, wenn sie bei den Elternabenden mit den Müttern und Vätern aus Kensington zu tun hatte. Dann fühlte sie sich nämlich immer sofort minderwertig, sobald herauskam, dass Olivia keinen vorzeigbaren Vater vorzuweisen hatte.

Wiederholte man wirklich die Fehler seiner Eltern? Marie schien es getan zu haben, obwohl sie sicher alles darangesetzt hatte, nicht in dieselbe Falle wie ihre Mutter zu tappen. Gut, sie war nicht wie ihre Mutter zu früh schwanger geworden, und sie sagte auch, wer Olivias Vater war. Olivia hatte eine lockere Beziehung zu Pete, traf sich ab und zu mit ihm, aber gesehen hatte Leo ihn noch nie. Marie hatte jedenfalls auch keinen Vater für ihr Kind, keinen Partner, der auf Dauer bei ihr blieb. In den vergangenen Monaten ihres Zusammenlebens war Marie nicht oft mit einem Mann ausgegangen oder die ganze Nacht weggeblieben. Entweder hatte sie Sex während der Arbeitszeit, oder sie machte momentan eine unfreiwillige Zeit der Abstinenz durch.

Gerade riss sie die Arme hoch und jubelte lauthals. U2 und Paul McCartney betraten die Bühne. Marie jubelte weiter und verlangte von Leo, dass er sie auf die Schultern nehmen sollte, um besser zu sehen, aber das konnte er mit der Begründung ablehnen, dass er, wenn er überhaupt jemanden auf die Schulter nehmen wollte, doch eher an Olivia denken würde, denn die sei kleiner und habe sowieso Schwierigkeiten, wegen der großen Vordermänner irgendetwas zu sehen außer Schultern und Rücken. Marie jubelte und grölte, sang den Text lauthals mit und bemerkte überhaupt nicht, dass ihre Tochter sie befremdet musterte. In diesem Punkt waren Marie und er sich ähnlich. Er hatte auch ein Talent, sich lächerlich zu machen, ohne es zu bemerken.

3

Was wäre, wenn jetzt hier in der Menschenmenge jemand eine Bombe zündete, schoss es Marie durch den Kopf. Irgendwo ganz in ihrer Nähe, vielleicht nur zehn Meter entfernt? Was würde sie tun? Sich auf den Boden werfen und Olivia nach unten mit sich ziehen, um sie mit ihrem Körper zu schützen? Würde Leo geistesgegenwärtig reagieren und auch alles dafür tun, Olivia abzuschirmen?

Marie schämte sich fast für diese düsteren Gedanken. Alle anderen schienen so ausgelassen zu sein und keine Sekunde an etwas so Unheilvolles wie eine Bombe zu denken. War nicht so etwas vor Jahren auf dem Oktoberfest in München geschehen? Gut, seit damals waren die Sicherheitskontrollen verbessert worden. An den Eingängen hatten Ordner alle Rucksäcke und Taschen gefilzt und alle Glasflaschen einkassiert. Aber was wäre, wenn jemand den Sprengstoff direkt am Körper trüge und die Bombe mittels eines Zeitzünders losginge?

Es war wohl eine Berufskrankheit, dass sie sich solche Szenarien überhaupt vorstellte, obwohl es hier und jetzt nur darum ging, mit ihrer Tochter und ihrem

Mitbewohner zu feiern und Live 8 zu unterstützen. Dass Bob Geldof und die anderen Initiatoren immer wieder den Mut fanden, auf das Elend und den Hunger in Afrika hinzuweisen. Dass sie selbst dort hinfuhren und sich dem Elend vor Ort stellten. Natürlich bringt das auch eine ganze Menge PR in eigener Sache, dachte Marie, aber sie glaubte den meisten Musikern, die heute hier im Hyde Park auftraten, dass das nicht ihr einziges Ziel war. Verzichteten sie schließlich nicht auf ihre Gage?

Es ist ein Fest der Solidarität und der Freude, es gibt hier überhaupt keinen Platz für Angst, dachte Marie. Sie sah zur Bühne, Paul McCartney und U2 sangen gerade *St. Pepper's Lonely Hearts Club Band*. Sie riss die Arme hoch und sang lauthals mit. So konnte sie sich am besten von den trüben und angstvollen Gedanken ablenken. War sie eigentlich besessen von Bomben? Vielleicht – seit sie nämlich wusste, dass ihre Großmutter 1943 in Hamburg als junge Frau ihre fünfjährige Tochter Anna während eines Bombenangriffes verloren hatte, die vor ihren Augen umgekommen war. Ihre Großmutter Therese hatte dieses Unglück bis an ihr Lebensende so sehr belastet, dass sie nicht darüber sprechen konnte oder daran erinnert werden wollte. Erst nach ihrem Tod hatte Marie den Grund für Thereses unterschwellige Traurigkeit herausgefunden und sich dann viel mit den Ereignissen im Juli 1943 beschäftigt.

Mit knapp 20 war sie noch eine glühende Pazifistin gewesen, die wirklich daran geglaubt hatte, dass ihre Generation es schaffen würde, die Welt ohne Waffen zu vereinen, dass sie dafür sorgen würde, die Konflikte ohne Krieg zu lösen. Jetzt glaubte sie das schon lange nicht mehr. Sie hatte aufgehört zu zählen, wie viele Kriege es in den vergangenen Jahren gegeben hatte. Es machte ihr Angst, dass sie nicht alle auf einem anderen Kontinent stattgefunden hatten, sondern auch in Europa. Marie war froh, dass sie keinen Sohn hatte, der vielleicht irgendwann zum Militär hätte gehen müssen.

Bisher hatte es sich noch nicht ergeben, dass sie auch über politische Themen schrieb. Sie schrieb Geschichten aus London und England für deutsche Frauenmagazine, Klatsch über Stars, Reiseberichte und Tipps, Lifestylethemen. Sie unterhielt ihre Leserinnen gerne mit diesen leichten Geschichten. Es brachte Spaß, auf diese Weise Geld zu verdienen, aber manchmal hoffte sie, dass sie doch irgendwann mit einem ernsthaften Thema einen Coup landen würde.

Während des Konzertes heute musste sie keine Interviews mit den Musikern führen, das taten die Korrespondenten von den großen deutschen Zeitungen schon alle, oder sie schrieben einfach das ab, was in den englischen Zeitungen berichtet wurde. Sie hatte sich etwas Spezielles ausgedacht; als freie Journalistin musste man das, um auf dem Markt bestehen zu können. Sie würde eine Reportage über ihre persönlichen Erfahrungen während des Konzertes schreiben, angefangen mit Olivias kurzem Protest, das rote T-Shirt mit der Aufschrift »No More Landmines« anzuziehen, bis hin zu Leos schrägem Rauswurf seines Betthasen, den sie leider nicht live mitbekommen hatte. Das war nicht zu privat, fand sie, darüber konnte sie schreiben, sie würde ja keine Namen nennen, und die betreffende Dame las es sowieso nicht, weil es in einer deutschen Zeitschrift erscheinen würde und sie mit Sicherheit keine andere Sprache außer Englisch beherrschte – und die auch bestimmt nur fehlerhaft.

Marie hatte sich extra etwas rockig angezogen, denn so wollte sie in dem Artikel rüberkommen. Ian, der Fotograf, mit dem sie oft zusammenarbeitete, würde in einer Stunde aufkreuzen, um ein paar Bilder zu machen. Jetzt schwirrte er irgendwo weiter vorne herum auf der Suche nach einem originellen Motiv, das seine Kollegen noch nicht fotografiert hatten. Es würde für ihn schwer werden, denn mit ihm drängelten sich mindestens 50 Fotografen in der ersten Reihe vor der Bühne. Aber Marie hatte Vertrauen zu Ian. Er würde sicher irgendwo das Motiv finden, das zu ihrer Story passte, und zur Not würde sie eben das T-Shirt ausziehen und so tun, als ob sie high wäre. Sie hatte sich extra für diesen Zweck ihren gehäkelten Flower-Power-Bikini angezogen. Mit ein wenig Selbstironie gewürzt, verkaufte sich so etwas immer gut. Aber sie wollte jetzt nicht sofort an die Arbeit denken. Sie wollte sich darüber freuen, dass sie sich ihren Traum erfüllt hatte und jetzt schon seit zwölf Jahren in London lebte. Sie feierte mit den anderen Londonern im Hyde Park, sie war Londonerin und hatte sich gegen alle Widrigkeiten durchgesetzt. Als sie mit Olivia schwanger wurde, kurz nach ihrer Rückkehr nach London, hatte es sich zuerst wie eine einzige nicht zu schaffende Widrigkeit angefühlt, plötzlich Mutter zu werden.

Gar nicht so sehr, keinen sorgenden Vater vorweisen zu können, sondern sich durch die Schwangerschaft bewusst werden zu müssen, dass sie jetzt erwachsen war oder es zumindest sein sollte.

Sie hatte in den ersten Jahren in London viel Liebe und Hilfe von ihrem Großvater Ralph erfahren, der so unverhofft in ihr Leben getreten war. Er hatte ihrer Großmutter einen Liebesbrief geschrieben, der aber erst nach ihrem Tod in Hamburg angekommen und daher durch Marie angenommen und gelesen worden war. In Hamburg hatte sie nicht genau gewusst, wohin sie gehörte: zu ihrem Großvater Friedrich, der sie nie so behandelte, als ob sie Teil seiner Familie wäre? Zu ihrer Mutter Elke, die sich nie besonders für sie interessiert hatte und so früh gestorben war? Als Marie in London Ralph begegnete, hatte sie auf einmal gewusst, wohin sie gehörte, warum sie sich in Hamburg nie verwurzelt gefühlt hatte. Vielleicht war sie im Herzen schon immer Engländerin gewesen? Konnte sich eine solche Vorliebe nicht über Generationen hinweg vererben? Sie liebte den trockenen Humor ihres Großvaters, sie liebte es, in London zu leben. Sie fühlte sich hier so wohl wie nirgendwo sonst, und es war ihr sehr leichtgefallen, Englisch so gut zu lernen, dass sie fast nie mehr für eine Deutsche gehalten wurde.

Sie hatte sich ihr eigenes Zuhause geschaffen und eine kleine Familie gegründet, auch wenn diese Familie etwas anders aussah, als ihre Großmutter Therese es sich für sie vorgestellt hatte. Sie hatte Leo in diesen Familienkreis der etwas anderen Art aufgenommen und gab ihm dadurch den Halt, den er nach dem

Schock mit dieser Silje, die Marie nicht ausstehen konnte, ohne sie zu kennen, dringend gebraucht hatte. Sie tat etwas Gutes damit, dass sie ihn im blauen Haus leben ließ. In seinem Alter war sie genauso haltlos wie er gewesen, hatte nicht gewusst, welche Richtung ihr Leben nehmen sollte. Sie war allein gewesen, obwohl sie damals wieder in Hamburg am Strandweg gelebt hatte. Sie hatte nicht gewusst, wohin sie sich wenden sollte, und wenn sie heute noch manchmal an diese Zeit in ihrem Leben zurückdachte, fragte sie sich, wie sie das alles überhaupt überstanden hatte: so allein, ohne Perspektive, zurückgekehrt aus London, gescheitert. Sie hatte dort nur drei Monate durchgehalten, dann war ihr das Geld ausgegangen, und sie hatte keine Aussicht auf einen festen Job gehabt. Und kaum war sie in Hamburg angekommen, war ihre Großmutter gestorben. Ihr einziger Halt war damit auch noch weggebrochen, und diejenigen, die sich dann noch um sie bemühten, hatte sie weggestoßen. Es war richtig gewesen, so zu handeln, denn nur so hatte sie den Mut gehabt, noch einmal den Weg nach London zu wagen, zuerst einmal, um dem geheimnisvollen Absender des Liebesbriefes an Therese auf die Spur zu kommen, und dann, um einen Neuanfang in ihrer Lieblingsstadt zu versuchen.

Ich bin eine Londonerin, und keinem fällt es auf, dass ich woanders geboren bin, dachte sie fröhlich. Meine Tochter ist eine Londonerin. Sie ist hübsch, sie ist sehr intelligent, sie hat ein Zuhause, dessen sie sich so sicher ist, dass sie es hemmungslos kritisiert, wenn sie ihre zickigen Minuten hat. Ich habe eine Arbeit, die mir gefällt, auch wenn der Traum, wirklich bekannt zu werden, wohl ein Traum bleiben wird.

Ralph hatte ihr damals Türen geöffnet. Sie hatte eine Zeitlang in der Redaktion eines Londoner Szenemagazins gearbeitet. Es war keine Arbeit gewesen, die sie forderte, aber auf diese Weise hatte sie das alltägliche London kennengelernt und die Scheu verloren, mit Leuten ins Gespräch zu kommen und schnell Artikel zu schreiben.

Und sie hatte ein gesichertes Einkommen gehabt und einigermaßen feste Arbeitszeiten, so dass sie ihre kleine Tochter oft selbst aus dem Kindergarten oder der Schule abholen konnte.

Aber nach einigen Jahren hatte die Arbeit ihr zu wenig Herausforderung geboten, und sie hatte angefangen, eigene Reportagen zu schreiben und sie deutschen Zeitungen und Zeitschriften anzubieten. Und sie hatte Glück gehabt. Den Redakteuren gefiel ihre Schreibe, und sie bekam immer mehr Aufträge für Frauenzeitschriften und für Reisemagazine. Es zahlte sich aus, dass sie die englische und die deutsche Art zu denken kannte. Und sie hatte auch oft Glück, was ihre Geschichten anging. Sie hatte sogar einmal mit Hugh Grant geflirtet, allerdings endete der Abend nicht, wie ursprünglich von ihr gedacht, in seinem Bett, weil im letzten Moment ihre Professionalität über die Neugierde und die Lust auf Erotik gesiegt hatte. Sie hätte ihre journalistische Integrität verloren, wenn sie erst mit Hugh Grant ins Bett gegangen wäre und dann darüber geschrieben hätte. Denn das wäre wohl passiert, weil sie die Gelegenheit für so eine Geschichte nicht hätte vorbeigehen lassen können. Stattdessen schrieb sie eine Glosse darüber, wie Grant flirtete, die sich fantastisch verkaufte.

Doch sie war sowieso nicht darauf angewiesen, regelmäßig einen festen Betrag auf ihr Konto zu bringen. Das Erbe ihrer Großmutter Therese war gut angelegt, und Ralph ließ es sich nicht nehmen, ihr regelmäßig etwas zu überweisen. Er bezahlte Olivias teure Privatschule, und ohne ihn hätte sich Marie diese Schule gar nicht leisten können. Für ihn dagegen war es kein Problem. Er hatte als Pilot viel Geld verdient und es bisher nicht ausgegeben. Außerdem hatte er von seinen Eltern Vermögen geerbt, auf das Olivia und Marie als einzige lebende Verwandte Anspruch hätten, wie er beteuerte. Deshalb ging das Mädchen auch auf diese teure Privatschule. Als sie noch in der Camdener Schule war, kam sie einmal mit einem blauen Auge aus der Schule. Man hatte sie verhauen, weil sie angeblich eine Streberin war. Damals hatte Marie beschlossen, Ralphs Drängen nachzugeben und sie auf die Privatschule mit Sitz in Battersea und Kensington geschickt. Ralph kannte den Direktor, also war der Wechsel nicht sehr problematisch, zumal Olivia beim Eignungsgespräch einen tollen Eindruck machte. Offensichtlich gefiel Olivia es auf dieser Schule. Ihre Leistungen waren zwar nicht mehr so gut, und sie schimpfte manchmal über die Arroganz der Kensington-Kids. Einige ignorierten sie, weil sie in keiner guten Gegend, sondern in Camden wohnte und nicht so viel Taschengeld bekam, aber mit der Arroganz und der Herablassung konnte Olivia anscheinend ganz gut umgehen. Dass sie lange fahren musste, schien sie nicht zu stören, und wenn sie keine Lust hatte, nach der Schule quer durch die Innenstadt zu fahren, konnte sie bei Ralph übernachten, was sie auch ab und zu tat. Sie musste nur bis zur Battersea Bridge laufen und dann die Kings Road entlang, dann war sie am Sloane Square in Kensington, wo Ralph wohnte.

Eigentlich wäre Maries Leben gerade perfekt, fand sie, wenn da nicht das ewige Drama mit den Männern gewesen wäre. Sie wusste nicht, warum, aber bisher hatte sie noch nicht den Richtigen gefunden, mit dem sie sich vorstellen konnte, über längere Zeit glücklich zu werden. Es gab immer wieder Anwärter auf diesen Posten. Die meisten hatten nichts gegen Olivia und akzeptierten die manchmal unkonventionellen Arbeitszeiten ihres Jobs. Aber die, die sich vorstellen konnten, mit ihr zusammenzuleben, waren ihr bisher zu langweilig gewesen. Einer hatte fantastisch gekocht, was ihn eigentlich schon für die engere Auswahl qualifizierte, denn Kochen war nicht Maries Lieblingsdisziplin. Aber der Mann, dessen Namen sie schon wieder vergessen hatte, trug beim Kochen eine Schürze und liebte es, die Rezepte seiner Mutter auszuprobieren. Auch das war ja eigentlich kein Hinderungsgrund für eine längere Beziehung, aber er setzte in den paar Monaten, die sie zusammen waren – Olivia war noch sehr klein gewesen –, einiges Fett an, und Marie war sich sicher, dass aus den wenigen Pfunden bald viele werden würden. Er liebte es, zu Hause zu sitzen und an seinen Schiffsmodellen zu basteln. Zuerst hatte Marie es toll gefunden, wie geschickt er war, aber bald hatte sich herausgestellt, dass er nur in diesem Bereich feinmotorische Geschicklichkeit besaß. Sie langweilte sich, blieb aber noch einige Monate mit ihm zusammen, weil sie dachte, sie müsste ihrer Tochter einen Vaterersatz mit Verantwortungsbewusstsein und Ehrgefühl bieten. Pete – Olivias Vater – war nicht treu gewesen und hatte sie zweimal nach einigen leidenschaftlichen Wochen in die Wüste geschickt. Sie war sich sicher, dass Pete auch seine Dauer- und immer wieder neue Lebensgefährtin Heather ab und zu betrog.

Sie hatte sich daher damals fest vorgenommen, für Olivia einen Vater zu suchen, der nicht so sehr in ihr Beuteschema passte, aber dafür besser geeignet wäre, ihrer Tochter Sicherheit zu geben. Aber bei dem einen Versuch mit Norbert – hatte er wirklich so geheißen? – war es dann geblieben. Sie hatten schon nach zwei Wochen nur noch mäßigen Sex, seine Zahnbürste jedoch hatte er gleich nach der dritten Übernachtung mitgebracht, Anspruch auf einen Teil ihres Kleiderschrankes erhoben und doch tatsächlich irgendwann beiläufig von ihr gefordert, dass sie seine Hemden bügeln sollte, wenn er schon immer für sie kochen würde. Das fand sie zwar unmöglich, aber sie erfüllte ihm seinen Wunsch, obwohl sie dabei nicht die gerüschte Schürze trug, die er sich gewünscht hatte. Aber als er sie seiner Familie vorstellte und sie bemerkte, dass seine Eltern fast genauso lebten wie damals ihre Großmutter Therese und ihr Mann Friedrich, sie den konservativen Mief in jeder Ritze ihrer karierten Wohnzimmergarnitur riechen konnte, hatte sie Reißaus genommen, weil sie plötzlich genau wusste, dass sie

Olivia lieber keinen Vater bieten wollte als so einen langweiligen, den sie niemals in ihrem Leben lieben könnte.

Sie wunderte sich manchmal selbst darüber, dass sie noch davon träumte, Mr. Right zu treffen, bei dem alles stimmte, der gut aussah, kochen konnte, abenteuerlustig war, Humor hatte, eigene Interessen besaß, ihren Beruf akzeptierte und sich gut mit Olivia verstand. Wenn sie nicht so romantisch veranlagt wäre, hätte sie sich schon längst bei einer der Dating Lines im Internet registrieren lassen. Zwei ihrer Freundinnen hatten über solche Internetkontakte ihre Ehemänner gefunden, mit denen sie jetzt auch Kinder hatten. Aber Marie konnte die Vermutung nicht unterdrücken, dass ihre Freundinnen mit den Jahren des Wartens, dem lauter werdenden Ticken ihrer biologischen Uhr und dem stetigen Voranschreiten ihres eigenen Lebensalters die Ansprüche an einen Partner immer weiter heruntergeschraubt hatten und so auch mit langweiligem Mittelmaß zufrieden waren.

Sie wollte nicht so wie ihre Großmutter enden, die sich damit abgefunden hatte, nach dem Krieg jemanden zu heiraten, den sie respektierte, aber nicht liebte. Zugegeben, das erste Mal hatte sie aus leidenschaftlicher Liebe geheiratet – und was hatte ihr das gebracht? Erst war die gemeinsame Tochter, die sie von ihrem Seemann Jan gegen alle Widerstände bekommen hatte, während der Bombenangriffe auf Hamburg umgekommen, und kurz danach wurde Jans Boot von einem Torpedo getroffen, und er kam dabei ums Leben.

Danach hatte sich Therese mehr tot als lebendig gefühlt, wie Marie von Ralph wusste. Therese hatte ihm vertraut und ihn sehr geliebt. Er war 1948 ihre Hoffnung auf einen Neuanfang gewesen, aber er hatte sie enttäuscht, und dann war er, ohne etwas aufzuklären, wieder nach England verschwunden.

Und Therese war schwanger zurückgeblieben, mit dem Kind eines Briten im Bauch, was so kurz nach dem Krieg ein Skandal gewesen war. War es da verwunderlich, dass Therese dem erstbesten Mann ihr Jawort gab, der ihr Sicherheit und ein Heim bot und auch noch akzeptierte, dass sie einen Bastard mit in die Ehe brachte?

Es war verständlich, dass ihre Großmutter nicht an Liebe glaubte, fand Marie, aber damals waren auch andere Zeiten gewesen, die überhaupt nicht mit den heutigen zu vergleichen waren. Es war jetzt nicht mehr schlimm, dass Olivias Vater sie nur alle Jubeljahre mal abholte, um etwas mit ihr zu unternehmen. Marie wurde deshalb nicht geächtet, sondern eher bemitleidet. Olivias Defizite in Sachen väterlichen Umgang konnte Ralph hervorragend kompensieren. Er bemühte sich rührend um seine Urenkelin, was machte es da schon, dass er mittlerweile Mitte achtzig war? Er fühlte sich körperlich fit und geistig hellwach. Und seit Leo bei ihnen wohnte, hatte Olivia auch noch das Glück, die Denkweise eines jüngeren Mannes zu erleben – wenn es nicht gerade darum ging, mit Olivias Hilfe dumme, stramme Mädchen mit unmöglich lackierten Fingernägeln aus Leos Bett zu verscheuchen.

Für Olivia brauchte sie also keinen Vater mehr zu suchen, hatte Marie irgendwann vor längerer Zeit beschlossen, und das war für sie der Startschuss, sich erneut in unerreichbare oder unmögliche Männer zu verlieben: verheiratete, neurotische oder geschiedene – oder alles zusammen. Oder es waren Männer, die sich nicht mit ihr zufriedengaben, sondern noch einige Frauen nebenbei haben mussten. Zuerst hatte sie gedacht, dass das für sie kein Problem wäre. Sie war ja schließlich unabhängig und wollte auf keinen Fall heiraten, aber nach einer kurzen schmerzhaften Leidensphase hatte sie gelernt, dass sie sehr wohl eifersüchtig auf die anderen Frauen war, die sie zwar niemals zu Gesicht bekam, bei denen ihr aber schon die Vorstellung reichte, dass sie bestimmt alle hübscher und jünger als sie selbst waren.

Leo war nicht der erste jüngere Mann gewesen, den sie sich ins Bett geholt hatte. Marie konnte sich durchaus vorstellen, einen jüngeren Mann zu lieben, der aber eindeutig älter aussehen als sie selbst und seine Pubertät schon wesentlich länger hinter sich gelassen haben müsste als Leo.

Marie gab sich keiner Illusion hin, dass sie hier während des Konzerts den richtigen Mann treffen würde. So etwas passierte nie, außer in irgendwelchen abgeschmackten Hollywoodschinken. Dennoch wollte sie sich nach einem Mann umsehen, denn wenn sie heute schon nicht die Liebe ihres Lebens fand, dann vielleicht wenigstens jemanden, der für eine Nacht passte, denn sie wollte auf jeden Fall die Tatsache ausnutzen, dass Olivia heute bei Ralph übernachtete.

Jetzt spielte U2 allein: *Beautiful Day.* Leo hatte Olivia auf die Schultern gehoben, damit sie besser sehen konnte. Marie brauchte keine Angst zu haben, dass er sie fallen ließ. Er war bei all dem Chaos in seinem Liebesleben ein verantwortungsvoller Mensch. Verstohlen musterte sie die Muskeln, die sich unter seinem T-Shirt abzeichneten. Er war schon ein Hübscher, fand sie, aber leider nicht ihr Typ. Nicht nur zu jung, auch im Bett hatten sie nicht zusammen gepasst. Eigentlich wusste sie gar nicht, warum nicht. Er sah sehr gut aus, war rücksichtsvoll, roch ungemein gut nach Davidoff. Vielleicht hatte sie sich von Anfang an zu gut mit ihm verstanden. Sie war immer dann am leidenschaftlichsten, wenn ein Mann innerlich Distanz zu ihr wahrte. Dann war sie locker und entspannt. Deshalb hatte es vielleicht im vergangenen Jahr auch nur zu einigen wenigen One-Night-Stands gereicht, bei denen sie niemanden zu nah an sich hatte herankommen lassen, ihren hohen Marktwert jedoch auch mit 37 noch mal bestätigt haben wollte. Beim Sex für eine Nacht genügte es, dass ein Mann einigermaßen gut gebaut war, nicht unangenehm roch, keine Pickel hatte und als nicht allzu dumm rüberkam.

Leo war der perfekte gute Freund. Seit ihrer Schulzeit hatte sie nicht mehr einen so guten Freund gehabt und hoffte, dass er ihr noch lange erhalten bleiben würde.

Sie war nie nach Deutschland zurückgekehrt. Manchmal vermisste sie es, aber nicht so sehr, dass sie einen Flug gebucht hätte. Sie hatte dort niemanden mehr, den sie unbedingt wiedersehen wollte. Ihr ging es in England sehr gut. Sie sang den Text von *Beautiful Day* mit und störte sich auch nicht daran, dass jetzt weiße Tauben in den Himmel stiegen, was sie eigentlich viel zu dick aufgetragen gefunden hätte, wenn sie nicht gerade zu euphorisch gewesen wäre, um kritisch sein zu wollen. Was ihr in diesem Moment noch zu ihrem Glück fehlte, war etwas zum Rauchen. Sie hatte es gestern besorgt und verwahrte es in der Tasche ihrer Jacke. Doch damit würde sie noch warten müssen, denn Olivia sollte auf keinen Fall erfahren, dass sie ab und zu etwas anderes rauchte als normalen Tabak.

Marie sah sich um. Überall schwenkten Zuhörer Fahnen aus verschiedenen Ländern. Und wieder hatte sie das Gefühl, Teil einer globalen Familie zu sein, als sie daran dachte, dass in diesem Moment Millionen auf der ganzen Welt vor den Fernsehern saßen und ihnen hier zusahen. Und dann die anderen Konzerte, die in wenigen Stunden starten sollten, in Philadelphia, in Toronto, in Johannesburg! Sie alle verband das eine Ziel, etwas gegen Armut und Hunger in Afrika zu tun, und vielleicht würden sie es ja doch schaffen, die Welt ein wenig zu verändern und durch diese weltweite Aktion ein ganz klein wenig gerechter zu machen.

Olivia jubelte Coldplay zu. In ihrem Zimmer hing seit neuestem neben Harry-Potter-Postern auch ein Poster von Coldplay. Und Olivia hörte ihre Musik ständig. Marie fand es eigentlich nicht gut, dass ihre Tochter andauernd Musik über ihren iPod hörte, aber sie wollte es ihr auch nicht verbieten. Ihre Furcht, ihre Tochter würde durch solche Verbote aufhören, kooperativ zu sein, war zu groß, und außerdem wollte Marie auf keinen Fall, dass Olivia eine Außenseiterin in der Schule würde, wie sie selbst eine gewesen war. Bei ihr hatte es damals daran gelegen, dass ihre Großmutter sie zu konservativ angezogen und nicht geduldet hatte, dass sie die Musik hörte, die gerade in war, zumindest nicht auf volle Lautstärke, nicht erlaubt hatte, dass sie Partys bei sich zu Hause feierte oder auf welche ging, auch wenn sie das trotzdem getan hatte. Sie hatte oft bei ihrer Freundin übernachtet, deren Eltern viel liberaler waren als ihre Großmutter und ihr erlaubten, mit ihrer Tochter auf Feten zu gehen, ohne Therese etwas zu erzählen, weil sie fanden, dass Marie mehr kennenlernen sollte als die enge Welt ihres Blankeneser Segelclubs.

Marie war froh, dass Olivia noch keine Partys feierte. Mit elf war man dafür noch zu jung, fand sie. Olivia traf sich mit ihren Freunden und tauschte sich über Harry Potter aus oder guckte sich zum hundertsten Mal die Filme auf DVD an. Jungen spielten für sie noch keine Rolle, es sei denn, sie waren genauso von Harry Potter angetan wie sie. Wie entzückend es von Ralph gewesen war, sich mit Harry Potter zu beschäftigen, weil er wusste, dass Olivia das so wichtig war.

Marie hatte es zuerst gar nicht glauben wollen, dass sich jemand so für sie einsetzte und interessierte wie ihr Großvater Ralph. So etwas hatte sie bei ihrer Großmutter nicht erlebt, die sie zwar immer gut versorgte, aber selten wirkliches Interesse zeigte. Und ihre Mutter hatte sie immer nur dann wahrgenommen, wenn es ihr gerade in den Kram passte. Ihr vermeintlicher

Großvater war ihr immer mit kühler Distanz begegnet, und ihren Vater hatte sie nie kennengelernt.

»Jetzt bedank dich nicht ständig bei mir«, hatte Ralph irgendwann gesagt. »Außerdem kannst du mich auch ruhig kritisieren. Du musst mich nicht wie einen Heiligen behandeln, nur weil ich dir geholfen habe. Wir sind doch jetzt eine Familie, und in einer Familie hilft man sich, oder nicht?«

Mittlerweile hatten sie sich schon oft gestritten und wieder versöhnt, eben wie in einer richtigen Familie.

4

Eigentlich hatte Olivia nicht auf das Konzert gehen wollen, auch wenn sie das Gegenteil behauptete. Sie mochte keine großen Menschenansammlungen, und Musik, die tausendfach verstärkt aus riesigen Lautsprechern dröhnte, mochte sie auch nicht. Aber als Leo nebenbei erwähnte, dass auch Coldplay auftreten würde, hatte sie ihre Meinung geändert. Natürlich gab sie das nicht zu. Das Poster von Coldplay hing schließlich nur in ihrem Zimmer, weil das jetzt alle aus ihrer Klasse so machten. Einige hatten sogar schon die Harry-Potter-Poster abgehängt, aber das brachte sie nun doch nicht übers Herz. Cool sein war eine Sache, aber nicht um jeden Preis. Sie konnte sich nicht vorstellen, aufzuwachen, ohne Ron, Hermine und Harry zu sehen. Das Poster aus dem dritten Kinofilm hing am Fußende des Bettes an der Wand, so dass es das Erste war, was sie morgens beim Aufwachen sah. Es hatte eine ganze Zeit gedauert, bis sie begriffen hatte, dass sie kurz vor ihrem elften Geburtstag keine Eule mit der Einladung bekommen würde, nach Hogwarts auf die Schule zu gehen. Natürlich wusste sie schon seit einigen Jahren, dass es nur eine Geschichte war, natürlich wusste sie auch, dass Eulen keine Post transportieren und dass es Hogwarts nicht gab, aber manchmal, wenn sie wieder die Nacht hindurch in ihren Harry-Potter-Bänden gelesen hatte – sie konnte sie fast auswendig –, gab es einen kurzen Moment zwischen Schlafen und Wachen, in dem sie davon überzeugt war, dass sie nicht Olivia Beeken aus Camden war, sondern Ron Wresley oder Hermine Granger oder – wenn sie sich ganz mutig und verwegen fühlte – sogar Harry Potter. Sie träumte davon, auch einen besonderen Auftrag erfüllen zu müssen, gerade in den vergangenen Monaten hatte sie sich oft gefragt, wofür sie eigentlich auf der Welt war. Es musste doch einen tieferen Sinn geben für ihr Leben? Oder war es wirklich so banal, wie ihre Mutter es ihr erklärt hatte: Sie müsse das Beste aus sich herausholen, das könne oft anstrengend werden, aber die Anstrengung würde so lange mit Freude verbunden sein, wie sie etwas tat, das ihr wirklich gefiel. Und man müsse versuchen so zu leben, dass man sich immer mochte. Olivia war sich sicher, dass das ihrer Mutter nicht immer so gut gelang. Manchmal hörte Olivia, wie sie morgens im Bad über ihre schlaffen Brüste, ihren hängenden Po und ihren knochigen Körper schimpfte. Sie sei ja selbst schuld, weil sie zu wenig trainiere, aber wann sollte sie denn auch noch Sport machen mit der Doppelbelastung, quengelte sie dann vor sich hin.

Olivia wusste genau, dass sie ein entscheidender Teil dieser Doppelbelastung war. Manchmal dachte sie, dass es für ihre Mutter viel einfacher gewesen wäre, wenn das damals mit der Schwangerschaft nicht passiert wäre. Wenn sie lange allein in der Wohnung war, weil ihre Mutter so viel arbeiten musste, kamen ihr diese Gedanken. Aber spätestens wenn Marie nach Hause kam, ihr die neuesten Anekdoten erzählte und sie beiläufig, aber warmherzig in den Arm nahm, wusste Olivia wieder, dass es Blödsinn war, so etwas zu denken. Oder ihre Mutter rief an, entschuldigte sich, dass sie so lange wegbleiben musste, und erzählte ihr etwas, obwohl sie eigentlich keine Zeit dazu hatte.

»Na, Schatz, ich habe gerade an dich gedacht. Ich freue mich auf nachher, dann werde ich dir genau erzählen, wie Hugh Grant heute drauf war. Willst du ein Autogramm von ihm?« Es machte nichts, dass Hugh Grant eigentlich eher der Lieblingsschauspieler ihrer Mutter war. Es war einfach süß, dass Mum auch während der Arbeit an sie dachte, obwohl sie doch oft von einem Interview zum nächsten hetzen musste oder beim Schreiben der Reportagen unter Zeitdruck war.

Sie arbeitete zwar auch manchmal zu Hause, aber meistens ging sie in ihr Büro, das sie sich mit anderen freien Journalisten teilte. Dort hatte sie Anschluss und bekam den neuesten Klatsch in den Pausen beim Tee mit. Manchmal ging Olivia nach der Schule in Mums Büro, das in einem Hinterhof einer ehemaligen Fabrik in Soho lag. Im Treppenhaus blätterte die Farbe von den Wänden, und einmal hatte Olivia in der Ecke eine Mausefalle mit einer Maus darin gesehen. Es roch nach Kalk und, wenn es sehr viel geregnet hatte, auch nach Schimmel, und das Licht im Treppenhaus funktionierte oft nicht. Ganz oben war ihr Büro, es gab eine kleine Küche, in der immer jemand saß, einen Konferenzraum, vier kleine Büros mit schlichten grauen Schreibtischen, dafür aber schicken Apple Laptops auf jedem Schreibtisch. Ian, der lässige Fotograf, hatte ganz hinten im Büro sein Atelier, wie er es nannte. Es war eigentlich auch nur ein kleines Büro mit einem grauen Schreibtisch und seinem edlen Apple. Aber er hatte zusätzlich noch eine Dunkelkammer für seine künstlerischen Fotos. Manchmal nahm er jemanden dorthin mit. Olivia hatte er leider noch nicht gefragt, ob sie mitkommen wolle. Sie wäre so gerne dabei gewesen, wenn die Bilder entwickelt wurden. Vor kurzem hatte Debbie mitkommen dürfen, das hatte Marie jedenfalls eines Abends schmunzelnd Leo erzählt und sich dann mit einem Seitenblick auf Olivia nicht weiter dazu geäußert. Aber Olivia wusste sowieso, worum es in der Dunkelkammer gegangen war, sie war ja nicht von vorgestern.

Selbst in ihrer ziemlich elitären Privatschule, in der alle Uniformen und sogar beim Schwimmen den gleichen Badeanzug tragen mussten (glücklicherweise rot, das stand ihr ziemlich gut), wussten ihre Klassenkameraden über Sex Bescheid. Nicht dass irgendjemand von ihren Freunden damit schon Erfahrungen gemacht hätte, aber sie wussten natürlich alle, was Kondome waren und wie man sie anwenden musste. Allerdings hatte Olivia sich geweigert, es anzufassen, als ihre etwas schräge Freundin Maggie eines mit in die Schule gebracht hatte. Sie hatte es aus dem Badezimmerschrank ihrer Eltern geklaut und wollte damit angeben, dass sie keine Angst davor hatte.

Mum bewahrte so etwas nicht im Badezimmerschrank auf, sondern in ihrem Schlafzimmer in der Nachttischschublade. Olivia hatte einmal nachmittags, als sie allein war, nachgesehen. Soweit sie das beurteilen konnte, wurden diese Dinger aber selten in Mums Schlafzimmer benutzt. Es war schon Ewigkeiten her, dass jemand bei ihr übernachtet und sie eindeutige Geräusche aus ihrem Zimmer gehört hatte. Seit Leo bei ihnen wohnte, wusste sie, dass so etwas durchaus öfter passieren konnte. Manchmal hatte Olivia auch ganz früh morgens wildfremde, spärlich bekleidete Frauen auf dem Weg zum Klo getroffen. Sie waren dann aber nicht beim Frühstück dabei gewesen, und Olivia hatte Leo versprochen, Marie nichts von ihnen zu erzählen.

Am Anfang hatte Olivia gehofft, dass aus Leo und Mum etwas werden würde. Es wäre doch cool, so einen jungen Ersatzdaddy zu haben, so etwas hatte sonst niemand aus ihrer Klasse. Aber irgendwie klappte es mit den beiden als Liebespaar nicht. Jedenfalls freute sie sich darüber, dass Leo trotzdem bei ihnen wohnte. So war abends öfter jemand da, wenn Mum bei einem Termin war.

Eigentlich hatte ihre Mutter einen Beruf, der bei ihren Freunden gut ankam, und meistens war Olivia auch stolz darauf, dass ihre Mutter in so vielen verschiedenen Zeitschriften Artikel und Reportagen veröffentlichte, aber heute fand sie es lästig. Mum hatte allen Ernstes von ihr verlangt, dieses »No More Landmines«-T-Shirt zu tragen! Es war zwar rot, aber viel zu groß und schlabberig. Und sie wollte nicht als lebende Werbefläche fungieren, auch wenn es sich um eine politische Parole handelte, die sie normalerweise auch vertreten konnte. Aber sie wusste, dass Ian vorbeikommen würde, um sie zu fotografieren. Marie hatte sie schon instruiert. Sie sollte möglichst euphorisch jubeln, die Arme in die Luft reißen und mitsingen. »Nur fürs Foto«, hatte ihre Mum beteuert. Zwar würde sie es tun, aber sich dabei bestimmt affig vorkommen, weil sie nämlich nicht fotografiert werden wollte. Sie fand sich nicht besonders hübsch, auch wenn Mum ihr immer das Gegenteil einzureden versuchte. Ihr aschblondes Haar sah immer zerzaust aus. Ihre Nase fand sie zu groß und ihre Augenbrauen ein wenig zu buschig. Aber dafür konnte sie richtig böse gucken, und den Jungs in der Schule flößte das Respekt ein. Sie hatte hellbraune Augen wie ihr Vater, aber den Mund und die Nase von Marie. Du hast die Augen meiner Schwester, sagte Ralph manchmal, und Olivia war stolz darauf, denn genau das machte Familie aus: dass man sagen konnte: »Ich sehe so aus wie mein Urgroßvater oder meine Großmutter.« Olivia hatte nicht viele solcher Geschichten zu erzählen. Ihre Urgroßmutter Therese kannte sie nur von einigen wenigen Aufnahmen, die schon leicht vergilbt waren. Von ihrer Großmutter Elke gab es noch weniger Bilder, die eine Frau in bunten Kleidern, mit vielen klappernden Armreifen am Handgelenk und einem Wust von Haaren zeigten – eben ein Hippie.

Die Familie ihres Vaters Pete hatte sie ein paar Mal gesehen. Sie waren alle nett zu ihr gewesen, aber Olivia hatte mitbekommen, wie sie hinter vorgehaltener

Hand über sie geredet hatten: »Das arme Kind kann ja nichts dafür, dass seine Mutter so einen Lebenswandel hat. Sie hat sich Peter ja förmlich an den Hals geworfen. Wie großzügig Heather ist, dass sie ihm zweimal verziehen hat.« Die Familie ihres Vaters mochte sie nicht besonders. Sie wohnten alle in Brixton, und Olivia hatte schon ganz früh gelernt, dass man in Brixton einfach nicht wohnte. Dass man auch in Camden nicht wohnte, hatte sie erst in ihrer neuen Schule gelernt, und zuerst war sie jedes Mal sauer gewesen, wenn jemand darüber die Nase rümpfte, aber glücklicherweise hatte sie ja Pat und Maggie, die sie immer verteidigten, wenn ihr jemand blöd kommen wollte. Dabei half ihr auch, dass sie ungleich mehr Schimpfwörter kannte als ihre sehr brav gescheitelten Widersacherinnen. Meistens hatten sie ihren Schimpftiraden nichts mehr entgegenzusetzen, sondern wandten sich angewidert ab.

Die anderen Schüler hatten keine Ahnung, was wirklich abging. Sie blieben in ihrem schicken Stadtteil und wurden nach der Schule von ihren Müttern zum Hockey, Golf oder Musikunterricht gekarrt, sie hatten einen extrem straffen Zeitplan. Nur Pat und Maggie hatten nach der Schule Zeit zum Chillen, Pat, weil seine Eltern fast immer verreist waren und er seinem Kindermädchen egal war, und Maggie, weil sie zu Hause sowieso nur auf ihre kleinen Geschwister hätte aufpassen müssen.

Olivia liebte es, U-Bahn zu fahren. Sie hatte eine Jahreskarte für den gesamten Stadtbezirk. Manchmal, wenn sie wusste, dass niemand Zeit für sie hatte, fuhr sie die Circle Line einmal ganz herum oder sie stieg irgendwo aus und nahm den nächsten Doppeldeckerbus. Mum mochte es nicht, wenn sie lange allein unterwegs war, aber meistens bekam sie das ja gar nicht mit. Manchmal rief Mum übers Handy an, um abzuchecken, was sie tat, aber da konnte man ja was erfinden.

Jetzt betrat Elton John die Bühne. Olivia fand ihn zu schräg und zu fett. Warum kann der sich nicht endlich zur Ruhe setzen?, dachte sie. Er hat genug Geld verdient, und besser wird seine Stimme auch nicht. Um sie herum schienen die Leute das Gleiche zu denken. Die Stimmung war längst nicht so begeistert wie eben noch bei Coldplay. Elton John trug eine Sonnenbrille und eine schwarze lange Jacke, die seinen Bauch aber nicht kaschieren konnte. Im Hintergrund klatschte ein Chor rundlicher farbiger Frauen beim Singen in die Hände. Absolut nicht mein Fall, dachte Olivia. Sie mochte keinen Kitsch, keine schreiend bunten Klamotten und schon gar nicht menschliche Verhaltensweisen, die darauf ausgerichtet waren, auf die Tränendrüse zu drücken. Sie sah zu ihrer Mutter hinüber, die sich begeistert im Takt wiegte. Konnte es sein, dass Mum wirklich nicht bemerkte, wie sehr es auch bei diesem Konzert um die PR der Sänger ging und nicht nur um die gute Sache?

Jetzt betrat Pete Doherty die Bühne. Durch Mum wusste Olivia ganz genau, wer Pete Doherty war, dass er eine On- und Off- Beziehung mit Kate Moss hatte, ständig Drogen nahm, dabei auch noch fotografiert wurde und dass die Presseleute sich nicht zu schade waren, die Fotos zu veröffentlichen. Das verstand Olivia an dem Beruf ihrer Mutter nicht. Journalisten verdienten das meiste Geld nicht dadurch, dass sie einfach nur informierten, sondern indem sie über Skandale schrieben, je schmutziger und menschenverachtender, desto besser. Mum hatte so etwas bisher nicht nötig gehabt, aber Olivia wusste, dass auch sie darauf hoffte, irgendwann den ganz großen Coup zu landen.

Olivia konnte Prominente verstehen, die Paparazzi wütend attackierten. Sie wusste, dass sie niemals in diesem Geschäft arbeiten wollte, weder als Journalistin noch als Fotografin. Sie wollte etwas Sinnvolles tun, Menschen helfen, so wie Leo vielleicht. Aber als sie ihrer Mutter erzählte, sie wolle Physiotherapeutin werden, hatte Marie sie scharf angesehen und gesagt, dass sie erst einmal ihre A Levels in der Schule machen solle, ihr Abitur, und wenn sie dann wirklich keine Lust hätte zu studieren, könnten sie ja noch einmal darüber reden.

Pete Doherty sah vollkommen fertig und zugedröhnt aus. Nicht dass Olivia jemals vorher live jemanden zugedröhnt gesehen hätte, aber so stellte sie es sich eben vor. Er torkelte über die Bühne, versuchte vergebens, sich seine schwarze Uniformmütze so aufzusetzen, dass sie auch tatsächlich oben blieb. Zum Schluss warf er sie ins Publikum. Er war spindeldürr, fast so dünn wie die afrikanischen Kinder auf den Fotos, die im Fernsehen eingeblendet wurden, wenn es darum ging, Geld zu sammeln. Er hatte sich zwar einen roten Schlips um den Hals geschlungen, ihn aber nicht zugebunden. Olivia vermutete, dass er das in diesem Zustand nicht mehr zustande gebracht hatte.

Elton John schien Dohertys Verfassung nicht zu stören, denn er sang unbeirrt weiter, als Doherty seinen Einsatz verpasste. Sie sangen *Children of the Revolution*, und Olivia dachte: Wenn so die Revolution aussieht, betrieben von einem alternden, dicken Rockstar und einem Drogenabhängigen, will ich lieber keine Revolution.

Eigentlich hatte sie sowieso schon lange genug von diesem Spektakel. Und sie hatte Durst. Hier irgendwo in der Nähe musste es doch etwas zu trinken geben. Auf dem Weg hierher hatte sie einen Stand gesehen. Sie drehte sich zu ihrer Mutter um und zog sie am Ärmel. »Mum, ich geh mal dahinten hin und hol mir 'ne Cola«, sagte sie. Ihre Mutter nickte nur kurz, dann tanzte sie weiter. Merkte sie wirklich nicht, wie peinlich die Vorstellung da vorne auf der Bühne momentan war?

Olivia bahnte sich einen Weg durch die Menge. Es war nicht leicht, und mit Leo im Schlepptau wäre es sicher einfacher gewesen, aber auch der war vollkommen vertieft in die Musik. Also musste sie es mal wieder allein in die Hand nehmen. Das war nichts Neues, das kannte sie sehr gut, aber dennoch hätte sie gerade jetzt ganz gerne jemanden an ihrer Seite gehabt, der sie an die Hand nahm und durch dieses Chaos führte, der sich für sie in der Schlange vor den Getränkewagen anstellte und ihr auch die Cola bezahlte. Aber so musste sie sich alleine durchdrängeln. Sie stand in der langen Schlange, wartete darauf, dass sie drankam, und versuchte, einen coolen Gesichtsausdruck aufzusetzen. Die vielen Menschen und der Lärm aus den riesigen Boxen machten ihr plötzlich Angst. Und sie hatte so großen Durst. Wie lange dauerte es denn noch, bis sie endlich an die Reihe kam? Ihr war heiß, und sie konnte ihre Mutter und Leo nicht mehr sehen. Irgendwie hatte sich die Struktur der Menge in der kurzen Zeit, die sie schon am Getränkewagen anstand, geändert. Und jetzt wusste sie nicht mehr genau, wo Marie und Leo waren. Olivia hatte sich beim Weggehen gemerkt, dass sie neben jemandem gestanden hatten, der eine italienische Fahne schwenkte, doch jetzt konnte sie diese Fahne nicht mehr sehen. Wie weit war sie eigentlich gegangen? Und was wäre, wenn sie hier in dem Getümmel verloren ging? Gar nicht zu ihrer Mutter zurückkehrte? Sehr wahrscheinlich würde es sehr lange dauern, bis ihre Mutter überhaupt bemerkte, dass sie nicht mehr da war. Sie dachte momentan nur an sich und ihren Spaß. Sie konnte manchmal so egoistisch sein, und dann mochte Olivia sie gar nicht. Sollte sie Mum auf dem Handy anrufen? Aber das hatte sie bestimmt nicht eingeschaltet. Oder sie würde es bei all dem Lärm nicht hören.

Endlich war sie an der Reihe und bekam ihre Cola. Sie stellte sich abseits und trank in langen Zügen aus. Vielleicht würde es ihr danach bessergehen, und sie wüsste wieder, in welche Richtung sie gehen musste, um Leo und Mum zu finden. Aber auch die kühlende Wirkung der Cola half nichts. Sie war immer noch orientierungslos und schämte sich dafür, dass sie in diesem albernen Trikot mit der Aufschrift »No More

Landmines« neben einem Getränkewagen stand und mit den Tränen kämpfte. Harry Potter wäre so etwas nicht passiert. Wie oft war er in seinem Leben schon allein gewesen! Und immer hatte er für sich eine Lösung gefunden. Oder seine Freunde waren aufgetaucht. Harry konnte sich darauf verlassen, dass Ron und Hermine immer in der Nähe waren, wenn ihm etwas Schlimmes passierte, und sie ihn dann aus dem Schlamassel wieder herausholten.

Wo war ihr Retter? Sie verharrte regungslos neben dem Getränkewagen und starrte auf die Bühne, um sich davon abzulenken, dass sie bei all den Menschen nicht mehr wusste, woher sie gekommen war.

Eben sprach Bill Gates. Er sagte irgendetwas über Erfolg und dass man Erfolg dann hatte, wenn man wusste, was funktionierte. Olivia holte ihr Handy heraus und wählte Leos Nummer. Leo hatte sein Handy bestimmt so laut gestellt, dass er es hören konnte.

Es klingelte mehrmals hintereinander. Niemand ging ran. Olivia wollte schon auflegen, bevor die Mailbox ansprang, aber dann hörte sie ganz leise Leos Stimme, als ob er nicht nur ein paar Meter, sondern Kilometer entfernt wäre.

»Olivia, was ist? Ich habe mir schon Sorgen gemacht. Findest du den Weg nicht zurück? Soll ich dich holen?«

Warum wusste Leo manchmal besser als Mum, was sie brauchte?

»Ja, ich bin beim Getränkewagen, den müsstest du von dir aus sehen. Ich habe ihn jedenfalls gesehen, als ich noch bei euch stand. Bitte, hol mich ab, ich warte hier. Und ich will nicht mehr hierbleiben. Kannst du mich zur U-Bahn bringen? Und sag Mum Bescheid, dass es für mich in Ordnung ist, wenn du mich bringst. Sie muss ja arbeiten.«

Glücklicherweise hatte sie ihre Stimme wieder im Griff, nur das erste Ja hatte etwas piepsig geklungen.

»Ich komme sofort«, sagte Leo. »Ich sehe den Getränkewagen. Bleib, wo du bist. Ich sag nur schnell deiner Mutter Bescheid.«

Olivia rührte sich nicht vom Fleck, bis sie Leo erblickte. Sie erkannte ihn an seinen vielen schwarzen Locken, die wild von seinem Kopf abstanden. Normalerweise versuchte er sie zu bändigen, aber heute sah er aus wie ein Hippie.

Leo erkannte, dass sie Angst gehabt hatte. Sie brauchte gar nichts zu sagen. Er nahm sie sanft bei den Schultern und führte sie durch die Menschenmenge in Richtung Ausgang. Sie spürte seine warme feste Hand auf ihrer Schulter und wünschte sich, nicht elf, sondern mindestens 20 zu sein.

»Ich hole dir ein Taxi«, sagte Leo, als sie auf der Straße angekommen waren. »Das habe ich mit Ralph so abgesprochen. Wir wollen nicht, dass du jetzt allein mit der U-Bahn fährst.«

»Aber das wäre doch überhaupt kein Problem. Ich bin so oft allein unterwegs. Du weißt, dass ich Meisterin im U-Bahn-Fahren bin. Und ich habe doch die Jahreskarte.«

»Sicher, das weiß ich, aber dennoch finde ich, dass du nicht allein fahren sollst. Oder soll ich dich mit der U-Bahn bringen? Das würde ich auch tun ...«

»Nein, dann hol mir lieber ein Taxi. Ich will nicht, dass du noch mehr von dem Konzert verpasst. Geh wieder zu Mum zurück. Die hat sich so auf das Konzert gefreut. Und sag ihr, dass es mir leidtut, wenn ich jetzt nicht als Fotomodell für Ian dienen kann. Sicher fällt ihm was anderes ein. Du kannst dich doch fotografieren lassen, mit Mum im Arm. Das wäre eine nette Story, Journalistin trifft jugendlichen Verehrer beim Konzert.«

Leo zuckte mit den Achseln. »Ich denke, das wird sich wohl nicht vermeiden lassen.«

Leo gab dem Fahrer des Taxis das Geld und schärfte ihm ein, Olivia sicher nach Chelsea zu bringen. Er strich ihr sanft über den Kopf und lächelte.

»Ich rufe Ralph gleich an und sage ihm, dass du jetzt losfährst«, sagte er.

Olivia nickte. Sie konnte nichts sagen, weil sie sich so darüber freute, dass Leo es nicht egal war, wie es ihr ging.

5

Es ist ein Segen, dass Leo bei Marie und Olivia gestrandet ist, dachte Ralph. Marie hätte Olivia bestimmt auch heute allein durch die Stadt fahren lassen und keinen Gedanken daran verschwendet, was für Leute während des Konzerts unterwegs sein könnten. Mit Marie hätte er auch gar nicht darüber reden können, dass er sich um seine Urenkelin Sorgen machte, wenn sie am Tag des Live-8-Konzertes nachmittags allein unterwegs war. Sie hätte nur abgewinkt und gesagt: »Das ist doch kein Problem, Ralph, nachmittags, überleg bitte mal, was soll denn da passieren? Sie hat ihr Handy an, überall sind Kameras und Leute, die aufpassen. Und ich bin mir sicher, dass sich Olivia auch wehren kann.«

Manchmal verstand er seine Enkeltochter nicht. Auf der einen Seite war sie eine wirklich gute Mutter, die sich auf ihre Tochter einstellte, sehr selten mit ihr schimpfte, für die größten Marotten Verständnis aufbrachte und auch nicht sehr streng war. Sie machte sich darüber Gedanken, ob Olivia in der Schule genug Gesundes zu essen bekam, sie kaufte nur Biogemüse und -früchte, sie hatte ihm, als Olivia klein war, nicht erlaubt, Plastikspielzeug zu kaufen, weil sie Angst hatte, dass darin Substanzen enthalten sein könnten, die giftig sind. Sie kontrollierte streng – wenn sie da war –, was Marie im Fernsehen sah und wie lange sie am Computer saß, und verlangte auch von ihm, genauso streng zu sein.

Diese Verhaltensweisen schätzte Ralph als typisch deutsch ein, denn so war es für ihn leichter, Milde und Verständnis dafür aufzubringen. Wenn er es nicht so sähe, würde er schnell dahin kommen, ihren biologisch-dynamischen Fimmel einfach hysterisch zu finden. Dass jemand sich für gesunde Lebensmittel einsetzte, war ja gut, aber musste Marie es denn so übertreiben? Sie hatte auch kein Auto, weil sie die Umwelt nicht noch mehr belasten wollte – mit dem Erfolg, dass sie mit Olivia selten mal aufs Land fuhr, da sie das wiederum zu umständlich fand. Dabei würde es Olivia doch so guttun, mehr Zeit auf dem Land verbringen zu können. Sie kannte mit ihren elf Jahren fast nur die Stadt, oder sie flog mit ihrer Mutter in eine weit weg gelegene Ferienoase, die mit dem Land, in dem sich diese befand, rein gar nichts zu tun hatte. Olivia lebte in einer fast künstlichen Welt, fand Ralph, doch er wollte seine Enkelin nicht verärgern, und deshalb sagte er nichts. Vielleicht war er auch nur einfach zu alt, um die Lebensweise der jüngeren Leute zu verstehen.

Aber er wusste genau, dass die U-Bahn immer Gefahren barg. Es waren immer so viele Leute dicht gedrängt in einem Waggon, die Massen von Touristen und die Einheimischen. Dieses Gedränge am Morgen und am Abend, die Hitze in den Waggons im Sommer, das Kreischen der Bremsen und wie man durchgeschüttelt wurde, wenn der Zug seiner Meinung nach zu schnell eine Kurve nahm. Er wusste, dass Olivia all das liebte, aber heute musste sie wohl darauf verzichten.

Ralph pfiff leise vor sich hin, während er das Bett in Suzannes altem Zimmer für Olivia bezog. Jetzt stand hier wieder das antike Mahagonibett, das Suzanne sich damals ausgesucht hatte. Zwischendurch hatte es im Keller zwischengelagert werden und einem Körbchen, dann einem Gitterbett und danach einem Kinderbett aus hellem Holz Platz machen müssen. Ralph war sich darüber im Klaren, dass die Tage gezählt waren, an denen Olivia mit Vergnügen hier übernachten wollte. Es würde nicht mehr lange dauern, und dann wäre er für seine Urenkelin nur noch alt und uninteressant. Dann würde sie nicht mehr an seinen Lippen hängen, wenn er ihr die alten Geschichten aus seiner Zeit bei der British Airways erzählte, die er natürlich immer so ausschmückte, dass er als Held da stand, zum Beispiel bei seiner Notlandung in der Sahara. Er hatte ihr erzählt, dass er seine Crew damals tagelang durch die Wüste geführt habe, bis sie an eine Oase kamen. Das entsprach nicht ganz den Tatsachen. Er war zwar in der Wüste notgelandet, aber nach einigen Stunden war schon Rettung da gewesen. Aber warum sollte er der fünfjährigen Olivia nicht ein paar Geschichten erzählen? Sie hatte damals auf seinem Schoß gesessen und an seinen Lippen gehangen. Er hatte spüren können, wie ihr Herz schneller schlug, wenn er zu der

Stelle kam, als er bei der Notlandung fast in eine Elefantenherde hineingeraten war und ein Blutbad unter den Elefanten nur vermeiden konnte, weil er im letzten Moment die Schnauze der Boeing noch hatte hochziehen können. Sie strahlte ihn mit ihren hellbraunen Augen an, die jede Gefühlsregung unmittelbar widerspiegelten, und er fühlte sich wieder genauso fröhlich wie damals als Junge, wenn er seine Schwester mit seinen ausgedachten Geschichten zum Lächeln und Strahlen brachte. Es war egal, dass Olivia einige Jahre später die Quelle für die Notlandungsgeschichte herausfand – nämlich eine Erzählung von Antoine de Saint-Exupéry – und seine Urenkelin ihm danach seine Geschichten nicht mehr ganz so unkritisch abnahm. Für eine Weile war er ihr Held gewesen, und nur das zählte.

Dass er plötzlich eine erwachsene Enkeltochter bekam, war schon ein Wunder gewesen, aber als er dann kurze Zeit später erfuhr, dass Marie schwanger war, wäre er fast in die Kirche gegangen, um eine Kerze zu spenden, wenn er nicht vor langer Zeit beschlossen hätte, dass die Sache mit dem Glauben albern und nur für schwache Leute gedacht war, die unerträgliche Lebenssituationen dadurch rechtfertigten, dass Gott es so gewollt habe. Ralph war auch der Grund egal, warum er auf einmal mit einer Familie gesegnet wurde, einer lebendigen kleinen Familie, die anstrengend war, o ja, manchmal so anstrengend, dass er froh war, sich zwischendurch in seine ruhige, aufgeräumte Wohnung zurückziehen zu können. Aber nach einigen Tagen ließ ihn die Sehnsucht doch wieder in das kleine blaue Haus in Camden kommen, das Marie partout nicht aufgeben wollte, auch wenn Olivia jetzt einen so weiten Schulweg hatte.

Bald muss Olivia da sein, dachte Ralph. Er ging in die Küche und rührte das Gulasch noch einmal um, das er heute Morgen zubereitet hatte. Es war Olivias Lieblingsgericht, und Marie kochte ihr das nicht. Sie hatte selten Zeit und Lust, sich länger in der Küche aufzuhalten, als um Reis oder Nudeln mit Gemüse und Hühnerfleisch im Wok zuzubereiten. Er hatte außerdem Apfelkompott mit Zimt gemacht. Der Tisch vor dem Kaminofen war gedeckt. Hier aßen sie, seit seine Urenkelin nicht mehr alles vom Tisch fegte. Das Holz lag schon bereit. Ja, es war Juli und es war warm draußen, aber er und Olivia liebten es, während des Essens ins Feuer zu sehen, und deshalb standen dann eben um diese Jahreszeit die Türen zum Balkon auf, damit es drinnen durch den Kaminofen nicht zu heiß wurde.

Heute am frühen Morgen hatte Ralph im Internet zum neuesten Harry-Potter-Band recherchiert und versucht, mehr Details über den sechsten Band herauszubekommen, aber er hatte kein Glück gehabt. Es gab nur die Vermutungen des Fanclubs, die so abstrus waren, dass er sich gar nicht die Mühe gemacht hatte, sie sich zu merken. Dass Harry mit Hermine zusammenkam, war für ihn und Olivia ausgeschlossen. Hermine liebte Ron, und langsam gelangte seine Urenkelin in ein Alter, wo es sie interessierte, wie das mit dem Verliebtsein ging. Sie stritt zwar ab, dass sie irgendjemanden aus ihrer Klasse gut fand, aber ihre Augen leuchteten immer, wenn sie Anekdoten über ihren Kumpel Pat erzählte. Ralph wusste, dass er sie darauf nicht ansprechen durfte, sondern abwarten musste, bis Olivia mit dem Thema anfangen würde. Ein Gutes hatte das Alter wahrhaftig: Man war geduldig und konnte abwarten, ohne zu drängeln.

Sie würden nicht fernsehen. Ralph gefiel das Aufheben um das Live-8-Konzert im Hyde Park nicht. Was für verlogene Leute das sind!, dachte er. Die Musiker wollen doch durch ihr Engagement nur mehr CDs verkaufen. Ralph mochte es nicht, wenn mit dem Elend anderer Geschäfte gemacht wurde. Das erinnerte ihn zu sehr an die Zeit nach dem Zweiten Weltkrieg, die er in Deutschland verbracht hatte und in der er auch Therese kennengelernt hatte. Dass man helfen wollte, fand er sehr lobenswert, aber das konnte man auch anonym oder zumindest so, dass man nicht ständig darüber sprach. Er selbst hatte bestimmt zu viel damit angegeben, dass er während der Berliner Blockade mit einem Wasserflugzeug Lebensmittel nach Berlin geflogen hatte. Klar, er hatte dadurch enorme Vorteile gehabt, besonders bei Frauen, allerdings nicht bei Therese, die er in dem Moment, als sie erfuhr, dass er Flieger war, verlor.

So etwas wollte er mit Marie nicht erleben, und deshalb hatte er ihr an einem trüben Tag im März alles gestanden: dass er nach dem Tod seiner Schwester die erste Gelegenheit wahrgenommen hatte, sich zur British Air Force zu melden, kaum dass er alt genug dazu war. Er hatte ihr erzählt, mit welcher Begeisterung er nach Deutschland geflogen war, damit dort seine Kameraden die Bomben abwerfen konnten, die Unheil über das verhasste deutsche Reich bringen sollten. Er hatte sogar unter Tränen gestanden, dass er selbst bei dem Angriff auf Altona, bei dem Thereses erste Tochter Anna starb, dabei gewesen war und sein Flugzeug genau über dem Gebiet, in dem Therese gewohnt hatte, gekreist und Bomben abgeworfen hatte. Marie verurteilte ihn nicht dafür, sondern hatte seine Hände ergriffen und gestreichelt, geweint und ihn getröstet. Dass er sich so um Olivia kümmerte, war auch eine Wiedergutmachung an Therese, das wussten er und auch Marie. Er fand, dass Marie dies manchmal zu sehr ausgenutzt hatte, wenn es darum gegangen war, dass er auf Olivia aufpassen sollte, als sie noch klein war. Aber er hatte es gern gemacht, denn er wollte ja helfen, wo es nur ging. Also war er nach kurzer Zeit ein Spezialist in Sachen Kinderspielplätze geworden. Er war mit dem Kinderwagen kreuz und quer durch den Hyde Park gezogen, hatte am Serpentine Lake Rast gemacht und auf der Terrasse des Cafés Tee getrunken, während Olivia in ihrem Buggy fröhlich an einem Brötchen mampfte. Er besuchte mit ihr Museen, wenn es ihm zu langweilig wurde, allein spazieren zu gehen, oder wenn es zu kalt war. Besonders gern ging er in das Royal Albert Museum mit seinen riesigen Dinosaurierskeletten, und als Olivia alt genug war, diese wahrzunehmen und aus dem Buggy auszusteigen, stellten sie die Besuche nicht ein, sondern führten sie fort. Allerdings etablierte Ralph hierfür eine ganze Anzahl von Regeln, an die sich Olivia halten musste, wenn sie hinterher das versprochene Eis mit Schlagsahne, das es bei ihrer Mutter selten gab, essen wollte. Sie durfte nicht über Absperrungen klettern. Sie durfte die Ausstellungsstücke nicht berühren, sie durfte nicht durch die Räume laufen oder zu laut reden. In der Regel machte Ralph ihr vor, wie sie sich zu verhalten hatte, und Olivia machte es bereitwillig nach, weil sie ihm gefallen und auf keinen Fall auf das Eis verzichten wollte. Bei einem Kind war die Erziehung einfach, fand Ralph, da konnten sich die Kinder nicht gegenseitig aufstacheln. Er und seine Schwester waren nicht so leicht zu bändigen gewesen, daran erinnerte er sich noch gut und auch an die vielen Nachmittage, die er wegen einer Ungezogenheit, die in seinen Augen nie besonders schwerwiegend gewesen war, bei Zimmerarrest hinter verschlossener Tür hatte ausharren müssen. Unten versammelte sich der Rest der Familie zum Abendessen, aber er durfte auch dann nicht hinuntergehen. Es gehörte zur Strafe, die anderen sich prächtig amüsieren zu hören. Ralph hatte damals den Eindruck, dass sie lauter lachten, als wenn er dabei gewesen wäre. Das war die schlimmste Tortur gewesen, die seine Schwester Elizabeth aber jedes Mal beendet hatte, indem sie ihm heimlich Essen hochbrachte. Natürlich wusste Ralph, dass er solche Erziehungsmethoden wie damals nicht mehr anwenden durfte, wenn er Wert darauf legte, seine Urenkelin auch weiterhin zu sehen. Aber als Olivia zwischen zwei und fünf Jahre alt war, wünschte er sich manchmal die alten Formen herbei, denn Olivia kannte wenig Grenzen, und wenn er ihr welche beigebracht hatte, schaffte es Marie oftmals in kurzer Zeit, sie wieder aufzuweichen und ihrer Tochter zu erlauben, sie zu überschreiten. Ralph hielt nichts von militärischem Drill, aber er wollte, dass Olivia sich benahm, wenn er mit ihr unterwegs war, und auch in seiner Wohnung sollte sie einige Regeln einhalten, die sie anscheinend von zu Hause nicht kannte. Es war ein mühsames Geschäft, aber irgendwann hatte er seine Urenkelin so weit, dass sie nicht mehr die Füße auf den Couchtisch legte, den Mund beim Kauen schloss, nicht schlürfte oder schmatzte, beim Essen gerade saß und nicht mit dem Essen herumspielte. Ralph war sich sicher, dass auch Therese, wenn sie noch lebte, auf ein Mindestmaß an guter Erziehung bestanden hätte, und so fühlte er sich in seinem Tun bestätigt, besonders seit Olivia in die Privatschule ging und einigermaßen gute Noten nach Hause brachte, begierig lernte und auch mit ihren Schulkameraden gut zurechtkam.

Er sah auf die Uhr. In wenigen Minuten musste sie da sein, wenn nicht zu viel Verkehr auf den Straßen herrschte. Er betrachtete sich im Spiegel, strich sein Haar mit dem Kamm zurück, trug noch einmal Aftershave auf, damit er nicht zu sehr wie ein alter Mann roch, und straffte sich, als er hörte, wie der Fahrstuhl in seinem Stockwerk hielt.

Würde Olivia heute als Ron, Hermine oder Harry auftreten? Ralph vermutete Hermine, denn Olivia war heute Nachmittag längere Zeit mit Marie zusammen gewesen, und danach war sie meistens die altkluge, sehr intelligente, strenge Hermine, als ob sie ein Gegengewicht zu ihrer manchmal zu sehr auf jung getrimmten Mutter bilden wollte.

Es war ein Spiel zwischen ihnen, nichts mehr. Ralph machte sich keine Gedanken darüber, dass Olivia manchmal lieber Ron, Hermine oder Harry sein wollte als sie selbst. So waren Kinder eben. Er selbst hatte einen Großteil seiner Kindheit damit verbracht, sich einzureden, er wäre Charles Lindbergh und hätte gerade den Atlantik überflogen. Auch als ihm schon Haare wuchsen, wo er als kleiner Junge nie welche vermutet hätte, war eine seiner Lieblingsbeschäftigungen, in seinem Zimmer mit einem Modell der *Spirit of St. Louis* zu spielen, mit der Lindbergh 1927 von New York nach Paris über den Atlantik geflogen war. Durch diese Fantasien war das Leben für ihn interessanter geworden, denn um was drehte es sich im Leben eines Jungen sonst? Um Schule, Sport, seine Familie, Freunde aus der Nachbarschaft, mit denen er als höchstes Abenteuer Äpfel klaute oder im Wald Feuer machte. Manchmal war ihm das alles zu langweilig gewesen. Er wollte Abenteuer, er war sich sicher, dass er zu Größerem berufen war, als nur ein normales Leben zu führen. Dass das vermeintlich Große wohl das Schäbigste werden würde, was ein Mensch tun konnte, nämlich einen Bomber fliegen zu lernen und damit Menschen umzubringen, ahnte er damals nicht. Er hatte versucht, Olivia diese Einstellung verständlich zu machen. Er hatte ihr beschrieben, wie seine Schwester Elizabeth in seinen Armen an ihren Verbrennungen gestorben war, weil Deutsche Bomben über ihrem Haus in Richmond abgeworfen hatten. Er hatte ihr das Gefühl des Hasses und des Zorns, der Verzweiflung und des alles andere vernichtenden Wunsches nach Vergeltung beschrieben.

Er hatte damals Deutsche töten wollen, um seine Schwester zu rächen, hielt es mit dem Alten Testament: »Aug um Aug und Zahn um Zahn«. Zuerst hatte Olivia nicht verstanden, aber als Ralph sich darauf besann, Vergleiche zu Harry Potter anzustellen – er wusste, dass das nicht ganz korrekt war, aber er konnte nicht anders –, begriff sie plötzlich. Die Deutschen waren die Todesser und Lord Voldemort Hitler, die ihn, Harry – Ralph war froh, dass Olivia ihm damals nicht die Rolle von Ron zuwies –, töten wollten und schon Mitglieder seiner Familie bedroht oder getötet hatten. Plötzlich wurde ihr klar, worum es Ralph damals gegangen war, und Ralph war erneut darüber erstaunt, wie groß der Einfluss dieser Romane auf seine Urenkelin war. Es störte ihn nicht. Er hatte alle bisher erschienenen fünf Bände gelesen und festgestellt, dass es um mehr ging als um eine abenteuerliche Geschichte in einer Welt der Magie, nämlich um Freundschaft, um Treue, um Fairness, Gerechtigkeit, den Zusammenhalt der Familie, wahre Liebe und das Recht auf Freiheit. Und es ging darum, diese Dinge gegen eine böse, tödliche Macht zu verteidigen. Ralph hoffte nur inständig, dass Joanne K. Rowling vorhatte, den siebten und letzten Band mit einem guten Ende ausgehen zu lassen. Es gab Gerüchte, dass Harry, Ron oder Hermine getötet werden würden, und Ralph konnte sich lebhaft vorstellen, dass Rowling das während des Schreibens sicher hier und da vorgehabt hatte, um der Geschichte endlich ein Ende zu setzen, aber für Olivia wäre es ein Desaster, denn Olivia wollte daran glauben, dass immer das Gute und Edle siegte.

»Hi, Dumbledore«, begrüßte Olivia ihn lächelnd mit leicht hochgezogenen Augenbrauen, was Ralph darauf schließen ließ, dass sie heute erst einmal Hermine verkörpern wollte. Er war auf den Vergleich mit Dumbledore stolz: Schließlich war er der größte lebende Zauberer, der mehrere Orden besaß wie »Ganz hohes Tier« oder »Großzauberer«. Vor zwei Jahren hatte Olivia ihn noch voll Ehrfurcht so genannt, weil sie tatsächlich geglaubt hatte, dass er über magische Kräfte verfügte. Er besaß schließlich eine Zauberkiste, Olivia hatte sie ehrfürchtig die »Goldene Zauberkiste« genannt, weil sie mit Intarsien aus Messing verziert war, die Ralph jedes Mal auf Hochglanz polierte, bevor sie kam. Aus dieser Kiste zauberte er, als sie klein war, immer wieder fantastische Dinge hervor, wie etwa einen alten Sextanten. Er hatte als junger Mann gelernt, mit einem Sextanten umzugehen, und freute sich darüber, die Handhabung nicht vergessen zu haben und bei seiner kleinen Urenkelin damit Eindruck schinden zu können. Oder er schrieb ihr Geschichten mit einer Gänsefeder auf Pergamentpapier, das er extra besorgte, und benutzte dazu ein marmornes Tintenfass, das er sich irgendwo auf der Welt bei einer seiner Stopps zwischen zwei Flügen gekauft hatte. Olivia, die schon früh an den Computer gelassen worden war und von ihrer Mutter nie handgeschriebene Briefe, sondern SMS oder Mails bekommen hatte, bewahrte diese Pergamentbögen in einem geschnitzten Kästchen auf, das er irgendwann aus Indien mitgebracht hatte. Als Olivia klein war, bestaunte sie einen Elefanten aus schwarzem Mahagoni mit echten Stoßzähnen, den er ihr stolz präsentierte, aber vor kurzem hatte sie die Information aus der Schule mitgebracht, dass es verboten und Tierquälerei sei, die Stoßzähne der Elefanten für Kunsthandwerk zu verwenden.

Ralph bemerkte schon länger, dass seine Autorität und Glaubwürdigkeit langsam bröckelten und er seiner Urenkelin nicht mehr jede Geschichte auftischen konnte. So hatte er begonnen, in Buchläden nach spektakulären Reiseberichten und ausgefallenen Fotobildbänden zu suchen, um sie dann mit seiner Urenkelin anzusehen, denn neben Harry Potter liebte sie es, Geschichten aus fernen Ländern zu hören, und Ralph war sich sicher, dass es sie, sobald sie mit der Schule fertig war, nicht mehr lange in England halten würde.

»Hi, Dumbledore«, sagte sie noch einmal und trat verlegen von einem Fuß auf den anderen. Seit kurzer Zeit gab sie ihm keinen Kuss mehr zur Begrüßung, aber sie wusste noch nicht so recht, mit was sie die Lücke füllen sollte. Ralph fasste sie sanft an den Schultern, das ließ sie noch zu.

»Ich habe heute Morgen im Internet recherchiert, um was Neues über den sechsten Band rauszufinden«, begann er. Seit neuestem war die erste Viertelstunde ihrer Begegnung immer etwas kompliziert. Früher war sie gleich in seine Wohnung gestürmt, hatte alle Zimmer inspiziert, ob alles beim Alten geblieben war und, wenn es Veränderungen gegeben hatte, diese kommentiert. Heute traute sie sich nicht mehr, sich in seiner Wohnung so unbefangen zu bewegen. Ralph vermutete, dass ihr vor kurzem klargeworden war, wie alt ihr Urgroßvater schon war, und dass sie womöglich Angst davor hatte, im Badezimmer über sein Gebiss zu stolpern.

»Willst du Tee?«, fragte er sie, denn das nahm ihr in der Regel die Befangenheit. »Ich habe Ingwerkekse, meine Nachbarin hat sie für mich gebacken.«

Er wusste, dass Olivia Ingwerkekse liebte, in der Hinsicht war sie wirklich sehr britisch, und für seine Nachbarin, eine rüstige 80-Jährige, mit der er ab und zu ein heimliches Tête-à-Tête hatte, war es eine große Freude, ihn ein wenig zu umsorgen, wann immer sich ihr die Gelegenheit bot.

Olivia folgte ihm mit schlaksigen Schritten in die Küche. Bei einigen Bewegungen meinte Ralph eine Ähnlichkeit mit ihrer Urgroßmutter Therese durchblitzen zu sehen: wie sie sich ihr Haar mit einer schnellen Bewegung der linken Hand aus dem Gesicht strich oder wie sie manchmal mitten im Gespräch verstummte, aus dem Fenster sah und kurzzeitig zu vergessen schien, dass sich noch jemand im Raum befand.

Heute war es allerdings anders. Sie erzählte ihm, wie peinlich sich ihre Mutter während des Konzertes aufgeführt habe, und Ralph verspürte einmal mehr keine Lust, seine Enkelin zu verteidigen, sondern ließ Olivia einfach reden und wartete ab, bis sich ihre Wut wieder gelegt hatte, denn er wusste, dass sie nicht lange sauer auf ihre Mutter sein konnte, weil sie zu genau wusste, dass sie neben Ralph ihre einzige Verwandte war, zu der sie Kontakt hatte außer Pete, aber der zählte nicht.

6

7. Juli 2005, Kristiansand

Jetzt parken. Kein Auto anfahren, weil die Hände beim Lenken so zittern. Vorsichtig. Dann aussteigen und nicht vergessen, die Tür zu verschließen. Wo ist das Abflugterminal? Warum habe ich meine Mutter nicht mitgenommen? Sie hätte mich bis zum Schalter gebracht, hätte dafür gesorgt, dass ich richtig einchecke, und wäre dann mit dem Wagen wieder nach Spangereid gefahren. Sie hatte sich sogar angeboten, mich zu fahren. Es wäre um so vieles leichter, wenn sie jetzt da wäre, dachte Silje, während sie versuchte, ihre Knie in den Griff zu bekommen, die unter ihrem Gewicht nachgeben wollten. Sie sah sich um in der Hoffnung herauszufinden, wo das Abflugterminal lag.

Sie flog nicht gerne und hatte es bisher, wenn möglich, vermieden. Sie zog es vor, mit dem Schiff unterwegs zu sein, mit der Bahn oder mit dem Auto. Sie mochte es einfach nicht, mit so vielen Menschen in einer Aluminiumröhre in Schwindel erregender Höhe durch die Luft geschossen zu werden. Sie war sich sicher, dass sie nicht dazu bestimmt war zu fliegen. Sie glaubte, dass sie dazu bestimmt war, auf dem Boden oder dem Meer zu bleiben. Leo dagegen liebte es zu fliegen. Endlich hatte sie die Abflughalle und den Check-in-Schalter gefunden. Sie fliege mit SAS, hatte ihre Mutter gesagt. Das bedeutete zweimal umsteigen, einmal in Oslo und dann in Kopenhagen. Sie war nicht zu spät am Flughafen, weil sie auf der ganzen Strecke von Spangereid nach Kristiansand zu schnell gefahren war. Sie kannte die Strecke und jede Kurve genau, aber die Touristen, die ihr entgegenkamen und hilflos bis kämpferisch hinter dem Steuer der geliehenen Wohnmobile saßen, hatten teilweise mit Entsetzen im Gesicht auf die Bremse getreten, wenn sie um die Ecke geschossen kam. Vielleicht gibt es doch einen Gott, dachte Silje, der jetzt dafür sorgt, dass ich diese Fahrt unbeschadet überstehe. Die Frau am Check-in-Schalter hatte alles vorbereitet und drückte Silje mitfühlend das Ticket in die Hand. »Viel Glück«, rief sie ihr noch nach, anscheinend hatte ihre Mutter sie über die Umstände der Reise informiert. Bei der Sicherheitskontrolle musste Silje die Schuhe ausziehen, wurde mit dem Metalldetektor abgetastet, musste ihre Tasche auspacken. Am liebsten hätte sie geschrien: »Hört auf damit, der Anschlag ist heute doch schon passiert.« Aber vielleicht hätten sie die Sicherheitsleute dann nicht weiter durchgelassen, sondern als potenzielle Gefahr eingestuft. Sie ging zum Gate. Ihr Flug nach Oslo war noch nicht aufgerufen. Sie hörte ihre Schritte auf dem harten Boden knallen, der Weg bis zum Gate war nicht weit, der Flughafen von Kristiansand ziemlich klein. Sicher sind die Start- und Landebahnen auch kürzer als woanders, dachte Silje ängstlich. Je näher sie dem Gate kam, desto kurzatmiger wurde sie. Das war alles zu viel, eigentlich wollte sie das nicht, warum war sie nur auf diese unmögliche Idee gekommen, dachte sie. Um Leo zu retten? Vielleicht war ihm überhaupt nichts zugestoßen und sein Akku nur im genau falschen Moment wieder leer gewesen, wie das früher bei ihm schon oft vorgekommen war. Vielleicht hatten das Quietschen und die Schreie einen ganz anderen Hintergrund, versuchte sie sich einzureden. Aber sie wusste auch, dass die Chance nicht sehr hoch war. Die Anschläge waren passiert. Das war eine Tatsache. Und er war auf der Circle Line unterwegs gewesen. Vielleicht war ihm etwas zugestoßen, und er lag jetzt irgendwo im Krankenhaus, am Bett seine neue Freundin, die sich rührend um ihn kümmerte. Wie wäre es für sie, wenn sie nach London käme und feststellen müsste, dass ihr Platz schon längst von einer anderen Frau eingenommen worden war? So unmöglich kam ihr das gar nicht vor. Er hatte nicht Schluss gemacht. Er hatte alles Recht der Welt, sich auf eine neue Beziehung einzulassen, auch wenn sie vielleicht nur dazu dienen sollte, seinen Verlust zu überdecken. Sie hatte sich in den vergangenen Monaten überhaupt nicht gemeldet. Da musste er doch davon ausgehen, dass sie ihn mit ihrem Weggang auch aus ihren Gedanken und ihren Gefühlen gestrichen hatte.

Aber um jetzt umzukehren, war es zu spät. Und sie musste die Gewissheit haben, dass er lebte. Sie konnte nicht länger in Norwegen sitzen, immer wieder seine Handynummer wählen oder in der Praxis anrufen und darauf hoffen, dass er sich irgendwann meldete. Auch nur eine Stunde länger ohne etwas zu tun hätte sie nicht ausgehalten. Und deshalb stieg sie in die Boeing

737 ein, suchte ihren Platz – zum Glück war es ein Platz am Gang, so musste sie nicht aus dem Fenster sehen und konnte sich, während sie in voller Höhe flogen, vorstellen, sie säße in einer Straßenbahn. Wenn sie katholisch gewesen wäre, hätte sie sich bekreuzigt. So saß sie nur mit ineinander verhakten Fingern sehr aufrecht in ihrem Sessel und schloss die Augen, als die Turbinen hoch liefen und aufheulten und sich das Flugzeug in Bewegung setzte, um zu starten. Nach Oslo war es ein kurzer Flug, nur 45 Minuten. Es gab nichts zu essen und zu trinken. Silje hatte großen Durst, aber den musste sie jetzt unterdrücken. Glücklicherweise war der Platz direkt neben ihr frei, so konnte sie ihren Arm auf die Lehne legen, ohne ihren Nebenmann berühren zu müssen. Sie bemerkte, wie die Stewardess besorgt zu ihr herübersah – sehr wahrscheinlich sah sie erbärmlich aus. Silje ignorierte ihren Blick, sie wollte auf keinen Fall angesprochen werden, denn dann würde sie die Fassung verlieren, und das wollte sie nicht. Die Reise würde noch sechs Stunden dauern, mit dem Zwischenstopp in Oslo und in Kopenhagen, da musste sie fit sein. Sie schloss die Augen und versuchte an nichts zu denken.

Kurz vor der Landung sah sie dann doch aus dem Fenster auf der anderen Seite. Unter ihr breitete sich das Meer aus, das sich zum Oslofjord verengte. Sie sah kleine rote Holzhäuser auf schroffen Steininseln, die von grünlichem Moos und Flechten überzogen waren und dem Grau einen lieblichen Akzent verliehen. Sie sah Segelboote und kleinere Motorboote und eine Passagierfähre. Sehr wahrscheinlich war das die von der

Color Line auf ihrem Weg von Oslo nach Kiel. Sie wäre jetzt gern dort unten auf dem majestätischen Schiff gewesen. Sie hätte sich in die Panorama-Bar in die Spitze des Buges gesetzt und darauf gewartet, bis sie Alkohol hätte bestellen können, und dann hätte sie Irish Coffee getrunken.

Die Landung verlief ohne Komplikationen, und Silje empfand keine Angst mehr. Vielleicht waren ihre Nerven ja schon über das Maß hinaus belastet, das sie ertragen konnte, und sie funktionierte nur noch wie ferngesteuert. Vielleicht würde sie während des Fluges von Oslo nach Kopenhagen oder auf dem von Kopenhagen nach London die Nerven verlieren, denn der Flug dauerte länger, und sie hätte mehr Zeit, sich auf das zu konzentrieren, was heute Morgen in London geschehen war. Bildete sie es sich nur ein oder war die Stimmung auf dem Osloer Flughafen angespannt und trübsinnig? Auch hier lief überall CNN. Es war gespenstisch. Der Ton war fast immer abgestellt, aber Silje hörte ununterbrochen die Sirenen der Polizei und Unfallwagen heulen. Dieses typische Kreischen der Londoner Sirenen. Sie sah nicht genauer hin. Sie wollte die Gesichter der Verletzten nicht sehen, weil sie Angst davor hatte, Leo unter ihnen zu entdecken, und wusste nicht, wovor sie mehr Angst hatte: dass er schwer verletzt wäre oder dass er am Arm einer Frau aus dem U-Bahnhof käme und Silje sofort erkennen würde, dass die Schlacht für sie schon längst verloren war. Sie wollte ihm von Angesicht zu Angesicht begegnen, ohne vorher schon Bescheid zu wissen, was ihm zugestoßen war.

7

6. Juli 2005, London

Der Plan, in der Mittagspause abzuhauen, entstand in dem Moment, als die Lautsprecherdurchsage kam. Sie hatten gerade Mathe, und Olivia versuchte gar nicht, irgendetwas zu verstehen, ebenso wenig wie Pat, doch das brauchten sie auch nicht, denn sie wussten, dass ihnen Maggie alles noch einmal erklären würde, wenn sie danach fragten. Außerdem, wen konnte Schule eigentlich interessieren, wenn es darum ging, ob London den Zuschlag für die Olympiade bekam oder Paris, wenn in diesem Moment woanders Zeitgeschichte geschrieben wurde? Das war wieder typisch für ihre Schule, fand Olivia, dass sie sich nicht auf die Bedürfnisse der Schüler einstellte und alle in der Aula versammelte, damit sie live verfolgen konnten, wie die Entscheidung ausfiel, sondern selbstverständlich Unterricht machen mussten. Olivia wünschte sich nicht oft, in einer staatlichen Schule zu sein, aber an diesem Vormittag schon.

Die Durchsage kam um zwei Minuten nach zwölf. Bestimmt sitzt der Direktor mit seiner Sekretärin vor dem Fernseher, dachte Olivia. Ihr würde nur die Wiederholung in den Nachrichten bleiben. Klar gab es immer welche, die dieser Umstand nicht zu stören schien, allen voran natürlich Ellie. Sie tat so, als ob sie die Tatsache, dass London 2012 die Olympiade austragen würde, langweile, und genauso machten es ihre Anhänger. Aber Pat sprang von seinem Stuhl auf, riss Olivia von ihrem hoch und tanzte mit ihr in der Klasse herum. Maggie jubelte im Sitzen. Das fand sie bequemer. Eigentlich wartete Olivia darauf, dass Ellie spitz bemerkte, dass sie doch gar keine Engländerin, sondern Deutsche sei, weshalb sie sich denn eigentlich so freue? Doch das tat sie zur Abwechslung mal nicht. Gut für sie, dachte Olivia. Denn dieses Mal hätte sich die zarte Ellie von ihr ganz bestimmt eine gefangen, und es wäre ihr egal gewesen, dass ihre Mutter extrem sauer geworden wäre und sie einen Tadel von der Schulleitung und vielleicht auch noch einen Besuch bei der Schulpsychologin riskiert hätte. Sie war ja schließlich vaterlos, da konnte man nicht vorsichtig genug sein. Ellie blieb still. Endlich läutete es, und die Mittagspause begann. Eigentlich war es verboten, in der Mittagspause das Schulgelände zu verlassen, aber heute kümmerte sich niemand darum. Alle waren irgendwie aufgekratzt. Maggie wollte nicht mitmachen, Pat meinte, das läge daran, dass sie dann das Mittagessen ausfallen lassen müsste, und Maggie nahm ihm diese Bemerkung nicht übel. »Besser, als von jedem Windhauch umgehauen zu werden, weil man so dünn und leicht ist«, gab sie zurück. Pat grunzte nur gutmütig.

Es war sicher auch einfacher, zu zweit zu verschwinden. Olivia ging zu ihrem Spind und nahm ihren

Rucksack mit den Klamotten heraus, die sie hier immer deponierte, wenn sie nach der Schule gleich auf Achse und nicht in Uniform mit der Bahn unterwegs sein wollte. Sie stellte ihren Schulranzen in den Spind, denn den würde sie heute nicht mehr brauchen. Hausaufgaben würden sehr wahrscheinlich nicht aufgegeben werden, so gemein konnten die Lehrer nicht sein.

Pat holte die Umhängetasche mit seinen Ersatzklamotten aus dem Schrank. Sie passten einen Moment ab, in dem niemand am Schultor war, und versuchten möglichst lässig hindurchzuschlendern, als ob es ganz normal wäre, um diese Zeit das Schulgelände zu verlassen. Sie gingen schneller, bis sie um die Ecke waren und sich die Schule nicht mehr in Sichtweite befand, dann holte Olivia ihr Handy aus dem Rucksack und stellte es ab.

»Mach du das Gleiche«, forderte sie Pat auf, »damit sie uns nicht erreichen und den Spaß verderben können.« Aber sie wusste, dass Pat sein Handy mal wieder nicht aufgeladen hatte. Sie aßen bei Burger King und zogen sich dann auf der Toilette um. Olivia trug Jeans und ein Sweatshirt mit Union-Jack-Aufdruck, das sie heute Morgen extra eingepackt hatte. Und einen Schal in Rot-Blau, mit dem sie ihre Haare zurück band.

Pat sah in seiner Jeans und seinem braunen Sweatshirt etwas langweilig aus, fand Olivia, aber sie hoffte, dass es auf dem Trafalgar Square eine kleine Fahne gab, die er schwenken könnte.

Der Trafalgar Square war gerammelt voll mit Menschen. Einige saßen sogar auf der Nelson-Statue, doch das schien keinen zu stören. Viele jubelten und bliesen in Tröten. Musik dröhnte über den Platz. Es wurde gegrölt, einige wirkten ziemlich betrunken. Olivia fand das Gedränge und die Lautstärke etwas unheimlich, aber sie sagte nichts, denn sie wollte nicht plötzlich uncool wirken. Auf einer Leinwand wurde noch einmal der Moment der Entscheidung gezeigt, und alle jubelten. Danach kamen Bilder aus Paris, und viele pfiffen, Pat auch, Olivia konnte es leider nicht. Sicher war es irgendwie ausländerfeindlich, wenn sie sich so darüber freute, dass Frankreich nicht gewonnen hatte, aber die Franzosen hätten es bestimmt genauso gemacht.

Pat sprang aufgeregt neben ihr auf und ab, gerade wurde ein Lied von Robbie Williams gespielt, und er sang den Text mit und machte Robbies Bewegungen nach. Das sah ein wenig blöd aus, weil Pat nicht in den Takt hineinkam. Normalerweise hätte Olivia ihm das auch gesagt, aber nicht heute. Sie entdeckte jemanden, der kleine Union Jacks verkaufte, und besorgte zwei. Es waren nur wenige Kinder auf dem Platz, die wohl alle zu den Touristen gehörten. Wenn ich von jemandem darauf angesprochen werde, warum ich auf dem Platz und nicht in der Schule bin, dachte Olivia, tue ich so, als komme ich aus Deutschland.

Auch wenn es zu voll und laut war, war es doch so cool, im Zentrum des Geschehens zu sein und alles aus nächster Nähe zu erleben. Mum würde das bestimmt verstehen, wenn sie herausbekäme, dass sie die Schule geschwänzt hatte, aber sie würde es sicher sowieso nicht bemerken. Heute Nachmittag hatten sie in der Schule AG Chor. Da fiel es nicht besonders auf, wenn sie nicht dabei waren. Und Mum war außerdem sicher viel zu beschäftigt, um an sie zu denken.

Neben ihr standen jetzt zwei süße Jungen, die mindestens einen Kopf größer als sie selbst waren. Sie sprachen Englisch mit einem niedlichen amerikanischen Akzent. Olivia stieß Pat in die Rippen.

»Guck mal, sind die nicht süß?«, fragte sie ihn.

»O ja, supersüß«, sagte Pat gelangweilt und verdrehte die Augen. Wie blöd bin ich denn?, dachte Olivia. Er ist ein Junge, auch wenn ich es manchmal vergesse, und steht absolut nicht auf Jungs.

»Soll ich woanders hingehen«, fragte er spitz, »damit du in Ruhe flirten kannst?«

»Etwa eifersüchtig?«, fragte Olivia.

»Nee, bestimmt nicht«, antwortete Pat.

»Warum redest du dann so einen Schwachsinn?«, sagte Olivia.

»Nur so eben.«

Egal, dachte Olivia. Sie wollte die Jungen unbedingt kennenlernen. Sie schubste Pat in ihre Richtung.

»Sag was!«, zischte sie.

»Warum denn, mach du doch«, erwiderte er.

»Zicke«, gab Olivia zurück, guckte Pat dabei aber lieber nicht an. Sie wusste, dass er es hasste, wenn sie ihn so nannte. Aber manchmal benahm er sich eben wie eine Zicke. Das kam wohl davon, dass er keinen Teamsport machte und er noch nie auf dem Spielfeld vor versammelter Mannschaft zusammengestaucht worden war.

Doch Pat bewegte sich wirklich in die Richtung der beiden Jungs.

»Hi«, grüßte er, »die da interessiert sich für euch. Ist vielleicht ein wenig bissig, aber sonst ganz nett.« Olivia fand das unmöglich, aber leider war Pat nicht in ihrer Reichweite, sonst hätte sie ihn wegen seiner Unverschämtheit geknufft. Er hatte mit ihnen in Kontakt treten sollen, aber doch nicht mit so einem Spruch. Sie bemerkte, wie sie auch noch rot wurde. Am liebsten wäre sie abgehauen und hätte die drei Jungen, die jetzt lachten, weil sie sich offensichtlich über sie lustig machten, stehen gelassen, aber sie befürchtete, dann wieder Angst in dieser großen Menschenmasse zu bekommen wie beim Hyde-Park-Konzert.

Also blieb ihr nichts anderes übrig, als stehen zu bleiben und so zu tun, als ob es sie überhaupt nicht störte, dass sie zum Gespött gemacht worden war. Jetzt winkte Pat ihr zu.

»Olivia, komm her, die beißen nicht, die sind sogar aus New York«, rief er, und irgendwie hatte sie den Eindruck, dass er New York mit einem gewissen Spott betonte. Er wusste, dass sie New York verehrte. Es war schon anstrengend, wenn die besten Freunde alles über einen wussten. Und außerdem – warum tat Pat plötzlich so, als ob er nicht mit ihr nach New York abhauen wollte?

Zögernd ging sie zu den dreien hinüber und versuchte, ihr lässigstes Grinsen aufzusetzen. Aber die Jungen beachteten sie nicht, sondern lachten sich über alles Mögliche schlapp. Pat hatte echte Vorteile, weil ihm immer lockere Sprüche einfielen, was ja auch nötig war, wenn man so klein und schmächtig war wie er und trotzdem zu den Coolen gehören wollte. Manchmal riss er allerdings den Mund schon zu weit auf und hatte es mehr als einmal riskiert, für seine Frechheiten Prügel einzustecken.

Die beiden Jungen aus Manhattan, Brüder, lebten ein Jahr in London, weil ihr Vater hier irgendwas Wichtiges zu tun hatte. Daraus machten sie ein Riesengeheimnis, als ob ihr Vater mindestens bei der CIA wäre. Eigentlich waren es ziemliche Angeber, aber wenn sie aus dem Big Apple kamen, mussten sie wohl so sein. Auf jeden Fall sahen sie unheimlich süß aus, fand Olivia, besonders der Größere mit seinen rotblonden Haaren und den vielen Sommersprossen. Außerdem sah man ihm an, dass er regelmäßig Sport trieb. Vielleicht spielte er sogar Eishockey oder Basketball. Das taten doch alle in den USA. Sie lachte mit den Jungen und machte Scherze über die Franzosen. Es war lustig, aber dann zogen sie etwas aus einer Tüte heraus, das so aussah wie Wodka. Ja, es sah genauso aus wie die Flasche, die bei Mum im Schlafzimmer im Schrank stand. Brian und Roger setzten den Flaschenhals an den Mund und nahmen beide einen kräftigen Schluck. Dann gaben sie die Flasche an Pat weiter.

»Pat, mach das nicht!«, wollte Olivia rufen. Am liebsten hätte sie ihm die Flasche aus der Hand geschlagen, aber sie wollte ihn auch nicht bloßstellen. Er wollte cool sein, das verstand sie ja, er wollte größer wirken, als er war, aber warum musste er das ausgerechnet damit erreichen, dass er Alkohol trank und dann auch noch Wodka? Hatte er das wirklich nötig? Sie fixierte ihn mit dem vernichtendsten Blick, den sie auf Lager hatte, aber Pat ignorierte sie. Er prostete den

Amis zu, die Olivia jetzt gar nicht mehr süß fand, und trank in langen Zügen.

Dann gab er ihr die Flasche. Aber sie würde nicht trinken, auch wenn sie dafür riskierte, vollkommen uncool und klein zu wirken. Sie wusste genau, was Alkohol ihr antun konnte, und wollte nicht damit anfangen. Es würde ihr mit Sicherheit auch gar nicht schmecken. Die Jungen sagten irgendetwas von kleinem Mädchen und tranken weiter. Ab und zu gaben sie Pat die Flasche, und er trank auch, obwohl Olivia sah, dass er schon ziemlich blass geworden war. Irgendetwas musste passieren, auch wenn Olivia überhaupt nicht wusste, was sie sich wünschen sollte. Am liebsten würde ich Leo anrufen, dachte sie, der wird bestimmt wissen, was zu tun ist, aber dann wird Mum es erfahren. Wird sie es tatsächlich so locker nehmen, dass ich geschwänzt habe? Sollte sie Pat auf dem Trafalgar Square stehen lassen und nach Hause fahren? Dann würde sie sich bestimmt ziemlich viel Ärger ersparen. Aber sie konnte Pat nicht im Stich lassen. Er war ihr Freund. Sie musste bei ihm bleiben.

Pat fing schon an zu schwanken. Die beiden Amis bemerkten das und verabschiedeten sich schnell. Sie wollten wohl keine Scherereien. Und wussten anscheinend genau, dass Pat noch viel zu jung war, um Alkohol zu trinken. Sie verschwanden so schnell, dass Olivia überhaupt nicht verfolgen konnte, wohin sie gingen.

Aber was sollte sie jetzt mit Pat anfangen? Der schwankte hin und her und kicherte noch merkwürdiger als sonst.

»Komm, ich bring dich nach Hause«, sagte Olivia, aber er schien nicht zu hören. Er schwenkte seine Fahne und kicherte nur immer weiter.

»Iss doch toll hier«, lallte er. »Lass uns noch jemanden finden, der was zu trinken hat.« Sie zog an seinem Ärmel, aber er reagierte nicht. Warum war er plötzlich so stark? Normalerweise konnte sie ihn leicht zur Seite schieben, wenn sie wollte. Jetzt setzte er sich in Bewegung, aber in die völlig falsche Richtung. Er strebte zur Mitte des Platzes auf die Statue zu. Wollte er etwa versuchen, da raufzuklettern? Er würde bei diesem Versuch bestimmt abstürzen. Und warum lief er plötzlich so schnell? Eben hatte er doch noch geschwankt.

»Pat, Idiot!«, schrie sie. Es war ihr jetzt egal, dass sich mehrere Leute gleichzeitig umdrehten, um zu sehen, wem diese hysterisch hohe Stimme gehörte. Klar machte sie sich lächerlich, wie sie hinter diesem jetzt laut singenden Jungen herlief, der extra Haken schlug, damit sie ihn nicht so leicht einholen konnte. Er war zwar kleiner als sie, aber selbst in seinem betrunkenen Zustand viel wendiger. Eine gewisse Behäbigkeit hatte sie bisher auch durch ihr regelmäßiges Zirkeltraining beim Hockey nicht ablegen können. Sie wusste das, es war ihre Schwäche, und in diesem fatalen Moment, an den sie sich bestimmt ihr ganzes Leben erinnern würde, wünschte sie sich nichts sehnlicher, als nur für ein paar Minuten die sonst so verhasste Ellie zu sein, denn die war klein, schnell und wendig. Sie hätte Pat sicher mit Leichtigkeit eingeholt und dann bestimmt auch keine Kraft einsetzen müssen, um Pat zum Mitkommen zu bewegen. Es hätte sicher ein kleiner Augenaufschlag von ihr genügt. Er gab es zwar nicht zu, aber er fand Ellie wohl doch ziemlich hübsch. »Pat, verdammt noch mal, wenn du nicht sofort anhältst, hau ich allein ab«, schrie Olivia jetzt, so laut sie konnte. Und Pat drehte sich tatsächlich um, grinste, und es sah so aus, als ob er warten wollte, aber dann entschied er sich doch anders, drehte sich wieder um und strebte in Richtung Nelson-Statue.

Es waren so viele Menschen auf dem Platz, dass Olivia Mühe hatte, Pat überhaupt im Blick zu behalten. Sie verlor ihn immer wieder im Gewühl aus den Augen. Langsam spürte sie Verzweiflung in sich aufsteigen. Es konnte nicht mehr lange dauern, dann würde sie die Orientierung verlieren wie während des Hyde-Park-Konzertes. Und diesmal war kein Leo da, um ihr zu helfen.

Sollte sie ihn doch anrufen? Vielleicht wusste er Rat. Er kannte sich mit solchen Situationen bestimmt aus. Aber würde er dann nicht sofort heute Abend zu Marie rennen, um ihr auf die Nase zu binden, dass sie die Schule geschwänzt hatte? Wenn er das täte, wäre es fürchterlich für sie, das wusste Olivia, denn Marie duldete viel, aber auf keinen Fall, dass man sie hinterging. Sie hatten irgendwann die Abmachung getroffen, dass Olivia in allem, was mit der Schule zusammenhing, sehr gewissenhaft sein sollte. Sie hatten sich sogar die Hand darauf gegeben, und Olivia wusste, dass ihre Mutter darauf zählte, dass sie sich an diese Abmachung hielt. Und wenn sie dann auch noch erführe, dass Pat Alkohol getrunken hatte, wäre alles aus.

Also fiel die Möglichkeit aus, Leo anzurufen, aber wen gab es sonst noch, der eine Lösung für dieses Problem wüsste und gleichzeitig die Klappe halten würde? Ralph? Sicher, wenn er etwas jünger wäre, würde sie ihn sofort anrufen. Er würde sie nie verraten, das wusste sie, egal, was sie anstellte. Er würde ihr und Pat sicher eine lange Predigt darüber halten, dass es unmöglich war, was sie beide getan hatten, aber das wäre es dann auch. Nur war Ralph eben nicht mehr in dem Alter, in dem man ihm eine solche Aufregung wie einen betrunkenen Elfjährigen zumuten konnte, fand Olivia. Also blieb doch nur Mum, aber Mum? Nein. Erst Leo ausprobieren und dann Mum.

Olivia wählte Leos Nummer, aber da meldete sich nur die Mailbox. Er war sicher in einer Behandlung, und da stellte er sein Handy immer ab. Pat war mittlerweile nicht mehr zu sehen, aber Olivia war sich sicher, dass er immer weiter in Richtung Statue strebte und demnächst anfangen würde, den Aufstieg zu versuchen. Also musste sie endlich handeln.

»Hi, Mum, nicht sauer werden. Ich hab da ein Problem«, fing sie an und hielt das Handy extra weiter weg, um zu vermeiden, dass ihr von dem gleich einsetzenden Brüllen ihrer Mutter das Trommelfell platzen würde. Aber komischerweise schrie sie gar nicht, sondern erkundigte sich ganz ruhig, wo sie und Pat waren. Und dann sagte sie noch:

»Bleib dort stehen, ich bin in fünf Minuten bei euch. Ich bin nämlich mit Ian auf der anderen Seite des Platzes.«

Olivias Knie gaben kurz nach, als sie ihre Mutter

wenig später auf sich zustürmen sah, dicht gefolgt von Ian. Sie machte ein sorgenvolles Gesicht, sah aber eigenartigerweise nicht wütend aus.

»Wo ist Pat?«, fragte sie und dann: »Mit dir alles in Ordnung, oder hast du etwa auch Wodka getrunken?«

»Nein, hab ich nicht«, sagte Olivia schnell und schüttelte den Kopf. »Du kennst mich, das würde ich doch nie tun.«

»Keine Zeit jetzt für lange Erklärungen«, erwiderte ihre Mutter. »Suchen wir Pat.«

»Da vorn ist er«, rief Ian, der mit seinen fast ein Meter neunzig so gut wie alle auf dem Platz überragte. »Er klettert gerade über die Kette zum Denkmal. Wartet hier, ich gehe ihn holen«, verkündete er und spurtete los. Jetzt kommt die Standpauke bestimmt, dachte Olivia und versuchte vorsichtshalber ein schiefes Lächeln, von dem sie wusste, dass ihre Mutter es besonders an ihr liebte. Aber es kam nichts. »Ich finde, die hätten euch freigeben können, so was passiert doch nur einmal in eurem Leben«, stellte sie fest. »Wir nehmen Pat erst einmal mit nach Hause und warten, bis er wieder nüchtern ist. Du rufst bei Pats Eltern an und erzählst, dass er nach der Schule mit zu uns gekommen ist, weil wir eine kleine Party zu Ehren der Olympiavergabe geben, und dass wir ihn später nach Hause schicken. Ist das okay?«

»Ja, Mum. Klasse.« Mehr konnte Olivia nicht sagen, so verblüfft war sie. »Danke.«

»Bitte. Aber das ist die absolute Ausnahme. So was darf auf keinen Fall wieder passieren, sonst gibt es echt

Ärger, hast du verstanden?« Mum guckte jetzt nicht mehr mild, ihre Augen funkelten.

»Okay, klar«, erwiderte Olivia schnell.

Ian kam zurück und zog Pat hinter sich her, der jetzt nicht mehr ganz so fröhlich, sondern ziemlich blass aussah.

»Der muss sich, glaub ich, gleich übergeben«, sagte er. »Vielleicht sollten wir schnell hier weg, damit er niemandem auf die Füße kotzt.« Auf dem Trafalgar Square herrschte noch immer drangvolle Enge.

Ian und Mum nahmen Pat in die Mitte und führten ihn an den Rand des Platzes. Olivia bemühte sich, dicht hinter ihnen zu bleiben, was gar nicht so leicht war, weil sie immer wieder zur Seite geschubst wurde. Irgendwie schienen die Briten, die doch eigentlich für ihre Höflichkeit bekannt waren, vollkommen zu vergessen, dass sie es liebten, Schlange zu stehen und unter allen Umständen Abstand zu ihrem Nebenmann zu halten.

Sie gingen in eine Seitenstraße des Platzes, in der das Gedränge schlagartig weniger wurde. Mittlerweile hatte Pats Gesicht eine weiß-grünliche Farbe angenommen.

»Mir ist schlecht«, jammerte er, und dann übergab er sich direkt auf Ians Schuhe, wie Olivia von ihrem sicheren Platz in der zweiten Reihe erkennen konnte. Ian fluchte laut:

»Mensch, ausgerechnet auf meine Timberlands, die bekomme ich bestimmt nicht mehr sauber, klasse, Mann.«

»Pass auf, du ziehst sie jetzt aus, ich mach sie dir sauber, ich habe Abschminktücher mit, und dann ist es wieder gut, okay? Er kann doch nichts dafür«, besänftigte Marie ihn.

Was ist denn das?, dachte Olivia. Ist das Mum? Wenn sie diejenige wäre, die Ian auf die Schuhe gekotzt hätte, wäre sie bestimmt nicht so ruhig geblieben, und sie hätte sie auch nicht in Schutz genommen. Warum tat sie das dann bei Pat? Vielleicht wollte sie sich bei ihm einschleimen. War sein Vater nicht ein bekannter Filmschauspieler, an dem Mum schon lange interessiert war? Hatte sie nicht alle seine Filme gesehen? Vielleicht wollte sie was mit dem Dad von Pat anfangen und versuchte sich über Pat an ihn ranzuschmeißen?

Am liebsten wäre Olivia jetzt allein weggegangen, nach Hause gefahren und so lange nicht aus ihrem Zimmer gekommen, bis alle wieder normal geworden waren. Denn das hier war absolut nicht normal: Pat kotzte mitten in der City; es war noch nicht mal zwei Uhr mittags; die in der Schule hatten jetzt Chor – hoffentlich verpetzte sie niemand. Maggie bestimmt nicht, Ellie vielleicht? Aber die war im Chor immer zu sehr damit beschäftigt, sich in den Vordergrund zu spielen, damit sie bei der nächsten Aufführung ja auch wieder die Hauptrolle bekam.

Ians Schuhe waren wieder sauber. Er verabschiedete sich, um auf dem Trafalgar Square noch ein paar gute Aufnahmen zu schießen.

»Kommst du klar, Marie?«, fragte er noch, und Mum nickte.

»Olivia kann mir helfen, sie ist ja schon so vernünftig«, sagte sie. Hatte sich Olivia geirrt oder lag Spott in

Mums Stimme? Auf jeden Fall fand sie die Aussicht, mit Pat jetzt U-Bahn zu fahren, gar nicht lustig. Aber das mussten sie auch nicht, denn zu Olivias Erstaunen winkte Mum ein Taxi heran, und sie fuhren ohne weitere Zwischenfälle nach Hause.

Pat ging es schon wieder besser. Er war auch nicht mehr so betrunken. Allerdings fing er an, sich schreckliche Vorwürfe zu machen, und klagte darüber, wie hart sein Dad ihn bestrafen würde, wenn er davon erführe. »Und er wird es bestimmt rausbekommen«, jammerte er ständig. Er hatte mittlerweile geduscht und trug eine von Olivias Jogginghosen und T-Shirts. Olivia versuchte zu übersehen, dass sie an Pat viel lockerer saßen als an ihr selbst, weil er so ein Hänfling war. Aber mit seinen verwuschelten Haaren sah er auf der anderen Seite richtig süß aus. Seine Augen guckten schrecklich bestürzt, fast hätte Olivia ihn in den Arm genommen, um ihn zu trösten, konnte sich aber gerade noch zurückhalten. Das mit dem Umarmen taten sie aus irgendwelchen Gründen seit einiger Zeit nicht mehr.

Sie saßen vor dem Fernseher und sahen sich noch einmal die Bilder vom Trafalgar Square an. Pat guckte wieder extrem besorgt, weil er jede Sekunde erwartete, auf dem Bildschirm zu erscheinen. Olivia musste alle Kanäle durchzappen, damit er sich vergewissern konnte, dass er nicht aufgenommen worden war. Mum kochte in der Küche Reis mit Hühnchen. Es war eigentlich sehr schön, an einem stinknormalen Mittwochmittag zu Hause zu sitzen und darauf zu warten, dass man ein Mittagessen bekam, das besser schmeckte als das in der Kantine. Wenn Pat nur nicht so weinerlich gewesen wäre! Gerade fing er wieder an, sich auszumalen, was alles passieren würde, wenn sein Vater von seiner Wodkatrinkerei erführe.

Olivia wusste überhaupt nicht mehr, was sie sagen sollte, denn sie hatte keine Lust, sich ständig zu wiederholen.

Glücklicherweise kam Mum ins Zimmer und brachte das Essen. Sie setzten sich alle drei vor den Fernseher und sahen jetzt Comics an. Es war sehr friedlich. Das Essen schmeckte köstlich, und langsam bekam Pat wieder Farbe ins Gesicht. »Von uns erfahren deine Eltern nichts«, sagte Mum.

»Wäre ja auch zu peinlich für dich«, fügte Olivia leise auf Deutsch hinzu und kassierte von ihrer Mutter einen strafenden Blick. Die soll sich nicht so anstellen, dachte sie. Pat hat das doch sowieso nicht verstanden.

»Wann bist du normalerweise nach der Schule zu Hause?«, fragte Mum Pat. Irgendwie war sie jetzt weniger freundlich als vorhin.

»Um halb fünf. Meistens bummele ich noch auf dem Weg zurück, das kennt meine Mutter schon. Da macht sie sich keine Sorgen.«

»Meinst du, dass du allein mit der U-Bahn nach Hause fahren kannst?«, fragte Olivias Mutter. Vorhin hat sie doch was anderes vorgehabt, dachte Olivia.

»Ja, ich glaub schon. Es geht mir schon wieder viel besser.«

»Gut, Olivia bringt dich noch zur U-Bahn. Deine Sachen sind bald trocken. Ich muss jetzt arbeiten. Seid bitte ein wenig leise, ich schreib heute zu Hause. Und sagt Bescheid, wenn ihr weggeht. Und Olivia«, fügte sie in einem schärferen Ton hinzu, »du kommst gleich zurück, nachdem du ihn zur Bahn gebracht hast, klar?«

Warum ist Mum plötzlich so angezickt?, dachte Olivia, aber dann kam *Spongebob* im Fernsehen, was sie ja eigentlich doof fand, doch Pat konnte alle Stimmen so gut nachmachen, dass sie sich nach kurzer Zeit vor Lachen auf dem Boden kugelten.

Mum kam um halb vier aus ihrem Zimmer und sagte nun gar nicht mehr freundlich: »Spinnt ihr? Pat, du bist immer noch nicht wieder angezogen. Hol endlich seine Sachen aus dem Trockner, Olivia, und dann bring ihn zur U-Bahn.«

Pat beeilte sich mit dem Anziehen. Er hatte jetzt eine Superlaune und redete auf dem Weg zur U-Bahn-Station Camden Town über sein Betrunkensein, als ob er eine Heldentat vollbracht hätte. Olivia war froh, als er endlich im Zug saß und ihr wild zuwinkte.

Sie hatte ein mulmiges Gefühl, als sie nach Hause kam. Sie hörte ihre Mutter auf der Tastatur klappern und schlich sich an der Tür ihres kleinen Arbeitszimmers vorbei. Es ist wohl besser, sie jetzt nicht zu stören, dachte sie noch, da hörte das Klappern der Tastatur auf, und ihre Mutter kam aus dem Zimmer. Jetzt sah sie gar nicht mehr so entspannt und happy aus wie vorhin, als Pat noch da war.

»Was fällt dir eigentlich ein«, begann sie, »mich so zu hintergehen? Ich habe mit dir doch eine Abmachung, und du hast dich nicht daran gehalten«, brüllte sie los, und ihre Augen funkelten vor Wut.

»Erst die Schule schwänzen und dann auch noch Alkohol trinken«, keifte sie.

»Aber ich habe doch gar nicht ...«, versuchte Olivia sich zu wehren. Sie verstand überhaupt nichts mehr. Warum war ihre Mutter plötzlich so sauer?

»Das ist mir egal, aber Pat hat Alkohol getrunken, und wenn er nicht so schnell blau gewesen wäre, hättest du bestimmt auch was getrunken. Ich kenn dich doch«, schrie sie spitz. »Am liebsten würde ich dir dafür Zimmerarrest geben, so richtig mit Tür abschließen, und dich erst morgen früh wieder rauslassen, aber du weißt, dass ich das nicht kann.« Ihre Stimme war jetzt eiskalt, und sie hatte rote Flecken im Gesicht.

»Mach's doch, ist mir auch egal!«, schrie Olivia. Sie fand es so ungerecht. Sie hätte nie Alkohol getrunken, das wusste Mum doch. Warum sagte sie so böse Sachen, wo sie vorhin zu Pat so nett gewesen war?

»Ich kann auch selbst abschließen!«, brüllte Olivia. »Du bist so gemein zu mir, und zu Pat warst du noch so nett, ich hasse dich.«

Die Hand ihrer Mutter brannte auf ihrem Gesicht. Olivia konnte es nicht fassen: Ihre Mutter hatte sie geschlagen wie schon seit Ewigkeiten nicht mehr.

Olivia merkte, dass sie den Tränen nahe war. Sie wollte auf keinen Fall vor ihrer Mutter heulen, die jetzt versuchte, sie ungeschickt in den Arm zu nehmen, und sich entschuldigte. Sie riss sich los, lief in ihr Zimmer und knallte die Tür hinter sich zu. Dann schmiss sie sich auf ihr Bett. Die Tränen liefen ihr über die Wangen, und sie biss sich auf die Lippen, um das Schluchzen zurückzuhalten.

»Geh weg!«, schrie sie ihre Mutter an, die jetzt neben ihr auf der Bettkante saß und versuchte, sie zu beruhigen.

»Fass mich nicht an und geh weg«, schrie Olivia.

Sie verbarg den Kopf unter ihren Kissen und drehte sich zur Wand. Sie versuchte, nichts mehr zu fühlen und zu hören. Irgendwann stand ihre Mutter auf und zog die Zimmertür hinter sich zu.

8

Zu gern wäre er jetzt auf dem Trafalgar Square gewesen und hätte die Entscheidung für London gefeiert. Aber stattdessen saß Leo in der Praxis fest und wartete auf eine Patientin, die heute zum ersten Mal zur Massage kommen wollte. Nancy Miller hieß sie, und ihre Telefonstimme verriet, dass sie hektisch war. Zwar sprach sie nicht besonders schnell, wurde jedoch am Ende der Sätze etwas schneller und auch lauter, als ob sie Angst hätte, dass, wenn sie das nicht täte, niemand ihr bis zu Ende zuhören würde. Ihre Stimme war aber nicht unattraktiv. Sie hatte einen nur ganz schwer wahrzunehmenden heiseren Unterton. Sicher gehörte Nancy zu den Frauen, die noch nicht mit dem Rauchen aufgehört hatten, sondern an ihren Zigaretten festhielten, weil sie nicht anders konnten und weil es einfach nicht dick machte. Nancy war 28, drei Jahre älter als er, und hatte gesagt, sie arbeite im PR-Bereich. Es war unglaublich schwierig gewesen, mit ihr einen Termin zu vereinbaren. Nächste Woche würde sie in Deutschland sein, hatte sie ihm ungefragt erzählt, und zwei Wochen später in Schweden. Weiß der Himmel, was sie dort Wichtiges zu tun hatte, aber bestimmt fuhr sie dort nicht zum Vergnügen hin, wie sie durchblicken ließ.

Leo hatte Erfahrung mit solchen Frauen. Es fanden immer wieder welche den Weg in die Praxis, und nachdem sie seine beiden Kolleginnen in Augenschein genommen hatten, landeten sie bei ihm. Nach der ersten Behandlung machten sie normalerweise mit einem Augenzwinkern klar, dass sie in Zukunft nur von ihm behandelt werden wollten. Seine Kolleginnen hatten am Anfang tatsächlich geglaubt, er würde seine Patientinnen im Behandlungszimmer flachlegen, weil sie immer lächelnd herauskamen, wenn er mit der halben Stunde fertig war. Aber natürlich tat er das nicht. Es war gegen seine Berufsehre, außerdem hatte er es überhaupt nicht nötig, es auszunutzen, dass sich Frauen, ohne zu zögern, kurz nach der ersten Kontaktaufnahme halbnackt auszogen, bereitwillig auf eine Liege betteten und darauf warteten, von ihm angefasst zu werden.

Ehrlich gesagt waren nur selten wirklich ansehnliche Exemplare der Gattung Frau dabei. Viele waren alt, verwelkt, wegen ihrer Schmerzen im Rücken oder in der Hüfte schon lange nicht mehr sportlich aktiv gewesen, was sich in der Schlaffheit der Muskulatur widerspiegelte – und oft auch in ihrem Umfang. Leo störte es nicht, wenn jemand nicht den Idealmaßen entsprach. Eigentlich mochte er Frauen, die nicht ganz so mager waren. Er mochte keine hervorstehenden Hüftknochen und fand es absolut nicht erotisch, mit der Zunge die Rippenbögen zählen zu können, wenn er gerade dabei war, den Oberkörper einer Frau zu erkunden.

Sicher war Nancy eine von denen, die darauf stolz waren, Herrin über ihren Körper zu sein, die sich selbst kasteiten, um in Größe 36 hineinzupassen. Sie ging bestimmt dreimal die Woche laufen oder ins Fitnessstudio, weil sie panische Angst davor hatte, dass sich irgendwo an ihrem makellosen Körper ein Fettpölsterchen bildete.

Leo hatte sich noch nie getäuscht, was die Voraussagen in Bezug auf diese Kategorie Frau als Patientin betraf, und so war er auch nicht überrascht, als genau die Frau die Praxis betrat, die er sich vorgestellt hatte. Nicht besonders groß, sehr zierlich, aber gleichzeitig sportlich wirkend, in grauem, schlichtem, aber offensichtlich teurem Kostüm, die blonden, glatten Haare zu einem strengen Zopf zurückgebunden, in den Ohren Perlen, an der Hand einen wohl sehr teuren Siegelring, einen schlichten Ehering, eine Perlenkette um den Hals.

Diese Frau kam eindeutig aus der Upperclass, ihre Eltern hatten sie mit Sicherheit auf eine teure Privatschule geschickt und danach in einem noch teureren College, vielleicht in Oxford oder Cambridge, studieren lassen. Und da sie aufgeklärte Eltern waren, hatten sie auch verstanden, dass ihre Tochter nicht sofort heiraten und dafür sorgen wollte, in die Produktion der nächsten Familiengeneration einzusteigen, sondern sich erst im Berufsleben unter Beweis stellen wollte. Leo tippte auf die PR-Abteilung im Unternehmen eines Geschäftsfreundes ihres Vaters, weit genug weg von den eigenen Familiengeschäften, dass sich das Fräulein Tochter unabhängig fühlen, aber doch nahe genug, dass man bei Schwierigkeiten auch mal ohne Wissen der Tochter eingreifen konnte.

Leo war dazu erzogen worden, solche Leute nicht zu mögen. Er wusste, dass er die Vorurteile gegen diese Sorte Mensch niemals verlieren würde, obwohl er mittlerweile so weit war, dass er mit ihnen Kontakt aufnahm und auch freundlich zu ihnen sein konnte, ohne sich schuldig zu fühlen, weil es angeblich ein Verrat an all seinen moralischen Prinzipien war. Sein Vater und seine Mutter hatten wirklich ganze Arbeit geleistet damals. Sie waren so in ihrem künstlerischen und linksintellektuellen Umfeld zu Hause gewesen, dass sie ihm, soweit er sich erinnern konnte, während seiner Kindheit und Jugend überhaupt keine Chance ließen, mal etwas anderes zu erleben. Wenn er versuchte, mit jemand anderem befreundet zu sein als mit dem Kind eines Linken, gab es von zu Hause so lange Kritik an diesem Kind, bis er selbst fand, dass er sich getäuscht habe und dass das Kind eigentlich von Anfang an snobistisch und blöd gewesen sei.

Natürlich hatte er sich mittlerweile eine eigene Meinung gebildet, aber wenn er ehrlich zu sich war, hatte er jetzt immer noch keine konservativen Freunde. Silje war nicht konservativ gewesen, aber auch nicht links, eigentlich hatte er Silje überhaupt nicht auf eine politische Richtung festlegen können. Sie hatte so gut wie nie über Politik gesprochen. Zuerst hatte ihn dieses Desinteresse an ihr gestört, aber dann hatte er es akzeptiert und sogar angefangen zu lieben, wie er alles an ihr geliebt hatte – bis auf die Tatsache, dass sie sich nicht an London gewöhnen wollte.

Aber Silje durfte ihm jetzt auf keinen Fall einfallen, das würde ihn nur unnötigerweise traurig machen, und er hätte sich dann nicht mehr auf seine Arbeit konzentrieren können. Auf jeden Fall wollte er auch bei Nancy dafür sorgen, dass ihre Rückenschmerzen, unter denen sie schon seit einigen Wochen litt, endlich weggingen.

»Mir geht es eigentlich sehr gut«, sagte sie gerade. »Die Arbeit bringt mir so viel Spaß, und es ist alles bestens, aber der Tag müsste 25 Stunden haben«, fügte sie lachend hinzu. Es war ein künstlich hohes, etwas gequältes Auflachen. Auch das mochte Leo nicht, aber er hatte es in der Praxis schon oft gehört. Er war sich sicher, dass Nancy von Kopf bis Fuß verspannt war und dass das nicht nur daran lag, dass sie so viel beruflichen Druck hatte. Ihre Schultern waren leicht hochgezogen, ihr Gang irgendwie zackig und steif. Und sie redete ununterbrochen, während sie sich im Behandlungszimmer auf die Liege legte, das Handtuch verschämt um ihren Oberkörper geschlungen. Sie hatte gefragt, ob sie den BH anlassen könne, als ob er ihr ein unsittliches Angebot gemacht hätte, als er sie bat, ihren Oberkörper frei zu machen, oder als ob sie Angst davor hätte, dass er ihren Reizen sofort erliegen würde. Warum, um Himmels willen, dachte diese Sorte von Frau immer, dass sie so umwerfend aussah und jeder Mann in jeder Situation sofort durch sie erregt würde, nur weil sie dünn waren und dem gängigen Schönheitsideal entsprachen?

Leo hätte ihr am liebsten diesen Zahn gezogen und ihr gesagt, dass sie zu mager, zu verkrampft, zu hektisch und zu sehr Upperclass war, um für ihn attraktiv zu sein, aber er tat es natürlich nicht. Er war Physiotherapeut und hatte nicht das Recht, sich über seine Patienten so zu äußern. Sie kamen zu ihm, um sich von ihm behandeln zu lassen, damit er ihre Schmerzen linderte. Er durfte sich über sie kein Urteil bilden. Das hinderte seine Patientinnen jedoch nicht daran, sich ganz schnell ein Urteil über ihn zu bilden. Auch Nancy hatte ihn kurz mit den Augen abgetastet, und das Ergebnis konnte er an ihrem Gesichtsausdruck ablesen: Gut aussehend, muskulös, ist er überhaupt Engländer? Er sieht irgendwie exotisch aus, ein dunkler Typ, italienisch, französisch, südamerikanisch vielleicht? Aber er spricht sehr gut Englisch, hat gar keinen Akzent, vielleicht ist er das Produkt einer Mischehe? Leo war sich sicher, dass Nancy nicht Mischling, sondern das Produkt einer Mischehe dachte, solche Leute gaben sich niemals rassistisch, und wenn, dann nur in einer salonfähigen Form. »Not our class«, lautete die Botschaft aus Nancys Augen, die Leo sofort verstand. Sie wusste instinktiv, dass er nicht in ihrer Liga spielte, obwohl seine Kleidung das gar nicht verraten konnte. Er trug in der Praxis immer weiße Hosen und Shirts. Aber er wusste, was es war. Man hörte ihm, wenn auch nur ein wenig, an, dass er nicht in den exzellenten Gegenden von London aufgewachsen war. Er war in Notting Hill zu Hause gewesen, als es noch nicht so schick gewesen war wie jetzt. Eine bunte Mischung aus allen möglichen Völkern wohnte da schon immer, aber damals noch nicht, um hipp zu sein, sondern weil es einfach nicht so teuer war.

Nancy hatte schon an seinem »Hi« erkannt, dass er nicht aus ihren Kreisen kam. Dafür hatte sie ein Gespür, das merkte er sofort, und außerdem kam er nicht für sie als ernstzunehmender Gesprächspartner in Frage, weil er offensichtlich kein Abitur gemacht hatte, und wer bitte schön wurde als Mann schon Physiotherapeut? Vielleicht ist er schwul, hörte Leo die Gedanken seiner neuen Patientin förmlich rattern und auch die Antwort, die sie sich gleich selbst gab. Nein, der ist nicht schwul, der sieht dafür zu männlich aus.

Er rieb seine Hände aneinander. Niemand mochte es, mit kalten Händen berührt zu werden, und Frauen in Nancys Kategorie froren fast immer.

Er setzte an ihrer Wirbelsäule an und strich an ihr herunter, um den Zustand der einzelnen Wirbelkörper zu erspüren. Er hatte sich die Aufnahme der Wirbelsäule vorhin angesehen und wusste, dass sie keinen Bandscheibenvorfall gehabt hatte und auch sonst ihre Wirbelsäule nicht auffällig war, verschaffte sich aber lieber noch einmal mit seinen Fingern ein eigenes Bild der Situation.

Er konnte sich nicht mehr genau erinnern, wann er zum ersten Mal bemerkt hatte, dass seine Hände über eine besondere Energie verfügten, nur dass es lange vor seinen ersten sexuellen Erfahrungen gewesen war. Er hatte seiner Mutter die Hand auf die Schulter gelegt und sie massiert. Seine Mutter war sofort still geworden und hatte sich entspannt. Er hatte weitergemacht, und es hatte ihm gefallen, was er mit seinen Händen fertigbrachte. Viel später hatte seine Mutter ihm gestanden, dass sie in dem Moment, als er seine Hände auf ihre Schultern gelegt hatte, so etwas wie einen Energiestrom in sich spürte, was ihr zuerst richtig peinlich war, denn es handelte sich ja schließlich um ihren Sohn.

Wenn es um das Kennenlernen von Frauen ging, war es ziemlich hilfreich für einen Mann, erstaunlich sensible und einfühlsame Hände zu haben. Es sprach sich wohl herum, denn in der Abschlussklasse und dann auf der University of East London, wo er seine Ausbildung machte, bewarben sich immer gleich mehrere darum, seine Freundin zu werden. Es hatte enorme Vorteile, dass es noch nicht so viele männliche Physiotherapeuten gab, auch bei der Jobsuche hatte er viel Auswahl. Nur bei solchen Frauen wie Nancy würde er wohl immer auf Granit beißen. Aber so eine wollte er auch nicht. Sie war ihm zu versnobt und bestimmt auch zu vornehm dafür, sich im Bett richtig gehenzulassen.

Normalerweise dachte er während der Arbeit nicht an solche Dinge. Aber heute war es irgendwie anders, natürlich war der Grund, dass ganz London dem Siegestaumel erlegen war. Die Pubs waren sicher jetzt schon überfüllt, und alle, die es sich irgendwie leisten konnten, hatten sich spontan freigenommen. Aber er brauchte David, seinem Chef, gar nicht damit zu kommen, die Praxis früher zu schließen und alle Nachmittagstermine auf einen anderen Tag zu verschieben. David wollte seine überwiegend sehr zahlungskräftigen Kundinnen nicht verärgern, denn sie ließen meistens nicht nur die üblichen Behandlungen durchführen, sondern hatten auch Bedarf an Extraleistungen wie ayurvedische Massagen, Fußmassagen und Shiatsu. Dafür ließen sie viel Geld in der Praxis, und das gefiel David sehr, und er versuchte manchmal, Leo davon zu überzeugen, noch mehr zu arbeiten, was der jedoch nicht wollte.

Leo konnte spüren, dass Nancys schmerzhaft angespannte Muskeln sich langsam entspannten. Er massierte entlang der Dornfortsätze der Wirbel und am Kreuzbein. Um den Effekt noch zu verstärken, verwendete er Johanniskrautöl, denn auch wenn Nancy beteuert hatte, ein rundum glückliches Leben zu führen, wirkte sie depressiv. Und Johanniskrautöl zeitigte manchmal nach ein paar Anwendungen erstaunliche Wirkungen. Leo genoss es, dass seine Patientin jetzt entspannt und still dalag und ihm keinen Widerstand mehr leistete. So konnte er ihre Schmerzen wegmassieren.

Seine Hände waren stark und feinfühlig zugleich. Sie strahlten Ruhe aus und konnten die Energie hervorragend weiterleiten. Manchmal hatte Leo den Eindruck, er hätte eine direkte Verbindung zu einer riesigen Energiequelle irgendwo außerhalb von sich, die er anzapfen konnte, wann immer er wollte. Er hatte gelernt zu meditieren, er glaubte zwar nicht an Gott, aber das brauchte man auch nicht, um sich mit einer großen Kraft zu vereinen. Er konnte sich während der Meditation sammeln, und manchmal meditierte er auch während der Behandlung. Dann öffnete er seinen Geist und ließ die Kraft direkt durch seinen Körper in seine Hände und in den Körper des Patienten fließen. Es sei so wie Reiki, hatte eine Kollegin ihm erklärt. Da er keinen Reiki-Kurs besucht hatte und es ganz bestimmt auch nicht tun würde, weil er diese Dinge für Firlefanz hielt, würde er diese Aussage nicht überprüfen können.

Nach der Behandlung lächelte Nancy, aber nicht mehr bemüht wie noch vor einer Stunde, sondern befreit, und Leo konnte zum ersten Mal erkennen, wie hübsch sie unter ihrer Maske aus Anspannung und Wohlerzogenheit war. Sie dankte ihm, bevor sie ging. In ihrem Blick war keine Spur mehr von ihrem vorherigen Snobismus zu finden.

In der kurzen Pause vor der nächsten Behandlung stand er am Fenster und sah auf die Straße. Schräg gegenüber von ihrer Praxis hatten sich viele Leute vor dem Pub versammelt und prosteten sich zu. Leo massierte seine Hände, denn der nächste Patient würde mehr Anstrengungen erfordern als Nancy. Es war ein übergewichtiger Mann mittleren Alters, der nach einer Knieoperation wieder mobilisiert werden musste und sich weigerte zu begreifen, dass das nur langsam vorangehen konnte. Leo fiel es nicht schwer, sich auf die Bedürfnisse der unterschiedlichen Patienten einzustellen. Es war schon immer sein Talent gewesen, sich in andere Leute hineinzuversetzen.

Warum nur hatte er bei Silje dann so versagt und bis zum Schluss nicht begriffen, wie sie funktionierte und was sie wirklich brauchte? Natürlich hatte er bemerkt, dass sie sich in London nicht sehr wohl fühlte, aber er hatte geglaubt, dass sich das geben würde, wenn sie erst einmal eigene Freundinnen gefunden und länger als zwei Jahre in England gelebt hätte. Er hatte ihre

Sehnsucht nach Norwegen, über das er immer noch so erschreckend wenig wusste, unterschätzt, sich eigentlich gar nicht damit beschäftigt und es einfach ignoriert wie sein Vater damals. Der war verlassen worden und auch noch Jahre später nicht darüber hinweggekommen. Er war auch verlassen worden. Würde er auch noch in ein paar Jahren mit Frauen ins Bett gehen, die ihm nichts bedeuteten, nur um die Wut, Enttäuschung und Trauer über Siljes Weggang nicht zu spüren? Und würde er die Leere, die nach einer jeden solchen Umarmung zurückblieb und Woche für Woche größer wurde, irgendwann nicht mehr empfinden, weil er sich daran gewöhnt hatte? Er wusste es nicht, aber er vermutete es.

9

Was hatte sie getan? Warum hatte sie Olivia geschlagen? Sie wusste doch, dass ihre Tochter keinen Alkohol trank. Sie hätte sie dafür loben sollen, dass sie Pat nicht allein gelassen hatte, hätte sie in den Arm nehmen und nicht beschimpfen und schlagen sollen. Ja, sie hatte die Schule geschwänzt, und das war eigentlich nicht zu entschuldigen, denn es gab Absprachen zwischen ihnen beiden, an die sich Olivia ohne Ausnahmen halten musste, was sie bisher immer getan hatte. Olivia baute keinen Mist. Es war nicht ihre Art, nicht weil sie zu ängstlich oder zu wenig einfallsreich dafür war, sondern weil sie einfach keinen Mist bauen wollte.

Marie fühlte sich wie betäubt. Am liebsten hätte sie sich ins Bett gelegt, die Decke über den Kopf gezogen und darauf gewartet, dass der Schlaf sie nach Stunden der Agonie dann doch übermannte. Aber sie verharrte vor Olivias Tür und hoffte, dass ihre Tochter herauskommen würde, sie hoffte, dass sie ihren Streit auch nicht aushalten könnte. So weit war es noch nie gekommen. Bisher hatte Marie sich immer im Griff gehabt, ihrer Tochter höchstens mal einen Klaps gegeben, als sie klein war. Sie war zwar schon manchmal kurz davor gewesen, sie zu schlagen, hatte sich aber rechtzeitig entziehen können, war in einen anderen Raum gegangen oder hatte es geschafft, die eiskalte Wut, die in ihr aufgestiegen war, wieder einzudämmen.

Sie wusste, wie es sich anfühlte, durch Schläge beschämt zu werden. Großvater Friedrich hatte sie oft geohrfeigt, wenn er der Meinung gewesen war, dass sie sich falsch verhalten hatte. Einmal hatte er sie sogar mit einem Rohrstock gezüchtigt – so hatte er es genannt. Sie hatte sich über sein Knie legen müssen, und Thereses Söhne hatten feixend zugesehen. Auch Therese war ihr nicht zu Hilfe gekommen, sondern hatte die Szene mit unbewegter Miene aus ihrem Sessel von der anderen Seite des Wohnzimmers verfolgt. Die Schläge waren nicht sehr fest gewesen, und der Schmerz hatte schon nach kurzer Zeit nachgelassen. Den Schmerz hatte sie ertragen können, nicht jedoch diese Ohnmacht, diese Hilflosigkeit und ihre noch tagelang anhaltende Gefühllosigkeit, ihre übertriebene Unterwürfigkeit gegenüber ihren Großeltern, ihr Zusammenzucken, wenn ihr Großvater in ihrer Nähe eine schnelle Handbewegung machte. Am meisten aber hatte die Erkenntnis geschmerzt, dass sie auch Therese nicht mehr vertrauen konnte, weil sie ihr nicht zu Hilfe gekommen war. Vielleicht war das sogar noch schlimmer gewesen als die Schläge. Sie hatte auch schon damals gewusst, dass ihr Großvater, der gar nicht ihr Großvater war, sie nicht liebte. Und sie wusste, dass sie ihn nicht liebte. Das war es nicht, was sie so sehr beschämte, sondern vielmehr die Tatsache, dass ihr in dieser Situation, wenn sie allein in ihrem Zimmer auf dem Bett lag, niemand half, keiner zu ihr kam. Auch Therese nicht.

Marie hatte ihrer Tochter niemals dieses Gefühl vermitteln wollen, sich von aller Welt verlassen zu fühlen. Deshalb hatte sie auch versucht, sie nach ihrem Ausraster zu trösten. Sie selbst hätte als Kind sicher mit Erleichterung darauf reagiert, aber Olivia war eben nicht wie sie. Glücklicherweise war sie nicht so früh daran gewöhnt worden, auf subtile Art erniedrigt zu werden und sich nicht geliebt zu fühlen.

Marie musste an ihre Mutter denken. Sie hatte sie nie geschlagen, aber oft mit einer ungeduldigen Handbewegung weggeschoben, wenn sie ihre Nähe gesucht hatte, als ob ihr die körperliche Nähe ihrer Tochter lästig gewesen wäre. Marie konnte sich nicht daran erinnern, jemals von ihrer Mutter, die sie Elke nennen musste, herzlich umarmt worden zu sein. Elke, die ein Hippie war, die Drogen genommen hatte, seit Marie denken konnte. Sie hatte vergessen, wer es ihr erzählt hatte, Therese bestimmt nicht, aber sie hatte erfahren, dass sie die ersten zwei Jahre ihres Lebens bei Elke verbracht hatte, zwar im Haus ihrer Großeltern unterm Dach, aber in einer abgetrennten Wohnung. Marie hatte keine Erinnerung daran, aber als Olivia ein Baby gewesen war, hatte sie manchmal, wenn sie ihre Tochter wickelte, Flashbacks gehabt, in denen sie wieder klein war. Sie lag mit vollen Windeln in einem Gitterbett und schrie nicht. Es würde ihr auch nichts nützen, denn es würde keiner kommen. In den ersten zwei

Jahren hatte sich Therese daran gehalten, sich wenig einzumischen. Bis zu dem Zeitpunkt, als sie es nicht mehr schweigend erdulden konnte, wie sehr Elke ihre Tochter vernachlässigte. Marie wusste, dass sie an die vollständigen Erinnerungen der ersten Zeit ihres Lebens nur schwer herankommen konnte, und wenn es durch Hypnose doch möglich sein sollte, wollte sie sich bestimmt nicht darauf einlassen, denn sie fürchtete diese Erinnerungen. Aber sie ahnte auch so, dass damals etwas in ihr zerstört worden war beziehungsweise sich nicht hatte aufbauen können. Ein tiefes Vertrauen, das einem eine Mutter oder ein Vater vielleicht vermitteln können, wenn sie einen in den ersten Jahren beschützen, fehlte ihr, und sie war sich mittlerweile sicher, dass dieses Fehlen der Grund war, warum es ihr bis heute manchmal so schwerfiel, sich zu mögen.

Etwas, das Olivia so mühelos beherrschte, nämlich sich zu mögen und zu akzeptieren, war ihr selbst erst nach jahrelangen Anstrengungen gelungen, und auch heute, mit 37, gab es immer noch Tage, an denen der Selbsthass sich Bahn brach und überhandnahm.

Sie hätte sich nicht an damals erinnern dürfen, dann wäre die kalte Wut nicht so übermächtig geworden, dass sie ihr jegliches Denken oder die Kontrolle über ihr Tun unmöglich machte.

Sie war wieder Kind – etwas jünger als Olivia. Sie drängte sich gegen eine Wand, versuchte sich unsichtbar zu machen. Sie ließ ihre Mutter, die am Küchentisch saß, nicht aus den Augen. Elkes Haar war verfilzt, sie trug ein lila Kleid, dessen Ärmel zerfranst waren, sie kaute an ihren schon abgeknabberten Fingernägeln. Marie konnte ihre Augen nicht sehen, wusste aber auch so, dass ihre Pupillen übergroß waren. Sie roch nach dem süßlichen Tabak, den sie immer aus einer Pfeife rauchte, wenn sie mit Marie allein unterwegs war. Zum ersten Mal wünschte sich Marie, dass ihre Mutter schnell wieder verschwand. Sie beleidigte Therese mit kleinen, bösen, hinterhältigen Bemerkungen über das Essen, das ihre Großmutter für Elke zubereitet hatte, obwohl sie gerade erst vor zwei Stunden Mittagessen für sich und Marie gekocht hatte. Marie verfolgte das Geschehen stumm. Sie bemerkte, dass Thereses Augen bei jeder Beleidigung schmaler wurden und aus ihrem Gesicht die Farbe wich. Ihre Hände zitterten unmerklich, als sie den Teller vor ihrer Tochter abstellte.

Elke schlang zwei Bissen hinunter. Es war still in der Küche und fast friedlich. Marie entspannte sich. Jetzt, da ihre Mutter nicht mehr hungrig war, würde sie auch bestimmt wieder nett werden.

»Das schmeckt wie Scheiße«, schrie Elke plötzlich. Mit einer schnellen Handbewegung wischte sie ihren Teller vom Tisch. Er brach in kleine Porzellanstückchen, die durch die ganze Küche spritzten. Die Kartoffeln rollten unter die Spüle, und die Soße besprenkelte den Boden und den anderen weißen Küchenstuhl, auf dem sie normalerweise saß, wenn Therese ihr Frühstück zubereitete.

Therese wischte sich die Hände an der Schürze ab und bewegte sich in Zeitlupe auf ihre Tochter zu, so kam es Marie zumindest vor. Ihre Großmutter hob den Arm und schlug zu, einmal, zweimal, öfter, kurze harte Schläge zuerst ins Gesicht, bevor Elke es mit den Händen schützen konnte, dann auf den Kopf. Elke gab keinen Laut von sich, sondern versuchte, sich unter den Tisch zu ducken. Marie wollte sich einmischen, ihre Großmutter festhalten, aber sie konnte sich nicht rühren.

Nach einer scheinbar unendlich langen Zeit ließ ihre Großmutter von ihrer Tochter ab. Sie drehte sich um, verschwand aus der Küche und ging langsam die Treppe hinauf.

Elke fing an zu wimmern, ihre Tränen tropften auf die Tischplatte. Elke schniefte, rieb sich mit der Handfläche über die Nase, wischte sich den Rotz am Ärmel ab. Sie blutet nicht, stellte Marie nüchtern fest. Sie verließ die Küche, ohne sich umzudrehen.

Später hatte sie Elkes Hausschlüssel auf dem Mahagonitisch im Flur gefunden und gewusst, dass sie nie mehr kommen und sie besuchen und sie auch nicht anrufen würde, um sie abzuholen. Als sie wieder etwas von ihr hörten, war es die Nachricht, dass sie auf Ibiza bei einem Autounfall ums Leben gekommen war.

Als sie Olivia vorhin schlug, hatte sie Hass und Verachtung gespürt so wie Therese damals für ihre ungeliebte Tochter. War sie ihrer Großmutter ähnlich? Es gab Parallelen. Auch sie hatte ein Kind ohne Vater bekommen, aber sie war besser dran als Therese. Sie hatte einen Beruf, den sie sehr mochte und den sie sich hatte auswählen können. Nie war sie abhängig von dem Mann gewesen, mit dem sie gerade schlief.

Und bis vor einer Stunde hatte sie noch eine Tochter gehabt, die ihr vertraute und sie liebte.

10

Ob ich die Olympiade 2012 noch erleben werde, fragte sich Ralph, als er die Übertragung der Bekanntmachung im Fernsehen verfolgte. Sicher war er sich nicht mehr. In der letzten Zeit hatte er sich manchmal morgens zu schwach zum Aufstehen gefühlt, und wenn er kein Treffen mit Olivia oder Marie vereinbart hatte, war er an solchen Tagen einfach im Bett geblieben, hatte sich nur für das Nötigste hoch gequält, um ins Badezimmer zu gehen oder sich in der Küche einen Tee zu kochen und ein Brot zu schmieren. Bisher hatte er Marie und Olivia nichts von diesen Schwächezuständen erzählt, denn er wollte, dass seine Urenkelin ihn weiterhin so selbstverständlich besuchen kam, wie sie es bisher immer getan hatte. Er wollte auf keinen Fall, dass die beiden anfingen, sich Gedanken um seine Gesundheit zu machen, und sich damit beschäftigten, wie alt er in Wirklichkeit war. Zwar wussten sowohl Marie als auch Olivia, dass sein 80. Geburtstag schon längst hinter ihm lag, aber sie ignorierten diese Tatsache genauso wie er. Seinen Geburtstag feierte er nie. Er hatte Angst, dass ihn Marie und Olivia anfangen würden zu meiden, wenn er zugab, dass er manchmal nicht mehr konnte und einfach zu schwach war, um irgendetwas zu tun.

Seine Nachbarin Vicky hatte er vor einiger Zeit einweihen müssen. Sie waren zum Tee verabredet gewesen, und er hatte nicht angerufen, um abzusagen, was sonst nicht seine Art war. Vicky hatte bei ihm geklingelt und dann mit seinem Ersatzschlüssel die Wohnungstür geöffnet. Sie war in die Wohnung gekommen und hatte ängstlich nach ihm gerufen. Einen Moment lang war er gerührt gewesen, weil sie sich Sorgen um ihn machte. Dann war ihm aufgefallen, dass er bestimmt wie ein alter Mann roch und aussah. Er lag immer noch im Bett und hatte es noch nicht einmal geschafft, sich ins Badezimmer zu schleppen und zu rasieren.

Vicky – das war wohl die Abkürzung für Victoria, eigentlich ziemlich albern für eine über 70-Jährige, fand Ralph – hatte wieder gerufen und dann begonnen, ihn im Wohnzimmer und in der Küche zu suchen. Schließlich betrat sie auch sein Schlafzimmer, klopfte aber zaghaft an, als ob sie vorher noch nie in seinem Schlafzimmer gewesen war, was eindeutig nicht stimmte. Er konnte zwar nicht mehr alles im Bett, aber seine Hände waren immer noch ziemlich geschickt.

Ralph hatte es geschafft, sich halbwegs im Bett aufzurichten. Hoffentlich ist ihr Parfum so stark, dass sie meinen schäbigen Geruch nicht wahrnimmt, dachte er. Sie beugte sich besorgt über ihn und strich ihm über die Stirn, wie sie es bestimmt oft mit ihrem Sohn getan hatte, wenn er krank war. Ihre Hand auf seiner

Stirn fühlte sich sehr angenehm an. Warm, aber nicht heiß, weich. Er schloss die Augen und gaukelte sich vor, er sei wieder der kleine Junge, dem seine Mutter auf diese Weise die Stirn fühlte, wenn er behauptete, er sei krank, weil er einfach keine Lust hatte, in die Schule zu gehen. Die Hälfte seiner Schwänzversuche hatte sie ihm durchgehen lassen und mit besorgter Miene den Kopf gewiegt und die Arme in die Seiten gestemmt:

»Du scheinst wirklich ein wenig Fieber zu haben, zwar nicht viel, aber damit kannst du dich in der Schule sicher nicht konzentrieren. Also musst du wohl zu Hause bleiben, auch wenn du bestimmt gerne in die Schule gehen würdest«, sagte sie dann mit einem Schmunzeln. Und dann ging sie in die Küche, um ihm Ingwertee zuzubereiten, weil der fiebersenkend war. Er hasste diesen Tee und freute sich am nächsten Tag fast schon auf die Schule. Alles war besser, als noch einmal eine Kanne dieses scheußlichen Tees trinken zu müssen, der ihm den Schweiß aus den Poren trieb.

Vicky bot ihm keinen Ingwertee an. Sie fragte ihn gleich, ob sie nicht lieber den Arzt holen sollte.

»Es ist nichts«, hatte Ralph damals erwidert, »ich fühle mich nur heute ein wenig schwach, ich denke, ich habe mich gestern mit meinem Spaziergang übernommen.«

»Gut, dann koche ich dir jetzt aber eine Brühe, die stärkt, und vorher schüttele ich dir deine Bettdecke auf und lasse etwas Luft herein«, sagte sie tatkräftig. Ihr kam gar nicht in den Sinn, dass er etwas dagegen haben könnte, von ihr bemuttert zu werden. Er genoss es, dass jemand so lieb zu ihm war, schämte sich auch nicht mehr wegen seines Aufzugs und fühlte sich gleich auch viel besser, nachdem sie die Kissen und die Decke aufgeschüttelt hatte und das Fenster öffnete, so dass der sanfte Lufthauch über sein Gesicht strich und er die Vögel hören konnte. Es war zwar fast unmöglich in dieser Riesenstadt, aber von seiner Wohnung aus konnte er tatsächlich Vogelgezwitscher hören. Der Battersea Park und Kensington Gardens waren ja auch nicht weit entfernt, und in seiner Gegend gab es genug Bäume, in denen die Vögel nisten konnten.

Nachdem sie die Brühe gekocht und ihm serviert hatte, setzte sich Vicky noch ein wenig zu ihm, ließ ihn Fieber messen – er hatte leicht erhöhte Temperatur – und machte ihm dann noch fachmännisch Wadenwickel. Mütter konnten so etwas, er aber auch. Er hatte das manchmal damals bei Suzanne gemacht, weil er geglaubt hatte, dass es ihr helfen würde, als er noch nicht wusste, dass sie Krebs hatte und ihre Schwäche, ihr leicht erhöhtes Fieber und ihre häufigen Magenbeschwerden daher kamen.

Er nahm Vicky das Versprechen ab, nichts Olivia oder Marie zu erzählen. Und er wusste, dass sie sich daran halten würde.

Heute fühlte er sich sehr schwach. Er hatte sich nur mühsam in seinen Bademantel gequält – unglaublich lange gebraucht, um den rechten Ärmel zu finden, und es nicht geschafft, eine akkurate Schleife zu binden wie sonst, sondern nur einen Knoten, weil seine Hände so zitterten. Er hatte sich beim Aufstehen am Bett abstützen und dann am Sessel festhalten müssen. Dann war ihm plötzlich schwindelig und schwarz vor Augen geworden. Er konnte sich gerade noch in den Sessel sinken lassen und dort sitzen bleiben. Er wusste nicht genau, wie lange er dort saß, aber er meinte, in der Zeit zweimal die Kirchturmuhr schlagen zu hören.

Er raffte sich auf und schlurfte in die Küche, seine Pantoffeln hatten glücklicherweise direkt vor seinem Bett gestanden. Eigentlich wollte er sich einen Tee zubereiten, aber dafür fühlte er sich zu schwach. Also griff er nur in den Kühlschrank und holte sich Milch heraus, angelte im Küchenschrank nach einem Glas und musste aufpassen, es nicht fallen zu lassen, weil er vor Anstrengung wieder zitterte. Eigentlich hatte er Hunger, war aber nicht in der Lage, sich etwas zuzubereiten. Irgendwo mussten doch noch die Butterkekse sein, die Vicky vor zwei Tagen vorbeigebracht hatte? Er fand sie in der Brotdose und nahm sie mit ins Wohnzimmer. Er musste zweimal anhalten und sich gegen die Flurwand lehnen, um nicht Gefahr zu laufen umzufallen. Er bemerkte, wie er schwankte und alles vor seinen Augen verschwamm. Endlich hatte er es bis zum Sofa geschafft. Er stellte die Milch, das Glas und die Kekse langsam auf dem Wohnzimmertisch ab. Dafür musste er sich bücken und bemerkte sofort ein Ziehen im Rücken. Irgendwann klingelte das Telefon, und Olivia war dran. Sie klang euphorisch.

»Opa«, sagte sie. Er war froh, dass sie ihn nicht Uropa nannte. »Hast du schon gehört, wir richten die Olympiade 2012 aus! Ist das nicht toll?«

»Ja«, brachte er stockend hervor. Seine Zunge schien nicht mehr genau zu wissen, was sie anstellen sollte.

Wovon sprach Olivia eigentlich? Er verstand nur, dass sie ihn heute Nachmittag nicht besuchen würde. Dabei hatte er vollkommen vergessen, dass sie kommen wollte, war aber froh, dass sie es sich jetzt anders überlegt hatte. Er legte den Hörer des Telefons auf, das zum Glück auf einem Tischchen direkt neben dem Sofa stand, und streckte sich auf dem Sofa aus. Die Wolldecke lag griffbereit da, sie wärmte ihn, was er eigenartig fand, weil er sonst sehr selten fror.

Er dämmerte ein wenig vor sich hin. Wie viel Zeit vergangen war, als er wieder erwachte, wusste er nicht, aber er fühlte sich etwas gestärkt. Er tastete nach der Fernbedienung, die auch auf dem Tischchen neben dem Sofa lag. Wo war eigentlich seine Brille? Sie lag bestimmt noch neben seinem Bett im Schlafzimmer und die Ersatzbrille auf dem Schreibtisch am anderen Ende des Zimmers. Dahin würde er es in seinem momentanen Zustand nicht schaffen. Also drückte er auf gut Glück auf die Fernbedienung und zappte durch die Programme, bis er auf eine Berichterstattung über die Feier am Trafalgar Square stieß. Erkennen konnte er nicht viel, dafür aber hören, denn er hatte es laut genug gestellt.

Er sah die feiernden Menschen auf dem Trafalgar Square. Viele würden heute nach der Mittagspause nicht mehr zur Arbeit zurückkehren, sondern in den Pubs weiterfeiern. Früher hätte er mitgemacht, aber heute war gar nicht daran zu denken, dass er das Haus noch einmal verließ. Früher hätte es ihm Spaß gebracht, jemand kennenzulernen und ein wenig zu flirten. Heute interessierte ihn so etwas gar nicht mehr.

Er hatte Vicky. Das reichte ihm. Zu mehr war er gar nicht in der Lage. Er fühlte sich immer noch sehr schwach. Er würde einfach hier liegen bleiben und den Tag zu Ende gehen lassen. Und morgen würde er vielleicht einen Termin bei Dr. Morris ausmachen.

11

Jetzt war es schon sieben Uhr abends, und er steckte immer noch in der Praxis fest. Eben hatte er versucht, ein hyperaktives sechsjähriges Kind mit Shiatsu zu behandeln. Die nicht weniger hyperaktive Mutter hatte es sich nicht nehmen lassen, die ganze Zeit im Raum zu bleiben. Das Kind konnte dadurch gar nicht zur Ruhe kommen, auch wenn die Mutter nur still in der Ecke saß, wie sie behauptete. Dass sie dabei alle paar Minuten nach ihrem stumm geschalteten Handy griff, um zu checken, ob sie eine Nachricht bekommen hatte, machte ihn schon nervös genug, aber dass sie sich fast ständig räusperte, auf ihrem Stuhl hin und her rutschte und jedes Mal zusammenzuckte, wenn ihr Sohn sich bewegte, und aufspringen wollte, um Leo zu Hilfe zu eilen, brachte ihn fast um den Verstand. Er hatte sie mehrmals freundlich darauf hingewiesen, dass es vielleicht doch besser wäre, wenn sie den Raum verließe, aber sie reagierte auf seine höflichen Bemerkungen überhaupt nicht, und er hatte keine Lust, deutlicher zu werden. Daher blieb ihm nichts anderes übrig, als die halbe Stunde irgendwie durchzuziehen und sich hinterher auch noch von der extrem hektischen Mutter vorwerfen lassen zu müssen, dass ihr Sohn ja dieses Mal von ihm überhaupt nicht zur Ruhe gebracht worden war. Ob er einen schlechten Tag gehabt habe?

Leo schaffte es nur noch, sie mit gequältem Lächeln zu verabschieden, dann schloss er die Tür hinter sich ab. Er wollte auf keinen Fall, dass jetzt noch jemand ohne Termin vorbeikam und eine Fuß- oder Nackenmassage verlangte. Manchmal passierte das, die Kensingtoner schienen Physiotherapeuten für etwas besser ausgebildete Masseure zu halten. In der Regel brachte ihm Fußreflexzonenmassage Spaß, aber nicht heute. Er hatte in Soho in einer chinesischen Akupunktur- und Shiatsupraxis gelernt, und auch jetzt ging er noch ab und zu dorthin, wenn er sein Wissen auffrischen wollte. Er vermutete, dass die Therapeuten dort in einigen Bereichen bessere Techniken beherrschten als er, doch er hatte in der Kensingtoner Praxis etwas zu bieten, was für seine Klientel absolut notwendig war: ein im zarten Blauton gestrichenes Wartezimmer mit weichen Sesseln, die viel teurer aussahen, als sie gewesen waren, und daneben schicke Designerstühle für diejenigen, deren Rückenschmerzen so heftig waren, dass sie nicht in einem weichen Sessel versinken wollten. Im Hintergrund säuselte sanfte Meditationsmusik, und aus einem Brunnen plätscherte Wasser, das mit immer wechselnden Duftölen angereichert war. Es gab Fotos von Wasserfällen und wogenden Weizenfeldern an der Wand neben einer toskanischen Landschaft mit Zypressen und Platanen. Es gab die einschlägigen Zeitschriften, die in jeder Praxis liegen mussten, die am meisten von Frauen frequentiert wurden. Aber es gab auch aufwendig gestaltete Fotobände und Bücher über den Weg zum entspannten Leben. Leo zog sich um und hängte seine weiße Hose und sein weißes Polohemd in den Schrank. Dabei musste er daran denken, dass Silje ihn manchmal von der Arbeit abgeholt hatte. Sie waren gemeinsam spazieren gegangen oder hatten auf der Kensington High Street einen Drink genommen, er meistens zuerst ein Bier für den Durst und sie einen Gin Tonic, denn sie mochte kein englisches Bier. Sie mussten sich nicht immer unterhalten. Manchmal saßen sie nur schweigend nebeneinander am Fenster und beobachteten den Trubel auf der Kensington High Street, gaben ab und zu einen Kommentar über die Kleidung der Passanten ab. Oder sie saßen in einer Nische, so dass sich ihre Körper berührten, und genossen es, wie ihre Lust aufeinander langsam gesteigert wurde. Nicht nur einmal waren sie dann zur U-Bahn-Station Kensington High Street gelaufen und hatten sich in der Bahn extra nicht Seite an Seite gesetzt, um die Erregung nicht noch größer werden zu lassen, sondern hatten mit einigem Abstand gestanden oder sich gegenüber gesessen. Das letzte Stück von der U-Bahn-Station Camden Town bis zur Albert Street waren sie dann gelaufen, weil sie nicht länger aufeinander warten wollten, und sie hatten sich nicht nur einmal direkt hinter ihrer hastig verschlossenen Wohnungstür geliebt.

Ach Silje, seufzte Leo, warum konnte er die Erinnerung an sie und ihren Körper, an ihre Hände auf seinem Körper nicht vergessen? Warum hatten die vielen Nächte mit anderen Frauen in den vergangenen Monaten überhaupt nichts gebracht? Er wusste nicht, ob er seine Bemühungen auf diesem Gebiet weiter intensivieren sollte. Vielleicht hatte er einfach noch nicht die richtige Frau getroffen, die körperlich so gut zu ihm passte wie Silje. Aber in einer Sieben-Millionen-Stadt war es doch sicher möglich, so jemanden zu finden. Man musste nur lange genug suchen. Ein Vorteil dieser Riesenstadt war eindeutig, dass sich die Frauen, die er in den vergangenen Monaten gehabt hatte, höchstwahrscheinlich nicht über den Weg laufen würden.

Silje war er treu gewesen. Das hatte ihm noch nicht einmal Schwierigkeiten bereitet, obwohl er es vorher mit der Treue nie so genau genommen hatte. Bei Silje hatte auch im Bett eben alles gestimmt. Sie war seine Traumfrau gewesen, mit ihr hatte er alles erlebt, was er sich in dem Bereich jemals erträumt hatte, nicht was die Technik anging, da gab es Dinge, die er Silje nicht hatte vorschlagen wollen und die er mit anderen Frauen vorher getan hatte. Silje stand nicht auf Spielchen. Sie war sehr direkt, aber gerade das reizte ihn. Sie hatten sich manchmal vorgestellt, wie es wäre, sich in der Mittagspause in Kensington Gardens zu treffen und dann irgendwo in den Büschen zu verschwinden. Aus irgendwelchen Gründen war es nie dazu gekommen, was Leo jetzt bedauerte, denn es wäre bestimmt sehr aufregend geworden. Er wusste gar nicht, weshalb er diese Wirkung auf Silje hatte. Gut, ihm war klar, dass seine Hände etwas Besonderes an sich hatten, dass sie sensibel waren, sein Streicheln dabei aber nicht sanft, sondern verlangend wirkte. Wenn er Silje nur zart berührte, bemerkte er schon ein ganz leichtes Zittern. Er wusste, dass ihr auch noch nach den Anfangsmonaten jedes Mal Schauer über den Rücken liefen, wenn er sie streichelte. Und das gefiel ihm, weil er sich so sexy fühlte wie niemals zuvor.

Wie sollte das eigentlich weitergehen? Würde er jetzt sein restliches Leben mit der Erinnerung an Siljes Haut und Geruch, an ihre Hingabe und Weichheit herumlaufen und jede Frau, mit der er schlief, unweigerlich mit ihr vergleichen und dabei feststellen, dass keine an Silje heranreichte? Die Vorstellung machte ihm Angst, er wusste, dass es noch Ewigkeiten dauern könnte, bis er sie vergessen hätte. Vielleicht sollte er sich doch bei ihr melden? Vielleicht gab es eine Möglichkeit, sich wiederzusehen? Wenn nicht als Paar, so doch als Geliebte, die sich alle paar Wochen irgendwo in Europa trafen, um sich zu lieben und Zeit miteinander zu verbringen? Das taten doch viele andere auch, und die Flüge waren heute nicht mehr sehr teuer. Aber würde es ihm auch reichen, sie nur hin und wieder zu sehen und zu lieben? Auf der einen Seite versuchte er sich einzureden, dass es besser als gar nichts wäre. Er wollte nicht mehr auf die Suche nach der Traumfrau gehen. Aber auf der anderen Seite wollte er daran glauben, dass er früher oder später die Frau in London fände, die jegliche Erinnerung an Silje auslöschen würde. Er musste nur lange genug suchen und ausprobieren, Geduld haben und alle Möglichkeiten, die sich für ihn ergaben, abchecken.

Deshalb ist es bestimmt auch keine schlechte Idee, ins *Balans* zu gehen, dachte er. In dieser Bar war er mit Silje oft gewesen. Es würde ihm sicher vor dem ersten Drink schwerfallen, den Schmerz, den die Erinnerung an sie jedes Mal auslöste, zu ignorieren, aber spätestens nach dem zweiten Drink würde er verdrängt worden sein. Im *Balans* war die Chance, auf hübsche Frauen zu treffen, relativ hoch, denn es wurde nicht nur von den Verkäuferinnen der umliegenden Geschäfte frequentiert, die sich nach der Arbeit aufdonnerten – elegant, wie sie meinten, aber leider auf der Billigschiene. Die Kensingtoner Jungs, die sie hofften dadurch kennenzulernen, wussten genau, woher die Mädchen kamen, und vergnügten sich höchstens für eine Nacht mit ihnen und kümmerten sich dann nicht mehr um sie. Leo fand das abgeschmackt. Die Frauen, mit denen er in den vergangenen Monaten geschlafen hatte, hatten immer gewusst, dass er nur einen One-Night-Stand wollte. Beim Betreten des Restaurants wurde er von vier Frauen gemustert, die an einem Tisch hockten wie die Spinnen in ihrem Netz. Sie hatten sich einen teuren Prosecco geordert und gackerten albern. Sie sahen so aus, als ob sie sich alle nur von einem Sandwich und einem Salat pro Tag ernährten, und das war noch nie sein Fall gewesen. Er wollte spüren, dass er mit einer Frau schlief und nicht mit einem knochigen Körper, der ihn eher an einen Knaben denken ließ. Die eine Frau, die einer wirklich schlecht gemachten Audrey-Hepburn-Kopie glich, überprüfte seine Kleidung darauf, ob sie auch teuer genug war, dass es einen Versuch wert wäre. Glücklicherweise trug er heute nur eine alte

Jeansjacke, die an den Ärmeln schon abgeschabt war, auch seine Jeans war nicht ganz sauber; er war heute Morgen nicht dazu in der Lage gewesen, die richtigen Sachen aus seinem Schrank zu fischen, und hatte wieder die alten auf dem Stuhl genommen. Das blaue Polohemd konnte ihn wohl auch nicht retten. Er trug noch nicht einmal eine Uhr, an der die Ladys hätten abchecken können, ob er reich war. Nur sein schmales Lederband mit dem silbernen Verschluss, das er schon lange nicht mehr abgenommen hatte, hing ihm um den Hals. Einst hatte Silje es ihm geschenkt. In der ersten Wut hatte er es abgenommen und unters Bett geworfen, aber nach Tagen dort hervorgeholt und es wieder getragen. Er wollte gar nicht wissen, warum er das tat. Marie hatte ihn einmal darauf angesprochen, aber er hatte so abweisend geguckt, dass sie nicht gewagt hatte, das Thema weiter zu vertiefen.

Der Audrey-Hepburn-Verschnitt wandte sich schnell von ihm ab. Die anderen Frauen interessierten sich daraufhin auch nicht mehr für ihn. Sie schien diejenige zu sein, die entschied, welcher Mann es wert war, von ihnen in Beschlag genommen zu werden. Leo setzte sich auf die rechte Seite des Raumes – dort hatte er mit Silje nie gesessen – und bestellte sich einen Mai Tai. Es war noch Happy Hour. Er bekam zwei Drinks zu einem Preis, und das wollte er ausnutzen. Im *Balans* war es voller als sonst an einem Donnerstagabend um kurz nach sieben Uhr, und alle waren ziemlich gut drauf. Eigentlich hatte Leo gar keine Meinung zu der Olympiageschichte, aber er fand es gut, dass die Stadt den Triumph heute ausgelassen feierte. Die Londoner gingen nicht so oft aus sich heraus, und Leo bedauerte immer noch, nachmittags nicht auf dem Trafalgar Square gewesen zu sein.

Eigentlich ging es ihm gut, nach dem zweiten Drink verbreitete sich eine wohlige Schwere in seinem Körper. Er hatte heute nur gefrühstückt, deshalb bestellte er sich in Honig und Curry gebackene Garnelen. Manchmal gefiel es ihm, irgendwo allein zu sitzen und die Leute zu beobachten. Ihm gegenüber aß ein Paar zu Abend. Sie waren beide bestimmt schon Anfang fünfzig, wirkten miteinander vertraut und nicht unglücklich, aber beide flirteten mit ihm. Die Frau lächelte ihm direkt zu, der Mann musterte ihn anerkennend und ein wenig lüstern im Spiegel. Als dieser nach dem Bezahlen – die Frau übernahm die Rechnung – aufstand, war er einen Kopf kleiner als die Frau. Er schenkte ihm ein bedauerndes Lächeln. Der hätte mich gerne mitgenommen, dachte er amüsiert, und die Frau auch. Leo war daran gewöhnt, auch von Männern angeschmachtet zu werden. Es störte ihn nicht. Es lag wohl daran, dass er nicht so männlich wirkte, seine Behaarung auf den Armen war eher spärlich, seine Augen waren vielleicht einen Tick zu groß und seine Wimpern zu lang, seine Lippen zu geschwungen, seine Haut zu zart, um einen wirklich herben Eindruck zu vermitteln. Aber er war zäh und durchtrainiert, denn er lief dreimal die Woche eine Stunde lang durch den Regent's Park. Vielleicht hatte er das in den vergangenen Monaten ohne Silje etwas vernachlässigt. Er war auch zu schmächtig, um als richtiger Macho durchzugehen, aber das störte ihn nicht. Sein harmloses Aussehen brachte ihm enorme Vorteile. Die Frauen wurden schneller zutraulich, weil sie annahmen, dass er nicht zu den bösen Männern gehörte, die sich das nahmen, was sie wollten, und dann am nächsten Morgen, ohne eine Telefonnummer zu hinterlassen, abhauten. Und wenn sie herausbekamen, dass er doch zu der Sorte gehörte, war er schon längst weg.

Bei Silje war es nicht so gewesen. Da hatte er vom ersten Augenblick an gewusst, dass es etwas Ernstes werden würde. Und wie er sie geliebt hatte: ihren Durchblick, ihren klaren Verstand, ihr unbestechliches Urteilsvermögen, das so wirkte, als ob sie immer mit Blick auf die Weite des Meeres analysierte. Ihre Gelassenheit, die sein manchmal hitziges Temperament aushalten konnte und ihn durch eine gut gesetzte Bemerkung auf den Boden zurückbrachte. Ihre Kritik konnte vernichtend sein, und manchmal fürchtete er ihren analytischen Geist. Ihr entging keine Schwäche bei anderen und bei sich selbst auch nicht. Aber sie hatte ihre scharfe Zunge meistens im Griff, konnte eine charmante Verbindlichkeit an den Tag legen, die er bewunderte, besonders wenn sie im Hotel arbeitete. Seine Patienten fanden zwar auch meistens, dass er freundlich war, aber das lag daran, dass er tatsächlich meistens fröhlich war, während er arbeitete, und weil er seinen Job mochte. Wenn er allerdings einen schlechten Tag hatte, bemerkte das auch jeder sofort. Das war bei Silje anders, sie besaß die Fähigkeit, ihre Stimmung hinter einer Maske zu verstecken. Eigentlich passte sie mit ihrer ruhigen Art viel besser nach London als er, dachte Leo.

Nach einem weiteren Drink griff er zum Handy und wählte, ohne nachzudenken, ihre Nummer, die er auswendig kannte. Sie war manchmal auf seinem Anrufbeantworter zu sehen gewesen, kurz nachdem Silje nach Norwegen gegangen war. Er hatte sie einmal angerufen und festgestellt, dass es die Nummer von Siljes Handy war. Aber er hatte damals keine Nachricht hinterlassen. Sein Herz raste. Er hoffte sogar, dass sie nicht abnehmen würde. Dann könnte er sich ihre Stimme auf der Mailbox anhören, ohne sich zu melden. Aber sie ging schon nach dem zweiten Klingeln ran.

»Brinsvej«, sagte sie, nicht mehr »Hello« wie in London.

Er musste schlucken, bevor er sprechen konnte. »Hallo, Silje, ich bin es, Leo«, sagte er.

»Hi«, antwortete sie. Ihre Stimme änderte sich sofort. Sie wurde weich und zitterte leicht. Sie liebt mich noch, schoss es ihm durch den Kopf.

»Ich denke gerade an dich. Ich bin im *Balans*. Wollte deine Stimme hören«, erklärte er.

»Ah«, antwortete sie. Irgendetwas rauschte im Hintergrund. Wo war sie? Und warum schwieg sie?

Er wusste nicht, was er sagen sollte.

»Gut, dann bis demnächst«, schloss er und legte auf.

Ihm war übel. Es war ein Fehler gewesen, sie anzurufen. Jetzt war sie wieder so nah, als ob sie hier bei ihm säße und nicht mindestens eintausend Kilometer in diesem verdammten Norwegen hockte, das er hasste, obwohl er noch nie dort gewesen war. Was sollte er bloß tun? Zu ihr fliegen? Aber wohin eigentlich? Er hatte nur die Adresse ihrer Eltern, wohnte sie dort?

Und was wäre, wenn er es täte? Sie wären einige Tage zusammen, und dann? Würde er zurückfliegen müssen und sie würde in Norwegen bleiben. Ein erneuter Abschied. Das würde er nicht ertragen. Er hatte in London eine Arbeit, sein ganzes Leben spielte sich hier ab, das wollte er nicht aufgeben. Wenn er ihr folgte und es nicht funktionierte, würde er seine Arbeit verlieren, denn David fände bestimmt schnell einen Ersatz für ihn. Er würde seine Sicherheit verlieren, er würde in einem Land leben, dessen Sprache er nicht beherrschte und, mal ehrlich, sehr wahrscheinlich auch nie lernen würde. Er hatte es nicht so mit fremden Sprachen. Natürlich konnte er Portugiesisch, weil seine Mutter früher viel mit ihm gesprochen hatte, und er verstand einige Brocken Italienisch. Aber Norwegisch? Wenn Silje mit ihrer Familie telefonierte, hatte er noch nicht einmal erraten können, wo ein Wort angefangen und wo es aufgehört hatte.

Er fühlte sich verzweifelt, nur ein weiterer Drink konnte helfen, seine ausweglose Situation zu vergessen, also bestellte er sich eine Margarita. Heute Abend war es vollkommen egal, ob er sich betrank. Er war offensichtlich nicht der Einzige hier, der das tat. Die vier Frauen ihm gegenüber gackerten jetzt in einer Tour. Sie waren bei der vierten Flasche Prosecco angelangt, die letzte hatte ihnen der Wirt spendiert, vielleicht hoffte er dadurch, in der Gunst der Ladys zu steigen. Die Rechnung schien aufzugehen, denn immer, wenn er an ihrem Tisch vorbeikam, warf ihm die Frau mit der verunglückten Audrey-Hepburn-Frisur unter ihren falschen Wimpern lüsterne Blicke zu.

Weiter hinten im Restaurant lachte eine Frau ziemlich oft hysterisch. Als er an ihr vorbeiging, erkannte er sie. Es war Nancy von heute Morgen. Die unglaublich glückliche und erfolgreiche Nancy, die sich hier offensichtlich allein die Kante gab. Sie war nicht ganz allein – sie plapperte in ihr Handy. Leo verstand nichts, aber es interessierte ihn auch nicht. Er wollte unbemerkt an ihr vorbeigehen, aber das funktionierte nicht. Als sie ihn erblickte, lächelte sie selig, klappte ihr Handy zu und sprang auf, begrüßte ihn mit einem Küsschen, als ob sie eine Freundin von ihm wäre, und nötigte ihn, neben ihr Platz zu nehmen.

»Aber ich sitze da vorne«, wehrte er ab.

»Dann komm ich mit zu dir«, säuselte sie ihm ins Ohr, und bevor er protestieren konnte, hatte sie ihren Drink genommen und sich bei ihm eingehängt. Er wollte sie nicht brüskieren, also ließ er es geschehen und führte sie zu seinem Tisch. Sie ließ sich mit einem Plumps, der gar nicht zu ihrem eleganten Outfit passte, auf den Stuhl fallen. Ihr Drink war erst halb leer, aber schon winkte sie den Kellner heran und bestellte einen Whiskey Sour.

»Du auch?«, fragte sie. Es ist einfacher zu nicken, als sich weiter zu wehren, dachte Leo. Eigentlich gefiel ihm Nancy in diesem etwas derangierten Zustand. Er hatte es bisher selten erlebt, dass eine Kensingtoner Lady ihre Haltung einbüßte, weil sie zu viel getrunken hatte. Außerdem tat sie ihm leid. Sie war offensichtlich einsam, würde aber wohl noch unter Folter behaupten, es nicht zu sein.

Er wusste nicht, was er mit Nancy besprechen sollte,

aber er konnte doch unmöglich jetzt bezahlen und sie allein dort sitzen lassen. Sie war so glücklich darüber, dass sie jemanden gefunden hatte, an den sie sich hängen konnte. Diese Freude wollte Leo einfach nicht zerstören. Das war schon immer sein Fehler gewesen, fand er: Er war einfach zu nett.

Es schien allerdings nicht besonders wichtig, dass er redete. Sie übernahm das, erzählte ihm, wie erfolgreich sie in ihrem Job sei. Sie arbeitete in der City, irgendetwas im Bankbereich. Von dem, was sie ihm erzählte, verstand er fast gar nichts. Er hatte sich noch nie für finanzielle Dinge interessiert, vielleicht war er auch nur deshalb Physiotherapeut geworden. Ihm war es tatsächlich nie wichtig gewesen, mehr Geld anzuhäufen, als er unbedingt brauchte, und das hieß für ihn, eine nette Bleibe zu haben, mal in den Urlaub nach Italien oder Frankreich fahren zu können, ab und zu essen zu gehen und noch genug Geld zu haben, um sich gelegentlich Klamotten zu kaufen. Zugegeben: Manchmal stellte er sich vor, ein Cottage auf dem Land zu kaufen, wohin er sich zurückziehen könnte, wenn ihm alles in der Stadt zu viel werden würde. Er konnte Silje förmlich erstaunt und ironisch fragen hören: »Glaubst du, dass das irgendwann passieren wird?« Aber er wusste, dass er nicht jünger wurde, manchmal war selbst ihm der ständige Lärm in der Londoner Innenstadt zu viel. Aber noch war es nicht so weit. Noch wollte er sich nicht festlegen, einfach nur leben, keine Geldsorgen haben, sich ein wenig Luxus leisten können. Wie gut, dass die Miete für das Zimmer bei Marie und Olivia nicht besonders hoch war. In den vergangenen Monaten hatte er deutlich mehr Geld fürs Ausgehen ausgegeben als sonst.

Warum hatte Silje diese Lebenseinstellung nicht teilen können? Warum hatte sie ihn dazu gezwungen, darüber nachzudenken, ob sein Leben in den richtigen Bahnen verlief und wo er in einigen Jahren sein wollte? Denn genau das hatte ihr Fortgehen bewirkt. Ihn dazu genötigt, seine Ziele und Vorstellungen in Frage zu stellen. Aber das wollte er nicht. Er war doch erst 25 und hatte noch viel Zeit für alles. Hätte sie nicht einfach zwei Jahre länger bei ihm in London bleiben können?

Leo stutzte. Nancy plapperte nicht mehr über ihre Arbeit, sie rauchte auch nicht mehr gierig eine Zigarette nach der anderen. Sie war plötzlich verstummt und drehte an ihrem Glas, in dem sich nur noch eine kleine Pfütze Whiskey Sour befand. Hatte sie ihm eine Frage gestellt, die er hätte beantworten sollen?

Glücklicherweise fing sie jetzt wieder an zu reden. Sie schien nicht sauer zu sein, weil er sich an ihrem Selbstgespräch nicht beteiligte.

»Ich habe ihm gestern gesagt, dass er sich zwischen ihr und mir entscheiden muss, und weissu, was er gemacht hat?«, fragte sie jetzt und packte ihn am Arm.

»Weissu, was er gemacht hat?« Sie wiederholte diese Frage noch viermal, die deutschen Touristen, die am Nebentisch saßen, sahen sich schon nach ihnen um.

»Nein, Nancy, Liebes, ich weiß nicht, was er gemacht hat«, antwortete Leo. Er musste jetzt einen auf guten Freund machen, das brauchte sie anscheinend.

»Er hat sie angerufen und gefragt, ob er gleich bei ihr einziehen kann. Und ich war im Raum. Und er hat so erleichtert geklungen, so glücklich. Dann hat er seinen noch gepackten Koffer aus dem Schrank geholt, da hatte er ihn mittags abgestellt, nachdem er mit ihr von einer ›Geschäftsreise‹ zurückgekommen war. Und dann iss er zur Tür raus. Einfach so, verstehste? Jetzt fickt er diese Schlampe, seine Kollegin, und weissu, wo die wohnt? Direkt in der City, hat da so ein schickes Yuppie-Apartment im zehnten Stock. Ich war da mal mit zu einer Party und hab nicht bemerkt, dass sie scharf auf ihn war. Ich fand sie sogar nett und hab ihr Tipps gegeben, wie sie sich Martin gegenüber verhalten soll. Bin ich 'ne blöde Kuh«, sagte sie jetzt mit einem hysterisch lauter werdenden Tonfall. »'ne blöde Kuh. 'n schickes Apartment hat sie wie wir vor fünf Jahren. Aber das wollte – aber das wollte er dann nicht mehr, er wollte gediegener wohnen, deshalb habe ich Daddy gefragt, ob er mir einen Teil meines Erbes schon jetzt geben kann, damit ich das Haus in Lexington Mews für uns kaufen kann. Dad dachte, das sei eine gute Investition. Er hatte gehofft, dass er Martin eines Tages in seine Firma hinüberziehen könnte. Er wollte ihn so dringend als seinen Nachfolger. Aber Martin hatte bisher immer abgelehnt, wenn die Sprache darauf kam. Er wollte unabhängig von unserem Vermögen bleiben, und jetzt weiß ich auch, warum. Damit er in der Gegend herumvögeln konnte, so viel er wollte, ohne zu riskieren, dabei seinen Job zu verlieren. Wenn er zurückkommen sollte, werde ich ihm die Augen auskratzen«, schloss sie in einem ein wenig kämpferischen Tonfall.

Der kommt nicht zurück, dachte Leo. Eine jüngere Frau mit einem Apartment in der City und Ehrgeiz in jeder Beziehung war bestimmt aufregender als Nancy, die so aussah, als ob sie sich mit großer Anstrengung auf Größe 36 bis 38 hinuntergehungert hatte, obwohl sie, wenn sie normal essen würde, bestimmt Größe 40 tragen müsste, was ihr sicher besser gestanden hätte.

Mit Nancy wollte er heute Nacht auf keinen Fall schlafen. Aber er konnte sie auch nicht allein im *Balans* sitzen lassen. Dazu war er nicht abgebrüht genug. Er musste sehen, dass er sie möglichst schnell hier raus brachte, und würde sie in ein Taxi setzen. Ach nein, wohnte sie nicht um die Ecke? Lexington Mews? Das war doch die kleine Straße mit Kopfsteinpflaster, die ganz in der Nähe von Marks and Spencer abging? Er konnte sich ungefähr vorstellen, wie viel ein kleines Häuschen dort kostete. Ihr Daddy musste eine ziemlich erfolgreiche Firma leiten, und ihr Exehemann in spe war sich hoffentlich darüber im Klaren, was für ein Goldfischchen er da aufgab. Jetzt weinte Nancy an seiner Schulter, glücklicherweise noch leise, aber Leo war sich nicht sicher, dass sich das nicht im nächsten Moment ändern könnte. Er zahlte alles, es war sein letztes Bargeld, und seine Karte hatte er auch vergessen. Dann hievte er sie von ihrem Platz hoch. Sie war für ihre Größe so unnatürlich leicht, wie er erwartet hatte. Hoffentlich konnte sie noch allein gehen, denn er hatte keine Lust, sie den ganzen Weg zu stützen.

Aber genau das tat er dann. Nancy hielt vor einem gerade renovierten weißen Haus mit dunkelgrün lackierter Tür und vornehmem Messingklopfer. Neben der Klingel stand kein Name. Nancy kramte umständlich in ihrer Louis-Vuitton-Tasche nach dem Schlüssel.

»Wo isser denn?«, nuschelte sie und lachte zwischendurch gicksend. »Komm her, du kleiner Frosch«, keckerte sie jetzt, und Leo wollte sich lieber nicht vorstellen, was sie sonst noch als kleinen Frosch bezeichnete. Dann hatte sie den Schlüssel endlich gefunden und steuerte auf das Schloss zu. Leo hoffte, dass es wirklich ihr Haus war, dessen Haustür sie jetzt mit einem lauter werdenden Schimpfen zu öffnen versuchte. Doch als niemand wütend ein Fenster öffnete, war er sich sicher. Also half er ihr, den Schlüssel in das Schloss zu stecken. Die Tür ging auf, und er schob Nancy hindurch, wollte nur noch weg, aber da hielt Nancy ihn an der Jacke fest.

»Komm rein, bitte, wir nehmen noch einen Drink, es ist so einsam hier«, bettelte sie in weinerlichem Ton. Dann wäre sie fast umgekippt, wenn er sie nicht im letzten Moment aufgefangen hätte.

Dies ist mit Abstand der Tiefpunkt der vergangenen Monate, dachte Leo, als er Nancy die Treppe hinauf in den ersten Stock trug. Ihr Gesicht hatte eine grünliche Farbe angenommen, und Leo war sich sicher, dass es klüger wäre, wenn sie ein Badezimmer aufsuchen würde. Er setzte sie vor der Kloschüssel auf dem Boden ab und konnte gerade noch rechtzeitig die Badezimmertür hinter sich zuziehen, bevor Nancy anfing, sich zu übergeben. Er wartete in der Diele, bis die Geräusche weniger wurden. In einer anderen Situation wäre er vielleicht jetzt gegangen. Es wäre einerlei gewesen, wenn er sich damit zu einem schäbigen Arschloch degradiert hätte, weil die Chance, diese Frau wieder zu treffen, in London sowieso äußerst gering gewesen wäre. Aber sie kannte ihn, wusste, wo er arbeitete, und er wollte auf keinen Fall riskieren, dass sie ihn in der Praxis aufsuchen und sich über ihn beschweren würde, auch wenn er nicht glaubte, dass sie überhaupt in die Praxis zurückkäme. Doch trotzdem würde er sich wie ein Gentleman verhalten, da bleiben, bis es ihr besserging, ihr sehr wahrscheinlich noch einen Tee kochen und sie zu Bett bringen, denn er war ja sozial eingestellt. Bei seinem Beruf gingen die Menschen immer davon aus, dass er eine soziale Ader hatte und ein Menschenfreund war.

Wie konnte er so unprofessionell gewesen sein, sich darauf einzulassen, mit einer Patientin, der er noch am Vormittag den Rücken massiert und dabei festgestellt hatte, dass ihr Leben randvoll mit unbewältigten Problemen war, in einer Bar zu trinken? Offenbar war er momentan nicht ganz Herr seiner Sinne. Sonst hätte er sich mit einem charmanten Lächeln verabschiedet und wäre gegangen. Er hätte ihr noch ein Kompliment gemacht, damit sie auf keinen Fall gemerkt hätte, wie unattraktiv er sie fand, und sie hätte ihr Gesicht in seiner Gegenwart nicht verloren und weiterhin seine Patientin bleiben können.

Aber weil er, seit ihn Silje verlassen hatte, so neben sich stand, hatte er diesen entscheidenden Fehler begangen. Und jetzt saß er in der Klemme, denn es war bestimmt schon ein Uhr. Die letzte Bahn war bereits weg. Er hatte nicht mehr genug Geld für ein Taxi. Also musste er wohl die Nacht in diesem Kensingtoner Haus verbringen, wenn er nicht laufen wollte, und das wollte er ganz bestimmt nicht. Von hier nach Camden würde er sicher zwei Stunden brauchen. Vielleicht sollte er zu Ralph gehen? Der wohnte doch hier in der Gegend. Aber es wäre bestimmt keine gute Idee, den alten Herrn aus dem Bett zu klingeln. Sonst kannte er niemanden in Kensington, seine Freunde wohnten nicht hier – aber hatte er überhaupt noch Freunde außer Marie, Ralph und Olivia? Es war schon eine Ewigkeit her, dass sich jemand bei ihm gemeldet oder er seine Freunde angerufen hatte.

Wenn er nicht aufpasste, würde er sehr bald so allein sein wie Nancy, deren Röcheln er immer noch im Badezimmer hörte, dann würde er sich auch einreden, dass sein Leben super sei, und sich irgendwo mit jemandem, den er gar nicht kannte, besaufen. Wie erbärmlich wäre das? Aber war nicht das, was er machte, schon sowieso erbärmlich? Er wusste tatsächlich nicht mehr, wie viele Frauen er in den vergangenen Monaten flachgelegt hatte, erinnerte sich nur noch an einige Gesichter. Und es waren noch nicht einmal besonders berauschende Nächte gewesen. Eigentlich alles Durchschnitt – im Vergleich zu den Nächten mit Silje. Würde das endlos so weitergehen? Sehr wahrscheinlich, wenn er nicht endlich etwas unternahm.

Nancy öffnete jetzt die Tür ihres Badezimmers und kam auf ihn zu. Sie hatte sich das Gesicht gewaschen, die Haare notdürftig gekämmt und auch versucht, ihr Make-up zu erneuern. Es war ihr nicht wirklich geglückt, der Lippenstift war verschmiert, und ihr Augen-Make-up hatte sie nicht gleichmäßig aufgetragen. Sie schien jedoch ihre Haltung wiedergefunden zu haben. Sie tat so, als ob er nicht eben Zeuge dieser unwürdigen Szene geworden wäre, sondern bat ihn, ihr nach unten in die offene Küche zu folgen. Sie wolle einen Tee zubereiten, ihm wäre doch sicher eine Tasse jetzt recht, sagte sie. Er konnte sie jetzt nicht brüskieren und ihr Haus so schnell verlassen, wie er es eigentlich vorgehabt hatte, also folgte er ihr die Treppe hinunter in ihre Designerküche mit blau lackierten Küchenschränken und einem blitzenden Chromherd, auf dem bestimmt noch nicht viel gekocht worden war.

Er setzte sich auf einen Hocker mit Lederpolster und Chrombeinen und sah Nancy bei der Zubereitung des Tees und einiger Sandwichs zu. Ihre Handgriffe wirkten plötzlich sehr sicher und routiniert. Das hat sie bestimmt auch mal für eine Schar Kinder machen wollen, vor der Schule in einem blau-weiß gestreiften Bademantel im Countrystil, während ihr Ehemann im Anzug am Küchentresen sitzt und Zeitung liest, dachte Leo. Sie hatte sicher gehofft, dass ihr auf Karriere versessener Ehemann bald bereit gewesen wäre, Vater zu werden. Er war sich sicher, dass sie schon lange daran gearbeitet hatte, seine Entscheidung zu beeinflussen. Aber der hatte bisher bestimmt immer abgeblockt, weil er sich noch ausprobieren und keine Verantwortung für Kinder übernehmen wollte. Wie alt mochte dieser Mann sein, der sie gestern verlassen hatte, um mit einer jüngeren Kollegin wieder dort zu beginnen, wo er mit Nancy vor einigen Jahren gewesen war?

Wenn sie Pech hatte, würde er sich sehr schnell scheiden lassen und mit der jüngeren, unverbrauchteren Freundin eine Familie gründen, und Nancy würde in ihren feinen Kreisen als schwer vermittelbar gelten und sehr darunter leiden, weil es für sie immer wichtig gewesen war, in angemessener Zeit einen viel versprechenden Mann zu finden, der dann auch eines Tages in die Firma ihres Daddys würde einsteigen können. Dass ihr Plan nicht aufgegangen war, musste für sie Versagen auf der ganzen Linie bedeuten, und dieses Versagen würde sie in der nächsten Zeit mit noch mehr Sport und noch einer Diät kompensieren, bis sie nur noch Haut und Knochen wäre.

Leo kannte solche Frauen zur Genüge aus der Praxis, eigentlich hatte er genug von ihren Luxusproblemen. Er wollte normale Patienten mit wirklichen Beschwerden. Er wollte vielleicht Kindern helfen, die wirklich seine Hilfe brauchten, und nicht die überforderten Zöglinge der guten Gesellschaft behandeln, die wegen des Leistungsdrucks Verspannungen hatten und über Kopfschmerzen klagten. Aber auf der anderen Seite zahlte David ihm ein höheres Gehalt als üblich, weil er wusste, dass viele Frauen nur Leos wegen in seine Praxis kamen.

Nancy versuchte Smalltalk zu machen, und Leo fiel es schwer, nicht unhöflich zu werden und einfach abzuhauen. Er hätte sich vielleicht Geld von ihr geliehen, um sich ein Taxi nehmen zu können, wenn sie nicht so versnobt gewesen wäre, aber unter diesen Umständen brachte er die Bitte nicht über die Lippen.

Mit einem Blick auf die Uhr bot Nancy ihm jetzt an,

in ihrem Gästezimmer zu übernachten, da es schon sehr spät geworden sei. Ihre Augen baten ihn so flehentlich, ihr Angebot anzunehmen, und sie wirkte so zerbrechlich und klein, dass Leo, ohne zu überlegen, ja sagte.

Sie lächelte erleichtert. Es war offensichtlich, dass sie nicht allein in dem Haus schlafen wollte. Das erinnerte Leo an seine ersten Nächte ohne Silje, die er schlaflos auf dem Sofa in ihrem winzigen Wohnzimmer verbracht hatte, weil er unter keinen Umständen in dem Bett hatte schlafen wollen, in dem sie sich so oft geliebt hatten. Er wusste nicht mehr, wie lange es gedauert hatte, bis er die Nacht wieder im Schlafzimmer hatte schlafen können. Er hatte sich zwingen müssen, morgens zur Arbeit zu gehen, und nicht nur einmal hatte er sich krank gemeldet, am Telefon gehustet und geschnieft, weil er wusste, dass er nicht in der Lage wäre, einen Patienten zu behandeln. Eigentlich war es ihm erst bessergegangen, als er beschlossen hatte, die Wohnung aufzugeben, und bei Marie untergekommen war.

Nancy zeigte ihm das Gästezimmer im ersten Stock. Es war klein, aber geschmackvoll eingerichtet, zumindest, wenn man den englischen Landhausstil mochte. Nancy fragte ihn – wieder ganz Lady –, ob er noch etwas benötige. Sie hatte ihm einen Pyjama ihres Mannes herausgelegt.

»Nein, es ist alles fantastisch, ich brauche nichts«, beteuerte Leo. Er fühlte sich unwohl. Wie verhielt man sich eigentlich in diesen Kreisen? Sein Vater war ein überzeugter Oberschichtgegner und hatte immer gepredigt, dass man alle gleich behandeln müsste. Aber die Oberschicht hatte einen Code, das hatte Leo begriffen, als er anfing, in Kensington zu arbeiten, und er bemerkte auch, dass es ihm schwerfiel, diesen Code zu verstehen oder deren Redewendungen zu kopieren.

Doch jetzt war er müde und eigentlich froh darüber, dass er nicht mehr nachts durch die halbe Stadt fahren musste. Er stieg in den etwas zu großen Pyjama von Nancys Exehegatten und legte sich unter die dezent geblümte Bettdecke.

Erschöpft schloss er die Augen. Er kam sich vor, als ob er auf dem Land wäre, hörte nichts von der Kensington High Street, obwohl die so nahe war. In Camden war es immer laut. Entweder hörte er die Flugzeuge oder das Lärmen der Leute auf der Straße oder Autos. Hier war es friedlich. Eigentlich ist das sehr schön, dachte er, aber dann stellte er sich vor, wie Nancy die nächste Zeit in diesem stillen Haus verbringen und darauf warten würde, dass ihr Mann anriefe oder der Schlüssel im Schloss sich herumdrehte und er in der Tür stände, um sie zu bitten, wieder zu ihr zurückkehren zu dürfen. In der ersten Zeit ohne Silje, in der er viel zu schwach gewesen war, überhaupt irgendwo hinzugehen, hatte er ständig den Fernseher laufen lassen, um diese Stille nicht ertragen zu müssen. In diesem edlen Kensingtoner Haus wird es so still und einsam sein wie in einer Gruft, dachte Leo und freute sich voll Dankbarkeit auf sein Zimmer bei Marie und Olivia und auf das Leben dort, das ihm vorspiegelte, dass er nicht so allein war, und ihn manchmal sogar vergessen ließ, wie einsam er sich in Wahrheit fühlte.

12

Kopenhagen, 7. Juli, 16 Uhr

„Leo ist bisher nicht gekommen und hat sich nicht gemeldet«, las Silje auf ihrem Handy-Display. Die SMS kam von Lucy. Leo hatte sich bisher nicht gemeldet? Aber es war doch schon nachmittags, auch in London? Was bedeutete das denn? Warum hatte sich Leo noch nicht gemeldet?

Silje wusste mittlerweile, dass das Handynetz in London zusammengebrochen war und viele Tausende nicht in der Lage waren, ihre Angehörigen und Freunde zu informieren. Auf jedem Bildschirm dieses verdammten Kopenhagener Flughafens, wo sie auf den Anschlussflug nach London wartete, waren Bilder von London zu sehen. Immer wieder wankten Menschen mit zerrissenen Kleidern und blutüberströmten Gesichtern aus den U-Bahn-Schächten, wurden auf Tragen gelegt oder von Sanitätern gestützt zum Krankenwagen begleitet. Sie sah Bilder des Busses der Linie 30, das abgerissene Dach, so leicht vom Bus heruntergesprengt, dass es so wirkte, als sei der Bus nicht aus schwerem Eisen, sondern aus Pappmaché gewesen. Mittlerweile war die Stelle um den Explosionsort am Tavistock Square mit weißen großen Planen vor neugierigen Blicken geschützt und abgeriegelt worden, damit niemand, der nicht befugt war, dieses Areal aufzusuchen, einen Eindruck bekommen konnte, wie grauenhaft und verheerend das Ausmaß der Verwüstung war.

Vielleicht wanderte Leo durch London, weil er wie viele Tausende anderer aus den U-Bahnen evakuiert worden war, vielleicht war er längst in einem Pub und trank mit den anderen der Katastrophe knapp Entkommenen auf das Leben. Aber wenn es so wäre, hätte er doch irgendeinen Weg gefunden, seine Kollegen zu informieren, damit sie sich keine Sorgen machten.

Vielleicht half er auch jemandem, der verletzt war. Vielleicht kniete er gerade jetzt neben einer Frau, hielt ihre Hand und beruhigte sie.

Silje versuchte dieses Bild festzuhalten, Leo kniend auf dem Boden, beruhigend, wie er Zuversicht und Wärme gab, und es gelang ihr sogar, dieses tröstliche Bild einige Zeit vor ihrem inneren Auge einzufrieren. Sie sah ihn so klar, als ob sie neben ihm stünde. Sie konnte seine Stimme hören und die Wärme seiner Hände spüren, die nun sanft das Handgelenk der Verletzten nahmen, um ihr den Puls zu fühlen.

Silje konzentrierte sich auf dieses Bild. Sie wollte es so lange wie möglich vor Augen behalten. Wenn sie sich schon nicht einreden konnte, dass Leo gar nicht von den Anschlägen betroffen war, wollte sie zumindest glauben, dass er auf der Seite der Retter und Helfer und nicht auf der der Opfer war. Es musste so sein, es war doch nichts anderes möglich. Leo hatte bisher immer Glück gehabt, nie war ihm etwas Ernsthaftes zugestoßen. Er hatte sich nie schwer verletzt, er war als Kind nie ernsthaft krank gewesen, seine Gesundheit war immer blendend gewesen. Silje war sich sicher, dass ein Schutzengel immer über Leo wachte. Er war voll Zuversicht und hatte so viel Freude am Leben. Er liebte es zu leben, und das hatte sie an ihm so geliebt. Er konnte plötzlich unbändig und viel zu laut loslachen. Das war etwas, was sie nicht konnte, sie war immer etwas zurückhaltend in ihren Gefühlsäußerungen.

Leo hatte das auf ihre nordische Herkunft zurückgeführt, aber Silje wusste, dass das nicht stimmte. Viele ihrer Freunde in Norwegen waren extrovertierter als sie. Und sie liebte es, wenn jemand sich nicht ständig kontrollierte. Silje hatte sich manchmal gefragt, ob es Leo wirklich egal war, wenn jemand sich nach ihm umdrehte, weil er auf der Straße laut lachte oder in sein Handy brüllte, um den Straßenverkehr zu übertönen. Sie hatte ihn ein paar Mal darauf angesprochen, aber er hatte sie nur verständnislos angesehen. Nein, es störte ihn nicht, wenn Leute guckten, weil er es meistens gar nicht bemerkte. Und wenn doch, war es ihm nicht sehr wichtig. »Dann haben die Leute eben was zu lachen und zu lästern, ist doch nett«, sagte er. Er hatte nie den Anspruch an sich, vollkommen zu sein, und auch seine Fehler waren Teil seiner Persönlichkeit, über die er sich selbst am meisten amüsieren konnte.

In diesem Moment erzählt Leo bestimmt jemandem vom Rettungssanitäterteam, das die Frau jetzt übernimmt, einen Witz zur Auflockerung, stellte sich Silje mit aller Macht vor. Sie wiederholte den Satz:

»Er hilft anderen, er verbindet sie, er ist in Sicherheit.«

Aber die Vorstellung dieser Szene kostete sie immer mehr Kraft. Kurz bevor sie ihr Handy im Flugzeug ausschalten musste, kam Lucys nächste SMS: »Immer noch keine Nachricht von Leo.«

Die Bilder von Leo, dem Retter, verblassten schlagartig. Leo hätte sich bestimmt gemeldet, wenn er gekonnt hätte, und mittlerweile waren die Probleme mit der Kommunikation in London mit Sicherheit schon behoben. Leo hätte sich gemeldet, wenn er gekonnt hätte. Bei aller Spontaneität war er auch sehr korrekt, und er hätte daran gedacht, dass seine Kollegen sich Sorgen machten. Vielleicht hätte er auch sogar sie angerufen, nur um ihr zu sagen, dass es ihm gutgehe, weil er wusste, dass sie sich Sorgen um ihn machen würde, sobald sie von den Anschlägen erfahren hätte.

Silje merkte nicht, dass das Flugzeug startete. Sie bemerkte nicht, dass die Stewardess sie besorgt musterte. In ihrem Innern war auf einmal alles erstarrt. Und sie dachte immer denselben Satz: Und wenn er nicht mehr lebt?

13

London, 7. Juli, 6.00 Uhr

Olivia horchte, im Haus war es vollkommen still. Marie und Leo schliefen noch. Sie musste beim Aufstehen leise sein, damit sie die beiden nicht weckte. Es war erst sechs Uhr. Eigentlich hätte sie noch liegen bleiben können, aber das wollte sie nicht. Sie musste schnell aufstehen, sich nicht duschen, das hätte Marie vermutlich geweckt, und sie wäre in ihr Zimmer gekommen, um sich zu entschuldigen, wie sie es schon gestern versucht hatte. Sie würde dann wohl wieder auf ihrer Bettkante sitzen und ihre Schultern anfassen wollen. Olivia aber wollte nicht berührt werden, jedenfalls nicht von Marie. Ihre Mutter war für sie gestorben. Sie wollte ihr niemals wieder so nah sein müssen. Am liebsten hätte sie eine Tasche gepackt und wäre abgehauen, aber wo hätte sie hingehen sollen? Da wäre nur Ralph gewesen, und der hätte sie sofort wieder nach Hause geschickt; Pete hätte sehr wahrscheinlich das Gleiche getan.

Sie konnte nicht abhauen, aber sie konnte ihrer Mutter zumindest so lange aus dem Weg gehen, wie es irgendwie möglich war. Heute Nachmittag würde sie sehr wahrscheinlich sowieso nicht zu Hause sein, wenn sie aus der Schule käme. Sie musste bestimmt ihre Reportage über die Olympiafeier gestern fertig schreiben, und darüber würde sie wohl wie so oft die Zeit aus den Augen verlieren.

Normalerweise hatte Olivia damit keine Schwierigkeiten. Sie hatte es ihrer Mutter nie übel genommen, dass sie nicht ganz so pünktlich und gewissenhaft war wie die Mütter einiger ihrer Klassenkameraden. Sie wollte gar nicht, dass Marie mit Milch und Keksen oder einem Tee zu Hause auf sie wartete, nur um sie dann gleich zu irgendeinem Hobby fahren zu müssen oder sie dazu anzutreiben, doch noch etwas für die Schule zu tun. Bisher hatte sie es cool gefunden, als Erste zu Hause zu sein, sie hatte sich erwachsen gefühlt, wenn sie die gelbe Tür ihres kleinen Hauses aufschloss, ihre Tasche in den Flur pfefferte und dann erst mal ins Wohnzimmer ging, den Fernseher anstellte und sich auf die Couch warf. Meistens holte sie sich vorher einen Snack aus der Küche; mal konnte sie zwischen vielen verschiedenen Dingen wählen, weil Mum noch eingekauft hatte, bevor sie morgens gegangen war, manchmal war der Kühlschrank allerdings fast leer, und sie musste auf die trockenen Haferkekse zurückgreifen, die Ralphs Nachbarin regelmäßig buk und auch ihr schenkte, wenn sie ihren Großvater besuchte.

Bisweilen ging sie dann noch mit ihren Freunden aus der Gegend nach draußen, mit denen sie ihre ersten Schuljahre verbracht hatte. Sie waren viel cooler als ihre Kameraden aus der neuen Schule. Sie kannten sich schon mit Sachen aus, von denen Pat und die anderen sicher noch nichts gehört hatten. Sie wussten, wie man Videos und Musik aufs Handy lud, auch die verbotenen, Olivia fand das gleichzeitig abschreckend und anziehend. Sie selbst hatte zwar ein Handy, aber nur das einfache, sogar ohne Kamera, so ein ganz altes von Marie. Und sie konnte auch nicht endlos telefonieren, hatte nur eine Prepaid-Karte und musste sich schon vorher genau überlegen, wen sie anrufen wollte.

Mit ihren Freunden schlenderte sie entweder die Camden Street hinauf und ging über die Märkte, oder sie fuhren mit den Fahrrädern in den Regent's Park. Und wenn sie dann nach Hause kam, war Mum meistens schon da, oder Leo und sie hockten sich in die Küche, aßen etwas und unterhielten sich. Bisher hatte sie nicht das Gefühl gehabt, minderwertig zu sein, sie war zwar das Kind, aber sie war immer ernst genommen und respektiert worden.

Aber gestern Nachmittag war Mum irgendwie durchgedreht. Das war auch nicht so richtig Mum gewesen, dachte Olivia. Irgendwie war sie plötzlich jemand anderes gewesen. Aber es war auch egal, woran es gelegen hatte, ihre Mutter hatte die Nerven verloren und zugeschlagen, und das würde sie ihr nie verzeihen. Sie würde weiter mit ihr zusammenleben, klar, etwas anderes kam ja nicht in Frage, aber sie würde nicht mehr nett zu ihr sein wie bisher. Sie würde so sein, wie einige Kinder aus ihrer Klasse schon lange zu ihren Eltern waren, sie würde über ihre Mutter schimpfen und sagen, dass sie blöd sei. Sie würde alles, was sie machte und sagte, ins Lächerliche ziehen und sich mit ihren Freunden darüber kaputtlachen. Maggie würde bestimmt mitmachen, wenn sie erführe, was passiert war. Sie würde es ihr brühwarm in allen Einzelheiten heute in der Schule erzählen, sie würde über ihre Mutter lästern, und dann würde Pat sicher sagen: »Ich dachte, du magst deine Mutter, sie ist doch cool«, aber Olivia würde ihn aufklären, dass das nur eine Fassade sei, dass ihre Mutter eigentlich eine blöde Schlange sei, die sich nur manchmal so verstellte, als ob sie nett wäre.

Olivia zog sich ihre Schuluniform an und packte ihre Tasche so geräuschlos wie möglich. Sie würde sich nichts zum Frühstück machen, das wäre zu laut, sondern sich irgendwo unterwegs was kaufen. Es war ihr egal, dass sie zu früh in der Schule sein würde.

Sie wollte ihr Handy wie gewohnt in ihre Schultasche stecken, aber dann überlegte sie es sich anders. Sollte Marie doch versuchen, sie zu erreichen – sie würde nicht erreichbar sein. Sie wollte so lange wie möglich nicht mit ihr sprechen.

Leise öffnete Olivia die Haustür. Draußen war es diesig und kälter als gestern. Sie nahm sich ihre beigefarbene Windjacke vom Haken, zog sie an und schloss die Haustür leise hinter sich zu.

14

Ich hätte doch meinen Mantel mitnehmen sollen, dachte sie fröstelnd. Es war kälter, als sie angenommen hatte. Sie ärgerte sich, dass sie ihr rotes, kurzärmeliges Kleid aus T-Shirt-Stoff und nicht ihre weiße Hose mit dem blauen Pullover angezogen hatte. Aber wie so oft hatte sie einfach nach dem gegriffen, was auf dem Boden neben ihrem Stuhl lag. Irgendwie rutschten die Kleider über Nacht fast immer auf den Boden und blieben dann dort als Knäuel liegen, manchmal sogar mehrere Tage, weil sie keine Lust hatte, sie wegzuräumen, und ihr Freund nicht auf die Idee kam, es für sie zu erledigen. Auf seinem Sessel lagen auch immer Haufen von Kleidern. Aber spätestens am Wochenende packte sie meistens die Aufräumwut, und sie stopften alles in die blaue Plastiktonne für die schmutzige Wäsche im Bad, bis nichts mehr reinpasste. Oder sie wuschen vier Maschinen hintereinander und hängten die Wäsche dann hinaus auf den Balkon, wenn die Sonne schien, oder ließen den Trockner den ganzen Tag und die halbe Nacht laufen, bis die Nachbarn sich über die Lautstärke beschwerten. Gestern Nacht hatte ihr Freund schon seine Unterhosen neben die Plastiktonne geworfen, weil kein Platz mehr darin gewesen war. Sie hatte sich darüber aufregen wollen, aber es dann doch nicht getan. Er hatte so viel Stress in seinem Job, gestern war er erst um elf Uhr abends nach Hause gekommen, während sie schon um zwei Uhr nachmittags Feierabend hatte machen können, weil keiner mehr Lust gehabt hatte zu arbeiten und ihr Chef gesagt hatte: »Lass uns feiern gehen, das tun die meisten anderen auch. Wir können morgen weitermachen.« Und sie war auf den Trafalgar Square gegangen und hatte auf dem Weg ein Bier im Pub getrunken. Das tat sie normalerweise nie um diese Uhrzeit, aber es war ja auch ein besonderer Tag gewesen, sie hatten Frankreich geschlagen, und wenn das kein Grund zum Feiern war, dann wusste sie auch nicht.

Ihr Freund konnte nicht so einfach Feierabend machen. Die Frist für die Ausschreibung lief nächsten Montag ab, da war noch viel zu tun. Der Prototyp für die Präsentation war immer noch nicht fertig. Die Modellbauerin musste wohl überzeugt werden, am Wochenende zu arbeiten. Sie war sich sicher, dass ihr Freund das hinbekam. Er verstand sich mit der Modellbauerin besonders gut. Sie wusste nicht genau, ob ihre Eifersucht gerechtfertigt war, aber immer wenn er von ihr erzählte, beschlich sie so ein komisches Gefühl, weil seine Augen plötzlich zu leuchten begannen. Er erwähnte sie beiläufig, wenn er über die Arbeit sprach, das hatte sie nicht misstrauisch gemacht. Erst als er ihren Namen fallen ließ, wenn er über etwas ganz anderes sprach, nach dem Motto: »Julia fand den

Film auch gut, hat sie mir erzählt«, wurde sie hellhörig, denn das bedeutete doch, dass diese Julia öfter in seinen Gedanken war als nur dann, wenn er über seine Arbeit sprach.

Aber sie hatte es noch nicht angesprochen, es wirkte so albern. Sie hatte keine Beweise, gar nichts, sie war sich auch sicher, dass ihr Freund ihr treu war, aber dennoch war sie nun auf der Hut. Man konnte ja nie wissen, Männer waren doch so, dass sie sich schwer zurückhalten konnten, oder? Das war zumindest bei ihrem Vater so gewesen, also warum dann nicht auch bei ihrem Freund?

Sie sah auf die Uhr. Sie war noch gut in der Zeit. Wenn sie so weiterging, würde sie den Zug um 8.48 bekommen, und dann wäre sie um kurz nach 9 Uhr an der Kensington High Street, wo das Büro lag, in dem sie arbeitete. Sie fröstelte immer noch, über der Stadt lag eine Decke aus feuchter Luft. War das Wetter umgeschlagen? War das der Sommer schon wieder gewesen? In den vergangenen Tagen hatte sie sich wie in Italien gefühlt, so warm war es gewesen, die Straßencafés waren überfüllt, und sie war abends mit ihren Freundinnen unterwegs gewesen, weil ihr Freund keine Zeit gehabt hatte. »Warte, bis die Präsentation vorbei ist, dann wird es besser«, hatte er sie vertröstet, und sie war ihm nicht böse gewesen, und wenn, zeigte sie es ihm nicht. Sie wollte nicht den Anschein erwecken, dass sie abhängig von ihm war, sie konnte sich allein amüsieren, natürlich, das war überhaupt kein Problem. Sie kannte so viele Leute, sie hatte nur zum Telefon greifen müssen, und dann war sie für jeden

Abend in der vergangenen und in dieser Woche verabredet gewesen. Nur zum Live-8-Konzert hatte er sich freigenommen und war mit ihr hingegangen. Und sie war so verliebt in ihn gewesen und hätte sich von ihm nachts im Park lieben lassen, wenn er nicht zu gestresst gewesen wäre.

Ihr Freund schlief noch, als sie wegging. Der Vorteil seines Berufes war, dass er später aufstehen konnte. In der Werbung fingen sie immer später an. Und bei der Kleiderwahl hatte er den Vorteil, dass er immer Schwarz trug und deshalb gar nicht lange nachdenken musste. Sie dagegen musste adrett und gepflegt aussehen, darauf legte ihr Chef Wert, er hatte tatsächlich einmal adrett gesagt. Dass es dieses Wort überhaupt noch gab? Er trug als Steuerberater immer sehr gut geschnittene teure Anzüge. Natürlich erwartete er nicht, dass sie teure Kostüme anzog, dafür reichte ihr Gehalt nicht, aber er wollte, dass sie gut, aber distinguiert aussah, weiblich, aber nicht sexy, und da war das rote Kleid genau richtig. Kurze Ärmel, ein kleiner Ausschnitt, knapp überm Knie endend. Und das zarte Blümchenmuster gab dem Outfit einen mädchenhaften Touch. Ihre Haare waren mit einer roten Spange zu einem Pferdeschwanz zurückgebunden, und sie trug rote vorn geschlossene Sandalen mit kleinem Absatz. Es wäre alles perfekt gewesen, wenn sie nicht ihre Jacke zu Hause gelassen hätte, aber wenn sie jetzt noch zurückginge, würde sie zu spät kommen, und das wollte sie auf keinen Fall.

Sie lief die Treppen zur Station hinunter wie jeden Tag. Sie konnte die Treppenstufen einfach nicht langsam hinuntergehen. Es gefiel ihr, dass sie leichtfüßiger und natürlich jünger war als die meisten, die schon auf dem Bahnsteig warteten. Sie mochte diese Bahnstation, denn sie hatte etwas nostalgisch Morbides. Jedes Mal, wenn sie aus westlicher Richtung kam, wunderte sie sich über die dicken Kabelstränge, die an der schmutzig braun-schwarzen Wand festgetackert waren. Das wirkte nicht sehr Vertrauen erweckend, manchmal meinte sie, Funken sprühen zu sehen, wenn sie vorbeifuhr, aber das bildete sie sich sicher nur ein. Die weiße Farbe war vom Dach und der hölzernen Markise auf dem Bahnsteig gegenüber abgeblättert und sah aus wie ein umgedrehter Lattenzaun, der dringend einen neuen Anstrich brauchte. Hier und da nisteten Tauben, aber nur die, die so clever waren, die Abwehrgitter zu umfliegen.

Sie stand auf der Plattform 3/4. Wie immer war es voll, wenn auch nicht so wie um diese Zeit an der King's Cross oder Victoria Station, wo die Regionalzüge ankamen. Teilweise mussten sie jeden Morgen und jeden Abend anderthalb bis zwei Stunden fahren, um zur Arbeit zu kommen. Da hatte sie es wirklich gut, auch wenn sie sich diese Wohnung im Zentrum nicht leisten konnte. Ihr Freund aber konnte es und sagte immer, dass das viele Geld, das er verdiente, doch zum Ausgeben da sei. Und wenn, dann am liebsten mit einer so schönen Frau wie ihr. Das Aussehen war ihm wichtig, und sie bemühte sich immer, für ihn schön zu sein. Vielleicht machte er ihr ja doch irgendwann einen Heiratsantrag, auch wenn er nichts von der Ehe hielt.

Leute links und rechts von ihr, hinter ihr. Sie meinte sogar ihren Atem zu spüren, so dicht drängten sie sich aneinander, aber sie berührten sich nicht. Wie grauenhaft war es da in den U-Bahnen anderer Städte, wo sie schon auf dem Bahnsteig vor dem Einfahren des Zuges knufften, stießen und drängelten.

Die Frau im roten Kleid betrachtete den Himmel. Langsam rissen die grauen Wolken auf, und die Sonne kam durch. Vielleicht wird es doch noch ein schöner Tag werden, dachte sie.

Der Zug fuhr ein. Sie stand wie immer sehr weit vorne. Sie wollte in den ersten oder zweiten Waggon, dann musste sie in Kensington High Street nicht mehr so lange gehen. Der Zug hielt, die mittleren Türen des zweiten Waggons waren direkt vor ihr. Sie stieg ein, musste weiter durchgehen, als sie wollte, da kein Platz mehr frei war. Sie hielt sich an einer Schlaufe über ihr fest. Das mochte sie gar nicht, denn sie hatte Schwierigkeiten, das Gleichgewicht zu wahren, wenn der Zug anfuhr. Und sie mochte es nicht, dass ihr Kleid hoch rutschte, wenn sie den Arm hob. Von der Bank aus konnte man jetzt bestimmt in aller Ruhe ihre Oberschenkel betrachten. Glücklicherweise hatte sie heute kein ärmelloses Kleid angezogen. Es wäre ihr sehr peinlich gewesen, wenn man ihre entblößten Achselhöhlen auch noch hätte sehen können. Sie wusste, dass viele Männer das erotisch fanden. Wenn sie den Arm hätte heben müssen, hätte man vielleicht einen Schweißfleck auf ihrem Kleid sehen können? Es war zwar nicht besonders warm heute in der Bahn, aber dennoch stickig wie immer.

Sie blickte sich um, aber es gab wirklich keine freien Plätze. Zwei Amerikanerinnen unterhielten sich lautstark. In deren Nähe saß ein Mann mit schwarzem Bart und sehr dunklen Augen. Er war schon im Waggon gewesen, als sie eingestiegen war. Er hatte einen Rucksack neben sich auf die Bank gestellt, den er festhielt, als ob etwas Wertvolles darin wäre. Der Mann wirkte abwesend. Er sah kurz in ihre Richtung, als er bemerkte, dass sie ihn musterte, aber es war so, als ob er durch sie hindurch blickte. Ich interessiere ihn überhaupt nicht, dachte sie, als Frau schon gar nicht, aber auch nicht als Mensch.

Sie drehte sich wieder um und achtete darauf, dass der Mann mit der Brille, der schräg neben ihr auf der Bank saß und mit seinen zwei großen Koffern, seiner Tasche und seiner Laptoptasche beschäftigt war, ihr nicht ständig eines seiner Gepäckstücke in die Knie rammte. Wenn ich Seidenstrümpfe trüge, wären sie jetzt kaputt, dachte sie ärgerlich. Hoffentlich bekomme ich keine blauen Flecken von den Koffern. Ihr Freund schätzte makellose Beine in hohen Pumps. Er hatte ihr schon sieben Paar geschenkt, in Schwarz, Blau, Silber, Rot, Pink mit sehr hohen Absätzen – die trug sie nur zu Hause –, in Grün, passend zu ihrem Tweedkostüm, und in Anthrazit, die perfekt zu ihren Flanellhosen aussahen.

Sie wollte sich bei dem Mann mittleren Alters beschweren, einer seiner Koffer hatte sich vor ihr Bein geschoben. Er drückte gegen ihr Bein, aber der Mann war so beschäftigt mit seinen Koffern, dass er sie nicht wahrnahm. Er schien U-Bahn-Fahren um diese Zeit nicht besonders zu mögen. Der kommt sicher nicht aus London, dachte sie.

Ihr war es egal, dass es um diese Zeit immer voll war, das gehörte zu London, und wenn eines Tages mal der Fall eintreten sollte, dass die U-Bahnen um diese Zeit leer wären, müsste vorher eine Katastrophe über London hereingebrochen sein oder England müsste bei der Fußballweltmeisterschaft nächstes Jahr locker ins Endspiel kommen, das dann morgens übertragen werden müsste, und beides schien ihr momentan unmöglich. Sie interessierte sich zwar nicht besonders für Fußball, aber ihr Freund hatte ihr erklärt, dass die englische Nationalmannschaft trotz Beckham nicht auf der Höhe ihrer Leistungsfähigkeit sei und es wohl innerhalb eines Jahres bis zur WM in Deutschland auch nicht schaffen würde. Ob Victoria Beckham wirklich magersüchtig war, wie alle behaupteten? Sie fand Victoria sehr schön, vor kurzem hatte sie sich überlegt, ob sie ihre Haare so wie Victoria frisieren sollte. Es gab einige Friseure in London, die das konnten, aber ihr Freund hatte nichts davon hören wollen, dass sie sich ihre Haare auch nur ein wenig abschneiden ließ. Für ihn gehörten lange Haare zum Bild einer sexy Frau, und dem wollte sie natürlich entsprechen. Er sah so verdammt gut aus und war so erfolgreich und sexy, und sie musste sich schon anstrengen, sehr schlank zu bleiben und immer gepflegt zu sein, denn sonst würde wohlmöglich die Modellbauerin eine reelle Chance haben, ihn ihr wegzuschnappen.

Der Zug fuhr an.

Etwas knallt extrem laut irgendwo in der Nähe, etwas blitzt auf, etwas ist an ihrem Bein, schmerzt, schneidet, Beine knicken ein, sie fällt. Sie liegt auf dem Boden, es ist so grell, und jetzt ist es dunkel. Sie sieht nichts mehr. Sind das Schreie? Schreit sie selbst? Sie kann nicht mehr atmen ... da ist nur dicker, zäher Rauch in der Luft, der riecht so scharf und tut in den Augen weh.

Sie schreit nicht mehr, andere schreien um Hilfe. Oder flüstern. O Gott, hilf, o Gott.

Was ist das auf ihren Beinen? Etwas Festes, sie versucht, es von sich herunterzuschieben, aber sie kann ihr Bein nicht bewegen, ist es das rechte oder das linke? Sie versucht sich auf ihre Beine zu konzentrieren, aber es funktioniert nicht. Da ist der Schmerz, tief in ihrem Bein. Sie muss unbedingt wissen, was dort ist. Sie liegt auf dem Rücken. Der Rauch ätzt, sie will sich aufstützen, was ist mit ihren Armen? Sie lassen sich bewegen, sie schmerzen nicht sehr. Das Atmen fällt so schwer. Sie fühlt sich so schwach. Aber sie muss doch sehen, was mit dem Bein ist. Der Mann mit den Koffern in ihrer Nähe ist aufgestanden und geht herum. Sonst niemand, nur er. Sie nimmt ihn schemenhaft wahr.

Er geht durch den Waggon, als ob er etwas sucht. Sie bewegt die Lippen, sie möchte ihm sagen, dass er ihr helfen soll, sich aufzurichten, aber er geht an ihr vorbei. Hat er sie nicht gehört? Warum hat er sie nicht gehört? Sie hat ihn doch laut und deutlich angesprochen – oder war das nur in ihrem Kopf? Was ist mit ihrer Stimme? Dieser schwarze, klebrige, ätzende

Qualm – ist der auf ihren Stimmbändern? Sie röchelt. Erstickt sie jetzt? Sie hustet. Sie dreht ihren Kopf zur Seite. Etwas läuft aus ihrem Mund. Blut? Sie spürt jetzt nichts mehr auf ihrem Bein liegen. Ist es weg? Hat es jemand weggenommen? Sie versucht wieder, ihr Bein zu bewegen. Sie schafft es nicht, kriegt keinen Kontakt zu ihrem Bein. Etwas ist dort unterbrochen.

Es ist nicht mehr so laut. Weniger Menschen schreien. Sind sie tot? Sie möchte wissen, was mit ihrem Bein ist. Sie möchte sich aufstützen. Aber die Kraft in den Armen ist weg. Plötzlich tut alles an ihrem Körper weh, so weh. Sie will, dass dieser Schmerz wieder aufhört. In ihrer Lunge brennt es. Alles wird schwarz. Sie versinkt in einem zähen, kalten, morastigen Dunkel.

15

Als Leo aufwachte, musste er sich erst einmal orientieren, weil er nicht genau wusste, wo er war. Offensichtlich lag er in einem Bett, das überhaupt nicht seinen Vorstellungen entsprach. Es war messingfarben, sehr filigran verschnörkelt, mit Art-déco-Blumen an Kopf- und Fußende. Sein Kopf lag auf einem zu weichen Kissen in einem gemangelten Bettbezug, der mit zarten Blumenranken in Rosa und zwischen grünem Blattwerk so aufwendig bedruckt war, dass man annehmen konnte, die Bettwäsche sei handbemalt. Seine morgendliche Erektion, mit der er aber überhaupt nichts anfangen wollte oder konnte, passte nicht in das Ambiente. Auch die Tapeten waren mit zarten Mustern bedeckt wie in einem Jungmädchenzimmer. Kein Wunder, dass Nancys Mann Reißaus genommen hatte und jetzt lieber irgendwo in einer modernen, kühlen Wohnung in der City vor dem Frühstück vögelte, nachdem er von seiner jungen Freundin lustbringend geweckt worden war. Nancy konnte einem schon leidtun. Sie war so verstrickt in das, was sie von ihren Eltern gelernt hatte, sie war immer noch die Tochter aus sehr guten Verhältnissen, die tatsächlich nichts anderes im Sinn hatte, als irgendwann mit ihren drei entzückenden Kindern Ferien auf dem Landsitz ihrer Eltern zu verbringen, im Twinset nachmittags vor dem Kamin Tee zu trinken und schon Freitagmorgens aufgeregt zu sein, weil sie ihren Mann freitagabends auf dem Landsitz empfangen würde, nachdem er eine anstrengende Arbeitswoche hinter sich gebracht hatte. So ganz allein in London in dem großen Haus, der Arme! Sie gehörte bestimmt zu den Frauen, die niemals erotische Fantasien hatten, die sich um etwas anderes als ums Kinderempfangen drehten. Für dieses Unternehmen war sie sicher bereit, Opfer zu bringen, zum Beispiel aufreizende Dessous zu kaufen und sie bei gedämpftem Licht zu tragen.

Aber das hatte wohl bei ihrem Auserwählten nicht gereicht, der sehr wahrscheinlich nicht aus ihrer Schicht stammte und daher auch nicht wusste, wie man sich verhalten musste. Kleine Affäre, ja, das war drin, aber nicht so, dass es die sichere Hauptbeziehung gefährden könnte.

Wie viele Frauen hatte er in der Praxis schon gesehen, die nach diesem Kodex lebten? Und Männer, die nicht nur ihren Ehefrauen einen Gutschein für Fußmassagen schenkten, sondern auch ihren Geliebten, ohne auch nur den Anschein eines schlechten Gewissens zu haben.

Aber darüber wollte er nicht richten, er wusste selbst zu gut, wie schwer Treue fallen konnte, und er war sich auch nicht sicher, ob sie überhaupt erstrebenswert war.

Nancy hatte die Nacht gut geschlafen. Er hatte zweimal an ihrer Zimmertür gehorcht und diese auch leise geöffnet, er wollte auf keinen Fall schlafen, während eine Frau im Nachbarzimmer versuchte, sich das Leben zu nehmen. Und bei dem Typ Frau, den Nancy darstellte, war diese Reaktion auf Verlassenwerden durchaus möglich. Aber sie schien noch nicht ganz aufgegeben zu haben, jedenfalls hatte sie nicht den Anschein gemacht, dass sie sich in naher Zukunft etwas antun wollte.

Jetzt klopfte sie an seine Tür. »Kaffee oder Tee?«, fragte sie. Er sah auf die Uhr. Es war kurz vor acht. Eigentlich hätte er heute ausschlafen können, wenn er in seinem eigenen Bett in Camden gelegen hätte, er musste ja erst mittags in die Praxis. Hier wollte er allerdings nicht länger als nötig bleiben, also sprang er aus dem Bett, ging zur Tür, öffnete sie einen Spalt und sagte: »Kaffee«. Viel lieber wäre er gleich verschwunden, ohne noch mit Nancy zu frühstücken und weiter Zeuge ihres Elends zu sein, aber er kam aus der Nummer hier ohne einen Kaffee wohl nicht heraus. Also schlich er ins Bad, als er hörte, dass sie die Treppe hinuntergegangen war, und duschte. Er fand nur ein Duschgel mit Orangenduft, auch in ihrem Badezimmer schienen keine Spuren ihres Mannes zurückgeblieben zu sein. Vielleicht hatte sie alles in den Müll geworfen, oder er hatte alles mitgenommen, weil er vermeiden wollte, noch einmal in diese goldene Puppenstube zurückkehren zu müssen. Die Handtücher waren flauschig und lachsfarben. Silje wäre nie auf die Idee gekommen, ihnen fürs Badezimmer lachsfarbene

Handtücher zu kaufen und Lavendelseife aufs Gästeklo zu legen. Sie liebte klare Farben wie er, sie liebte schlichte Einrichtung wie er. Sie hatten sich nie um diese Dinge streiten müssen. Sie hatten ganz selbstverständlich damit begonnen, die Wohnung nach ihrer beider Vorstellung zu gestalten, als ob sie noch in einigen Jahren dort wohnen würden. So war der Plan gewesen.

Leo suchte nach einem Einwegrasierer, fand aber nur einen Ladyshave, und den wollte er nicht benutzen. So blieb er unrasiert und war ganz glücklich darüber, weil er sich so nicht im Spiegel betrachten musste. Wenn er seine Augen nicht sah, konnte er sich vormachen, dass er über Siljes Weggang nicht unendlich traurig, sondern nur wütend war. Wenn er jedoch sein Spiegelbild sah, konnte er diesen tieftraurigen Ausdruck nicht ignorieren, mit dem er schon seit Monaten durch die Gegend lief und der sich nur etwas abschwächte, wenn er über sein normales Limit getrunken hatte.

Nancy erwartete ihn unten im Wintergarten, dort hatte sie einen Tisch gedeckt, grün-gelb karierte Tischdecke, buntes ländliches Geschirr, natürlich dazu passende Stoffservietten, Toast, Marmelade, Käse, Butter, Orangensaft, Eier – wie hatte sie das alles zubereiten können? Sie muss doch einen Riesenkater haben, fragte sich Leo und musterte Nancy verstohlen, die ihm jetzt gegenübersaß, nachdem sie ihm im Stehen Kaffee eingeschenkt hatte.

Aber es war nichts von Spuren der letzten, für sie sicher katastrophalsten Nacht seit langem zu sehen.

Ihr Make-up war perfekt, vielleicht etwas zu maskenhaft um die Augen. Sie hatte ziemlich viel Abdeckcreme benutzen müssen, um die Ringe zu verdecken, schätzte er, aber es sah dennoch annehmbar aus. Sie trug einen dezenten Lippenstift in Altrosa, hatte eine rosa-weiß gestreifte Hemdbluse an und eine blaue Hose. Sie trug blaue flache Slipper, eine goldene Kette im Ausschnitt mit kleinem Perlenanhänger und dazu passende Ohrringe. Ihre Haare waren zu einer akkuraten, makellosen Frisur geformt. Niemand, der nicht sehr genau hinsah, hätte vermutet, dass ihr Lebenstraum gestern für sie vollkommen unerwartet in Schutt und Asche gefallen war.

Leo versuchte, möglichst schnell seinen Kaffee zu trinken und ein Toast zu essen. Er wusste nicht, was er sagen sollte, also sagte er nichts und sie schwieg ebenfalls. Sie war anscheinend daran gewöhnt, dass beim Frühstück niemand sprach und die Stimmung unterkühlt war. Was für ein Glück, dachte er, dass sie zu höflich war, ihm ein Gespräch aufzudrängen.

Sie verabschiedeten sich mit einer angedeuteten Umarmung. Die Tür schloss sich hinter ihm, und er stand auf dieser idyllischen Straße, die um mittlerweile halb neun Uhr so wirkte, als ob man auf dem Land oder bestenfalls in einer Kleinstadt wäre, inklusive der Beobachtung durch die Nachbarin aus dem Haus gegenüber, die zufällig am Fenster im ersten Stock stand und zu ihm heruntersah, als er das Haus verließ. Nancy tat ihm leid. Es würde nicht lange dauern, und sie müsste sich den neugierigen Fragen ihres Freundes- und Bekanntenkreises stellen, warum ihr Mann ausgezogen war, und sie musste es ihren Eltern beichten, die sehr wahrscheinlich wenig Verständnis dafür hatten, dass man diese typischen Eheprobleme nicht mit Anstand und ohne viel Aufhebens in den Griff bekam.

Wieder musste er an Silje denken. Ihr Englisch hatte bei dem Anruf denselben putzigen norwegischen Akzent gehabt wie bei ihrer ersten Begegnung. Als er ihre Stimme hörte, wusste er, dass er einen Fehler begangen hatte. Denn nun würde er sich nicht mehr einreden können, dass er sie nicht mehr liebte.

Er würde jetzt nach Hause fahren und ein Bad nehmen. Olivia und Marie waren sicher schon weg. Er würde ungestört sein können und wusste, dass er sich dann nicht mehr unter Kontrolle haben und im Wasser liegend weinen würde. Das hatte er in den vergangenen Monaten öfter getan. Er entspannte sich, wenn er in der Badewanne lag, und hatte mittlerweile eine ganze Batterie von Entspannungsbädern. Er mochte es, wenn sich das Wasser durch diese Bäder verfärbte, am liebsten hatte er Blau und Grün. Zu Hause würde er sich das blaue Badeöl nehmen und dann dort liegen und ins Wasser weinen. Er war sich plötzlich so klar darüber, dass es überhaupt nichts brachte, weiter Frauen abzuschleppen. Sie würden ihn nicht davon befreien, dass er Silje immer noch liebte, sie würden ihn nicht davon befreien, dass er sich Vorwürfe machte, weil er sie hatte ziehen lassen, ohne um sie zu kämpfen. Er würde sich nicht weiter einreden können, dass es viele Frauen für ihn gab, dass Liebe eine Zufälligkeit und nur chemische Reaktion war, die man in seinem

Leben beliebig oft wiederholen konnte. Nein, er hatte seine Frau verloren, seine verwandte Seele, die eine, die ihm bis in sein Innerstes gefolgt war, ohne Angst, ohne Bedenken, ohne zu erschrecken. Und er hatte nichts dafür getan, dass sie in seinem Leben blieb. Hatte die Bedingungen gestellt und in dem Moment, als sie seine Bedingungen nicht mehr einhalten konnte, erst mit Empörung und Verärgerung reagiert, anstatt hinter ihr herzufahren und sie auf Knien zu bitten, mit ihm gemeinsam eine Lösung zu finden.

Ist es zu spät?, dachte er, als er in der Kensington High Street Station seine Karte in den Schlitz steckte und durch die zurückweichenden Absperrgitter ging. War noch etwas zu retten? Würde er sie erreichen können, wenn er handelte und endlich nach Norwegen fuhr? Würde sie ihn überhaupt sehen wollen?

Sie hatte ihn nicht angerufen. Das hatte er getan. Sie hatte auf ihn reagiert. Sehr wahrscheinlich hätte sie sich gar nicht bei ihm gemeldet. Vielleicht war sie längst schon mit einem wettergegerbten Norweger zusammen, und sie bauten ihre Hütte in der Wildnis? Das taten Norweger doch?

Auf dem Bahnsteig waren viel weniger Leute als zur selben Zeit in Camden Town an der Northern Line, wo er normalerweise einstieg, wenn er zur Arbeit nach Kensington fuhr. Meistens stieg er in King's Cross auf die Circle Line um. Oder er fuhr bis zur Warren Street und wechselte am Euston Square auf die Circle Line. Hier auf dem Bahnsteig sah er überwiegend Anzugträger und perfekt gestylte, damenhaft zurechtgemachte Frauen und Schulkinder in den sehr akkurat gebügelten und teuer aussehenden Uniformen der Privatschulen. Er stellte sich Olivia hier vor. Ralph wollte schon, seitdem er durchgesetzt hatte, dass sie die Schule wechselte und eine Laufbahn als Privatschülerin antrat, dass sie nach Kensington zogen – da hätte sie es viel näher zur Schule und könnte sich leichter mit ihren neuen Schulkameraden treffen, war sein Argument –, aber Leo wusste, dass sie das gar nicht unbedingt wollte. Sie liebte den Kontrast. Da waren ihre Freunde in Camden Town, die normal waren, zwar nicht besonders viel von dem wussten, was sie in der Schule lernte, und es auch überhaupt nicht für nötig hielten, mehr zu lernen als in ihrer Stadtteilschule. Bei ihnen war sie die Lässige mit bunten Tüchern in den Haaren, großen Ohrringen, mit ihren langen Röcken, die sie auf den Märkten in Camden kaufte, oder den zerlöcherten Jeans und gebatikten Oberteilen.

Leo wusste gar nicht, welche Olivia ihm besser gefiel, die Freizeit-Olivia oder die Olivia in ihrer wirklich sehr guten Privatschule, wie sie auf der Bühne stand und leidenschaftlich Theater spielte, irgendeinen Klassiker, dessen Namen Leo schon wieder vergessen hatte. Er hatte verstanden, dass diese beiden Mädchentypen zusammengehörten und dass sie sich auch nicht widersprachen. Er bewunderte Olivia sogar ein wenig dafür, dass sie es fertigbrachte, sich so perfekt an diese zwei unterschiedlichen Welten anzupassen, dass jeder, der sie ausschließlich in der einen erlebte, annehmen musste, sie wäre ohne Wenn und Aber in ihr verwurzelt.

Er konnte das nicht. Er fühlte sich auch noch nach drei Jahren in der Snobby-Praxis unwohl, und das würde wohl immer so bleiben.

Der Zug kam, und Leo stieg ein. Der Waggon war hier noch nicht so voll, doch das würde sich in Paddington ändern. Er fand einen Sitzplatz auf der Bank ganz außen in der Nähe der Tür, durch die er gerade in den Waggon gestiegen war. Er mochte es nicht, in der Mitte auf der Bank zu sitzen, denn da konnte er es nicht vermeiden, die anderen zu berühren. Während seiner Arbeit machte es ihm nichts aus, fremde Menschen anzufassen, aber sonst mochte er es nicht. Da war er durch und durch Engländer. Er wurde regelrecht wütend, wenn die anderen in der U-Bahn sich nicht an das ungeschriebene Gesetz hielten, das in der U-Bahn genauso galt wie auf Londons Straßen: jeglichen zufälligen Körperkontakt zu vermeiden, wenn es irgendwie möglich war. Und als Silje auch so weit war, diese Regel zu befolgen, hatte er gedacht, sie sei jetzt endlich in London zu Hause.

Dennoch behielt sie dieses eigenartige Ritual bei – sie hatte ihm bei ihrem zweiten Treffen davon erzählt:

Manchmal fuhr sie um 16 Uhr nachmittags zur Victoria Station und wartete draußen vor der U-Bahn-Station, bis die Menschenschlange sich von der U-Bahn-Station bis zur Halle des Bahnhofes wand. Dann winkelte sie ihre Arme an wie ein Boxer kurz vor dem ersten Schlag und drängte sich von der Seite in die Menschenmenge hinein, benutzte ihre Ellenbogen, um sich Platz zu verschaffen, und zerschnitt den Strom der eilenden Menschen mit ihrem Körper. Sie knuffte und drängelte, bis die Menschen ihr Platz ließen, damit sie hindurch kam. Einige schimpften, »Bloody tourist!«, sagten sie. »Warum begreift sie nicht, wie man hier gehen soll?« Und wenn sie direkt angepöbelt wurde, antwortete sie wortreich und genauso unfreundlich auf Norwegisch. Das machte sie mehrmals hintereinander. Es störte sie nicht, dass sie dabei ab und zu angerempelt oder ihr auf den Fuß getreten wurde. Sie fühlte sich danach seltsam befreit, doch verständlich war das für ihn nicht. Sie hatte es ihm auch nicht erklären wollen. Er weigerte sich, bei dieser Attacke mitzumachen, und kam nach einiger Zeit auch nicht mehr mit. Doch sie behielt diese Marotte bei. Es war ein Ausdruck ihrer tiefen Abneigung gegen seine geliebte Stadt. Das hatte er begriffen, und es hatte ihn wütend gemacht und enttäuscht. Warum war sie bloß ein solches Landei und nicht in der Lage, sich anzupassen?

Endlich setzte sich der Zug in Bewegung. Leo lehnte den Kopf gegen das kühle Abteilfenster und schloss die Augen. Er blendete die Geräusche aus, er musste sich entspannen. Wenn er so weitermachte, würde er noch in diesem Zug die Nerven verlieren und anfangen zu heulen. »Notting Hill Gate«, hörte er, der Zug wurde hier immer voller. Es gab massenweise Touristen, die seit dem Film *Notting Hill* mit Julia Roberts und Hugh Grant nur noch in diesem Viertel wohnen wollten, horrende Preise für miese Hotelzimmer bezahlten und auf der Suche nach der blauen Tür und dem Travel-Books-Buchladen mit ihren Kameras durch die Gegend schlichen. Ein Tourist in Shorts und mit einem lächerlichen »Mind the gap«-T-Shirt – hundertprozentig ein Amerikaner – drängte sich neben ihn auf die Bank. Eigentlich war dort gar kein Platz mehr frei. Warum merkt er das nicht?, dachte Leo. Er war kurz davor, ihm kurz, höflich-scharf, eben sehr britisch, die Meinung zu sagen, aber eigentlich hatte er überhaupt keine Lust zu reden. Er wollte einfach nur alles ausblenden, bis er hinter der gelben Tür von Maries, Olivias und jetzt seinem Zuhause in der Kelly Street verschwunden war.

Bayswater, eine Frau in hellem Trenchcoat mit gelbem Samsonite-Koffer stieg ein. Sie kämpfte ein wenig mit ihrem Koffer, bis sie ihn in die Ecke vor der der Tunnelwand zugewandten Seite plazieren konnte, aber sie machte es geschickt, stieß niemanden an, und wenn es sich absolut nicht vermeiden ließ, sagte sie »Sorry«. Der Klangfarbe nach musste sie Londonerin sein. Nur ein ganz leichtes zu hartes Anschlagen des R verriet, dass sie aus Deutschland kam, allerdings schon oft hier gewesen sein musste. Sie stellte sich vor ihren Koffer und nahm denselben Gesichtsausdruck an wie die meisten im Abteil. Unbeteiligt, abwesend, ihr Körper war auf Autopilot gestellt. Sie reagierte automatisch auf das Rütteln des Waggons, wenn er sich in die Kurve legte. Sie zuckte nicht zusammen, wenn die Bremsen laut quietschten. Sie sah nicht auf die Fahrpläne in der U-Bahn, sie wusste, wohin sie wollte, sie musste auch nicht die Stationen mitzählen.

Paddington. Die Frau verschwand hinter sich in den Waggon drängelnden Menschen. Vielleicht sollte ich mir doch ein Rennrad anschaffen. Fahrradfahren, dachte Leo, ist gesünder und nicht so nervtötend wie U-Bahn-Fahren. Außerdem machte sich langsam sein ausschweifendes Leben, der zu viele Alkohol, die Zigaretten, der wenige Schlaf bemerkbar. Er fühlte sich schlapp und ausgepowert.

Sein Handy klingelte. Silje.

»Schön, deine Stimme zu hören«, sagte er, dann wusste er nicht mehr weiter. Sie erzählte, dass sie gejoggt hatte und jetzt zur Arbeit ging. Aber das wollte er doch nicht wissen. »Und, geht es dir gut?«, fragte er. Sie antwortete etwas, aber er konnte es nicht verstehen. Der Zug fuhr wieder an, und plötzlich kreischten die Bremsen aus irgendeinem Grund auf, obwohl sich der Zug ja erst wieder in Bewegung setzte.

Er steckte sich den Finger in das andere Ohr, um Silje besser hören zu können.

Irgendwas knallt ohrenbetäubend, die Bremsen kreischen, der Zug stoppt, jemand fällt auf ihn drauf. Er verliert sein Handy, er wird gegen die Plexiglasscheibe gepresst, der Amerikaner, der jetzt auf ihm liegt, drückt ihm die Luft ab. Die Lichter gehen aus. Irgendwo in der Nähe zerbirst Glas, alles passiert gleichzeitig, ein kreischendes Knirschen wie von Metall, es ist dunkel. Silje, denkt er, hat sie den Knall gehört? Was ist das gewesen? Ein Zusammenstoß von zwei Zügen? Hoffentlich hat sie nichts gehört, denkt er jetzt. Es hätte sie zu Tode erschreckt. Ich muss hier erst einmal raus, und dann werde ich Silje anrufen, denkt er.

Eine metallische Stimme aus dem Lautsprecher sagt:

»Bleiben Sie ruhig, öffnen Sie die Fenster, um Luft reinzulassen.«

Und wirklich wird es ruhiger. Die Notbeleuchtung ist angegangen. Alles ist jetzt in gelb-grünliches Licht getaucht. Die Frau mit dem gelben Koffer rappelt sich auf. Sie bewegt stumm die Lippen, wie er vage erkennen kann. Betet sie? Er tastet seinen Körper ab. Außer ein paar blauen Flecken scheint ihm nichts passiert zu sein. Jemand öffnet ein Fenster. Aber das bringt nichts. Von draußen dringt schwarzer Rauch herein. Die Luft ist plötzlich voll von ätzendem Gestank und Rauch, oder was ist das? Leo fällt das Atmen plötzlich schwer, der Amerikaner ist mittlerweile von der Bank auf den Boden gekippt, wohl direkt auf Leos Handy. Das ist bestimmt jetzt hin, denkt er. Der Rauch und der Staub von draußen dringen jetzt in alle Öffnungen im Gesicht gleichzeitig.

In seinem Wagen ist es mittlerweile ruhiger. Sind das Schreie, die er von da draußen in der Dunkelheit hört?

Er zieht seine Jacke aus und drückt sie vor Mund und Nase. Dadurch wird der Gestank etwas gemildert. Er konzentriert sich auf die Schreie, es sind wirklich Schreie, aber sie kommen nicht aus seiner Nähe, sondern von draußen. Er versucht, seine Augen zusammenzukneifen, damit sie nicht so viel von dem Rauch abbekommen, aber er gleichzeitig genug sehen kann, um zu erkennen, was in dem Tunnel los ist. Und jetzt erkennt er es. Da ist noch ein Zug. Direkt neben ihnen. Aber er ist nicht erleuchtet, noch nicht mal die Notbeleuchtung, gar nichts, Dunkelheit. Die Schreie kommen von dort aus dem Zug. Da müssen Menschen sein, die verletzt sind.

Ein Mann in seiner Nähe setzt sich auf. Er ist durch das abrupte Bremsen zu Boden gegangen. Er sieht sich nach ihm um, gibt ihm ein Zeichen. Fängt an zu sprechen.

»Da drüben, hören Sie?«, sagt er. »Die brauchen uns. Wir müssen dorthin.«

Leo weiß, dass der Mann ihn gemeint hat, aber er zögert, bevor er reagiert. Soll er helfen? Was erwartet ihn da drüben? Die Schreie sind absolut entsetzlich. Kann nicht jemand anderes helfen? Aber er hat eine Ausbildung in Erster Hilfe. Er kennt sich mit dem Körper aus. Er weiß darüber Bescheid, was er in einer solchen Situation tun muss. Der Mann steht jetzt vor ihm und spricht ihn noch einmal an. Er wirkt sehr entschlossen.

»Wir versuchen, die Türen mit dem Feuerlöscher einzuschlagen«, sagt er. »Ich brauche Ihre Hilfe, kommen Sie.«

Leo steht auf und folgt dem Mann, der schon den Feuerlöscher in der Hand hält. Er versucht, damit die Tür aufzubrechen, schafft es aber nicht. Leo sieht sich im Waggon um. Es muss irgendetwas anderes geben, das er verwenden kann. Die Frau mit dem gelben Koffer deutet auf eine Metallstange oberhalb von ihm. Er holt sie und sagt der Frau und den anderen, dass sie Platz machen sollen, damit niemand vom Glas oder anderen herumfliegenden Metallteilen getroffen werden kann. Die Öffnung in der Tür ist groß genug, dass sie hindurchsteigen können.

Verrückt, denkt Leo, da unten sind Starkstromgleise, und ich steige einfach ins Dunkle, weiß nicht, worauf ich treten werde. Der Mann, der ihn gefragt hat, ob er helfen kann, ist schon drüben. Er hat sich von einem Zug in den anderen gehangelt. Im anderen Zug sind die Türen und Fenster rausgeflogen. Da sind nur noch zerborstene Wände und Rauch, der so dick ist, dass Leo glaubt ersticken zu müssen. Er zieht sich in den zerborstenen Waggon hinüber. Er weiß nicht, was ihn dort erwartet, und ist froh darüber, denn wenn er es schon wüsste, würde er vielleicht umdrehen und wieder in seinen eigenen, unbeschädigten Waggon zurückklettern. Er dreht sich nach ihm um und erwischt den Blick der Frau mit dem gelben Koffer, die ihn ermutigt weiterzugehen. Sie hockt jetzt auf der Bank, auf der er gesessen hat, und hat ein weinendes Kind auf dem Schoß, spricht beruhigend mit ihm.

Er muss weitergehen, egal, was ihn dort in der ätzenden Dunkelheit erwartet. Er kann nicht mehr zurück.

Er ist jetzt in dem Waggon, seine Augen gewöhnen sich an die Dunkelheit. Es ist keine absolute Dunkelheit, sondern Dämmerlicht, die Szenerie ist durch die Lampen in dem anderen Zug schwach erleuchtet. Es ist grauenhaft. Leo stockt der Atem. Überall liegen blutende Menschen oder das, was von ihnen übrig geblieben ist. Sie schreien und betteln um Hilfe. Wo soll ich bloß anfangen?, denkt er. Welche von denen brauchen meine Hilfe am nötigsten? Er hat keine Lampe dabei. Es bleibt ihm nichts anderes übrig, als über die Körper zu steigen, sich hinzuhocken und zu überprüfen, wer noch atmet oder spricht. Er nimmt nicht mehr wahr, was die anderen vom Zug draußen, die mit ihm rübergekommen sind, tun. Er konzentriert sich auf die am Boden liegenden Körper, bemüht sich, auf nichts zu treten, ein Männerkörper oder das, was von ihm noch übrig ist, liegt verdreht auf der Bank. Er atmet nicht mehr. Leo sieht Blut überall, rohes, klaffendes Fleisch, Knochen, die heraus stehen, das ist das Ende der Welt, denkt er. Das ist die Apokalypse. Er muss sich konzentrieren, um nicht selbst in Panik zu geraten. Sein Körper ist schon längst auf Autopilot umgestellt. Er legt seine Hände auf, um den Pulsschlag zu prüfen. Er ist ein Helfer, das hat er gelernt. Er ist ein Helfer, daran muss er fest glauben, auch wenn es ihm erscheint, dass jegliche Hilfe für die meisten in diesem Waggon zu spät kommt.

Jetzt liegt ein Frauenkörper direkt vor ihm auf dem Boden. Er wirkt leblos, Leo beugt sich hinunter, da bemerkt er, dass die Frau noch atmet. Sie ist nur ohnmächtig. Ein Bein hat sich unter einem Metallstück verklemmt. Leo sieht, dass das Blut aus der Wunde spritzt. Wenn er nichts tut, verblutet sie. Er muss das Bein abbinden. Er muss etwas zum Abbinden finden. Er dreht sich um, auf der Bank hinter ihm liegt ein Mensch. Seine Kleider hängen in Fetzen an ihm herunter. Er bewegt sich nicht. Er ist tot. Leo reißt ein Stück von den Stofffetzen ab. Er dreht ein Band daraus und führt es unter dem Bein der Frau hindurch. Sie ist jetzt zu sich gekommen. Er redet mit ihr.

»Ich helfe dir, ich bin da, ich helfe dir«, murmelt er. Sie beginnt zu klagen, aber sie wehrt sich nicht dagegen, dass er ihr den Stoff um den Oberschenkel bindet und so fest zuzieht, wie er nur kann. Sie schreit auf, er tut ihr bestimmt weh, aber er kann es nicht ändern. Er weiß, dass er ihr nur so helfen kann, sie würde sonst verbluten. Er muss bei ihr bleiben. Sie hat Angst, Todesangst. Das kann er spüren. Sie darf nicht noch einmal ohnmächtig werden, er muss mit ihr reden, bei ihr bleiben.

Er kniet sich neben ihren Kopf und sieht sie so an, dass sie ihn erkennen kann. Er wagt es nicht, sie zu bewegen, denn es könnte sein, dass etwas mit ihrer Wirbelsäule ist, er darf sie nicht bewegen. Er kann nur neben ihr auf dem Boden oder dem, was davon noch übrig geblieben ist, ausharren, auf jemanden warten, der ihnen hilft.

Wann kommt jemand, der ihnen hilft? Er versucht, das Blut und die Scherben um sie herum wegzuwischen. Das Bein der Frau, die nicht reden kann, nur klagende Laute von sich gibt, aber schon ruhiger geworden ist, seit er ihre Hand hält – Arme und Hände scheinen nicht schwer verletzt zu sein –, blutet immer noch, aber bedeutend weniger. Eine Zeitlang kann sie es noch schaffen, eine Zeitlang hat sie noch, bevor sie verblutet, denkt Leo.

Leo betet alles, was ihm einfällt, Kindergebete aus der Schule, zu Hause hat er nichts gelernt. Wie ging noch mal das Vaterunser? Vielleicht hilft das? Er murmelt, er bittet Gott, an den er eigentlich nicht glaubt, um Hilfe für diese Frau und für sich, dass er aus dieser Hölle heil herauskommt. Er überlegt, was er noch tun kann, um die Blutung zu stillen, aber ihm fällt nichts ein. Das Denken scheint blockiert zu sein. Der schwarze Rauch, der immer noch in der Luft wabert, kriecht ätzend und stinkend in seine Nase und in seine Lunge. Die Jacke vor Mund und Nase hat nicht viel geholfen. Er macht sich aus den Stoffstreifen, die er der Frau ums Bein gebunden hat, einen Mundschutz, den er sich um den Kopf knotet. Aber auch dieser Mundschutz hält nicht alles zurück. In was für eine Situation hat er sich hier nur begeben?

Der Zug gegenüber schien jetzt leer zu sein. Die anderen sind wohl schon mit dem Zugführer zur nächsten Station gelaufen, dachte er. Sie waren raus aus diesem Tunnel, aus dieser Vorhölle. Vielleicht waren sie noch panisch und ängstlich, aber das würde nach einigen Tagen vergehen. Denn sie hatten ja nichts gesehen. Sie hatten nur die Schreie gehört. Schlimm genug, aber sie hatten nichts gesehen. Und sie mussten nicht in Zukunft mit diesen Bildern im Kopf herumlaufen. Er wusste, dass er diese Bilder niemals loswerden würde. Und die Erinnerung an diesen Gestank. Und das Gefühl, wie sich jemand mit letzter Kraft an deiner Hand festhält, der demnächst sterben kann.

»Hilf mir«, flüsterte die Frau mit dünner Stimme. Er hatte alles für sie getan, was er tun konnte. Aber sollte er das dieser verzweifelten Frau jetzt sagen, die vor seinen Augen um ihr Leben kämpfte? Sie war so alt wie er, soweit er das an ihrer Stimme und dem, was er von ihrem Gesicht sah, überhaupt erkennen konnte. Und sie wird sehr wahrscheinlich ihr Bein verlieren, wenn sie hier überhaupt lebend herauskommt, dachte er. Sie wird ihr restliches Leben mit einem Beinstumpf verbringen müssen.

Er streichelte ihre Hand.

»Ich bin bei dir, ich helfe dir, ich gehe nicht weg. Du wirst hier rauskommen, und dann wird es dir wieder gutgehen. Wie heißt du?«, fragte er.

Sie murmelte etwas, aber er konnte es nicht genau verstehen. Hatte sie Susan gesagt? Vielleicht war es Susan gewesen, sicher war er sich aber nicht.

»Susan, es dauert nicht mehr lange, dann kommt jemand mit einer Trage, und du wirst aus dem Zug geholt«, sagte er mit sanfter Stimme. So würde es sein, bald, wo blieben die nur? Er wusste nicht, wie viel Zeit vergangen war, seit er in diesen verdammten Zug geklettert war. Waren es Minuten oder Stunden? Ihm kam es vor wie Stunden, aber er wusste auch, dass das Zeitgefühl in einer solchen Situation verrückt spielte. Es war egal, wie viel Zeit vergangen war. Es blieb ihm nichts anderes übrig, als zu warten, bis jemand kam, um die Frau und die anderen in dem Waggon – wie viele waren schon tot? – zu versorgen.

Jetzt hörte er von draußen etwas. Und dann stieg jemand in den Waggon. Er hatte eine Lampe, die das grauenvolle Szenario erleuchtete. Leo wandte sich ab. Er wollte nicht mehr sehen, als er gesehen hatte. Jemand kam zu ihm und sprach ihn an.

»Ich bin Chris. Sind Sie okay?«, fragte er.

»Ja, aber die Frau, Susan.«

»Was hat sie?«

»Ihr Bein war unter dem Metallteil eingeklemmt. Es ist ziemlich zerfleischt. Ich habe es abgebunden.«

Chris richtete den Lichtstrahl jetzt auf Susans Bein.

»Gute Arbeit. Wie heißen Sie?«

»Leo Miller. Ich kenn mich aus mit Erster Hilfe, bin Physiotherapeut.«

»Was für ein Glück für Susan, Leo. Wir müssen sie aus dem Waggon tragen. Wir können sie erst draußen auf eine Trage legen.«

»Hallo, ich bin Chris. Ich helfe Ihnen mit Leo, hier rauszukommen. Können Sie Ihre Arme bewegen?«

Susan nickte.

»Gut, versuchen Sie, Ihre Arme um meinen Hals zu legen. Ich werde Sie so tragen, und Leo hilft Ihnen mit den Beinen«, sagte Chris.

»Leo, nehmen Sie das gesunde Bein und achten Sie darauf, dass das andere Bein geschützt ist«, ordnete Chris an.

Er richtete sich auf. Susans Arme klammerten sich an seinem Hals fest. Leo spürte Ekel in sich aufsteigen, als er den schlaff baumelnden Fuß an ihrem zerquetschten Bein anfasste. Seine Hände waren sofort voller Blut. Das musste er jetzt ignorieren. Susan schrie vor Schmerzen. Sie mussten ihr weh tun, sie würden es sonst nicht schaffen, sie aus dem Waggon herauszubekommen. Draußen würden sie andere in Empfang nehmen. Sie warteten schon auf den Gleisen mit einer Trage.

Leo kniff die Augen zusammen. Der schwarze Qualm, der sich nicht zu verziehen schien, brannte. Er musste den Blick senken und aufpassen, dass er nicht auf Menschen oder Körperteile trat und darüber stolperte.

Von draußen rief ihm jemand etwas zu.

»Gut, Sie haben es gleich. Noch ein Stück. Wir sind hier mit einer Trage. Es hilft Ihnen jemand, sie aus dem Waggon zu heben.«

Leo sah Helfer mit neongelben Westen und Lampen an den Helmen. Gleich würden sie Susan übernehmen, und er könnte gehen. Hände griffen nach dem Frauenkörper und legten ihn vorsichtig auf eine Trage. Susan schrie auf. Dann hörte er sie seinen Namen rufen.

»Leo, Leo?«

Er kletterte aus dem Waggon auf die Gleise, auf denen viele Menschen mit Tragen, Leuchten, Werkzeug umherliefen. Wo waren sie so lange geblieben? Er wollte an ihnen vorbei zum Bahnsteig gehen, raus aus der Station, auf die Straße. Nur weg von diesem Grauen. Aber Susan rief wieder nach ihm.

»Leo? Wo bist du?«

Er hätte es ignorieren können. Die Helfer auf den Gleisen wussten nicht, dass er Leo war. Sie nahmen bestimmt an, dass Leo ihr Freund oder Mann war, nach dem sie in ihrer Not jetzt rief. Er hätte sich einfach verdrücken können. Ihm fielen auf Anhieb zehn Leute ein, die genau das in derselben Situation getan hätten. Was sollte er sich auch um diese Frau kümmern? Er hatte sie gerettet, jetzt waren andere dran. Aber er konnte es nicht. Sie rief nach ihm, sie hatte Angst, er musste ihr helfen. Dieses verdammte Helfersyndrom, dachte er und drehte sich dann zu der Trage um.

»Susan, ich bin hier«, sagte er und ergriff ihre Hand.

»Bitte geh nicht«, wimmerte sie.

»Nein, das werde ich nicht.«

»Ich bin Susan Edwards. Sag das denen im Krankenhaus, Susan Edwards. Sie sollen Tom Cowley anrufen. Tom Cowley.« Ihre Stimme war brüchig. Leo hatte Mühe, sie zu verstehen.

»Okay, Susan, ich komme mit ins Krankenhaus. Ich kümmere mich«, beruhigte Leo sie.

Er ging neben der Trage her und hielt Susans Hand. Die Lampen der Helfer spendeten Licht. In der Nähe sah er es hell werden. Der Bahnsteig. Sie waren gar nicht weit vom Bahnhof entfernt gewesen. Susan sagte nichts mehr, und ihre Hand fühlte sich schlaff an. War sie bewusstlos? Auf dem Bahnsteig könnte ich abhauen, dachte er kurz, aber er wusste, dass das jetzt für ihn nicht mehr in Frage kam.

16

Die Lautsprecheranlage knackte und rauschte, bevor die Durchsage kam. Zuerst hörte niemand richtig hin, weil alle dachten, es ginge um irgendwelche organisatorischen Dinge, die sowieso niemanden interessierten. Selbst Mr. Easton, der gerade Matheunterricht gab, achtete nicht darauf, sondern fuhr weiter fort, ihnen Bruchrechnung zu erklären oder es jedenfalls zu versuchen. Olivia verstand mal wieder nichts, aber bei Mr. Easton war das nichts Neues. Sie würde sich heute Mittag nach dem Essen mit Maggie zusammensetzen, und die würde es ihr so lange erklären, bis sie es kapiert hätte.

Es war die Stimme des Direktors. Macht er eigentlich auch etwas anderes, als sich mit Durchsagen die Zeit zu vertreiben?, dachte Olivia noch und wollte einen passenden Scherz machen, um Pat aufzuheitern, der auch nichts von Bruchrechnung verstand. Olivia setzte gerade eben zu einer Pointe an, die Pat bestimmt zum Lachen gebracht hätte, als sie bemerkte, wie er weiß im Gesicht wurde und einen starren Augenausdruck bekam, der irgendwie schräg und krank aussah.

»Was'n mit dir los?«, flüsterte sie. »Ist dir schlecht? Hast du einen Alien gesehen?«

»Sei still, Oliv, und hör zu«, zischte Pat. Sie wollte ihn anschnauzen, weil er es wagte, diesen Spitznamen zu benutzen, den sie hasste, aber sie kam nicht dazu. Alle in der Klasse waren jetzt so still wie sonst nie. Die Stimme des Direktors klang metallisch. Er sagte etwas von Anschlägen an vier Stellen, drei in der U-Bahn, und von einer Bombe, die im Bus hochgegangen war. Olivia hielt es kurz für einen makabren Scherz des Direktors, aber so verrückt würde selbst er nicht sein, schließlich war er nicht so fies wie Snape.

Mr. Easton brach seinen Unterricht ab und sagte, er wolle in den Medienraum gehen, da hänge ein Fernseher. Alle könnten mitkommen. Olivia sah sich nach Pat und Maggie um. Wenn sie nicht mitgingen, würde sie es auch nicht tun, sondern sich erst mal in der Kantine etwas zu essen holen, um sich zu beruhigen. Nach der Mathestunde war Mittagspause. Aber selbst Maggie schien nicht an Essen zu denken, und das war sehr bedenklich, denn das bedeutete, dass sie sich in einer schwerwiegenden Krise befand.

Olivia schloss sich Maggie, Pat und den anderen an. Viele hatten ihre Handys aus den Schränken geholt und versuchten, ihre Eltern zu erreichen. Aber anscheinend gab es mit den Mobilfunknetzen ein Problem. So gut wie niemand kam durch. Im Medienraum hatten sich schon viele Schüler um den Fernseher versammelt.

Olivia stand mit Pat und Maggie ziemlich weit hinten und konnte alles nur verschwommen erkennen.

Sie hatte ihre Brille, die sie aufsetzte, wenn sie etwas an der Tafel lesen wollte, im Klassenzimmer vergessen. Aber auch das Wenige, was sie erkannte, erschreckte sie sehr. Wie konnte es sein, dass in ihrer geliebten U-Bahn so etwas möglich war? Sie konnte und wollte es zuerst nicht glauben. Es war doch unmöglich! Vielleicht war das ein makabrer Scherz von einer Werbefirma, und gleich käme die Auflösung? Wer sollte so etwas Schreckliches machen? Sie starrte auf den Bildschirm, die ersten brachen jetzt in Tränen aus, weil sie ihre Eltern nicht erreichen konnten und Angst hatten, dass ihre Eltern Opfer dieser Anschläge geworden waren. Es war kein Scherz, das war tatsächlich Realität, keine Geschichte. Wo war Mum gerade?, fragte sich Olivia jetzt. Wann war es passiert? 8.50 Uhr? Da war sie bestimmt noch nicht losgegangen. Sie fuhr immer erst nach der Rushhour zu ihrem Büro und oft erst um 11 Uhr. Sie war sicher nicht in den U-Bahnen gewesen, die betroffen waren. Und sie nimmt auch nie den Bus um diese Zeit, versuchte sich Olivia zu beruhigen. Sie verfluchte jetzt ihre Dummheit, ihr Handy zu Hause liegen gelassen zu haben, um nicht erreichbar zu sein. Sie könnte sich ja das Handy von Pat oder Maggie ausleihen, aber das würde ihr nichts bringen. Sie wusste die Handynummer ihrer Mutter nicht auswendig; die war im Handy gespeichert. Olivia hatte ein paar Mal versucht, sich Handynummern zu merken, hatte es aber verhältnismäßig schnell wieder aufgegeben. Sie konnte sich einfach keine so langen Zahlenfolgen merken, auch wenn sie sich wirklich darum bemühte.

Ihre Telefonnummer zu Hause wusste sie aber auswendig, denn für diese musste sie sich nicht so viele Zahlen merken.

Sie nahm Pat sein Handy aus der Hand, bei ihm war alles in Ordnung. Sein Vater war nicht in London, und seine Mutter war zu Hause gewesen, als es passierte. Sie versprach ihm, sich gleich ins Auto zu setzen und ihn abzuholen. Auch Maggie würde demnächst abgeholt. Der Direktor hatte nämlich eben noch durch die Lautsprecher verkündet, dass es in Ordnung sei, wenn die Schüler abgeholt würden, sie müssten nur im Schulbüro sagen, von wem.

Olivia wählte die Nummer zu Hause in Camden. Sie ließ es oft klingeln, aber es nahm niemand ab, und nach acht Mal Klingeln sprang jedes Mal ihr Anrufbeantworter an.

»Hallo, hier sind Marie und Olivia Beeken und Leo Miller, wir sind im Moment nicht da, aber bitte sprechen Sie nach dem Piep«, hörte sie Mums Stimme. Warum war sie nicht zu Hause? Was sollte sie jetzt tun? Ins Schulsekretariat gehen und sich die Handynummer ihrer Mutter besorgen war wohl der erste Schritt.

Im Sekretariat drängten sich die Schüler. Jeder wollte telefonieren. Die Sekretärinnen versuchten, gelassen und ruhig zu bleiben und alle Wünsche zu berücksichtigen, aber es dauerte ewig, bis sie dran kam. Endlich hatte sie die Handynummer und wählte. Aber es war so, wie die anderen schon gesagt hatten. Die Mobilfunknetze waren gestört, es kam niemand durch. Die Nummer vom Büro hatte sie nicht, und sie wusste auch nicht, wie sie sich die Nummer jetzt besorgen sollte.

Ralph, dachte sie, den rufe ich an. Ralphs Nummer war neben ihrer eigenen Telefonnummer zu Hause die einzige, die sie auswendig konnte. Sie ließ es lange klingeln, denn sie wusste, dass Ralph jetzt vor dem Fernseher saß und besonders laut gestellt hatte, um alles zu verstehen. Vielleicht hörte er deshalb das Telefon nicht. »Sollen wir dich zu deinem Großvater mitnehmen?«, fragte Pat, als ob er ihre Gedanken lesen könnte.

»Ja, Pat, bitte. Er geht zwar nicht ans Telefon, aber er ist bestimmt zu Hause«, sagte sie.

»Gut, wir sagen der Sekretärin, dass sie dich in die Liste der Leute eintragen kann, um die sie sich keine Gedanken mehr zu machen brauchen«, beschloss Pat.

»Und jetzt gehen wir was essen. Meine Mutter kommt in einer halben Stunde, hat sie gesagt.«

Er nahm Olivia bei der Hand und zog sie mit sich. Sie ließ es geschehen, auch wenn es sich eigenartig anfühlte, dass er sie anfasste. Sie würde ihm nicht sagen, dass sie sich Sorgen um ihre Mutter machte, sie würde es nicht sagen, weil sie dann vielleicht weinen müsste, und das wollte sie nicht. Es war bestimmt auch alles in Ordnung. Sie würde zu Ralph fahren und dort bleiben, bis alles vorbei war, und dann würde Mum oder Leo sie abholen kommen.

17

Um acht Uhr beschloss Marie, nicht mehr weiter schlaflos im Bett zu liegen und die Decke anzustarren, sondern lieber aufzustehen. Sie hatte gehört, dass Olivia sich leise aus dem Haus schlich. Einem ersten Impuls folgend war sie schon aus dem Bett gesprungen und hatte die Tür zum Flur öffnen wollen, um sie abzufangen und sich mit ihr zu vertragen, aber dann war sie doch liegen geblieben und hatte sich die Decke über den Kopf gezogen, weil sie begriff, dass Olivia sich nicht mit ihr vertragen würde, nicht heute Morgen, sicher auch nicht heute Abend, vielleicht erst in ein paar Tagen oder aber nie. Marie fühlte sich so schlecht wie schon lange nicht mehr. Als sie nach ihrem Studium nach Hamburg zurückgekehrt war und bei ihrer Großmutter gewohnt hatte, war es ihr zum letzten Mal so elend gegangen. Sie war so froh gewesen, dass diese schwarze Stimmung von damals in London nicht wieder aufgetaucht war. Sie hatte geglaubt, dass sie in London davor gefeit wäre. Bis zum gestrigen Tag. Sie hatte ihre Tochter geschlagen. Sie hatte sie beschimpft und war außer sich gewesen. Die Erinnerungen an ihre eigene Mutter hatten sie eingeholt und wieder im Griff gehabt, aber das war keine Entschuldigung für ihr Verhalten. Sie war in ihr Zimmer gegangen und hatte sich ins Bett gelegt, sich die Decke über den Kopf gezogen und darauf gewartet, dass irgendetwas passierte, Olivia zu ihr ins Zimmer kam, um sich mit ihr zu vertragen, Leo die Haustür aufschloss und zu einem seiner Betthäschen sagte, dass sie leise sein sollte. Oder dass er allein nach Hause käme, an ihre Zimmertür klopfte und sie durch die Tür fragte, ob sie Lust auf einen Wein hätte, weil sie ja noch wach war.

Aber es geschah nichts. Sie lag reglos in ihrem Bett und starrte an die Wand, an die Decke, aus dem Fenster. Sie fühlte sich wie tot. Sie spürte ihren Körper nicht mehr. Sie kniff sich in den Arm, um Schmerz zu empfinden, aber auch das leichte Brennen drang nicht richtig in ihr Bewusstsein. Eigentlich hatte sie sich doch im Griff? Aber gestern hatte sie sich gegenüber Olivia wie eine halb Verrückte aufgeführt. Sie hatte die ganze Zeit gewusst, dass ihre Tochter keinen Alkohol getrunken hätte, selbst wenn er ihr von einem Mitglied von Coldplay angeboten worden wäre. Sie war stolz auf ihre Tochter, weil sie ihrem Freund geholfen und ihn nicht alleingelassen hatte. Und sie nahm es ihr eigentlich nicht übel, dass sie die Schule geschwänzt hatte, um auf dem Trafalgar Square zu feiern. Das hätte sie selbst als Elfjährige auch gerne getan, wenn sie nicht zu viel Angst davor gehabt hätte, entdeckt und dann von Thereses Mann bestraft zu werden. Dass Olivia sich das getraut hatte, zeigte ihr, dass sie keine Angst vor Bestrafung hatte. Dass Olivia sie angerufen hatte, bewies ihr, wie sehr sie ihr vertraute.

Aber jetzt nicht mehr. Jetzt war sie für ihre Tochter nur noch eine unfaire, fiese Mutter, wie einige ihrer Klassenkameraden sie hatten. Sie hatte ihr manchmal mit einer Mischung aus Befremden und Erleichterung von diesen Müttern erzählt, die so sinnlos autoritär sein konnten.

Marie quälte sich aus dem Bett, es war still im Haus. War Leo heute Nacht gar nicht nach Hause gekommen? War sie allein hier? Sie klopfte an seine Zimmertür, aber von drinnen drang noch nicht mal Leos ungnädiges Grunzen, das bedeuten sollte: »Ist noch zu früh, lass mich in Ruhe.« Sie öffnete die Tür dennoch einen Spalt und sah in sein Zimmer. Es war leer, das Bett wie üblich nicht gemacht. Auf dem Boden vor dem Bett lagen Leos Jeans, ein Hemd und seine Shorts. Sehr wahrscheinlich waren das noch Überreste der Nacht mit seiner letzten Eroberung, und er war in den vergangenen Tagen einfach drüber gestiegen, weil er keine Lust gehabt hatte, sich zu bücken und die Sachen in die dreckige Wäsche zu werfen. Marie musste lächeln. Viel anders sah es bei ihr manchmal auch nicht aus, und bei Olivia sowieso nicht. Sie waren eine nicht gerade ordentliche Wohngemeinschaft, aber glücklicherweise störte das niemanden.

Sie ging ins Badezimmer und duschte heiß und kalt. Sie musste diese depressive Stimmung wieder vertreiben. Sie benutzte Leos Duschgel, das nach Moschusöl duftete. Heute Morgen wollte sie anders riechen als sonst. Sie benutzte auch seine Zahncreme, die nach

Eukalyptus und Pfefferminze schmeckte, eigentlich zu scharf für sie. Aber sie zwang sich, die Zähne drei Minuten lang zu putzen, obwohl sie den Geschmack überhaupt nicht mochte. Sie schraubte den Verschluss von Leos Aftershave ab, auch das roch etwas nach Moschus. Es stammte wie alles, was er an Pflegeprodukten hatte, aus dem Body Shop. Sie erinnerte sich, dass auch sie damals in der ersten Zeit in London alles im Body Shop gekauft hatte. Das tat sie schon länger nicht mehr. Sie fand, dass ihre alternde Haut anderer Pflege bedurfte.

Dass sie jetzt so roch wie Leo, half tatsächlich ein wenig. Sie stellte sich vor, dass Ian den Männerduft auf ihrer Haut später bemerken und sie zweideutig grinsend ansehen würde. Vielleicht würde er auch noch »Schöne Nacht gehabt?« fragen, und sie nahm sich vor, dann geheimnisvoll zu lächeln und zu nicken.

Sie kochte sich einen besonders starken Espresso und trank ihn, nur in ein Handtuch gehüllt, im Stehen, während sie aus dem Küchenfenster auf den alten Bistrotisch und die drei Stühle in dem winzigen Garten sah. Es war dunstig, aber das konnte sich heute noch schnell ändern. Sie betrachtete die Spatzen, die unter den Stühlen nach Brotkrumen oder anderem Essbaren pickten, und sie merkte, wie ihre Lebensgeister sich wieder meldeten und sich ihre depressive Stimmung zurückzog. Das ist London, dachte sie. Hier konnten sie ihre Dämonen, die sie an die Dementoren in Harry Potter erinnerten, nicht fangen. Hier war sie sicher. Und sie beglückwünschte sich wie so oft in den vergangenen Jahren dazu, dass sie den Schritt, nach

London zu gehen, damals kurz nach Thereses Tod gewagt hatte, ohne eine Arbeit oder Perspektive zu haben.

Sie zog sich an und beschloss, heute früh in ihr Schreibbüro zu gehen, damit sie auf jeden Fall zu Hause wäre, wenn Olivia aus der Schule zurückkäme. Vielleicht wäre es sogar besser, sie von der Schule abzuholen und dann mit ihr in Kensington noch einen Kakao trinken zu gehen, dachte Marie. Sie wusste zwar noch nicht, wie sie ihre Tochter wieder für sich einnehmen könnte, aber ihr würde schon etwas einfallen. Vielleicht sollte sie ihr die Wahrheit sagen und von ihrer Mutter und der Zeit damals am Strandweg erzählen. Olivia ist jetzt alt genug, um zu erfahren, dass meine Kindheit und Jugend nicht sehr glücklich waren, dachte Marie. Vielleicht werde ich ihr leidtun, und sie wird mich besser verstehen. Auf jeden Fall wird sie mir verzeihen. Wie üblich, wenn sie keinen Termin hatte, sondern nur telefonisch recherchieren wollte, trug sie schwarze Jeans und ihre roten Chucks. Sie zog eins von Leos kurzärmeligen weißen Leinenhemden an. Es war ihr zu groß, aber das störte sie nicht. Sie wollte heute nicht weiblich aussehen und auch nicht durch schicke oder ausgefallene Kleidung auffallen.

Sie kaufte sich beim Bäcker um die Ecke ein Croissant und aß es, während sie die Kentish Town Road in Richtung U-Bahn Camden Town hinunterlief. Das war London, viel mehr als in Kensington oder Chelsea. London war ein Schmelztiegel vieler Nationen, in Kentish und Camden Town trafen sich alle möglichen Menschen mit jeder erdenklichen Hautfarbe. Es gab viele Jüngere, Studenten, Künstler, aber auch kleine Angestellte, viele alleinerziehende Mütter wie sie, übrig gebliebene alternde Hippies, die auf den Märkten in Camden den Touristen vorgaukelten, dass es ihre Welt noch gab und diese nicht schon längst untergegangen war.

Es war immer noch grau verhangen und dunstig, aber durch den Dunst konnte Marie schon die Sonne erahnen. Ihre Strahlen würden bald durchbrechen, und es würde ein genauso schöner Tag werden wie gestern und die Tage davor.

Sie stieg an der U-Bahn-Station Camden Town ein. Sie würde die Northern Line bis Goodge Street nehmen und das letzte Stück bis zu ihrem Schreibbüro in der Wardour Street in Soho laufen. Soho war nach Camden ihre zweitliebste Gegend in London, auch wenn sie die vielen Touristen manchmal nervten, die überall mit schussbereiten Fotoapparaten herumstrichen, um einen eventuell plötzlich auftauchenden weltbekannten Künstler ablichten zu können. Sie kaufte gerne in der Mittagspause in einer koscheren Metzgerei ein. Dort schien die Zeit stehengeblieben zu sein, natürlich auch für die Touristen, aber auch weil die Betreiber inmitten von hoffnungslos übertriebener Modernisierung und Gleichmacherei an einer uralten, religiös begründeten Tradition festhielten.

Natürlich waren viele Menschen im Zug. Sie bekam keinen Platz mehr, aber das machte ihr nichts aus, denn sie musste ja nur vier Stationen fahren. Zwischen Mornington Crescent und Euston Square hielten sie plötzlich an. Das war nicht ungewöhnlich, nur ärgerlich. Sie mochte es nicht, wenn eine U-Bahn unvermittelt im Tunnel ohne ersichtlichen Grund stehen blieb, was ziemlich oft vorkam. Sie ärgerte sich, dass sie Nick Hornbys *About a Boy*, das sie gerade las, auf dem Wohnzimmertisch liegen gelassen hatte. Die Geschichte erinnerte sie an Leo. Sie amüsierte sich köstlich über den beziehungslosen und frustrierten Helden Will Freeman, der versucht, alleinerziehende Mütter kennenzulernen, indem er vorgibt, selbst Single-Vater zu sein, und sich in eine Selbsthilfegruppe einschleicht, nur weil er mit einer Alleinerziehenden zufällig unglaublichen Sex gehabt hatte. Wenn Leo so weitermacht, wird er auch dort enden, dachte Marie. Sie kannte die Szene der alleinerziehenden Frauen und fand viele, genauso wie Will, extrem anstrengend. Sie war allein, weil sie es so gewollt hatte. Sie hatte nie gehofft, dass Pete mit ihr zusammenbleiben würde, nicht nachdem er sie das erste Mal verlassen hatte, um zu Heather zurückzukehren. Dass sie mit ihm überhaupt wieder etwas angefangen hatte, nachdem sie nach London zurückgekehrt war, war einfach passiert. Und dass sie gleich schwanger wurde, überraschte sie zwar, doch sie freute sich auch sehr schnell auf ihr Kind, nachdem sie den ersten Schock überwunden hatte.

Die U-Bahn blieb im Tunnel stehen. Es passierte nichts. Minuten vergingen. Niemand regte sich auf. Alle machten stur das weiter, was sie getan hatten, bevor der Zug anhielt. Ein junges Paar auf der Bank ihr gegenüber unterhielt sich leise. Er hatte die Hand auf das Knie seiner Freundin gelegt und streichelte es gedankenverloren und genüsslich. Sie hatte Ringe unter den Augen, ein etwas entrücktes Lächeln, und ihre Lippen sahen weich und entspannt aus. Die beiden haben mit Sicherheit eine heftige Liebesnacht hinter sich, dachte Marie neidisch. Sie wollte sich auch mal wieder die ganze Nacht mit jemandem, den sie wirklich mochte, zwischen den Laken vergnügen. Dass sie sich verliebt hatte, war schon einige Zeit her. Rufus war Musiker in einer Bar in Camden gewesen. Es war das Übliche gewesen: erst große Verzückung, Erotik, Sehnsucht, Verlangen, massenweise Sex. Irgendwann war er ihr auf die Nerven gegangen oder sie ihm mit ihren normalen Alltagsproblemen, die sich darum drehten, dass Olivia morgens pünktlich aus dem Haus musste, ihre Sachen gewaschen wurden, sie regelmäßig zum Friseur ging, sie gut in der Schule mitkam und in Maries Abwesenheit nicht zu viel Unsinn anstellte.

Sie war nicht frustriert, weil sie ihr Kind allein erziehen musste, sie fühlte sich auch nicht allein. Sie hatte ihre Freundinnen und Freunde, sie hatte seit einigen Monaten Leo, der für Marie ein sehr guter Freund geworden war, und sie hatte Ralph, auf den sie sich verlassen konnte.

Nein, sie kam mit ihrem Leben klar, aber wenn sie wie jetzt glücklich Verliebte sah, sehnte sie sich nach diesem Gefühl und danach, dass es mal etwas länger anhalten würde als ein paar Monate wie bisher immer. Aber warum verliebte sie sich immer in Männer, mit denen ein alltägliches Leben nicht möglich war, weil sie einfach zu chaotisch, zu kreativ oder einfach zu verrückt und immer unzuverlässig waren? Sie fand es einfach nicht attraktiv, wenn ein Mann morgens um sieben Uhr das Haus verließ, um ins Büro zu fahren, und um sechs Uhr abends wiederkam. Sie wollte Spontaneität, und als freie Journalistin konnte sie sich die Spontaneität manchmal leisten. Ihr jeweiliger Kurzzeitgeliebter hatte auch beim spontanen Teil ihrer Beziehung immer gern mitgemacht. Meist hatte er, wenn überhaupt, freiberuflich gearbeitet wie sie. Aber sobald Routine eingekehrt war, hatte er Land gewonnen oder sie ihn rausgeworfen, je nachdem, wer gerade verliebter in den anderen gewesen war.

Marie wünschte sich einen soliden Abenteurer, einen zuverlässigen Individualisten, der auch mit Kochschürze, die er ihretwegen ruhig ab und zu tragen konnte, noch sexy oder zumindest verwegen aussah. Der anpacken konnte, wo sie Schwächen hatte. Er müsste so wie Leo sein, nur älter und mit mehr Erfahrung, dachte sie manchmal, wenn sie Leo mit Olivia spielen sah oder ihn dabei erlebte, wie er selbstvergessen zu Reggae tanzte, dabei Gras rauchte, die Welt um sich vergaß, aber dennoch am nächsten Tag pünktlich in der Praxis erschien. Sie fand es sexy, dass er anderen Menschen half. Aber er war zu jung und auch nicht selbstsicher genug. Sie wollte jemanden an ihrer Seite haben, der ihr ab und zu sagte, wo es langging.

»Öffnen Sie die Fenster«, kam jetzt eine Durchsage. »Aufgrund eines kurzfristigen Stromausfalls verzögert sich die Abfahrt noch um einige Minuten«, hieß es weiter. Jemand versuchte die Fenster zu öffnen, die jedoch klemmten. Marie richtete ihre Aufmerksamkeit wieder auf die anderen im Abteil. Irgendetwas in der Stimmung schien sich geändert zu haben. Das Mädchen neben ihr – sie war etwas älter als Olivia – begann unruhig von einem Fuß auf den anderen zu treten. Die Luft wurde schlechter. Selbst das Paar hörte auf, sich verzückt in die Augen zu schauen. Die leise geführten Unterhaltungen ebbten ab. Jeder konzentrierte sich mehr auf sich selbst und darauf, sich die aufsteigende Unruhe und Nervosität nicht anmerken zu lassen. Marie hatte das Gefühl, dass sich alle in diesem Abteil auf einmal mit aller Kraft vormachen wollten, dass es normal sei, in einer Metallschlange unter der Erde in einem Tunnel festzusitzen und nicht zu wissen, wie lange dieser Zustand noch andauern würde.

Endlich ging es mit einem Ruck weiter. Alles schien wieder normal zu sein, aber kurz vor Euston Square kam die Durchsage, dass an der nächsten U-Bahn-Station alle aussteigen müssten. Der Zug leerte sich zügig, dann wurde verkündet, dass aufgrund von mehreren Stromausfällen alle Londoner U-Bahnen ihren Fahrbetrieb einstellten und sämtliche U-Bahn-Stationen geschlossen würden.

Marie versuchte sich keine Sorgen zu machen, während sie nach oben auf Straßenniveau stieg. Die Durchsage wurde wiederholt. Plötzlich schrie eine Frau neben ihr hysterisch auf: »Pah, aufgrund von Stromausfällen. Ich glaub euch kein Wort. Lügner.« Jemand anderes in ihrer Nähe zischte: »Schnauze!«

Marie zuckte zusammen. Sie ahnte, was die Frau gemeint hatte, aber sie wollte lieber nicht daran denken. Erst mal aus dem Bahnhof raus sein. Vor dem Bahnhof war der Teufel los. Busse blockierten die Straße, Passanten stiegen ein und aus. Viele schienen gar nicht zu wissen, was sie tun sollten, jetzt da die Möglichkeit ausfiel, mit der U-Bahn weiterzufahren. Auf den Gehwegen drängelten sich noch mehr Menschen als sonst, und für den Moment schienen selbst die Londoner von ihrer eisernen Regel, sich auf der Straße nicht zu berühren, abzuweichen. Es war ein Gedrängel und teilweise sogar ein Geschubse, wie Marie es in all den Jahren in London noch nicht erlebt hatte. Die sonst so sichere, wenn auch verrückte Ordnung eines durchschnittlichen Londoner Morgens in der Rushhour schien plötzlich aufgehoben zu sein. Und bevor die Londoner sich den Regeln dieses Ausnahmezustandes unterwerfen konnten, verhielten sie sich wie Ameisen, in deren Bau jemand mit einem Stock herumgestochert hat. Marie war sich sicher, dass es nicht lange dauern würde, bis die Londoner neue Wege fänden, ihren normalen Tagesablauf doch einzuhalten. Sie würden zwar viel länger zur Arbeit brauchen als sonst, sich aber nach der anfänglichen Aufregung wieder mit Gelassenheit und stoischer Ruhe auf die etwas anderen Umstände an diesem Morgen einstellen.

Marie trank einen Kaffee in einer kleinen Bar und beobachtete, wie sich das Chaos auf der Straße langsam beruhigte. Sie konnte sich Zeit lassen. Es war zwanzig nach neun, und vor zehn war nie jemand im Büro. Sie überprüfte, ob Olivia ihr eine SMS geschickt hatte. Manchmal tat sie das in der Pause, aber heute nicht. Natürlich heute nicht. Was für ein eigenartiger Tag, dachte Marie. Große Unruhe lag in der Luft. Niemand schien zu wissen, was eigentlich los war. Ein Mann am Nebentisch telefonierte. Er sprach erst Französisch, das sie nur bruchstückhaft verstand. Er sagte: »Oh non, ce n'est pas vrai.« »Das ist nicht wahr.« Dann sprach er Englisch.

»Mehrere Explosionen gleichzeitig?«, fragte er ungläubig. »In der U-Bahn? Auf der Circle und Piccadilly Line? Bomben?«, stammelte er.

Marie versuchte sich aus dem, was sie gehört hatte, einen Reim zu machen. Plötzlich war sie nicht mehr nur Zuschauerin, sondern Journalistin, und ihre eigenen Befindlichkeiten traten in den Hintergrund. Sie wollte wissen, was geschehen war. Als der Mann aufgehört hatte zu telefonieren und mit bleichem Gesicht seinen Espresso trank, sprach Marie ihn an.

»Entschuldigen Sie, ich habe eben unbeabsichtigt mitgehört. Was ist geschehen? Explosionen?«

Der Mann erklärte ihr, dass er mit jemandem vom Public Transport gesprochen habe. Er hatte also Informationen aus erster Hand. Gerne hätte sie den Mann nach seinem Namen und dem Namen seines Informanten gefragt, aber sie wusste, dass er seine Quelle nicht preisgeben würde und dass es eine vollkommen unbestätigte Information war, die ohne Verifizierung nicht an die Öffentlichkeit gebracht werden konnte. Es war nur so viel klar, dass Explosionen in U-Bahnen nahe King's Cross und der Edgware Road stattgefunden hatten. Sie hatte gesehen, wie Fußgänger von Polizisten daran gehindert wurden, Richtung King's Cross zu gehen. Marie war klar, dass sie so schnell wie möglich ins Büro musste, denn dort hätte sie die Möglichkeiten zu recherchieren, die ihr jetzt noch fehlenden Bilder im Fernsehen zu sehen und Ian abzufangen, um mit ihm dann noch einmal loszugehen. Sie hatte versucht, ihn auf dem Handy zu erreichen, aber er antwortete nicht. Mit Sicherheit war er schon auf dem Weg ins Büro und würde sie gleich dort treffen. Marie dachte kurz darüber nach, ob es sinnvoll wäre, Olivia anzurufen, aber sie entschied sich dagegen. Solange sie nicht wusste, was passiert war, wollte sie keine Pferde scheu machen. Olivia war in ihrer Schule gut aufgehoben. Dort würde sie auch noch einige Stunden bleiben.

Marie kramte ihr Moleskine-Notizbuch aus der Tasche. Sie machte sich Notizen über ihre Fahrt mit der Northern Line, ihren plötzlichen Halt im Tunnel, die ungenügende Erklärung, warum das geschehen war, und die überraschende Nachricht, dass das gesamte U-Bahn-Netz geschlossen worden war. Sie schrieb auch das auf, was ihr der Mann im Café gesagt hatte, beschrieb sein Aussehen und schätzte sein Alter. Sie war aufgeregt. Offensichtlich war sie einer großen Geschichte auf der Spur. Sie musste jetzt nur schnell sein und dranbleiben. Sie beschloss, den Upper Woburn Place zum Tavistock Square hinunterzugehen und zu versuchen, ein Taxi zu ergattern. Vor dem First-Class-Hotel etwas weiter die Straße entlang standen oft welche.

Während des Gehens überlegte sie fieberhaft, wie sie bei der Recherche vorgehen sollte. Gut wäre es, schon über Handy damit anzufangen, aber sie bekam plötzlich keine Verbindung mehr. War das Mobilfunknetz überlastet, weil zu viele gleichzeitig versuchten zu telefonieren? Was war unten in den U-Bahnen wirklich geschehen? Waren es tatsächlich Explosionen gewesen? War der Informant des Mannes aus dem Café zuverlässig? Da er beim Public Transport arbeitete, konnte man davon ausgehen. Aber Marie wusste, dass sie diese Information noch absichern musste. Es ging bei ihrer Arbeit ja auch nicht darum, die deutschen Tageszeitungen zu bedienen. Dafür gab es die Nachrichtenagenturen und die Redaktionen in London. Sie könnte jedoch die Wochenzeitschriften beliefern, die Frauenzeitschriften allemal. Selbst die würden etwas über die Explosionen in London bringen wollen, wenn sie denn ein solches Ausmaß hatten, wie Marie befürchtete. Sie könnte sogar dem *Spiegel* ihre Geschichte anbieten, dem *Stern* oder dem *Focus*. Sie war vor Ort gewesen. Sie hatte zwar nicht in einer U-Bahn gesessen, die betroffen war, aber sie war evakuiert worden und könnte eine der ersten Augenzeugen sein, und wenn sie Ian endlich erreichte, könnten sie auch noch gute Fotos von den U-Bahn-Stationen schießen, was auch immer dort zu fotografieren sein mochte. Marie machte sich keine Illusionen darüber, dass die Journalisten von dpa und Reuters sowie die BBC und Channel 4, Sky und die anderen Sender schon auf dem Weg zu den Unglücksorten waren. Mit denen konnte sie nicht konkurrieren, aber sie war in der Lage, die menschliche Seite zu beschreiben, Schicksalen nachzuspüren oder einfach nur einen Augenzeugenbericht zu liefern, der so eindringlich wäre, dass die Leserinnen in Deutschland ihn atemlos lesen würden, um dann hinterher darüber froh zu sein, dass sie doch nicht in London lebten, wie sie es sich oft gewünscht hatten, als sie jung gewesen waren.

Wenn sie endlich im Büro angekommen wäre, würde sie sofort Kontakt mit den Redaktionen der Zeitschriften aufnehmen, mit denen sie sonst zusammenarbeitete, und ihnen die Exklusivgeschichte aus London anbieten. Vorausgesetzt, es bestätigte sich ihre Vermutung, dass tatsächlich Explosionen stattgefunden hatten und der Grund für die Explosionen Anschläge waren. Ihr fiel New York ein und wie sie entgeistert vor dem Fernseher in ihrem Büro gesessen hatte. Es war ein Dienstagnachmittag gewesen. Jemand war von zu Hause angerufen worden, als das erste Flugzeug in den Turm gerast war. Und lange hatte sie mit Ian fassungslos vor dem Fernseher gesessen, bis Olivia weinend anrief, weil sie die Nachricht so schockierte und Marie da erst bemerkte, dass sie ihre Tochter vollständig vergessen hatte.

Ein Doppeldeckerbus der Linie 30 hielt mitten auf der Straße. Der Busfahrer lehnte sich aus dem Fenster und sprach mit einem Polizisten. Nach den Handbewegungen des Polizisten zu urteilen schien er dem Busfahrer, der sich offensichtlich verfahren hatte, den Weg zu erklären. Marie wunderte sich über diese Aktion. Normalerweise hielt ein Busfahrer nicht im Berufsverkehr mitten auf der Straße, um einen Polizisten nach dem Weg zu fragen. Das war wirklich kein gewöhnlicher Donnerstagmorgen im sommerlichen London. Heute war alles anders. Etwas Schwerwiegendes ist geschehen, das die Stadt aus dem Gleichgewicht gebracht hat, dachte Marie. Momentan wusste niemand Genaueres, und diese Unwissenheit darüber, wie groß das Ausmaß der Katastrophe und Gefahr war, warf die sonst so gelassenen Londoner aus der Bahn – auch den Busfahrer, der von seiner gewöhnlichen Route abgekommen war und jetzt versuchte, wieder auf eine ihm vertraute Spur zu gelangen. Marie klappte im Gehen ihr Notizbuch auf, um ihre Gedanken zu notieren.

Die Explosion, die sie hörte, als sie gerade dabei war, sich Notizen zu machen, erschütterte sie bis ins Mark. Ihr erster Impuls war es, sich auf die Erde zu werfen und den Kopf durch ihre Arme zu schützen oder wegzurennen, aber sie zwang sich aufzublicken. Das Dach des Busses im hinteren Teil war nicht mehr dort, wo es sein sollte, es hob sich und begann zu schweben, als ob es nicht aus tonnenschwerem Metall bestand. Für einen Moment segelte es durch die Luft und landete dann krachend auf der Straße. Marie duckte sich hinter einen Kleinlaster. Ihr einziger Impuls in diesem Moment war es, sich zu schützen. Metall, Glas, sie wusste nicht, was es sonst noch war, aber es flogen Teile herum, und wenn sie nicht aufpasste, würde sie auch noch erwischt werden. Sie hatte den Eindruck, dass sie sich in Zeitlupe bewegte, alles um sie herum schien sich in Zeitlupe abzuspielen, dabei wusste sie, dass alles gleichzeitig passierte. Der Knall, das Splittern der Scheiben, das Metall, das zerbarst, und die Menschen dort im Bus. Wenn die Explosion diese Gewalt hatte, dann war das, was mit den Menschen einige Meter weiter gerade passierte, unvorstellbar entsetzlich. Marie wartete. Sie nahm wahr, dass sie nicht die Einzige hinter dem Kleintransporter war, die sich vor den herumfliegenden Wrackteilen in Sicherheit gebracht hatte, aber eigenartigerweise schienen die anderen Menschen nicht real. Sie konnte keinen Kontakt zu ihnen herstellen und wollte ihnen nicht ins Gesicht sehen. Am liebsten wäre sie geflohen, einfach die Straße in die entgegengesetzte Richtung hinuntergelaufen, bis sie nicht mehr konnte, weg von diesem entsetzlichen Bild, das sie gleich sehen würde. Aber sie durfte jetzt nicht weglaufen. Sie war Journalistin, und das war ihre Chance. Sie musste hinter dem Auto hervorkommen und mit ihrem Fotohandy Bilder machen. Das war die große Gelegenheit, auf die sie schon seit Jahren wartete. Das war ihre Geschichte. Alle würden sie haben wollen, wenn sie es jetzt nicht vermasselte. Sie musste die Nerven behalten und hinsehen, egal, was sich vor ihren Augen abspielte.

Sie richtete sich auf. Etwas Weißes, Flockiges flog durch die Luft. Es waren Papierschnipsel, die den Boden bedeckten. Für einen Moment war es unheimlich still. Marie fotografierte das rote Wrack. Es musste ihr jetzt egal sein, was mit den Menschen dort, nur ein paar Meter weiter, aber Ewigkeiten entfernt, geschehen war. Es ging in diesem Moment nur darum, auch mit dem Fotohandy eine möglichst gute Bildqualität zu erreichen.

Plötzlich bemerkte sie Bewegungen auf dem zerstörten Deck des Doppeldeckerbusses der Linie 30. Dort standen tatsächlich Menschen auf, bewegten sich, als ob nicht eben eine Explosion ihr Leben hätte auslöschen können. Sie fotografierte weiter und sah jetzt genau hin. Sie versuchte, sich jedes Detail einzuprägen. Ihr Puls raste. Sie atmete schnell, aber nicht mehr, weil sie vom Geschehen schockiert, sondern weil sie fasziniert war. Ihr durfte kein Detail entgehen. Sie wollte alles mitbekommen. Aber sie traute sich nicht, näher heranzugehen, weil sie Angst davor hatte, Leichenteile zu erkennen.

Sie sah sich um. Aus dem Gebäude hinter ihr kamen jetzt Leute, anscheinend Ärzte, denn einige von ihnen trugen Notfallkoffer. Jetzt fiel es ihr auf: Sie stand direkt vor der British Medical Association. Sie fotografierte auch die Ärzte, die über die Straße zu den Überresten des Busses liefen, aus dem jetzt die ersten Menschen kamen. Am liebsten wäre sie dichter herangegangen, wollte aber die Ärzte nicht stören. Eine Frau wurde aus dem Bus getragen. Ihr Körper war blutüberströmt, ihre Arme baumelten seltsam leblos an den Seiten herunter. Ein anderer Helfer hatte auf den Bürgersteig eine Matte gelegt, auf die die Verletzte gebettet wurde. Jemand breitete eine Decke über ihr aus, jemand gab ihr eine Spritze, also schien sie noch zu leben.

Marie hörte nun Polizeisirenen und zuckte zusammen. Sie hasste dieses Geräusch, an fast alles in London hatte sie sich in den vergangenen zwölf Jahren gewöhnen können, aber nicht an dieses Heulen. Plötzlich waren mehrere Polizisten da, die mit der Absperrung der Straße begannen. Bald würde niemand mehr etwas Genaueres sehen können, auch nicht die Fotografen und Journalisten, die mit Sicherheit in Kürze ankommen würden. Sie war eine der wenigen mit Fotos von der Explosion. Zwar nicht in bester Qualität, aber das machte nichts. Wenn sie keine Journalistin gewesen wäre, hätte sie diese Bilder sicher vom nächsten Internetshop aus an BBC geschickt, ohne etwas dafür zu verlangen, und wäre sogar stolz darauf gewesen, wenn sie ihr Foto später im Fernsehen sehen würde.

Sie musste es anders machen. Sie musste schnell in ihr Büro und von da aus Redaktionen anrufen. Sehr wahrscheinlich war es momentan sowieso nicht möglich, über Handy Bilder zu versenden, das Mobilfunknetz funktionierte sicher noch nicht wieder. Aber bevor sie ging, wollte sie noch näher an den Bus heran, vielleicht konnte sie noch das Foto eines Schwerverletzten bekommen. Es war wie ein Rausch. Sie dachte nicht nach. Das war es, wovon sie immer mal wieder geträumt hatte, wenn sie die hundertste Lifestylegeschichte für eine Frauenzeitschrift geschrieben hatte. Sie hatte davon geträumt, nicht für immer Journalistin der leichten Gattung zu sein, sie wollte auch von den in Deutschland tonangebenden Medien wahrgenommen werden. Sie wollte mehr als den etwas zweifelhaften Ruhm, dass jede *Gala*-Leserin sie kannte, die an den neuesten Promi-News aus London interessiert war.

Ein Polizist kam auf sie zu. Er fragte sie, was sie hier wolle, und sie antwortete, sie sei Journalistin. Er sagte, sie müsse jetzt gehen, denn sie würden die Straße abriegeln. Sein Blick und Tonfall machten ihr klar, dass er sie für eine lästige Schmeißfliege hielt, die man mit einer Handbewegung verscheuchen musste. Marie wollte ihm etwas entgegensetzen, ihr Tun rechtfertigen, aber der Polizist schob sie einfach beiseite. Sie ging zurück auf den Bürgersteig und stieß mit jemandem zusammen, der gerade ins Gebäude der British

Medical Association wollte. Sie drehte sich um. Es war ein Mann etwa in ihrem Alter, der sie ernst, aber nicht verärgert ansah. »Vorsicht«, sagte er.

»Ich wollte Sie nicht anrempeln, es tut mir leid«, erwiderte sie.

»Journalistin?«, fragte er.

»Woher wissen Sie das?«, fragte Marie zurück.

»Das war nicht schwer. Sie rennen über die Straße mit dem Handy in der Hand und knipsen, als ob das, was Sie sehen, eine Szene in einem Film wäre und Sie überhaupt nichts anginge«, erklärte er.

Marie wusste nicht, was sie darauf antworten sollte.

»Sie können mir helfen. Das ist besser, als hier weiter herumzustehen. Sie müssen mir tragen helfen. Wir brauchen noch mehr Verbandsmaterial und Spritzen. Sie sind oben im Gebäude. Stecken Sie Ihr Handy und Ihr Notizbuch ein und kommen Sie mit«, sagte der Arzt jetzt in einem bestimmenden Ton.

Sie folgte ihm ins Gebäude. Er lief die Treppe in den zweiten Stock hinauf, und sie geriet bei dem Versuch, mit ihm Schritt zu halten, außer Atem. Plötzlich war sie nicht mehr Beobachterin, sondern Beteiligte. Sie rannte hinter dem Mann den Flur entlang in ein Zimmer mit weißen Metallschränken, deren Türen offen standen. Der Mann sah sich nach etwas um, in das er das Verbandsmaterial legen konnte. Marie entdeckte Jutetaschen, die an einem Haken in der Ecke hingen. Sie nahm sie ab und wollte sie ihm geben.

»Halten Sie sie auf«, forderte er sie auf. Auf seinem Hemd und an seinen Händen sah sie Blut. Er nahm die Tasche in die Hand, gab ihr die zweite, rannte den

Flur wieder hinunter, sie hinter ihm her. Gemeinsam liefen sie über die Straße in Richtung Bus. Er drehte sich zu ihr um.

»Sie können mir helfen. Es sind dort oben noch einige, die nicht schwer verletzt sind. Wir können sie an Ort und Stelle versorgen, und dann bringe ich sie zu Ihnen nach unten. Sie kümmern sich um sie, bringen sie zu den Sanitätern oder beruhigen sie, ja?«, sagte er in einem Ton, der keinen Widerspruch zuließ.

Marie nickte. Sie hatte Angst, sie wusste nicht, was sie gleich mit den Menschen, die Zeuge und Opfer dieses grauenhaften Geschehens gewesen waren, reden sollte. Würden sie ihr weinend in die Arme sinken, wären sie bleich und in sich gekehrt, hatte der Schock ihre Züge entgleisen oder erstarren lassen? Sie wartete vor dem Bus auf der Straße. Dadurch, dass sie der Arzt, von dem sie noch nicht einmal sagen konnte, ob er gut aussah (eine Tatsache, die ihr sonst nie entging), und dessen Namen sie nicht wusste, dort plaziert hatte, war sie für die Polizisten Teil des Helferteams. Sie wartete, hoffte, dass niemand kommen und ihre Hilfe in Anspruch nehmen würde, hoffte gleichzeitig, dass jemand käme, dem sie helfen könnte. Sie merkte, dass sie selbst in dieser Situation nicht aufgehört hatte, wie eine Journalistin zu denken. Sie würde helfen, natürlich, und sie würde die Verletzten nicht fotografieren, aber wenn das hier vorbei war, würde sie ins Büro fahren, ihre Geschichte schreiben und dafür sorgen, dass sie sich sehr gut verkaufte. Und es würde eine fantastische Geschichte werden. Vielleicht ihre beste überhaupt.

Jemand kam die Treppe herunter. Marie rief sich zur Ordnung, es ging jetzt nicht darum, Stoff für eine gute Geschichte zu sammeln, sondern sich darauf zu konzentrieren zu helfen, aber in Gedanken notierte sie jedes Detail. Der Mann strauchelte auf den letzten Stufen, Marie konnte ihn in letzter Sekunde halten, sonst wäre er hingefallen. Der Mann zitterte. Er war bleich, seine Augenringe zeichneten sich dunkel ab. Marie erschrak. Eigentlich müsste der Mann so alt sein wie sie, aber er sah aus wie sechzig. Der Schock hatte seine Gesichtszüge aus dem Gleichgewicht gebracht. Seine Augen waren zu weit aufgerissen, seine Gesichtsmuskeln um die Mundwinkel extrem angespannt und gleichzeitig eigenartig erschlafft. Marie streckte dem Mann ihre Hände entgegen. Er klammerte sich mit kalten Fingern an ihr fest, als ob er befürchtete umzukippen, wenn er losließe. Es tat weh, aber Marie versuchte, sich nichts anmerken zu lassen. Spontan legte sie den Arm um die breiten, zitternden Schultern des Mannes und führte ihn weg von dem zerborstenen Bus, von den Verletzten, die immer noch aus dem Bus getragen wurden, von den Ärzten und Sanitätern, die hundertprozentig auf ihr Ziel konzentriert waren, möglichst viele Opfer zu versorgen, von den Polizisten, die Schaulustige und Journalisten, die jetzt langsam eintrafen, daran hinderten, zu nah an das Zentrum der Zerstörung heranzukommen.

Marie brachte ihn in den kleinen Park am Tavistock Square. Sie sprachen nicht. Er ließ sich führen und wirkte willenlos, fast wie in Trance, aber Marie merkte, dass er sich durch ihre Berührung langsam entspannte. Sie setzten sich auf eine Bank und schwiegen. Marie hielt seine Hand. Sie wusste nicht, was sie jetzt tun sollte. Ihn fragen, was er gesehen hatte? Als Journalistin hätte sie das am liebsten gemacht, aber saß sie hier nicht als Mensch neben diesem Mann, der eben den Tod gesehen hatte und ihm nur entkommen war, weil er auf der richtigen Seite des Busses gesessen hatte? Eine Zufallsentscheidung, vielleicht saß er sonst im Bus immer hinten, und heute war dort schon alles besetzt gewesen. Vielleicht hatte er sich geärgert, so weit vorn sitzen zu müssen. Hatte er sich reflexartig umgedreht, als es hinter ihm explodierte, hatte er gesehen, wie die Menschen, die zu nah an der Explosionsquelle gesessen hatten, zerfetzt worden waren? Oder war er instinktiv nach vorn zwischen seinem und dem Vordersitz in Deckung gegangen, um sich vor herumfliegenden Teilen zu schützen? Bis auf ein paar Kratzer schien er nicht verletzt zu sein. Hatte er Familie? Er trug einen Ehering. Sollte sie versuchen, seine Frau zu informieren? Am besten wäre es sicher, zurückzugehen und ihn den Polizisten zu übergeben. Sie konnte die Verantwortung für diesen Menschen, der bis ins Innerste erschüttert war, doch nicht übernehmen. Er schwieg immer noch. Sie streichelte seine Hand. Zumindest das schien ihm zu helfen. Er zitterte nicht mehr so stark.

»Haben Sie irgendwo Schmerzen?«, fragte Marie in der Hoffnung, dass er ja sagen würde. Dann hätte sie ihn ohne weiteres zurückbringen und einem Arzt übergeben können. Aber der Mann schüttelte den Kopf.

Jetzt könnte ich ihn fragen, was er dort oben gesehen hat, dachte Marie. Die Chancen, dass er antworten würde, standen gut. Er schien bei klarem Bewusstsein zu sein. Sie brauchte ihm gar nicht zu sagen, dass sie Journalistin war, könnte ihn auch als anonymen Augenzeugen in die Geschichte einbauen. Sie durfte sich diese Gelegenheit nicht entgehen lassen. Aber sie fragte nicht. Sie spürte, dass dieser Mann nicht darüber reden wollte.

»Soll ich jemandem Bescheid sagen?«, fragte sie.

»Mein Büro ist hier gleich in der Nähe«, antwortete er mit erstaunlich fester Stimme. »Ich gehe jetzt dorthin. Ich werde von dort meine Frau anrufen. Sie vermutet sicher nicht, dass ich in der Nähe war. Normalerweise nehme ich nie diesen Bus. Vielleicht hat sie überhaupt noch nichts gehört, sie ist donnerstagvormittags immer mit ihrem Pferd ausreiten«, murmelte er.

»Soll ich Sie zum Büro bringen?«, fragte Marie. Vielleicht kann ich ihn auf dem Weg dorthin noch fragen, was er gesehen hat, dachte sie.

»Nein danke, Sie waren sehr nett. Sie haben mir geholfen, mich zu beruhigen. Danke«, sagte er.

Er stand auf und verabschiedete sich, drehte sich um und ging. Marie blieb sitzen. Sie hatte nicht die Informationen, die sie brauchte. Sie kannte noch nicht einmal den Namen des Mannes, mit dem sie eine Viertelstunde auf einer Bank gesessen und dem sie über den Kopf gestreichelt hatte.

18

Nein, es ging ihm nicht besser. Er hatte sich am Vorabend nur mit Mühe ins Bett hieven können und für die Aktion, vom Sofa aufzustehen und ins Schlafzimmer zu wanken, bestimmt eine halbe Stunde gebraucht. Jetzt lag er hier. Es war bestimmt schon später Vormittag, und er wusste nicht, wie er es anstellen sollte aufzustehen. Er war vorhin zur Toilette gegangen, aber die Beine hatten ihm dabei weh getan. Es war ein stechender Schmerz gewesen, der bei jedem Schritt von den Hüften in die Oberschenkel geschossen war und sich dann in Knien, Waden und Füßen fortgesetzt hatte. Jetzt lag er wieder im Bett und dachte schon mit Grauen daran, dass er bald wieder aufstehen musste, um aufs Klo zu gehen. Er hätte Vicky anrufen können, die wäre bestimmt gleich gekommen, aber er wollte sie nicht schon wieder mit seinem armseligen Anblick belästigen. Er war nicht gewaschen und roch wie ein alter Mann. Er hatte sich nicht rasieren können, und beim Essen gestern Abend vor dem Fernseher hatte er sich Joghurt über den Pyjama gekleckert, aber nicht die Kraft gehabt, einen neuen anzuziehen.

Welcher Tag ist heute eigentlich?, dachte Ralph. Donnerstag? Hatte Olivia gestern gesagt, dass sie nach der Schule vorbeikommen wollte? Er konnte sich nur noch dunkel an ihr letztes Telefonat erinnern. War sein Gehirn plötzlich so angegriffen, dass er sich die einfachsten Dinge nicht mehr länger als ein paar Stunden merken konnte? Hatte er etwa gestern einen kleinen Schlaganfall gehabt? Wie äußerte sich der noch mal? Mit Stechen in der Brust und Ziehen den Arm hinunter? Das hatte er gestern nicht gehabt. Aber dafür dieses Schwindelgefühl und diese plötzlich auftretende Schwäche. Er musste wieder auf die Beine kommen und dann dringend einen Termin mit dem Arzt ausmachen. Und er musste sich in Zukunft zwingen, mehr auf seine Gesundheit zu achten, und musste endlich akzeptieren, dass er nicht mehr siebzig war. Es war zwar in Ordnung, dass er Marie und Olivia in dem Glauben ließ, dass er gerade vor kurzem erst siebzig geworden war, so war es angenehmer für die beiden. Aber sich selbst konnte er nichts mehr vormachen. Und wenn er nicht demnächst einfach umkippen und tot sein wollte, musste er dringend etwas tun, und zwar bald.

Aber erst einmal bestand seine Aufgabe darin, aus diesem Bett herauszukommen, sich anzuziehen, sich etwas zu essen zu machen und wieder am Leben teilzunehmen. So schwer konnte das doch nicht sein. Er kramte in seiner Nachttischschublade. Hatte er dort nicht immer einen Vorrat an Schmerzmitteln? Es würde zwar nicht sehr angenehm sein, die Tablette mit dem bisschen Wasser, das sich noch in seinem Glas befand, herunterzubekommen, aber mit etwas Überwindung wäre es sicher zu schaffen.

Ralph fand die Schachtel mit den Schmerzmitteln sogar ohne Brille, die wohl im Wohnzimmer lag, und fingerte sich zwei Tabletten aus der Packung. Er nahm eine nach der anderen in den Mund und zerkaute sie, vermischte sie mit Spucke. Er griff nach dem Wasserglas vom Nachttisch und ließ die letzten Tropfen in den Mund fließen. Dann schluckte er und würgte die zähe Masse hinunter. Er wusste, dass die Wirkung der ziemlich starken Schmerzmittel schon nach zwanzig Minuten eintreten würde. Also brauchte er nur in seinem Bett liegen zu bleiben und zu warten.

Er schloss die Augen und lauschte den Geräuschen von draußen. Wie immer hatte er das Fenster ein wenig geöffnet. Er hörte in der Ferne das leise Rauschen des Verkehrs und Vogelgesang. Wie friedlich es da draußen ist, dachte er noch, bevor er in den Schlaf hinüberdämmerte. Das Klingeln des Telefons weckte ihn nicht auf.

Und auch nicht das Klingeln an der Tür und das Klopfen von Olivias Knöcheln und ihr Rufen.

19

Leo stieg die Stufen zum Bahnsteig hinauf, der in Sonnenlicht getaucht war. Er musste die Augen zusammenkneifen, weil das Licht ihn blendete. Wie lange war er in dem diffusen Halbdunkel gewesen? Er hatte jegliches Zeitgefühl verloren. Waren es Stunden oder nur Minuten gewesen? Alles, was er im Tunnel gesehen und getan hatte, war schon in sein Gedächtnis eingebrannt, und er ahnte, dass er sich davon nicht mehr würde trennen können. Er hatte nicht darum gebeten, Mitspieler in diesem Drama zu sein. Warum war ausgerechnet er in diese Situation geraten? Seine Gedanken begannen sich zu verselbstständigen. Er hätte in der Anschlags-U-Bahn sitzen können. So abwegig war das gar nicht. Wenn er wie sonst immer um kurz nach neun Uhr in der Praxis hätte sein müssen und nicht wie heute erst gegen Mittag, hätte er sehr wahrscheinlich die U-Bahn genommen, die in die Luft geflogen war. Die Wucht dieser Erkenntnis versetzte ihm einen Schock. Er geriet ins Wanken, und sofort waren Helfer an seiner Seite, die ihn fragten, ob sie etwas für ihn tun könnten, und so dicht neben ihm standen, dass sie ihn ohne Probleme aufgefangen hätten, wenn er umgekippt wäre.

Er fasste sich wieder. Trotz allem hatte er Glück gehabt. Er war am Leben und unverletzt. Er durfte sich nicht davonstehlen, sondern musste bei Susan bleiben, bis ihr Freund ihn ablösen würde.

Er fuhr im Krankenwagen mit. Eigentlich hatte er vorgehabt, hinten neben Susan zu sitzen und ihre Hand zu halten, aber ihr Zustand hatte sich plötzlich verschlechtert. Der Krankenwagen fuhr nur mäßig schnell. Einmal blieb er stehen, obwohl die Straße frei war. Leo wusste, was das bedeutete. Susan musste hinten im Wagen reanimiert werden. Lass sie durchkommen, betete er.

Die Fahrt zum St. Mary's Hospital dauerte nicht lang. Vor zwei Jahren hatte er sich dort als Physiotherapeut beworben, als er mal wieder genug von den Zicken der Kensingtoner Ladys gehabt hatte. Er war nicht angenommen worden. Ihm fehlten die Erfahrungen mit frisch Operierten, hatte es damals geheißen. Es hatte ihn zwar ein wenig gekränkt, aber er war auch froh gewesen. Eigentlich gefiel es ihm mehr, die stressbedingten Beschwerden seiner Patientinnen zu behandeln, als einem Frischoperierten das Gehen wieder beizubringen.

Was würden sie mit Susan anstellen? Die Chance, dass sie ihr Bein behalten konnte, war minimal. Um das beurteilen zu können, musste er kein Arzt sein. Er hatte die Wunden zwar nur im Halbdunkel gesehen, aber auf seinen Tastsinn konnte er sich am besten verlassen. Alles, was er erspürt hatte, waren zerstörte und zerquetschte Knochen und Gewebe gewesen.

Susan war hübsch und jung, das hatte er auf dem Bahnsteig bemerkt. Wie würde sie mit der Tatsache umgehen, nur noch ein Bein zu haben? Würde sie sich damit anfreunden können? Würde sie jemals wieder einen kurzen Rock tragen wollen? Würde sie dennoch tanzen gehen? Tanzte sie überhaupt gern?

Leo wusste nichts über diese Frau. Nur dass sie einen Freund hatte, den er anrufen sollte. Wie hieß er noch? Ihm fiel der Name nicht sofort ein. Für einen Moment ärgerte er sich über die Verantwortung, die Susan ihm ungefragt auferlegt hatte. Hieß dieser Freund nicht Tom, Tom Cowley? Stimmt, das hatte sie gesagt, dachte er. Er würde im Krankenhaus jemanden finden, der ihm die Telefonnummer heraussuchen könnte, und dann würde er Tom anrufen. Oder vielleicht übernahm das auch eine nette Krankenschwester für ihn.

Sie fuhren durch das gusseiserne Tor des alten Krankenhauses. Von außen sah es altmodisch aus, mit Mauern aus dunkelrotem Backstein und sandfarbenen Mauerabsätzen. Aber Leo wusste, dass dieses Krankenhaus speziell auf Katastrophen wie die von heute eingestellt war. Am Eingang zur Notfallambulanz warteten schon Ärzte. Sie trugen blaue Hemden und Hosen. Einige versorgten Verletzte, die mit Krankenwagen gebracht worden waren. Leo spürte keine Anspannung oder Hektik. Jeder wusste genau, was er tat, als ob es schon vor langer Zeit einstudiert worden war und sich die Routine nur noch abspulen musste.

Der Krankenwagen hielt, und Leo bemühte sich, schnell zu Susans Trage zu kommen. Während der Fahrt hatte er nicht gewagt zu fragen, was mit ihr los war. Aber wenn sie unterwegs gestorben wäre, würden die Sanitäter sie jetzt nicht so zügig aus dem Krankenwagen laden, und die Ärzte würden nicht sofort eine Traube um sie bilden, dachte er.

Leo stand etwas abseits. Er wusste nicht so richtig, was er tun sollte. Offensichtlich hatte Susan das Bewusstsein verloren. Er folgte ihr in die Ambulanz. Sicher hatten die Schwestern oder Ärzte Fragen an ihn.

»Sind Sie ihr Mann?«, fragte ihn ein junger Arzt, der nicht viel älter war als er selbst. Wenn ich mich mehr in der Schule angestrengt hätte, wäre ich jetzt vielleicht an seiner Stelle, schoss es ihm durch den Kopf. Es hatte eine Zeit gegeben, da hatte er Arzt werden wollen und deshalb für ein halbes Jahr in der Schule richtig Gas gegeben. Aber irgendwie war ihm das Ziel, ein gutes Abitur zu machen, zu schnell wieder abhandengekommen. Was der Grund war, wusste er eigentlich gar nicht mehr genau. Die Mischung war es wohl gewesen: zu viel Frauen, Alkohol, Hasch, zu wenig Schlaf.

»Nein, ich bin nicht ihr Mann. Ich heiße Leo Miller, bin Physiotherapeut und habe ihr in der U-Bahn an der Edgware Road Erste Hilfe geleistet«, antwortete er und deutete auf die mittlerweile von getrocknetem Blut braunrot gefärbte Binde.

»Gute Arbeit«, sagte der Arzt, auf dessen Namensschild »O'Connor« stand, anerkennend. »Sie haben ihr vermutlich das Leben gerettet.«

»War doch selbstverständlich«, gab Leo zurück und fand sich lächerlich, weil er seine Leistung so herunterspielte.

»Wie heißt die Frau?«, fragte O'Connor.

»Susan Edwards. Und sie hat mir gesagt, ich soll einen Tom Cowley verständigen. Das ist ihr Freund.«

»Gut, können Sie das für uns tun? Sie sehen ja, hier ist der Teufel los. Es würde uns sehr helfen, wenn Sie diesen Tom Cowley ausfindig machten. Aber bereiten Sie ihn auf das Schlimmste vor. So wie es aussieht, müssen wir gleich amputieren«, sagte O'Connor.

Wieder wünschte sich Leo, jetzt woanders zu sein. Aber es half nichts. Er hatte Susan in der U-Bahn gerettet, und jetzt war er irgendwie für ihr weiteres Leben verantwortlich. Jedenfalls so lange, bis ihr Freund auftauchte. Leo hoffte sehr, dass er ihn schnell ausfindig machen würde und er dann sofort käme.

Die Ärzte brachten Susan in den OP, um ihr das Bein zu amputieren. Sie hätten keine andere Wahl, denn wenn sie es nicht täten, würde sie sterben, sagten sie. Brauchten sie nicht die Einwilligung der Patientin oder eines ihrer Angehörigen dafür? Er stellte sich vor, wie sie aus der Narkose aufwachen würde. Zuerst würde sie es nicht merken, weil sie das Bein weiter spüren konnte. Und dann würde sie vielleicht versuchen aufzustehen und feststellen, dass dort, wo sie das Bein vermutete, nichts mehr war außer einem Stumpf. Sehr wahrscheinlich mussten sie das Bein oberhalb des Knies abnehmen. Susan war immer noch bewusstlos.

Leo wurde übel. Er hatte die ganze Zeit nichts getrunken, war noch nicht einmal aufs Klo gegangen. In den vergangenen – wie viel? – Stunden hatte er die Grundbedürfnisse seines Körpers ausgeschaltet. Er wusste nicht, ob er Hunger hatte, ob ihm etwas weh tat, noch nicht einmal, ob er Durst hatte. Jetzt kümmerte sich eine Assistenzärztin um ihn. Er solle sich auf eine Liege legen, denn sie wolle bei ihm einige Untersuchungen durchführen, um sicherzugehen, dass ihm nichts fehle. Er sei ja in einer schwierigen Lage gewesen, fügte sie noch hinzu. Sie maß den Blutdruck und tastete seinen Puls. Dann drückte sie verschiedene Stellen an seinem Oberkörper, tastete seine Arme und Beine ab. Er solle nicken, wenn ihm etwas weh tue, sagte sie. Aber bis auf seine Kehle und seine Lunge hatte er keine Schmerzen. Er habe nur ziemlich viel von dem Qualm eingeatmet und jetzt Beschwerden beim Schlucken und Atmen.

»Dafür bekommen Sie nachher was mit«, beruhigte ihn die Ärztin. »Das nehmen Sie dann heute und morgen, und wenn es nicht besser wird, sehen wir uns noch mal. Die Lunge kann ich momentan nicht röntgen, alles ist besetzt, aber ich glaube auch nicht, dass sie Schaden genommen hat. Aber ich lasse Ihnen gleich Waschlappen und Handtücher bringen, damit Sie sich waschen können. Sie möchten sich bestimmt den Ruß aus dem Gesicht entfernen«, fügte sie dann hinzu.

»Wo kann ich telefonieren?«, fragte er die Ärztin. »Ich soll den Freund einer Ihrer Patientinnen informieren. Sie war in dem Edgware-Road-Unglück und ist jetzt im OP«, erklärte er.

»Unglück?«, fragte die Ärztin. »Wissen Sie nicht, dass es Anschläge waren?«

»Anschläge?«

»Am Russell Square und an der Edgware Road und an der Liverpool Street sind Bomben hochgegangen. Man vermutet, die Attentäter haben sich gleich mit in die Luft gejagt. Sehr wahrscheinlich Al Kaida«, meinte sie. »Und ein Bus ist in die Luft geflogen. Linie 30. Nähe Tavistock Square. Ist eben durchgegeben worden.«

Leo war verwirrt. Er wusste als Augenzeuge bis jetzt nicht genau, was eigentlich geschehen war. Und diese Ärztin war besser informiert als er?

Was, wenn Silje von den Anschlägen gehört hatte und jetzt dachte, er sei tot? Bei dem Gedanken, dass sie litt, wurde ihm noch schlechter. Er nahm sich vor, sie anzurufen, sobald er ihre Nummer herausgefunden hatte. Ihre Nummer war mit seinem zerstörten Handy in der U-Bahn verloren gegangen, und er kannte sie nicht auswendig.

Und was war mit Marie und Olivia, Ralph? Er hatte die ganze Zeit an niemanden gedacht, fiel ihm jetzt auf. Sich nur auf die Situation konzentriert. War das normal oder er ein gefühlskalter Mensch? In *Grey's Anatomy* beschäftigten sich Meredith und Dr. Shepherd doch auch während und kurz nach Operationen und Notsituationen miteinander. Vielleicht blieben nur Cristina und Preston Burke cool und auf ihre Arbeit konzentriert. Aber *Grey's Anatomy* war ja auch nur eine amerikanische Serie.

Leo nahm sich vor, Marie anzurufen, sobald er ein Telefon gefunden hatte. Eine Schwester gab ihm Waschlappen, Handtuch und Seife und zeigte ihm den Weg zum Waschraum. Sein Gesicht war mit Ruß bedeckt und mit getrocknetem Blut beschmiert. Seine Hände waren bis zu den Ellenbogen mit Dreck und Blut besprenkelt, seine Hose und sein Hemd vollkommen schmutzig. Wo war seine Jacke? Er erinnerte sich jetzt, dass er sie Susan unter den Kopf geschoben hatte. Und jetzt lag sie immer noch in der zerstörten U-Bahn. Glücklicherweise hatte er seine Geldbörse immer in der Hosentasche.

Er wusch sich oberflächlich. Plötzlich hatte er genug von diesem Krankenhaus, der gesamten Situation. Er wollte weg, raus auf die Straße, wollte sehen, was dort draußen geschehen war. Er nahm sich vor, eine Krankenschwester zu suchen und ihr die Aufgabe zu übertragen, sich mit Tom Cowley in Verbindung zu setzen. Es war egal, was er sich vorhin auf dem Bahnsteig geschworen hatte. Er kannte Susan nicht und hatte ihr gegenüber keinerlei Verpflichtungen. Außerdem kümmerte sich jetzt ein ganzes Ärzteteam um sie. Susan war in diesem Krankenhaus in sehr guten Händen, und er konnte die Verantwortung abgeben. Er hatte sie in dem Tunnel gefunden und Erste Hilfe geleistet. Der Arzt hatte ihm versichert, dass er seine Sache sehr gut gemacht hatte. Jetzt ging es darum, aus diesem Krankenhaus herauszukommen und sich mit Marie, Ralph und Olivia, seinem Vater, seiner Mutter und vor allem Silje in Verbindung zu setzen, um sie zu beruhigen. Er ging in die Ambulanz zurück und suchte die Schwester, die ihm den Waschlappen und das Handtuch gebracht hatte. Er traf sie bei der Versorgung von Schnittwunden im Gesicht an.

»Ich habe hier den Namen des Freundes von Susan Edwards, die gerade im OP ist. Kann Ihr Team sich darum kümmern, dass ihm Bescheid gesagt wird?«, fragte er. »Ich muss jetzt zu meinen Angehörigen. Sie machen sich bestimmt Sorgen um mich. Und ich kann sie telefonisch nicht erreichen.«

»Gut, wir kümmern uns darum. Geben Sie die Nummer an der Rezeption ab. Mit Ihnen so weit alles in Ordnung?«, fragte sie noch.

»Ja, mir geht es gut.«

»Dann wünsche ich Ihnen viel Glück«, sagte die Schwester.

Leo ging zur Rezeption und gab dort den Zettel mit der Telefonnummer ab. Dann wandte er sich dem Ausgang zu. Er wollte nur an die frische Luft, weg von den Verletzungen, dem Unglück, der Katastrophe. Und sich darüber klarwerden, warum er jetzt ununterbrochen an Silje denken musste.

»Warten Sie«, rief die Schwester hinter ihm her. »Wollen Sie so auf die Straße?« Sie deutete auf sein schmutziges Hemd. »Ich kann Ihnen saubere Sachen geben. Ein blaues Polohemd und eine helle Hose. Das sind zwar Krankenhaussachen, aber wenn Sie sie in den nächsten Tagen zurückbringen, ist es kein Problem.«

Leo sah an sich herunter. Erst jetzt wurde ihm klar, dass er so, wie er aussah, auf der Straße zu viel Aufmerksamkeit auf sich ziehen würde. Und das war das Letzte, was er wollte: Aufmerksamkeit. Er wollte in der anonymen Masse der Londoner untergehen.

»Das wäre sehr nett«, sagte er. Die Schwester ging ihm voraus zu den Umkleideräumen im Keller. »Ich gebe Ihnen die Sachen meines Kollegen, der ist gerade im Urlaub. Er hat Ihre Größe.« Sie lächelte. Flirtete sie mit ihm? Wie konnte sie das tun? Bei dem, was da oben vor sich ging? Leo musste wieder an *Grey's Ana-*

tomy und an die heißen Liebesszenen im Aufenthaltsraum denken. Sicher kam schneller Sex in der Pause in der Realität nicht so oft vor, aber die Vorstellung gefiel ihm. Er zog sich um und stopfte seine dreckigen Kleider in eine Mülltonne. Er wollte sie nicht mehr sehen, denn sie würden ihn immer an das Grauen im Tunnel erinnern.

Als er das Krankenhausgelände verlassen hatte, bemerkte er erst, dass er gar nicht weit vom Regent's Park entfernt war. Sehr wahrscheinlich würde er laufen müssen. Das U-Bahn-Netz war immer noch geschlossen, und auch wenn es wieder geöffnet wäre, würde er heute bestimmt nicht in eine U-Bahn steigen. Er war sich nicht sicher, ob er das überhaupt jemals wieder tun wollte. Momentan jagte ihm allein die Vorstellung, die Stufen zu einer U-Bahn hinunterzusteigen, Angst ein. Angst und Beklemmung, Gefühle, die er die ganze Zeit nicht gehabt hatte, stiegen jetzt in ihm auf. Aber er konnte sich hier auf der Straße, die nicht wie sonst von Bussen und Autos blockiert war, sondern auf der Fußgänger unterwegs waren, eine Angstattacke nicht leisten. Er musste stark bleiben, nur noch den Weg nach Hause schaffen. Hinter der gelben Tür würde er zusammenbrechen können, wenn es dann unbedingt nötig war, aber nicht auf offener Straße. Das wollte er nicht. Dazu war er zu sehr Londoner. Ein Londoner ließ sich selbst durch solch katastrophale Vorkommnisse, deren Ausmaß man noch gar nicht überblicken konnte, nicht aus der Ruhe bringen, fand Leo, und er wollte sich, verdammt noch mal, auch jetzt wie ein Londoner verhalten.

Er war froh, dass die Schwester ihm die Kleidung gegeben hatte. So fiel er nicht als Opfer der Anschläge auf. Das Krankenhausemblem auf dem Poloshirt war nicht sehr groß und würde niemandem auffallen. Er fischte seine Geldbörse aus der Hosentasche. Sie war glücklicherweise nicht wie sein Handy unten im Tunnel geblieben. Und den Hausschlüssel hatte er auch nicht verloren. Nancy hatte ihm heute Morgen beim Frühstück diskret dreißig Pfund über den Tisch gereicht, um ihre Schulden vom Abend vorher zu begleichen. Selbst in ihrem betrunkenen und verzweifelten Zustand war ihr anscheinend nicht entgangen, dass er ihre Rechnung hatte bezahlen müssen. Die Geste, mit der sie ihm das Geld herübergereicht hatte, war freundlich und herablassend zugleich gewesen, und er hatte ihre Gedanken förmlich lesen können: Du als Physiotherapeut verdienst ja nicht sehr gut. Da kann man dir nicht zumuten, dass du für mich bezahlst. Außerdem möchte ich dir nichts schuldig bleiben.

Wenn ein Taxi vorbeikäme, könnte ich mir eines leisten, dachte Leo. Aber die Taxis, die vorbeifuhren, waren alle voll. Plötzlich hatte er Hunger und Durst. Er beschloss, die Marylebone Road bis zur Regent's-Park-U-Bahn hinunterzugehen und dann die Hampstead Road parallel zum Regent's Park hochzulaufen. Dort irgendwo war bestimmt ein Café oder ein Pub. Er wollte einen Kaffee und ein Sandwich, vielleicht auch ein Bier oder etwas Stärkeres. Und er wollte telefonieren. Endlich Lucy anrufen und, wenn er sie nicht erreichte, zumindest eine Nachricht auf dem Anrufbeantworter hinterlassen.

Es war halb zwei am frühen Nachmittag. Er wusste nicht, wann er ins Krankenhaus gekommen war, er wusste auch nicht, wie lange er im Tunnel geblieben war. Er hatte keine Vorstellung davon gehabt, wie viel Zeit im Tunnel vergangen war, bis die Rettungskräfte gekommen waren, aber im Krankenhaus hatte man ihm gesagt, es sei nur eine Dreiviertelstunde gewesen.

Bei Madame Tussaud's warteten nicht wie sonst unzählige Touristen in langer Schlange auf Einlass. Die Stadt befand sich wirklich im Ausnahmezustand, wenn die Touristenstätten, die im Sommer ständig belagert waren, fast verlassen dalagen. Leo tat das Gehen gut. Seine Lungen füllten sich mit Sauerstoff, und das Atmen schmerzte nicht mehr. Nur seine Augen tränten noch. Was war das für ein Qualm gewesen? So zäh und fast klebrig? Er würde Tage brauchen, um den Geruch zu vergessen. Jetzt würde er sich zu Hause erst einmal ein heißes Bad einlassen, seine Entspannungsöle mit Maries Schaumbad mischen und dann mit einem Drink in das Wasser versinken, Musik anstellen, am besten Reggae, und sich betrinken. Vielleicht waren Marie und Olivia auch da, und sie würden sich zusammensetzen, gemeinsam etwas kochen, dabei viel reden und Weißwein trinken und sich die Geschichten erzählen, die sie an diesem 7. Juli erlebt hatten.

Leo war sich sicher, dass den beiden nichts zugestoßen war. Sehr wahrscheinlich hatte Marie noch im Bett gelegen, als es passierte. Sie legte sich oft, nachdem sie Olivia das Frühstück gemacht und sie verabschiedet hatte, noch einmal hin. Sie musste nicht so früh mit der Arbeit anfangen. Vielleicht hatte sie die

Nachricht beim Frühstück im Radio gehört und war dann zu Hause geblieben, saß bestimmt jetzt vor dem Fernseher, verfolgte jedes Detail, telefonierte und bastelte an der Geschichte, die sie über den Anschlag schreiben wollte. Und Olivia war noch in der Schule. Leo hoffte, dass Marie nicht vergessen würde, sie abzuholen oder Ralph zu beauftragen, das für sie zu erledigen. Bestimmt hatten sie versucht, ihn auf dem Handy zu erreichen, ihm gesimst. Vielleicht waren sie auch in Sorge, weil er sich nicht gemeldet hatte und sie ihn seit gestern Morgen nicht mehr gesprochen oder gesehen hatten. Leo freute sich darüber, dass jemand da war, der sich Gedanken machte, und wenn er es sich recht überlegte, waren Marie, Olivia, Ralph, seine Schwester und sein Vater momentan die Einzigen, die ihm in London etwas bedeuteten.

Ihm fiel ein, dass er in der Praxis anrufen sollte. Er war ja nicht zum Dienst erschienen und hatte sich nicht abgemeldet wie sonst immer. Vielleicht macht sich Lucy Sorgen, dachte Leo. Bei David konnte er es sich nicht vorstellen. Aber er musste anrufen. Allerdings würde er die Auskunft anrufen müssen, da er auch diese Nummer nicht auswendig wusste. Wie er Siljes Telefonnummer ausfindig machen sollte, wusste er auch nicht. Vielleicht hat Lucy ihre Handynummer, dachte Leo.

Die Gehsteige auf beiden Seiten der Hampstead Road waren überfüllt. Aber Leo hatte nicht den Eindruck, dass Chaos herrschte. Selbst in dieser ungewöhnlichen Situation hielten die Passanten eine gewisse Ordnung ein. Die Londoner schienen auch noch in dieser Ausnahmesituation einer gewissen Choreographie zu folgen. Auf dem einen Bürgersteig gingen die Menschen stadteinwärts, auf der anderen Seite stadtauswärts. Sie hatten sich, ohne sich abzusprechen, sortiert, um dem Verlust von Ordnung, Sicherheit und Vertrauen zumindest äußerlich die Stirn zu bieten. Sie gingen gleichmütig, und die meisten, denen Leo begegnete, wirkten gefasst. Er war froh, dass er kein Gepäck dabeihatte. Viele Passanten zogen Rollkoffer hinter sich her, trugen Taschen. Vielleicht Geschäftsleute, die heute Morgen nach London gekommen waren und jetzt nach Hause zurück wollten. Vielleicht waren sie auf dem Weg nach King's Cross und hofften, von dort London verlassen zu können. Vielleicht waren sie auch heute Morgen an einem anderen Bahnhof angekommen und jetzt auf dem Weg nach Hause in den Norden von London. Einige gingen in Gruppen, das sind Touristen, dachte Leo. Sie trugen Rucksäcke, hatten Freizeitkleidung an und wirkten etwas deplaziert zwischen all den Menschen in Businesskleidung, die mit ihnen auf einem Fußmarsch waren, von dem niemand wusste, wie lange er dauern würde. Leo sah in den Himmel. Jetzt schien die Sonne. Es war ein strahlender Tag, und es wehte ein leichter Wind. Wenn er jetzt durch den nahen Regent's Park nach Hause ginge, würde er nichts davon mitbekommen, dass London im Bruchteil einer Sekunde in einen Ausnahmezustand versetzt worden war. Vielleicht wäre es besser, unter Bäumen oder über eine Wiese zu spazieren, die Vögel singen zu hören, sich zwischendurch ins Gras zu setzen und auszuruhen, dachte Leo.

Aber er wollte sehen, was mit seinem geliebten London geschehen war, dessen weltstädtische Selbstverständlichkeit in den Grundfesten erschüttert worden war.

Er wollte sich als Teil des Organismus Stadt fühlen, er war Londoner auch im Bösen. Die Liebe zu seiner Heimatstadt war eine unbedingte Liebe ohne Einschränkungen. Er fühlte sich jedem Einzelnen auf dieser Straße verbunden. Sie waren alle in ihrem Selbstverständnis getroffen worden. Er sah trotz der äußerlichen Gelassenheit die Spuren der Erschütterung, die der Terror auf den Gesichtern hinterlassen hatte. Aber er sah auch die Entschlossenheit, sich nicht unterkriegen zu lassen.

Vielleicht lag es daran, dass die Londoner Terror gewöhnt waren. Es war nicht der erste Anschlag in der U-Bahn gewesen. Damals, in der Nähe von King's Cross, waren mehr Menschen gestorben, es war ein IRA-Anschlag gewesen. Leo war sich sicher, dass es nicht lange dauern würde, bis sich die Opfer von damals, die überlebt hatten, bei jetzigen Bombenopfern melden würden, um ihre Erfahrungen mit Spätfolgen von Verletzungen und psychischen Nachwirkungen mitzuteilen und ihnen dadurch zu helfen.

Würde er selbst unter Spätfolgen leiden? Er war nicht verletzt und er hatte einem Menschen das Leben gerettet. Er hatte getan, was viele andere vielleicht nicht getan hätten. Das wusste er, spätestens seitdem der Arzt ihm gesagt hatte, er habe Susan das Leben gerettet. Er konnte stolz auf sich sein. Aber war es das wert gewesen? Er wusste, dass sich die Bilder nicht aus seinem Gedächtnis verbannen lassen würden. Und er wusste auch, dass er den Geruch und den Geschmack des dickflüssigen, zerstörerischen Qualms lange Zeit nicht loswerden würde, egal wie oft er sich duschen oder wie viel Alkohol er trinken mochte. Er hatte das Gefühl, dass er, obwohl er sich geduscht und die Haare gewaschen hatte und saubere Kleidung trug, immer noch stank. Aber diejenigen, die dicht an ihm vorbeigingen, verzogen keine Miene, also schien es nur Einbildung zu sein. Seine Füße brannten, er hatte zwar auch saubere Strümpfe im Krankenhaus bekommen und seine alten weggeworfen, er hatte den Dreck von seinen Füßen geschrubbt, aber die Haut brannte immer noch. Wer wusste schon, welche Chemikalien in dem Qualm steckten? Wer wusste schon, was für eine Bombe die Terroristen gebastelt hatten? Leo musste an die Spätfolgen des 11. September denken. Viele der Menschen, die dem Qualm ausgesetzt gewesen waren, klagten jetzt nach Jahren immer noch über Beschwerden. Einige hatten wegen körperlicher und psychischer Störungen ihren Beruf nicht mehr ausüben können und waren jetzt – mit oft noch nicht mal vierzig Jahren – Frührentner.

Würde Susans Freund bei ihr sein? Vielleicht hätte ich doch bei ihr bleiben sollen, dachte Leo, aber er wusste, dass er die Kraft dazu nicht mehr gehabt hätte.

Er hatte Durst. Wie lange hatte er nichts mehr getrunken? Tatsächlich war ein Pub, an dem er gerade vorbeikam, geöffnet. Schon draußen standen Leute mit einem Bier in der Hand. Fast alle Tische waren besetzt, und auch an der Bar drängten sich Leute. Fast so wie an einem normalen frühen Donnerstagabend, dachte Leo. Viele Londoner nutzten gerade den Donnerstagabend dazu, wegzugehen und sich seelisch schon auf das Wochenende einzustellen. Er bestellte einen Gin Tonic. Jetzt brauchte er etwas Härteres als nur ein normales Bier. Während er auf den Drink wartete, wogten um ihn herum Gespräche. Es ging fast ausschließlich um die Anschläge. Die Leute erzählten sich, wo sie gewesen waren und was sie gerade gemacht hatten, als sie von den Anschlägen erfuhren. Eine Frau, die nervös mit ihren Fingern auf die Tischplatte trommelte, sagte gerade: »Ich stand am Kopierer und dann kam John, legte mir die Hand auf die Schulter und erzählte mir, was passiert war. Wir umarmten uns und hielten uns fest. Beide konnten wir es nicht glauben. Dann schickten wir Mails an unsere Freunde und Angehörigen, um sicherzugehen, dass alles mit ihnen in Ordnung ist. Und alle antworteten in kürzester Zeit. Gott sei Dank. Niemand aus unserem Büro hat jemanden, den er sucht oder vermisst. Wir haben so ein Glück gehabt, Gott sei Dank. Ich will gar nicht daran denken, wie es denen geht, die jemanden verloren haben.«

Leo merkte, wie Unruhe und Nervosität in ihm aufstiegen. Er hätte auch gern zu denen gehört, die im Büro waren, als sie die Nachricht gehört hatten. Er hatte nicht darum gebeten, im Zentrum des Grauens zu sein. Aber der Zufall hatte ihn dorthin geführt. Er stellte sich mit seinem Gin Tonic an die äußerste Ecke der Bar und trank in wenigen Zügen aus. Dann ließ er sich Kleingeld geben und ging zum Telefon, das auf dem Weg zur Toilette hing. Er wählte seine eigene Nummer und hörte nach mehrmaligem Klingeln Maries Stimme auf dem Anrufbeantworter. Plötzlich bemerkte er, dass sein Gesicht nass von Tränen war. Er hatte so gehofft, Marie zu sprechen, von ihr zu hören, dass es ihr, Olivia und Ralph gut ging. Wo waren sie? Leo war sich sicher, dass ihnen nichts geschehen war. Eigenartigerweise hatte er keine Angst um sie, aber er hätte ihre Unterstützung jetzt gebraucht. Er hinterließ eine Nachricht und legte auf. Dann rief er seinen Vater an, der sich nach dem zweiten Klingeln meldete.

»Leo, bin ich froh, deine Stimme zu hören«, sagte er erleichtert. »Als ich dich nicht auf deinem Handy erreichte, begann ich mir die schlimmsten Szenarien auszumalen. Ich habe das mit den Anschlägen von deiner Mutter erfahren. Du weißt ja, dass ich kein Fernsehen gucke. Sie hatte mal wieder nicht schlafen können und Fernsehen geschaut, erzählte sie mir am Telefon. Sie war ganz aufgelöst. Sie hat pausenlos versucht, dich zu erreichen. Dir geht es gut?«, fragte er jetzt.

»Ja, Dad, alles bestens. Mein Handy ist gestern kaputt gegangen. Ich muss zwar durch die Stadt nach Hause laufen, aber das tun die anderen ja auch.«

»Ist wirklich alles in Ordnung?«, fragte sein Vater.

»Ja, wirklich. Ich bin natürlich genauso geschockt wie du. Ich war gerade in der Kensington High Street, als es passierte, hab dort einen Kaffee getrunken.«

Leo wusste nicht genau, warum er nicht die Wahrheit sagte. Vielleicht, weil er befürchtete, die Nerven zu verlieren, wenn er erzählte, wo er in Wahrheit gewesen war.

»Ich melde mich wieder, ich muss aufhören, es wollen auch noch andere telefonieren.«

Als Nächstes wählte er die Nummer der Praxis. Er ließ es fünfmal klingeln, dann legte er auf. Eigentlich wollte er nicht mit seinen Kollegen sprechen. Das sollte jemand anderer für ihn erledigen. Er rief noch einmal bei sich zu Hause an und hinterließ eine zweite Nachricht für Marie mit der Bitte, die Krankengymnastikpraxis für ihn anzurufen.

Dann bestellte er sich einen zweiten Gin Tonic. Der Alkohol wirkte fast augenblicklich. Er entspannte sich. Neben ihm lehnte ein ungefähr fünfzigjähriger Mann an der Theke. Er trank Bier und aß dazu Essigchips.

»Wir dürfen uns nicht unterkriegen lassen«, sagte er zu Leo. »Wir müssen so weitermachen, als ob nichts passiert wäre. Wir dürfen uns nicht aus dem Konzept bringen lassen. Genau das versuchen diese Terroristen. Uns aus dem Konzept zu bringen. Uns in unserem Glauben an unsere westliche Kultur zu erschüttern. Unser Vertrauen in die moderne Welt zu zerstören. Aber das werden sie nicht schaffen, solange wir standhaft bleiben«, ergänzte er pathetisch und prostete Leo zu.

Am liebsten hätte er dem Mann erzählt, was er in der U-Bahn gesehen hatte, und ihn dann gefragt, ob ihn das auch nicht erschüttern sollte, aber er ließ es bleiben. Stattdessen trank er aus und ging auf die Straße. Dort zogen die Menschen immer noch in einer langen Prozession an ihm vorbei. Er reihte sich ein und begab sich auf den Weg nach Hause.

20

Olivia hatte geklingelt und geklopft. Aber hinter Ralphs Wohnungstür regte sich nichts. Pats Mutter war schon wieder weggefahren, weil sie ihr versichert hatte, dass Ralph bestimmt da sein würde. Jetzt stand sie vor der Tür im Hausflur und wusste nicht weiter. Sollte sie die Feuerwehr rufen, war Ralph etwa etwas geschehen? Aber die Feuerwehr würde sicher nicht kommen, dachte Olivia. Die hatte heute anderes zu tun, als sich um alte Menschen zu kümmern, die vielleicht nur vor dem Fernseher eingeschlafen waren. Aber was sollte sie jetzt tun? Durch die Stadt vom Sloane Square nach Camden laufen? Das war ein weiter Weg. Sie würde bestimmt Stunden brauchen. Sie hatte vom Wagen aus gesehen, dass Massen von Leuten an der Themse entlang wanderten. Oder sie warteten in langen Schlangen an den Schiffsanlegern. Dieser Ausnahmezustand machte ihr Angst. Sie hatte London noch nie so gesehen. Als ob alles aus den Fugen geraten war. Hatten die Attentäter das beabsichtigt?, fragte sich Olivia. Sie verstand es nicht. Wie konnten Hass und Fanatismus so tief gehen, dass sie dazu führten, andere Leute, aber auch sich selbst, bewusst auslöschen zu wollen? Das stand jedenfalls schon fest: Es waren Attentäter gewesen, die auch nicht mehr lebten. In der Schule war kurze Zeit das Gerücht in Umlauf gewesen, dass die Franzosen für die Anschläge verantwortlich seien, weil sie so sauer wegen der Olympiadeentscheidung wären. Olivia hatte nicht glauben können, dass jemand einen solchen Blödsinn verbreiten konnte. Und als sie sich darüber aufregte, wie schwachsinnig diese Behauptung war und dass Al Kaida dahinterstecken könnte, hatten die angesagten Mädchen langsam genickt und gesagt: »Klar, du bist ja so politisch, du weißt das natürlich.« Ja, sie bildete sich ein, dass sie mehr wusste als die anderen. Sie wohnte in Camden, dort wohnten Menschen aus allen möglichen Ländern. Sie überlegte kurz und stellte fest, dass die Familien ihrer Freunde aus dem Viertel mindestens aus sechs verschiedenen Ländern stammten. Die Kinder aus Kensington kannten Menschen mit anderer Hautfarbe sicher nur als Bedienung hinterm Tresen bei Starbucks. Olivia wusste, dass ihre muslimischen Freundinnen genauso fassungslos waren wie sie und nicht begreifen konnten, warum Menschen anderen Menschen so etwas antun konnten.

Sie musste in Ralphs Wohnung und ihm sagen, dass es Marie gut ging. Olivia hatte von der Schule aus bei ihr im Schreibbüro angerufen und Maries Kollegin erwischt, die ihr erzählte, dass Marie noch unterwegs sei, um zu recherchieren, sich aber bald melden würde. Olivia machte es keine Angst, dass ihre Mutter jetzt in der Zone 0 war. Sie war Journalistin, dort war ihr Platz, wo sonst hätte sie sein sollen? Sie war nicht mehr sauer auf ihre Mutter, sondern sehr stolz. Es war cool, eine so außergewöhnliche Mutter zu haben. Olivia stellte sich vor, wie sie Polizisten und Überlebende interviewte. Das wird ihr Durchbruch werden, auf den sie schon so lange hofft, dachte Olivia. Sie würde bei Ralph bleiben und, wenn nötig, auch bei ihm übernachten. Sie klingelte erneut, aber niemand antwortete. Vielleicht hörte er mit Kopfhörern Musik. Das tat er oft, und dann bekam er natürlich nichts mit.

Vickys Wohnungstür ging auf, und die kleine, pummelige Frau mit der immer noch rosigen Haut kam heraus.

»Olivia, was ist los?«, fragte sie.

»Opa muss zu Hause sein, ich wollte ihn besuchen. Aber er antwortet nicht.«

Vicky machte ein besorgtes Gesicht.

»Ich hole den Schlüssel«, sagte sie, verschwand kurz in ihrer Wohnung und kam dann mit dem Schlüssel zurück.

»Ich gehe mal vor«, sagte sie. »Wart hier.«

Jetzt bekam Olivia Angst. Was fürchtete Vicky in der Wohnung vorzufinden? Sie musste sich an die Wand lehnen, weil ihr plötzlich schwindelig wurde. Sie wartete. Es schien eine Ewigkeit zu vergehen. Sie versuchte, sich durch Gedanken an Harry Potter abzulenken, und stellte sich vor, was Ron in dieser Situation gesagt hätte, wenn sie Hermine gewesen wäre. Er hätte sie mit einem sarkastischen Scherz provoziert, und dann hätte sie sich aufregen und ihre Angst vergessen können. Und Harry wäre ohne viel nachzudenken hinter Vicky her in die Wohnung gestürmt. Da hätte er vielleicht einen riesigen Troll vorgefunden, der Vicky in seinen Pranken hin und her geschwenkt hätte. Und er hätte versucht, es allein mit dem Troll aufzunehmen, was ihm natürlich mal wieder nicht geglückt wäre. Ron hätte es nicht mehr ausgehalten, im Flur auf ihn zu warten, und wäre hinter seinem besten Freund her – und sie dann natürlich auch, weil Hermine ihren Ron nicht allein lassen wollte. Sie wusste zwar noch nicht, dass sie ihn liebte, da war sich Olivia sicher, aber sie verhielt sich wahrscheinlich genauso, wie wenn man jemanden liebte.

Ich habe Pat auch nicht im Stich gelassen, dachte Olivia, schob aber den Gedanken daran, was das nach ihrer Theorie vielleicht bedeuten könnte, schnell wieder weg.

Vicky holte sie aus dem Flur.

»Alles in Ordnung«, sagte sie. Aber sie lächelte dabei zu angestrengt.

»Er hat tief geschlafen und nichts mitbekommen. Jetzt ist er unter der Dusche und wird gleich zu uns ins Wohnzimmer kommen. Wir kochen jetzt erst einmal Tee. Hast du Hunger?«

Vicky ging voraus in Ralphs Küche, und Olivia folgte ihr. Sie setzte sich an den Küchentisch unter dem Fenster und sah Ralphs Nachbarin bei der Arbeit zu. Sie öffnete und schloss Schubladen und Schränke, als ob sie in dieser Küche schon oft gekocht hätte. Waren Vicky und Ralph mehr als Nachbarn?, schoss es Olivia durch den Kopf. Das wollte sie sich lieber nicht vorstellen. Ralph und Vicky ein Paar? Die waren doch dafür zu alt.

Sie hörte Ralph sich im Badezimmer räuspern. Olivia war froh, dass Vicky da war. Sie musste viel jünger als Ralph sein und bewegte sich trotz ihrer Körperfülle zügig und leichtfüßig durch die Küche.

»Er weiß es noch nicht«, sagte Vicky plötzlich. »Er hat heute den ganzen Tag verschlafen. Also sag bitte nichts darüber. Wir müssen ihn schonend darauf vorbereiten. Es wird ihn schockieren.«

Ralph steckte den Kopf in die Küche. Olivia erschrak. Er sah viel älter aus, als sie ihn in Erinnerung hatte. Waren seine Haare bis vor kurzem nicht steingrau gewesen, oder hatte sie ihn so lange nicht mehr genau angesehen? Seine Haare waren weiß, sein Gesicht von Falten zerfurcht. Er wirkte klein und hinfällig. Wenn sie so weiter wuchs, würde sie ihn in absehbarer Zeit überragen. Sie hoffte, dass sie nicht so klein bleiben würde wie Therese und Ralph, sondern eher so groß wie Pete. Musste sie diesen nicht übrigens anrufen? Vielleicht machte er sich Sorgen? Vielleicht hatte er versucht, sie zu erreichen, und auf ihrem Handy und ihrem Anrufbeantworter eine Nachricht hinterlassen. Seine Telefonnummer wusste sie auswendig. Sie ging zum Telefon, das in der Küche an der Wand hing, und wählte die Nummer ihres Vaters. Er meldete sich nach dem dritten Klingeln. Sehr wahrscheinlich war sein Sprachkurs, der manchmal erst mittags begann, abgesagt worden, und er hatte das Haus gar nicht verlassen müssen.

»Olivia, endlich, ich versuche schon die ganze Zeit, dich zu erreichen. Wo bist du?«

»Bei Ralph. Alles in Ordnung. Mum geht es auch

gut«, fügte sie hinzu, auch wenn sie sich sicher war, dass das Pete gar nicht interessierte.

»Gott sei Dank. Ich wollte gerade losfahren, als es passierte. Glücklicherweise hatte Heather heute sowieso frei. Sie war bei mir zu Hause, als die ersten Meldungen kamen.«

»Toll«, erwiderte Olivia wenig begeistert. Auch wenn sie nicht wollte, dass ihr Vater bei ihnen wohnte, störte es sie doch, dass er mit Heather zusammenlebte und Mum allein war. Na ja, sie hatte ja jetzt Leo. Aber das war irgendwie etwas anderes.

»Wenn du was brauchst, melde dich bei mir«, sagte Pete. »Bis dann.« Und er legte auf.

Olivia blieb mit einem Gefühl der Leere und Enttäuschung zurück. Sie hatte zwar nicht mehr von ihrem Vater erwartet als das, was er gesagt hatte, und normalerweise störte es sie nicht besonders, dass er so wenig Interesse an ihr zeigte, heute aber doch.

Sie setzten sich ins Wohnzimmer. Olivia versuchte, Ralph nicht in die Augen zu sehen, denn dann hätte er bemerkt, dass etwas mit ihr nicht stimmte. Sie wartete. Vicky müsste doch anfangen, ihm die Lage in London zu erklären. Oder wollte sie, dass er, wenn er den Fernseher anstellte, von den Neuigkeiten überfahren wurde? Sie hatte doch gesagt, dass sie gerade das vermeiden wollte.

Die beiden alten Leute begannen ein Gespräch über jemanden, den sie beide kannten, dessen Namen Olivia aber noch nie gehört hatte. Es war unglaublich langweilig, und sie wünschte, dass sie gar nicht hierhergekommen, sondern zu Pat mitgegangen wäre.

Dort hätten sie jetzt Cartoons im Fernsehen geguckt. Sie war sich sicher, dass irgendwo auf den Kanälen auch noch etwas anderes lief als die Berichterstattung über die Anschläge. Sie hätten in seinem Zimmer gesessen, Chips gegessen und Cola getrunken, und seine Mutter hätte sie in Ruhe gelassen. Pat war der Einzige, den sie kannte, der einen eigenen Fernseher hatte. Ziemlich abgefahren, dachte Olivia. Sie wusste, dass es vollkommen sinnlos wäre, überhaupt nach einem Fernseher zu fragen. Ihre Mutter würde sie sicher anschauen, als ob sie plötzlich verrückt geworden wäre. Es gab gewisse Tabus bei ihnen, und dazu gehörte eindeutig die Bitte um einen eigenen Fernseher. Pats Mutter schien es vollkommen egal zu sein, was er sich ansah und wie lange er schaute. Sie war sehr beschäftigt; Olivia hatte Pat mal gefragt, mit was, sie arbeitete doch nicht. Aber Pat wusste es auch nicht. Pats Vater war meistens unterwegs bei Dreharbeiten. Manchmal tat Pat Olivia leid. Mum war immerhin für sie da, obwohl sie viel arbeiten musste. Sie versuchte es jedenfalls.

Sie war ihrer Mutter nicht mehr böse. Als sie gehört hatte, dass es ihr gut ging, war sie so erleichtert gewesen, dass sie fast vor allen Leuten geheult hätte. Und das wollte etwas heißen. Sie hasste es sonst, sich so eine Blöße zu geben.

Hat Mum ihre Geschichte gefunden und sie an die großen Zeitschriften verkauft?, fragte sie sich. Sie hätte sich gern mit Ralph darüber unterhalten. Aber Vicky sprach immer noch über gemeinsame Bekannte. Ralph sah auch nicht so aus, als ob er schlechte Nachrichten ertragen könnte. Er war sehr blass, seine Hand zitterte ein wenig, als er die Teetasse anhob. Er atmete eigenartig. So angestrengt. Wie immer war er gut angezogen. Er trug eine helle Stoffhose und ein hellblaues Hemd mit einem Seidentuch im Ausschnitt. Olivia konnte sich nicht erinnern, dass er jemals etwas anderes als diesen Stil getragen hatte. Im Winter kombinierte er die Hemden – er musste einen ganzen Schrank voll davon haben – mit Tweedsakkos. Olivia gefiel es, dass er sich so anzog. Und es gefiel ihr auch, wie er roch. Er hatte immer ein Aftershave aufgelegt. Olivia wusste nicht, wie es hieß, aber es war eine angenehme Mischung aus herb und leicht süßlich. Er sah stets aus wie ein Gentleman, selbst bei den seltenen Gelegenheiten, bei denen sie ihn im Morgenmantel gesehen hatte. Er hatte eine ganze Sammlung von Morgenmänteln, aber wenn sie da war, trug er fast immer den dunkelgrünen mit Burberrymuster.

Aber heute half seine gepflegte Aufmachung nicht und auch nicht, dass er sich Aftershave auf die frisch rasierten Wangen und den Hals gesprüht hatte. Olivia wusste nicht, warum, aber er wirkte plötzlich erschreckend alt. Sie bemerkte dick hervortretende Adern auf seinen Handrücken und dass er viele Altersflecken hatte. Sie bemerkte, wie dünn seine Beine waren, als er sie übereinanderschlug; sie bemerkte, wie weiß seine Haut an den Beinen war und dass sie alt aussah wie zerknittertes Pergament. Ihr fiel auf, dass sich Ralph mehrmals räusperte und hustete, als ob er seine Atemwege von Schleim befreien müsste. Hatte er das früher auch schon getan? Sie konnte es sich nicht vorstellen.

Sie hatte ihn doch am Samstag gesehen. Das war erst einige Tage her, und da hatte er auf sie überhaupt nicht alt gewirkt. Aber da hatte er ihr auch interessante Sachen erzählt. Sie hatten Ralphs alte Platten gehört. Olivia mochte Gershwin und Glenn Miller und die Geschichten über Therese, die Ralph dann immer erzählte. Seine Augen glänzten, wenn er über sie sprach, und Olivia sah deutlich, wie sehr er sie geliebt hatte, und bedauerte, dass die beiden nicht mehr Zeit miteinander hatten verbringen können. Olivia war sich sicher, dass auch Therese Ralph geliebt hatte. Sie sehnte sich danach, später auch eine so große Liebe zu erleben. Aber vielleicht war nur eine unglückliche und ein Stück weit unerfüllte und unlebbare Liebe so tief?

Mit ihrer Mutter konnte sie über so etwas nicht reden. Mittlerweile war sich Olivia sicher, dass ihre Mutter noch gar nicht so geliebt hatte wie Ralph und Therese.

»Ich habe heute noch gar keine Nachrichten gesehen«, sagte Ralph. »Olivia, stell doch bitte den Fernseher an«, bat er. Olivia sah Vicky Hilfe suchend an. Was sollte sie tun?

»Ralph, wir müssen dir was sagen«, begann Vicky. »Es ist niemandem etwas passiert, den du kennst. Marie geht es gut.«

»Was ist denn los?« Ralph sah verwirrt von Vicky zu Olivia.

»In drei U-Bahnen, zwei auf der Circle Line, eine auf der Piccadilly Line, gab es heute Morgen Anschläge. Wir wissen noch nicht genau, wie viele Menschen gestorben sind, sie bergen die Leichen noch. Aber es waren viele. Und ein Bus der Linie dreißig ist auch in die Luft geflogen. Es sind wohl Selbstmordattentäter gewesen, Al Kaida wird vermutet.«

Ralph sah sie an und schwieg.

»Marie geht es gut. Sie ist in ihrem Büro und arbeitet. Sie hat gesagt, dass sie nachher kommt, wenn sie mit allem fertig ist. Olivia soll so lange hierbleiben. Wenn du willst, kann ich nachher für euch kochen«, fuhr Vicky fort.

Ralph nickte schweigend mit dem Kopf. Olivia war sich nicht sicher, ob alle Informationen zu ihm durchgedrungen waren. Sie sah zu ihm hinüber und konnte sich plötzlich nicht mehr einreden, dass er ihr Opa war. Er ist mein Urgroßvater, dachte sie, und er ist weit über achtzig. Hatte er überhaupt verstanden, worum es ging? Oder war er plötzlich senil geworden? Ihr machte der Gedanke Angst, Ralph zu verlieren und dann nur noch Marie zu haben. Dann hätte sie keine Familie mehr. Dann wären sie nur noch eine alleinerziehende Mutter und deren Tochter.

21

Die Nachricht von den Anschlägen tropfte langsam in Ralphs Gehirn. Er war durch die vielen Schmerzmittel, die er heute Morgen genommen hatte, noch ein wenig benommen, aber er glaubte nicht, dass Vicky und Olivia das bemerkten. Ralph war froh darüber, schon früh in seinem Leben gelernt zu haben, Haltung zu bewahren. So konnte er äußerlich ruhig bleiben, obwohl er innerlich unruhig und verwirrt war.

Kannte er jemanden, der in den U-Bahnen oder in dem Bus hätte sein können? Er ging in Gedanken seine Freunde durch. Erwin, Martin und Robert waren in den vergangenen Jahren gestorben. Ihre Frauen auch. Wer blieb dann noch übrig? Edgar, aber der war seit zwei Jahren im Altersheim und saß im Rollstuhl. Der ging nirgendwo mehr hin, außer dass er am Sonntag mal in den Park geschoben wurde, wenn seine Tochter die Zeit fand, ihn zu besuchen. Suzanne war schon lange tot. Therese. Niemand von meinen Leuten – den fast Gleichaltrigen – ist betroffen, dachte er erleichtert und zugleich schmerzlich berührt. Niemand konnte betroffen sein, denn die meisten seiner Freunde waren schon gestorben. Seine Familie sowieso – seine Eltern vor so langer Zeit, dass er gar nicht mehr genau wusste, wie lange es her war, seine Schwester Elizabeth.

Ist da wirklich nur noch Vicky?, dachte Ralph. Die Einzige, die annähernd mein Alter hat? Was hieß annähernd? Sie war zehn Jahre jünger als er. Früher war seine Welt von mehr Menschen bevölkert gewesen, seinen ehemaligen Fliegerkollegen von der British Airways, seinen ehemaligen Freundinnen, die sich ab und zu bei ihm meldeten, es sei denn, er hatte sie zu sehr verletzt. Die Freunde von Suzanne, mit der er immerhin über zehn Jahre zusammengelebt hatte. Von den meisten wusste er jetzt nicht mehr, was sie taten, wo sie wohnten und ob sie überhaupt noch lebten. Suzanne hatte die Kontakte gepflegt. Nachdem sie gestorben war, hatte er sich nicht um ihre Freunde gekümmert, und nach einiger Zeit hatten sie nicht mehr angerufen.

Außer Marie, Olivia, Vicky und Leo bedeutet mir niemand mehr was auf dieser Welt. Ich bin alt und ich bin allein, dachte Ralph. Dieser Gedanke erschütterte ihn. Er sah zu Olivia hinüber und bemerkte ihren mitleidigen, leicht schockierten Blick, als ob sie gerade begriffen hätte, wie alt er wirklich war. Bald würde er für sie keine Rolle mehr spielen. Sie würde ihn nur noch widerwillig besuchen, mehr aus Pflichtgefühl als aus Sympathie. Und dann würde er irgendwann sterben. Vielleicht hier allein in dieser Wohnung. Und Vicky würde ihn nach Tagen finden.

Vicky sagte gerade etwas über Marie. Er musste sich konzentrieren, um sie überhaupt zu verstehen. Sie sprach sehr leise. Oder war es jetzt wirklich an der

Zeit, sich ein Hörgerät zu besorgen? Vicky hatte ihn schon dazu bewegen wollen, aber bisher war er dafür zu eitel gewesen.

Er verstand, dass es Marie gutging und sie nachher kommen würde, um Olivia abzuholen. Er wusste nicht, ob er sich darüber freuen sollte. Seine Enkelin mit ihrer Betroffenheit und ihrem dabei doch scharfen Verstand würde das Geschehen von draußen, aus den U-Bahn-Tunneln mit hierher bringen. Spätestens nach ihrer Ankunft würde er sich nicht mehr vor dem verschließen können, was dort geschehen war.

»Habt ihr was von Leo gehört?«, fragte er. Ihn überraschte es, dass er sich plötzlich Sorgen um Leo machte. Er kannte ihn doch erst seit einigen Monaten, und sie beide trennten zwei Generationen. Aber Leo war so etwas wie ein Freund geworden, das wurde Ralph jetzt klar. Und er war dankbar dafür, denn was sollte er anderes sein, wenn seine eigenen Leute alle entweder tot oder senil waren?

»Ich habe vorhin versucht, ihn anzurufen«, sagte Olivia kleinlaut. »Aber er ist nicht rangegangen. Sehr wahrscheinlich hat er den Anruf gar nicht empfangen können«, fügte sie noch leiser hinzu. »Bestimmt ist er schon zu Hause oder in der Praxis.«

»Ich ruf dort an«, beschloss Vicky. »Ich habe die Nummer. Ich bin dort ja auch Patientin. Vielleicht wissen die mehr.«

Sie ging an seinen Schreibtisch, auf dem ein altes schwarzes Schnurtelefon stand, und wählte. Dabei setzte sie sich auf seinen Schreibtischstuhl, was Ralph kurzzeitig mit Widerwillen erfüllte.

»Er ist nicht gekommen?«, sagte Vicky. »Und er hat sich nicht gemeldet? Vielleicht hat er es vergessen. Er hätte erst mittags in der Praxis sein müssen? Gut, danke. Auf Wiedersehen.«

Vicky stand von seinem Schreibtischstuhl auf und kam zu ihnen herüber.

»Leo scheint es gut zu gehen. Er hat sich zwar nicht gemeldet, aber er sollte sowieso erst mittags in der Praxis sein. Er ist bestimmt um neun Uhr noch im Bett gelegen«, sagte Vicky.

»Ja, er kam gestern so spät nach Hause, dass ich ihn nicht mehr gehört habe«, erklärte Olivia.

»Lass uns Marie anrufen«, schlug Ralph vor. »Vielleicht weiß die schon mehr.«

»Wo finde ich die Nummer?«, fragte Vicky. Olivia konnte sie nicht auswendig, was Ralph verwunderte, aber er erinnerte sich. Ich bin doch nicht so alt, dachte er erleichtert.

Marie schien sehr beschäftigt. Aber sie wusste, dass es Leo gut ging. Er hatte eine Nachricht auf dem Anrufbeantworter in der Kelly Street hinterlassen, und den hatte sie per Fernabfrage abgehört.

Gott sei Dank, dachte Ralph. Ich muss nicht trauern oder betroffen sein. Er fand, dass er in seinem Leben genug getrauert hatte.

War es schlimm, dass ihn fremdes Leid nicht mehr so traf? Er fühlte sich ausgelaugt. Gab es für jeden Menschen nur ein begrenztes Gefühlskontingent? Und wenn man das aufgebraucht hatte, empfand man dann Leere statt Betroffenheit für alles, das nicht direkt mit einem selbst zu tun hatte? Gehörte das zum

Altsein dazu? Er wusste nicht, wen er fragen sollte. Seine Eltern waren nicht alt genug geworden, um in diese Lebensphase zu kommen. Und Vicky war noch zu jung.

Bei Edgar im Altersheim war das so. Der interessierte sich für gar nichts mehr außer dafür, was es zu essen gab und ob er Besuch bekam. War er selbst auch schon so? Oder würde er bald so sein? Vielleicht habe ich das Glück, vorher zu sterben, dachte er. Und diese Aussicht erschreckte ihn plötzlich nicht mehr.

Was sollte er sich auch für die Terroranschläge interessieren? Er verstand sie nicht. Am 11. September hatte er zuerst gedacht, es handele sich um Kunst wie damals bei Orson Welles' *Krieg der Welten*. Ja, er hatte allen Ernstes vermutet, ein Performancekünstler habe einen Deal mit CNN abgeschlossen. Als er dann endlich begriff, dass es sich um Realität und nicht um eine perfide Reality-Show handelte, war er so schockiert gewesen, dass sein Herz für kurze Zeit wilder und unregelmäßiger geschlagen hatte als sonst. Er hatte Angst gehabt, einen Infarkt zu bekommen und am 11. September vor dem Fernseher zu sterben. Aber durch eine spezielle Atemtechnik, die er als Pilot gelernt hatte, konnte er sich wieder beruhigen. Er hatte sein Denken auf ein Ziel fokussiert, das außerhalb dessen lag, was er gerade erlebte. Er hatte daran gedacht, dass er ins Badezimmer gehen musste, um nachzuschauen, ob die Wäsche schon durchgelaufen war. Er hatte sich nur mühsam aufraffen können, aber die Anstrengung auf das einfache Ziel, die wenigen Schritte durch den Flur zurückzulegen, hatte ihn von dem Geschehen abgelenkt, das sich gerade zur gleichen Zeit in New York abspielte. Nachdem er realisiert hatte, dass der Anschlag echt war, hatte sich seine Wahrnehmung so sehr auf die Bilder im Fernsehen konzentriert, dass er den Eindruck bekam, die Flugzeuge seien gleich hier um die Ecke ins World Trade Center geflogen und er befände sich im Zentrum von Manhattan und nicht im beschaulichen Chelsea im vornehmen Londoner Bezirk Kensington. Und diese Vorstellung hatte ihm den Boden unter den Füßen weggezogen. Aber durch die Beschäftigung mit seiner Wäsche hatte er wieder klar denken können. Wie gut, dass ich mich mit der Hausarbeit auskenne, hatte er damals gedacht, und dass sie mir Spaß bringt. So konnte er sich für einen Augenblick aus der schrecklichen Wirklichkeit in seine kleine unberührte Welt zurückziehen und dort verharren, bis er bereit war, das Unfassbare zu verarbeiten.

Er hatte sich damals sehr lange im Badezimmer aufgehalten. Als er sich wieder vor den Fernseher setzte, war auch der zweite Turm eingestürzt, und die New Yorker irrten durch einen dicken, schwarzen Rauch, Papierschnipsel rieselten auf die Straße. Hatte er nicht gesehen, dass jemand aus dem Fenster gesprungen war? Ralph hatte den Rest des Tages vor dem Fernseher verbracht. Irgendwann war Vicky dazugekommen. Sie hatte ihnen etwas gekocht, und das hatten sie dann vor dem Fernseher verzehrt, weil sie sich nicht von den Bildern und Berichterstattungen trennen konnten. Und in der Nacht hatte er diesen Alptraum gehabt, seit Jahren das erste Mal wieder: Er sitzt in seinem Bomber und öffnet die Luken, die Bomben pfeifen und fallen, er sieht ihnen hinterher, und gleichzeitig ist er am Boden, sieht, wo sie einschlagen, in das rote Haus gegenüber von der Trinitatiskirche, dessen Ruinen Therese ihm damals gezeigt hatte, als Ralph zum ersten Mal davon erfuhr, dass Therese ihre Tochter Anna durch' die Bomben verloren hatte. Und er sieht die beiden durch die brennende Straße laufen, Therese mit ihrer Tochter an der Hand; er sieht sie stehen bleiben und sich nach dem Rucksack bücken. Einen Moment hat sie ihre Tochter aus den Augen gelassen, und Anna läuft in die falsche Richtung. Er sieht den Balken, der fällt und das Mädchen unter sich begräbt. Er hört sie schreien, er hört Therese schreien. Er weiß, dass ihre Tochter schon lange tot ist, während Therese den leblosen Körper auf den Armen durch die Stadt trägt. Und er weiß, dass es seine Bomben waren, die auf die Häuser der Straße fielen, in der Therese lebte. In den folgenden Tagen und Wochen hatte ihn dieser Alptraum nicht wieder losgelassen.

Würden ihn diese Bilder und Träume wieder bedrängen, wenn er die Berichterstattung über die Anschläge in den U-Bahnen verfolgte? Er musste vorsichtig sein. Er war angeschlagen, sein Herz machte nicht mehr richtig mit. Gerade gestern war er daran erinnert worden, wie niedrig die Latte lag, die er auf keinen Fall überspringen durfte, wenn er nicht wieder zusammenbrechen wollte. Er wusste, es würden noch andere Bilder in sein Gedächtnis gespült werden, zum Beispiel wie er mit seinen Eltern in die U-Bahnhöfe geflohen war, um sich vor den Bomben zu schützen.

Stundenlang hatten sie dort unten ausgeharrt. In der King's Cross Station, am Leicester Square, an der Kensington High Street, in Notting Hill. Damals war die U-Bahn noch neu gewesen, fast noch eine Attraktion, und sie hatten sich dort unten vor den Bomben sicher gefühlt, auch nicht darüber nachgedacht, dass die Eingänge zu den U-Bahnhöfen gesprengt und sie verschüttet werden könnten. Sie hatten auf Wolldecken gelegen, dicht an dicht, sie hatten die Bedrohung gespürt, sich aber auch gleichzeitig sicher und geborgen gefühlt.

Ralph wollte sich nicht vorstellen, was die Menschen dort unten in den Tunneln, in den von Bomben zerfetzten Zügen gesehen hatten. Er wollte keine Bilder im Kopf haben. Das konnte er nur erreichen, wenn er in den nächsten Tagen nicht Fernsehen guckte und auch keine Zeitung las. Zumindest heute wollte er nichts mehr darüber hören. Aber er wusste auch, dass, sobald Marie hierherkäme, es sich bestimmt nicht mehr vermeiden ließe, sich mit den Bildern auseinanderzusetzen. Sie würde den Fernseher anschalten, oder sie würde erzählen. Er hatte gehört, dass sie ganz in der Nähe des Busses gewesen war, der in die Luft geflogen war. Gott sei Dank war ihr nichts passiert. Aber sie würde erzählen müssen, das war schließlich ihr Beruf, und sie würde gar nicht verstehen, warum er nichts hören wollte.

Ralph sah Olivia an. Ihr schien es gut zu gehen, sie war zwar blass und hatte dunkle Augenringe, aber das musste nicht unbedingt mit den Anschlägen zusammenhängen. Sehr wahrscheinlich hatte Marie Olivia gestern Abend wieder zu lange aufbleiben lassen. Er musste dafür sorgen, dass Marie nicht kam, um Olivia abzuholen. Er musste eine Möglichkeit finden, dass Olivia nach Camden gebracht wurde. Und zwar ziemlich schnell, denn Marie würde sich bald zu ihm auf den Weg machen. Vicky würde ihm sicher einen Gefallen tun. Vielleicht war es etwas viel verlangt, aber er war sich sicher, dass sie nicht ablehnen und dass sie seine Urenkelin quer durch die Stadt nach Hause fahren würde. Ein Taxi war jetzt wohl nicht zu bekommen. Er sah auf die Uhr. Es war sechs Uhr abends. Das Chaos auf den Straßen hatte sich bestimmt schon wieder gelegt. Vicky würde schnell durchkommen.

»Olivia, bitte geh mal in die Küche und mach ein paar Brote. Ich habe Hunger, du doch sicher auch«, sagte Ralph. Olivia stand, ohne zu murren, auf und verließ den Raum. Das war das Gute daran, dass Marie ihre Tochter kulinarisch nicht verwöhnte. Sie konnte einfache Gerichte kochen, Brote zubereiten und fand nichts dabei.

Als Olivia den Raum verlassen hatte, erklärte Ralph Vicky, warum er nicht wollte, dass seine Enkelin ihn heute besuchen kam. Er war sich zuerst nicht sicher, ob sie verstehen würde, doch sie nickte gleich zustimmend.

»Ich werde sie fahren«, sagte Vicky. »Lass sie noch die Brote essen, und dann geht es los. Ich rufe Marie in der Redaktion an und sage ihr, dass ich ihr den Gefallen tun möchte, ihr ihre Tochter nach Hause zu bringen. Mir wird sie das nicht abschlagen können, besonders wenn ich sie auf dem Weg vom Schreibbüro abhole.«

Ralph sah sie dankbar an und streichelte ihre Hand.

»Gut, so machen wir es«, stimmte er zu. »Aber Olivia darf nicht das Gefühl bekommen, hier unerwünscht zu sein.«

22

Leo brauchte jetzt erst einmal seine Ruhe, wollte sich duschen oder am besten ein heißes Bad nehmen, sich den Dreck weiter abwaschen, etwas trinken, versuchen, den metallischen Geschmack aus dem Mund zu bekommen, der auch durch den Gin Tonic und das Bier, das er auf dem Weg getrunken hatte, nur unwesentlich schwächer geworden war. Er fühlte sich ein wenig beschwipst, aber das war ihm egal. Es war ein angenehmer Zustand, alles war wie in Watte gepackt. Aber er wusste, dass dieses Gefühl sich auch schnell wieder verflüchtigen und nicht bleiben würde. Dafür hatte er noch nicht genug getrunken. Er holte sich ein Bier aus der Küche. Wenn er noch mehr Gin Tonic trank, wäre er ziemlich schnell wirklich betrunken, aber das wollte er nicht. Er hörte die Nachrichten auf dem Anrufbeantworter ab. Eine von Olivia, in der sie mitteilte, dass sie zu Ralph ginge, und um Rückruf bat. Eine von Marie, die sich erkundigte, wie es ihm gehe, und mitteilte, dass es ihr gut gehe. Eine von seinem Vater mit der Bitte um Rückruf, eine von Pete. Und dann noch einige von Maries Freundinnen, die sich meldeten, um zu sagen, dass ihnen nichts passiert war. Keine Nachricht von einem seiner Freunde, auch nicht von Silje. Lucy aus der Praxis hatte besorgte Nachrichten hinterlassen. Er ging an seinen Computer und schickte eine kurze Mail an die Praxis. Mehr als das Pflichtprogramm wollte er nicht absolvieren. Er ließ Wasser in die Badewanne einlaufen und träufelte Anti-Stress- und Entspannungsbad ins Wasser. Dann zog er sich aus und warf seine Kleider in eine Ecke des Badezimmers. Er ließ sich in das Badewasser gleiten. Wie lange würde es dauern, bis er die letzten Spuren von Ruß oder was auch immer es war, von seinen Händen und seinem Gesicht entfernt hätte? Doch jetzt wollte er sich erst einmal entspannen. Er trank einen tiefen Schluck von seinem Bier und wollte sich nicht vorstellen, dass sich gerade Überreste von Blut und Schmutz im Badewasser vermischten. Er tauchte unter Wasser und hielt die Luft an. Hier war es ruhig. Erst jetzt bemerkte er, dass die Schreie der Sterbenden und Schwerverletzten immer noch in seinem Kopf dröhnten. Wie lange hatte er sie am Vormittag gehört? War es kurz gewesen? Würde er diese Schreie irgendwann nicht mehr hören? Er musste sich wohl noch mehr betäuben, noch mehr Alkohol trinken und laute Musik hören. Aber er war am Leben. Es war ihm nichts passiert. Er war derjenige gewesen, der hatte helfen können, nicht ein Opfer. Er war nicht verletzt worden bis auf diesen Rauch in der Lunge vielleicht, der dort immer noch festzusitzen schien, aber das würde sich nach einigen Tagen erledigt haben. Er war nicht verblutet. Er hatte kein Bein oder sein Gehör verloren. Er hatte die Vorhölle aufrecht verlassen. Und Susan war nur seinetwegen noch am Leben. Wenn er ihr Bein nicht abgebunden hätte, wäre sie verblutet. Leo hoffte, dass ihr Freund sie mittlerweile besucht hatte. Dass sie nicht allein sein würde, wenn sie aus der Narkose erwachte. Er wusste nicht, ob er sich bei ihr noch einmal melden würde. Er hatte schließlich sein Versprechen, bei ihr zu bleiben, bis ihr Freund käme, gebrochen. Er wusste nicht, ob Susan verstehen würde, dass er nicht hatte bleiben können.

Leo versuchte, sich nicht auf die Bilder zu konzentrieren, die sich unweigerlich aufbauten, sobald er sich entspannte: Blut überall, Susans entsetzter Gesichtsausdruck, das erstarrte Staunen der Toten, die so schnell gestorben waren, dass sie noch nicht mal Schmerz empfunden hatten. Die fehlenden Gliedmaßen, Verletzungen, wie er sie noch nie gesehen hatte, außer vielleicht im Lehrbuch für Chirurgie, das er während seiner Ausbildung gelesen hatte.

Er ahnte, dass es lange dauern würde, bis er diese Bilder verarbeitet hätte. Aber er war am Leben. Und unversehrt. Andere waren nicht so gut dran wie er. Das sagte er sich gebetsmühlenartig immer wieder, während er sich dreimal die Haare wusch und danach immer noch das Gefühl hatte, dass sie dreckig waren. Und er sagte es sich, während er seine Haut mit der Wurzelbürste schrubbte, bis sie rot wurde, das Badewannenwasser abließ und neues einlaufen ließ, weil er auf einmal den Eindruck hatte, in Susans Blut zu liegen.

Er blieb lange im Wasser. Plötzlich hatte er keine Kraft mehr, sich zu bewegen. Er starrte an die Decke, das Wasser wurde langsam kalt, aber er wollte die Wanne nicht verlassen. Sich anzuziehen war eine zu große Anstrengung, die er meinte nicht bewältigen zu können. Das Telefon klingelte, aber er schaffte es nicht, sich aus dem Wasser zu erheben. Er ließ warmes Wasser nachlaufen, schüttete noch mehr Entspannungsbad nach, trank den letzten Schluck von seinem Bier und schloss die Augen.

Als er wieder erwachte, war das Wasser kalt, und er fror. Leo erhob sich mühsam und stieg aus der Wanne. Er wickelte sich in zwei große weiße Badehandtücher von Marie und schlich aus dem Badezimmer. Alle Kraft schien aus seinem Körper gewichen zu sein. Er schleppte sich in sein Zimmer, öffnete den Schrank und fischte sich eine graue Jogginghose und ein schwarzes T-Shirt vom Stapel.

Dann ging er nach unten ins Wohnzimmer und ließ sich auf das Sofa fallen, nahm sich auf dem Weg noch zwei Bier mit. Er würde einfach hier liegen bleiben, trinken und in die Luft starren, bis Marie und Olivia nach Hause kämen.

23

Marie wartete auf der Straße auf Vickys Wagen. Mittlerweile hatte sich der Verkehr fast normalisiert. Es fuhren sogar schon wieder ein paar Doppeldeckerbusse mit Passagieren auf beiden Ebenen. Die Mitfahrer haben sicher nicht das gesehen, was ich gesehen habe, dachte Marie. Sie ahnte, dass viel Zeit vergehen würde, bevor sie wieder in einen roten Doppeldeckerbus steigen könnte, ohne Panik zu bekommen. Sie spürte den Schock und die Erstarrung noch überall in ihrem Körper. Ihr Nacken tat weh, ihr Herz schlug manchmal unregelmäßig, ihr Mund war trocken, ihr Magen schmerzte. Sie hatte vergessen, wann sie das letzte Mal etwas gegessen oder getrunken hatte. Die vergangenen Stunden waren wie ein Rausch gewesen. In ihrem Büro hatte sie gleich angefangen zu telefonieren und zu mailen und sämtliche Redaktionen, mit denen sie zusammenarbeitete, angerufen, um ihnen ihre Geschichte anzubieten. Die meisten hatten auch zugegriffen. Und dann hatte sie die Fotos auf ihrem Handy von Ian bearbeiten lassen und festgestellt, dass man sie verwenden konnte, was den Marktwert ihrer Geschichten natürlich unglaublich steigerte. Von dieser Euphorie beseelt, hatte sie sich getraut, zum Telefon zu greifen und die Redaktionen des *Stern* und des *Spiegel* anzurufen. Und sie hatte Glück. Sie wurde gleich mit jemandem verbunden, der für die Koordination der Berichte über die Anschläge zuständig war. Es musste schnell gehen, denn Montag erschien die nächste reguläre Ausgabe des *Spiegel*. Der Redakteur war an ihrem Augenzeugenbericht interessiert und gab ihr den Auftrag, ihm alles zu mailen, was sie hatte. Sie sagte begeistert zu, dachte im Stillen, dass sie ihm nicht alles Material zu Verfügung stellen würde, denn sie wollte ja schließlich auch noch an andere Zeitschriften verkaufen. Sie arbeitete wie besessen, verfolgte die ganze Zeit die Berichterstattung im Fernsehen, rief Leute von der Polizei und dem Public Transport an, mit denen sie schon mal zusammengearbeitet hatte. Sie versuchte auch, einige Prominente ans Telefon zu bekommen, um ihre Meinung zu den Anschlägen zu erfahren. Meistens blockten ihre Pressesprecher ab, aber bei den noch nicht so Berühmten, die keine Presseleute engagiert hatten, bekam sie einige interessante O-Töne, die sie gut gebrauchen konnte. Sie konzentrierte sich bei ihrer Geschichte auf das Geschehen rund um die King's Cross Station: die Evakuierung aus den U-Bahnen, den Exodus quer durch die Stadt, die ersten Gerüchte und dann die Explosion des Busses. Sie versuchte, den Namen des Arztes herauszubekommen, mit dem sie mehr Verbandsmaterial geholt hatte, und hatte Glück. Er heiße Paul Bowe, sagte man ihr. Sie hatte zwar seine Telefonnummer nicht, aber die war sicher leicht herauszubekommen. Sie nahm sich vor, sich noch einmal bei ihm zu melden, ihm für sein Engagement zu danken und zu versuchen, mit ihm einen Interviewtermin zu bekommen. Vielleicht ist es ein Vorwand, dachte Marie, um ihn noch einmal wiederzusehen? Er hatte ihr von Anfang an gefallen. Er war so tatkräftig gewesen und hatte wie selbstverständlich die Führung übernommen, ohne autoritär zu wirken. Marie war sich klar, dass wegen der besonderen Umstände ihres ersten Zusammentreffens sicher kein Date folgen konnte, aber sie wollte ihm zumindest vermitteln, wie sehr sie ihn für das bewunderte, was er nach der Explosion getan hatte. Und sie hatte sich vorgenommen, noch eine Geschichte über die Helfer zu schreiben, über ihren Mut und ihren Einsatz. Dazu würde sie auch mit einigen seiner Kollegen sprechen müssen, denn es sollte darum gehen, was Menschen dazu bewog, so, ohne nachzudenken, in Extremsituationen zu helfen.

Es war ein anstrengender Tag gewesen, aber ein sehr guter Tag für eine Journalistin. Das war für die meisten Menschen, die sie kannte, nicht zu verstehen. Sie hatte Glück gehabt, so dicht an der Katastrophe dran gewesen zu sein. Sie wusste, dass sie sehr lange brauchen würde, um mit dem Erlebten umzugehen. Es würde ihr viele schlaflose Nächte bereiten, aber für ihre journalistische Karriere war es genau zum richtigen Zeitpunkt gekommen. Und sie hatte beim Schreiben der Geschichte für den *Spiegel* bemerkt, dass sie in Hochform war. Sie hatte nicht viel überlegen müssen, die Fakten, Eindrücke und Erlebnisse waren zu einem Ganzen zusammengeflossen, und sie hatte die Geschichte in kürzester Zeit geschrieben. Sie musste sie erst morgen früh abliefern, würde sehr früh aufstehen und sie noch einmal überarbeiten.

Jetzt brauchte sie erst einmal einige Stunden Entspannung. Sie freute sich so sehr, als sie ihre Tochter im Auto von Vicky sah, dass sie klatschte und auf der Stelle hüpfte. Und Olivia winkte ihr zu und lächelte. Gott sei Dank, dachte Marie erleichtert. Sie ist mir nicht mehr böse. Sie schwor sich, nie wieder so die Fassung zu verlieren. Sie setzte sich zu Olivia auf den Rücksitz, umarmte sie fest und war unendlich dankbar, ihre Tochter unversehrt neben sich zu spüren.

Sie fuhren durch die mäßig befahrenen Straßen, Vicky hatte eine CD von Diana Krall eingelegt, niemand sprach. Marie hielt die Hand ihrer Tochter und streichelte sie. Olivia lehnte den Kopf an ihre Schulter. Marie schloss die Augen und hörte der Musik zu. Inmitten des Chaos, der Verwüstung, von der sie heute Zeugin geworden war, der Verluste, die so viele aus dieser Stadt hatten erleiden müssen, war dieser kurze Moment in Vickys Auto ein Moment des Glücks. Es herrschte ein wortloses Einverständnis zwischen ihnen, und Marie dachte: Wenn es viel mehr solcher Momente geben würde, gäbe es auch mehr friedliches Miteinander, und sie war froh darüber, dass in diesem Moment wieder so etwas wie Hoffnung aufflammte, obwohl heute da draußen die Welt für einige Menschen in die Luft geflogen war.

Doch dieser Moment war kostbar, denn er zeigte ihr, dass sie eine Familie hatte, zu der Olivia, Ralph und sie gehörten, und die stabil genug war, um auch

Trabanten wie Leo für eine Zeit beherbergen zu können. Sie freute sich, ihn gleich zu sehen. Ihm ging es gut, das hatte sie zumindest seiner Botschaft auf dem Anrufbeantworter entnommen. Leo war jemand, der mit den Widrigkeiten des Lebens zurechtkam, jedenfalls dann, wenn es sich um wirkliche Schwierigkeiten und nicht um eingebildete Probleme handelte.

Sie würden gleich gemeinsam kochen, Musik hören, Wein trinken, die Zeit vergehen lassen und sich darüber freuen, dass sie unversehrt und am Leben waren.

Leo lag auf dem Sofa, als sie nach Hause kamen. Er hatte die Wolldecke bis zum Kinn hochgezogen, hielt sich an ihr fest und kauerte mit angezogenen Beinen auf dem Sofa. Marie erschrak, als sie sein Gesicht erblickte. So schlimm hatte er noch nie ausgesehen. Aus seiner Haut war jegliche Farbe gewichen, die Augenringe zeichneten sich deshalb besonders dunkel ab. Auch seine Lippen waren unnatürlich blass. Irgendetwas war mit seiner Haut im Gesicht und an den Händen passiert. Sie wirkte trotz ihrer Blässe schmuddelig, als ob sich Leo länger nicht gewaschen hätte, was überhaupt nicht zu ihm passte. Normalerweise achtete er auch darauf, dass seine Haare vernünftig aussahen. Jetzt dagegen wirkten sie zerzaust und verfilzt. Selbst in Zeiten des schlimmsten Liebeskummers, kurz nachdem er bei ihnen eingezogen war, hatte er nicht so ausgesehen wie jetzt.

Er reagierte nicht auf ihr Kommen, er schlief wohl. Marie schob Olivia in die Küche. Ihre Tochter wollte Leo aufwecken, aber Marie hielt es für besser, ihn noch schlafen zu lassen. Er würde bestimmt bald von selbst wach werden. Und wenn das Essen fertig war, konnten sie ihn ja immer noch wecken. Sie holte eine Flasche Weißwein aus dem Kühlschrank und goss sich etwas in ein großes Wasserglas. Sie wollte jetzt erst einmal abschalten. Und sie wollte nicht über den Anschlag und dessen Folgen reden, auch nicht mit ihrer Tochter. Leo hatte etwas abbekommen, das schien klar zu sein, nicht körperlich, sonst wäre er nicht zu Hause, sondern im Krankenhaus, aber irgendetwas schien geschehen zu sein. Doch das würde sie noch früh genug erfahren. Sie war ja so etwas wie seine engste Vertraute. In den vergangenen Wochen hatte er sich selten mit jemandem von früher getroffen. Marie war sich sicher, dass er Freunde gehabt hatte, aber die waren ihm abhandengekommen.

Es war angenehm gewesen, dass er außer ihnen nicht viele Leute traf, denn so hatte er Olivia oft Gesellschaft leisten können oder sich auch mit Ralph beschäftigt. Aber Marie wurde jetzt klar, dass das auch bedeutete, dass sie ihm gegenüber in der Pflicht war. Sie würde sich um ihn kümmern müssen, sie würde herausfinden müssen, was mit ihm während des Anschlages geschehen war. Sie würde seine Trauer oder seinen Schock oder was es auch war auffangen müssen. Egal, ob sie das wollte oder nicht.

Auf Leos Vater und seine Schwester konnte sie nicht zählen. Wenn sie erfahren hatten, dass ihm körperlich nichts passiert war, würden sie nicht weiter fragen. Aber sie selbst hatte auch noch eine Tochter, um die sie sich kümmern musste, und die war jetzt wichtiger als ein 25-jähriger Mann, den sie erst vor ein paar Monaten kennengelernt hatte und über den sie eigentlich wenig wusste, außer dass er von seiner großen Liebe verlassen worden war. Olivia schien auch nicht reden zu wollen. Sie arbeiteten schweigend nebeneinander. Marie schnitt Zwiebeln und Tomaten, Olivia füllte Wasser in einen Nudeltopf, holte Spaghetti aus dem Schrank, zupfte und zerkleinerte Basilikum, rieb Parmesan. Dazu hörten sie Harry Potter Teil 4, Vorbereitung auf den Ball und die Ballszenen, und es dauerte nur ein paar Minuten, da hatte die Geschichte die beiden in ihren Bann gezogen, obwohl sie die Szenen längst auswendig kannten. Sie lachten über Ron und Harry, die es zuerst nicht schaffen, Mädchen zu fragen, ob sie mit ihnen auf den Ball gehen wollen. Olivia ärgerte sich wie immer über Ron, weil er Hermine nicht fragte.

»Pat und du, ihr seid doch genauso«, hätte Marie fast gesagt, aber sie biss sich auf die Zunge. Es war friedlich in der Küche, harmonisch, die Welt dort draußen spielte momentan keine Rolle. Marie war glücklich, sie ausgesperrt zu haben. Was zählte, waren sie und Olivia und dass sie sich wieder verstanden. Marie bemerkte, dass ihre Tochter sie ab und zu ansah. Sie spürte ihren vorsichtigen liebevollen Blick und hätte sie am liebsten in die Arme genommen, aber sie hielt sich zurück. Auch wenn Olivia ihr verziehen hatte, musste sie doch noch vorsichtig sein, um nichts kaputt zu machen. Sie nahm sich vor, dieses Mal in den Ferien mehr mit ihrer Tochter zu unternehmen, sie nicht wie in den Jahren zuvor im Kinderclub der Ferienanlage abzugeben, sondern mit ihr Ausflüge zu veranstalten. Aber sie befürchtete, dass Olivia dazu gar keine Lust haben würde, sondern lieber mit Gleichaltrigen am Pool liegen wollte.

Sie überlegte, was Paul Bowe jetzt gerade tat. War er zu Hause bei seiner Familie? Hatte er Kinder? Kochte seine Frau gerade für ihn? Lag er wie Leo auf dem Sofa und sah grauenhaft aus? Oder saß er irgendwo mit Kollegen im Restaurant oder im Pub und trank auf das Leben und darauf, dass er und seine Kollegen heute einige Menschen gerettet hatten! Sie beneidete diesen Arzt darum, dass er den Sinn seines Berufes nie in Frage stellen musste. Er diente den Menschen, er half ihnen, er heilte sie, er wurde gebraucht. Aber war es wirklich wichtig, über die Katastrophen anderer zu schreiben? Warum? Damit sich jemand in Deutschland gruselte und dann froh war, nicht zum Zeitpunkt der Anschläge in London in der U-Bahn gewesen zu sein? Sie hatte sich diese Fragen vorhin auch schon gestellt, aber sie dann wieder verdrängt. Es ging nicht darum, wie sinnvoll ihre Arbeit war und dass sie damit vielleicht aufklären konnte. Sie wollte einen Coup, sie wollte Geld, sie wollte endlich einen Fuß in die Redaktionen der seriösen Zeitschriften bekommen. Sie wollte in der Liga der richtigen Journalisten mitspielen.

Leo kam barfuß in die Küche. Er sah immer noch bemitleidenswert aus, war aber nicht mehr ganz so bleich.

»Willst du Wein?«, fragte Marie ihn. Sie wollte nicht, dass er in Olivias Gegenwart erzählte, was mit ihm geschehen war. Sie versuchte, ihm das mit den Augen mitzuteilen, und er nickte verständnisvoll. Für diese Sensibilität hätte sie ihn küssen können. Er trank das erste Glas Weißwein in zwei Zügen aus und goss nach. Er hat anscheinend schon einiges getrunken, dachte Marie, aber er wird schon wissen, was er tut, und wenn es hilft? Er kam zu ihr und nahm sie in den Arm. Erst jetzt bemerkte Marie, dass auch sie angespannt war. Sie hatte gesehen, wie ein Bus in die Luft flog, die tödliche Gefahr war so dicht neben ihr gewesen. Die Bilder und Geräusche würden sie ihr restliches Leben begleiten. Jetzt habe ich auch mein traumatisches Erlebnis, das mit Bomben zu tun hat wie Oma Therese, dachte sie ironisch. Aber sie war kein Opfer gewesen wie Thereses Tochter Anna und Therese selbst, sie war nur Augenzeugin gewesen, nicht Beteiligte, sie war kein Opfer, sie hatte den Opfern geholfen. Aber sie fühlte sich dennoch als Opfer. Denn sie ahnte, dass etwas in ihr kaputt gegangen war, als sie die Explosion gehört und gesehen hatte, wie sich das Dach des Busses hob. Sie hatte das Vertrauen in die Sicherheit ihrer alltäglichen Umgebung verloren. Es würde lange dauern, bis sie es wieder zurückgewonnen hätte, wenn das überhaupt möglich wäre. Sie wusste nicht, ob sie es Montag schaffen würde, Olivia wieder mit der U-Bahn in die Schule fahren zu lassen. Vielleicht sollten wir doch nach Kensington ziehen, dachte sie. Dann könnte Olivia mit dem Fahrrad in die Schule fahren. Oder sie müsste die Schule wechseln. Aber sie hatte sowieso nur noch ein Jahr dort, und wie es danach weiterging, wusste sie noch nicht. Sie wusste nur so viel, dass sie ihre Tochter nicht in ein Internat geben wollte.

Sie standen immer noch umschlungen in der Küche. Sie hörte, dass das Nudelwasser überkochte und auf die Platte spritzte. Sie hörte, wie Olivia den Topf kurz von der Platte zog und die Temperatur herunterstellte, etwas Wasser abgoss und ihn dann wieder auf die Platte schob. Sie bemerkte, wie nicht nur sie, sondern auch Leo sich entspannte. Schade, dass ich nicht in ihn verliebt bin, dachte sie wieder einmal.

24

Wieder Heathrow. Vor einigen Monaten war sie hier abgeflogen. Sie hatte geweint, und die Erkenntnis, dass Leo ihr nicht folgen wollte, war so schmerzhaft gewesen, dass sie fast nichts mehr gespürt hatte. In den vergangenen Stunden hatte sie automatisch funktioniert. Jetzt wusste sie nicht mehr weiter. Was hatte sie sich, um Gottes willen, dabei gedacht, einfach in das nächste Flugzeug zu steigen? Sie wusste doch gar nichts, hatte nur diese Ahnung gehabt, dass Leo etwas passiert war. Und jetzt stand sie hier in der Ankunftshalle und wartete auf ihre Tasche, die sie blöderweise aufgegeben hatte. Sie starrte auf das Gepäckband mit den wenigen Stücken, die an ihr vorüber glitten. Sie begann, sie zu zählen. Wenn es eine ungerade Zahl ist, werde ich Leo finden, und ihm ist nichts passiert, dachte sie. Sie zählte vorsichtig, momentan waren elf Gepäckstücke auf dem Band. Also hatte sie Glück.

Sie entdeckte ihre Tasche und hangelte sie sich vom Band. Jetzt musste sie durch die Sperre und dann irgendwie ein Taxi bekommen. Oder fuhr die U-Bahn schon wieder ins Zentrum? Sie wusste es nicht, musste nacheinander alles herausfinden. Erst mit ihrer Tasche durch die Absperrung. Sie wurde nicht abgeholt, genauso wenig wie damals, als sie zum ersten Mal nach London kam, zwei Koffer hinter sich herzog und noch eine Tasche über der Schulter trug, bis ihr jemand, der mit ihr Mitleid hatte, seinen Gepäckwagen überließ. Das war die erste Begegnung mit der verbindlichen Freundlichkeit der Engländer gewesen, die sie damals sehr beeindruckt hatte.

Auf dem Flughafen schien so wenige Stunden nach den Anschlägen alles seinen gewohnten Gang zu gehen. Nur die Fernseher, die auf BBC, Channel 4 oder Sky eingeschaltet waren, deuteten darauf hin, dass etwas geschehen sein musste, weil nach wie vor auf den Schriftbändern unten im Bild von den Anschlägen die Rede war. Die Leute um sie herum taten das, was sie sonst auch auf einem Flughafen in der Ankunftshalle taten. Sie tranken Kaffee, warteten auf Angehörige. Einige hatten Rosen in der Hand, andere lasen oder telefonierten. Anscheinend funktionierte das Mobilfunknetz wieder. Silje beschloss, noch einmal in Leos Praxis anzurufen und nach seiner privaten Telefonnummer und seiner Adresse zu fragen. Warum war ihr das nicht vorher eingefallen? Warum hatte Lucy sie ihr nicht gegeben? Es war jetzt später Nachmittag.

Ihre Geschichte konnte einfach nicht so zu Ende gehen. Das darf mir nicht passieren, nicht mir, dachte sie. Wenn Leo tot wäre, hätte ich nicht immer noch diesen Kontakt zu ihm. Während des Fluges hatte sie ihn trotz ihrer Verzweiflung neben sich gespürt, als ob er ihr mitteilen wollte, dass er nicht tot war und sie sich keine Sorgen zu machen brauchte. Zuerst hatte sie dieses Gefühl ignoriert, aber dann war es so stark geworden, dass sie es nicht mehr hatte ignorieren können. Sie war dankbar dafür, dass sie noch mit ihm verbunden war. Sie würde ihn wohlbehalten wiederfinden, und dann würde sich alles andere fügen. Momentan war es ihr vollkommen egal, wie, Hauptsache war, dass sie ihn unversehrt wiedersah. Sie wählte Lucys Handynummer.

»Silje, Liebes, du bist gelandet? Geht es dir gut?«, fragte Lucy, und Silje wusste, dass sie immer noch keine Nachricht von Leo hatte. Sie habe mehrmals zu Hause bei ihm angerufen und ihm Nachrichten auf den Anrufbeantworter gesprochen, sagte sie. Aber niemand habe zurückgerufen. Und sein Handy sei anscheinend kaputt. Aber sie solle sich keine Sorgen machen, sagte Lucy wenig überzeugend.

»Du kannst zu mir kommen«, bot sie an. Aber Silje lehnte ab. Sie wollte sich jetzt nicht von Lucy trösten lassen, sondern ließ sich von ihr Leos Adresse und Telefonnummer in Camden geben und beschloss, sofort dorthin zu fahren.

Sie musste lange warten, bis ein Taxi frei wurde. Sie machte sich keine Gedanken mehr darüber, ob Leo etwas passiert war. Jetzt hier in London spürte sie ihn deutlich, sie wusste, dass ihm nichts Gravierendes zugestoßen war. Sicher war es absurd, dass sie auf ihre Gefühle vertraute. Aber das hatte sie schon immer getan. Vielleicht lag es daran, dass sie in dieser großartigen, geradezu mystischen Natur aufgewachsen war. Es war ihr klar, dass es noch eine andere Dimension des

Denkens und Fühlens gab als die vom Gehirn und von den Hormonen gesteuerte. Und sie war sich sicher, dass sie mit Menschen Kontakt aufnehmen konnte, auch wenn sie woanders waren, nur dadurch, dass sie intensiv an sie dachte.

Sie beschloss, Leo nicht vorher zu Hause anzurufen, sie würde einfach hinfahren und zur Not in einem Pub um die Ecke warten. Aber eigentlich war sie sich fast sicher, dass er zu Hause war. Endlich kam ein Taxi. Sie setzte sich nach hinten und schloss die Augen. Der Fahrer hörte südamerikanische Musik. Sie war froh darüber, jetzt nicht die Nachrichten im Radio verfolgen zu müssen. Hinter ihren geschlossenen Augenlidern bauten sich Bilder auf. Sie sah Leo beim Salsa, wie er zu ihr herüberlächelte, während er mit einer brasilianischen Freundin tanzte. Er hatte nicht bemerkt, dass sie eifersüchtig war, er war so vertieft in sein Tanzen gewesen. Er wusste sicher auch nicht, wie erotisch er mit seiner Partnerin aussah. Nach drei Tänzen war er zu ihr gekommen und hatte sie aufgefordert, und sie war sich wie eine Wikingerin vorgekommen. So unbeholfen und groß auf der Tanzfläche inmitten dieser zierlichen, unglaublich weiblichen Frauen in ihren knappen Kleidern oder mit ihren engen Jeans und ausgeschnittenen Tops. Sie hatte nicht tanzen wollen, aber Leo hatte sie dennoch mit sich gezogen und sie fest in die Arme genommen. »Entspann dich«, hatte er gesagt, »du musst nichts tun, ich führe dich.« Sie hatte die Augen geschlossen und versucht, seinen Schritten zu folgen. Zuerst hatte es überhaupt nicht funktioniert, weil sie seine Nähe irritierte. Sie wollte ihn küssen. »Später«, hatte er ihr zugeraunt, als er ihre Erregung spürte. Sie schmiegte sich noch enger an ihn. Es war das beste Vorspiel gewesen, das sie jemals erlebt hatte.

Wie würde er auf sie reagieren? Würde er sich freuen? Was hatte er heute Morgen erlebt? Denn daran, dass er im Tunnel gewesen war, während es passierte, bestand kein Zweifel. Sie stellte sich vor, wie er ihr die Tür öffnete, sie ungläubig ansah, um sie dann gleich in die Arme zu schließen. Dafür hatte sie diese weite Reise auf sich genommen. Er würde wissen, dass er sie liebte. Und sie würden einen gemeinsamen Weg finden, sich nicht mehr trennen. Sie wollte sich kein anderes Szenario vorstellen. Sie war so erschöpft. In den vergangenen Monaten hatte sie sich ihr Wiedersehen in allen nur erdenklichen Variationen ausgemalt. Aber selbst in ihren düstersten Nächten mit den schlimmsten Sehnsüchten hatte sie sich immer vorgestellt, dass sie schon in der ersten Sekunde ihres Wiedersehens spüren würde, dass er sie noch liebte. Gleichgültigkeit, Hass, Abneigung waren für sie keine vorstellbaren Gefühle gewesen. Auch jetzt konnte sie nicht in diese Richtung denken. Sie sah Leo nicht gemeinsam mit einer Frau in einer Wohnung leben, sie sah ihn nicht in den Armen von anderen Frauen. Sie hatte sich verboten, sich so etwas vorzustellen.

Genauso wie sie hatte er die vergangenen Monate allein verbracht. Das war die einzige Vorstellung, die sie ertragen konnte.

Der Verkehr in der Londoner City war nicht besonders stark. Silje sah im Vorbeifahren, dass die Bürgersteige voller waren als sonst, aber es hätte auch ein fast normaler Arbeitstag sein können, nur dass es auf den Straßen keine Staus gab und wenige Busse fuhren. Aus der Entfernung wirkten die Passanten erstaunlich gelassen. Silje war stolz auf die Londoner. Diese Form der Gelassenheit kannte sie von sich selbst. Es war so ähnlich, wie wenn man beim Segeln nach einem Sturm, der einen überrascht hatte, in den Hafen einlief, mit heruntergenommenen Segeln noch sieben Knoten machte. Wenn man vielleicht im Sturm nicht sehr weit hatte gucken können, das GPS ausgefallen war und man die entscheidende Seekarte zu Hause vergessen hatte. Wenn man die Hafeneinfahrt nur hatte erahnen können und es Mut gekostet hatte, einfach auf die Lücke zwischen den Steininseln zuzusteuern, von denen man wusste, dass sie unter Wasser noch viel massiver waren. Und dann war man in den Hafen gekommen und hatte mit letzter Kraft den Anleger gefahren, nicht so elegant wie sonst, denn eine Böe hatte das Segelboot in die Box gedrückt, und die Scheuerleisten und Fender hatten den Aufprall glücklicherweise abgefedert. Und jetzt steht man an Deck, das Boot ist vertäut, und man blickt hinaus auf die tobende See, weiß aber, dass man sich in Sicherheit befindet, schenkt sich mit zitternden Händen einen Drink ein und stößt darauf an, dass man der Gefahr wieder davon gesegelt ist. Silje war sich sicher, dass sich um diese Zeit auf den Straßen keine direkt betroffenen Opfer mehr befanden, sondern nur noch diejenigen, die sich nach der Arbeit zu Fuß auf den Weg hatten machen müssen, weil die U-Bahnen nicht fuhren. Später würden sie sich ihre Geschichten erzählen und sich mit der Länge ihrer Fußmärsche gegenseitig überbieten.

Wenn Leo auch so unterwegs gewesen war, dann war es früher gewesen, dachte Silje, ohne sich darüber zu wundern, dass sie sich dessen so sicher war.

Langsam kam sie in bekannte Gegenden. Sie sah aus dem Fenster, und die Erinnerungen an ihre Zeit mit Leo überschlugen sich. Sie war hier mit ihm so glücklich gewesen, und ihr wurde klar, dass sie, seit sie ihn verlassen hatte, nie mehr wieder so glücklich gewesen war, nicht auf ihrem Boot, nicht am Kap Lindesnes, nicht in Mandal, nicht beim Langlaufen. Sie hatte sich zwar bemüht, ohne ihn an ihren Lieblingsorten glücklich zu sein, aber es hatte nicht funktioniert. Sie brauchte ihn. Es war eigentlich egal, wo sie lebte, sie konnte sich sogar vorstellen, mit ihm wieder in London zu leben, und wenn er sie fragte, würde sie es tun. Denn sie war sich mittlerweile sicher, dass alles besser war, als ihn wieder zu verlieren.

Das blaue Haus mit der sonnengelben Tür, vor dem das Taxi hielt, sah gemütlich aus, nicht nach einer Junggesellenbude. Im kleinen Vorgarten wuchsen Hortensien, Rosen, Lavendel und Kornblumen. Er war verwildert, aber nicht verwahrlost. Silje bezahlte den Taxifahrer und ging durch die kleine Pforte auf die gelbe Haustür zu. Sie traute sich nicht zu klingeln. Es hing kein Namensschild neben oder an der Tür. Das bedeutet gar nichts, dachte Silje. In London hatte sie viele Menschen gekannt, die kein Namensschild an der Tür hatten. In Spangereid war das anders. Aber dort waren Namensschilder an der Tür für Silje fast überflüssig, weil sie sowieso bei den meisten Häusern wusste, von wem sie bewohnt wurden.

Sie zögerte, ihr Herz raste. Warum hatte Lucy ihr keine Informationen zu Leos Lebensumständen gegeben? Lebte er doch mit einer Frau zusammen? Wusste sie nicht mehr oder wollte sie ihr keinen Kummer bereiten? Leo war ihr nicht nach Norwegen hinterhergereist, um sie zurückzuholen. Er hatte sich noch nicht einmal bemüht, mit ihr Kontakt aufzunehmen, bis auf dieses eine Mal gestern Nacht.

War es noch nicht einmal 24 Stunden her, dass sie seine Stimme nach all diesen Monaten wieder gehört hatte? Und jetzt stand sie vor seiner Haustür und wusste, dass sie auf alles gefasst sein musste. Ihr Verstand sagte ihr, dass er längst weitergezogen sein konnte und dass dieser gestrige nächtliche Anruf auch nur aus einer Weinlaune heraus passiert sein könnte. Sie atmete langsam und tief und versuchte sich zu beruhigen, aber schon überstürzten sich andere Bilder in ihrer Vorstellung. Dieses Mal spielten sie sich in einem Krankenhaus ab: Leo liegt in den Armen einer anderen Frau und sieht sie erstaunt und befremdet an, weil er sie nicht mehr liebt und überhaupt nicht in seiner Nähe haben will. Sie wusste nicht, wie lange sie so vor der Tür stand. Zwar hätte sie in das Fenster neben der Tür sehen können, doch sie traute sich nicht. Denn wenn sie dort Leo mit einer anderen Frau entdeckte, hätte sie sicher nicht mehr den Mut, zu klingeln und ihn zu treffen. Aber sie wusste, sie musste Klarheit bekommen und sich vergewissern, dass es Leo gutging und vor allem, um sich nichts mehr vorzuwerfen zu haben, nicht alles versucht zu haben, um diese Liebe zu retten.

Sie klingelte. Von innen war außer leiser Musik nichts zu hören. Sie wartete. Was würde sie tun, wenn niemand da wäre? Warum hatte sie diese Situation nicht einberechnet? Sie würde sich ein Hotel in der Nähe nehmen oder in den nächsten Pub gehen und sich betrinken oder durch die Straßen wandern – auf der Suche nach Leo, so irrsinnig das auch wäre. Auf der Hinfahrt hatte sie gesehen, wie ein Mann ein Plakat an einer Hauswand befestigte – auf dem Plakat war ein Foto eines jungen Mannes gewesen und darunter hatte »Vermisst« gestanden. Sein Sohn? War es nicht zu früh, solche Plakate aufzuhängen?, hatte sie gedacht. Aber hätte sie nicht genauso gehandelt, wenn sie noch keine Nachricht von ihrem Kind gehabt hätte und befürchten musste, dass es irgendwo dort unten in den Tunneln geblieben war? Nach ihm gesucht, um nicht bei der Vorstellung verrückt zu werden, dass die zuständigen Stellen sie mit der Nachricht aufsuchen könnten, dass sie etwas von ihrem Kind im Tunnel gefunden hatten – einen Personalausweis, Zähne. Überbringer solcher Nachrichten kamen doch immer zu zweit?

Es hatte keinen Sinn, sich diese Dinge weiter auszumalen. Sie musste noch einmal klingeln. Sie war tausend Kilometer gereist, und alles, was sie heute gedacht, erlebt und erlitten hatte, mündete in diesen einen Moment. Und den durfte sie jetzt nicht verpatzen, weil sie auf einmal zu feige war, sich der Realität zu stellen.

Sie hob ihre Hand und drückte dieses Mal lange auf den Knopf neben dem leeren Klingelschild.

Jemand drehte kurze Zeit später den Schlüssel im Schloss der Haustür um. Silje hörte, wie die Sicherheitskette weggeschoben wurde. Die Tür öffnete sich.

»Hi«, sagte ein etwa zwölfjähriges Mädchen mit dicken, dunkelblonden, etwas zerzausten halblangen Haaren und musterte sie aus schmalen Augenschlitzen, durch die ihre hellbraunen Augen gleichzeitig unheilvoll und amüsiert hervorblitzten.

Das Mädchen sagte und tat nichts, als ob sie Publikum in einem Theaterstück wäre und gespannt darauf wartete, dass sich der Vorhang öffnete. Wer ist sie?, fragte sich Silje. Die Tochter von Leos neuer Freundin? Wohnen sie hier schon wie eine Familie zusammen? Am liebsten hätte sie kehrtgemacht und wäre davongelaufen, aber sie riss sich zusammen. Sie musste wissen, wie es Leo ging, auch auf die Gefahr hin, dass sie ihn in den Armen einer anderen Frau vorfinden würde.

»Ich bin Silje Brinsvej, ich bin auf der Suche nach Leo Miller. In seiner Praxis hat man mir diese Adresse hier gegeben«, sagte sie.

Sie wusste nicht mehr weiter. Das Mädchen schwieg und musterte sie immer noch mit unfreundlichem Gesichtsausdruck.

»Sie sind das also«, stellte es fest.

»Olivia«, rief eine Frauenstimme nach ihr, sehr wahrscheinlich die Mutter dieses eigenartigen Mädchens, das immer noch nicht damit aufhörte, sie böse anzustarren.

»Leo, das ist für dich«, rief sie jetzt über die Schulter. »Komm doch mal.«

Warum sagte diese Olivia nicht, wer sie war? Aber Leo lebte und war irgendwo in den Tiefen dieses Hauses und anscheinend so weit gesund, dass er gehen konnte. Sie konnte kaum atmen. Gleich würde sie ihn sehen. Was sollte sie dann tun? Ihm in die Arme fallen? Würde er das wollen? Sie auf jeden Fall. Aber sie wusste ja auch, wie sie zu ihm stand und dass sie ihn liebte. Sie hatte die vergangenen letzten Stunden Zeit gehabt, sie hatte um sein Leben gebangt, sie wusste genau, was er ihr bedeutete. Aber er konnte es nicht wissen. Sie hatte ihn verlassen, weil ihr Heimatland ihr wichtiger gewesen war als er. Das musste er jedenfalls annehmen.

Sie nahm sich vor, nicht in Tränen auszubrechen, falls er sie nicht in seine Arme zog, sobald er sie sah. Sie verbot sich, enttäuscht zu sein, sollte er es nicht tun. Ihre Knie zitterten und gaben fast nach. Sie wusste, dass sie es leichter ertragen würde, ihn verletzt, aber ihr zugewandt zu sehen, als seine Kälte und Zurückweisung erleben zu müssen.

Olivia beobachtete sie mit verschränkten Armen. Dieses Mädchen schien Spaß an der Situation zu haben und auch genau zu wissen, wer sie war. In ihrem Blick lagen unverhohlenes Interesse und leichte Missbilligung. Was hatte Leo diesem Mädchen erzählt, und in welcher Beziehung stand sie zu ihm?

Leo schob sich neben Olivia. Er sah fürchterlich aus. Sein Gesicht war kalkweiß. Er hatte dunkle Ringe unter den Augen, seine Haare standen in alle Richtungen ab, und er trug eine graue Jogginghose und ein schwarzes T-Shirt. Er war barfuß. »Du?«, sagte er, mehr nicht. Er machte keinen Schritt auf sie zu, sondern blieb im Flur stehen. Olivia blickte jetzt gespannt wie beim Endspiel in Wimbledon von einem zum anderen. Hinter Leo erkannte Silje eine Frau, die sie genauso erwartungsvoll musterte. Anscheinend schien diese Frau auch zu wissen, welche Geschichte sie mit Leo verband. Keiner sagte etwas. Es war so, als ob jemand in dieser Szene auf Standbild gedrückt hätte. Leo sah an ihr vorbei, als suche er etwas im Vorgarten.

Silje hatte keine Ahnung, wie viel Zeit verging. Am liebsten wäre sie weggelaufen oder in Tränen ausgebrochen. Leo wirkte kühl und abweisend. Was für eine blöde Kuh war ich, dass ich gedacht habe, er würde mich noch lieben. Sie musste sich sehr konzentrieren, um die Tränen zurückzuhalten. Zum Glück schob sich die Frau an Leo vorbei.

»Hallo, ich bin Marie«, sagte sie. »Komm doch rein, Silje.«

Leo ließ sie an sich vorbeigehen, ohne sie zu berühren. Er roch nach Bier.

25

Das war also Silje. Zuerst fielen Olivia ihre lustige Aussprache und ihr kupferfarbenes Haar auf und dann, dass sie sehr unsicher war. Sie ging nur zögernd und ohne ein Wort zu sagen durch den Flur und betrat das Wohnzimmer. Sie ging sehr aufrecht und ein wenig steif. Silje war enttäuscht von Leos Reaktion, das war klar. Sie versuchte zwar ihre Gefühle zu verbergen, aber es gelang ihr nicht sehr gut.

Sie setzte sich auf das Sofa und tat so, als ob sie die leeren Bierflaschen auf dem Boden nicht bemerkte. Mum ging kurz in die Küche und kam mit Gläsern, Weißwein, Wasser wieder. Leo blieb in der Küche. Marie hatte ihm aufgetragen, die Nudeln abzugießen und die Soße abzuschmecken und den Tisch zu decken. Olivia wusste nicht, wie ihre Mutter es anstellte, aber sie hatte erreicht, dass sich die Situation, die an der Tür noch peinlich gewesen war, langsam entspannte. Sie setzte sich in den Sessel gegenüber von Marie und Silje. Sie wollte nichts verpassen. Es würde sicher noch spannend werden, wenn sie alle zusammen in der Küche an dem nicht gerade großen Küchentisch äßen. Spätestens dann würde Leo auf Silje reagieren müssen und könnte sie nicht mehr ignorieren. Silje erklärte gerade, warum sie in London war.

»Ich habe heute Morgen mit Leo telefoniert, und da sagte er, er sei in der U-Bahn. Dann hörte ich einen Knall, und das Gespräch wurde unterbrochen. Ich konnte ihn nicht mehr erreichen. Und als die Nachricht von den Anschlägen kam, bin ich einfach nach Kristiansand gefahren und habe das nächste Flugzeug nach Oslo genommen.«

Ihre Mutter stellte keine Fragen, sie legte einfach ihre Hand auf Siljes Hände, die sie ineinander verschränkt hatte, und sagte leise:

»Ich verstehe dich. Ich hätte das auch getan. Leo ist ein wenig schockiert, aber das gibt sich nachher sicher wieder. Lass ihm Zeit.«

Silje war wie Leo Mitte zwanzig, schätzte Olivia. Bisher war ihr gar nicht aufgefallen, dass ihre Mutter deutlich älter war, aber als sie nun die beiden Frauen gegenüber auf dem Sofa sah, musste sie feststellen, dass ihre Hände viel älter aussahen. Ihr Gesicht hatte besonders um die Augen herum mehr Falten als das von Silje. Schimmerten nicht auch einige graue Haare durch? Mum ist gar nicht viel jünger als die Mütter der Kids aus meiner Klasse, stellte Olivia fest, und das schockierte sie wirklich. Aber ihre Mutter war trotzdem viel cooler und entspannter. Sie lebte mit einem jüngeren Mann zusammen, sie zog sich manchmal vielleicht etwas zu flippig an, und Olivia mochte es gar nicht, wenn sie sich Zöpfe flocht, weil das nun wirklich ausgesprochen albern aussah. Aber eigentlich war sie stolz auf ihre Mutter, gerade jetzt, da sie in der Lage war, nach einem solchen Tag, der für sie sicher auch nicht leicht gewesen war, mit einer wildfremden Frau auf dem Sofa zu sitzen und ihr in einer Angelegenheit Trost zu spenden, die sie eigentlich gar nichts anging. Olivia merkte, wie Silje sich entspannte. Sie lächelte sogar ein wenig und begann sich zögernd umzusehen. Sie weiß immer noch nicht, wie wir hier zusammenleben, fiel ihr plötzlich auf. Sie ist sehr wahrscheinlich der Meinung, dass wir drei so etwas wie eine Familie bilden. Das musste sie aufklären.

»Mum, kommt Pete heute Abend nicht auch noch«, fragte Olivia. »Er ist mein Dad, und Mum und Dad verstehen sich super«, fügte sie hinzu, auch wenn sie wusste, dass es etwas eigenartig wirken musste, dass sie nicht mit ihrem Vater zusammenlebte. »Sie brauchen beide ihre Freiheit, deshalb lebt er nicht hier, aber wir sind trotzdem eine klasse Familie«, erklärte Olivia.

Ihre Mutter schaute sie ungläubig an. Sie schien nicht zu begreifen, warum sie so etwas erzählte. Dabei wollte sie doch nur Silje beruhigen, und was sollte sie sonst sagen? Meine Mum hat keinen Freund. Sie hat die meisten Abende in den vergangenen Monaten mit Leo verbracht, wenn der nicht gerade damit beschäftigt war, eine Frau abzuschleppen? Manchmal habe ich sie morgens nackt über den Flur huschen sehen, oder ich musste sie verscheuchen? Super Geschichte. Ich bin gespannt, wie er sich rausredet, wenn sie davon erfährt, dass er sich mit anderen Frauen getröstet hat, dachte Olivia.

Vielleicht sollte sie sich doch zurückziehen und in ihr Zimmer gehen, bis alles geklärt war? Bevor es zur

Katastrophe kam und Silje womöglich heulend zusammenbrach, weil Leo sich nicht mehr für sie interessierte? Was ja auch irgendwie verständlich wäre. Leo hatte ihr erzählt, wie Silje ihn eines Morgens ohne Ankündigung und Vorwarnung verlassen hatte. Aber wenn sie ihn so liebte, dass sie es sogar auf sich genommen hatte, an einem solchen Tag in ein Flugzeug zu steigen, warum war sie vor einigen Monaten überhaupt weggegangen?

Olivias Gedanken verhedderten sich zu einem konfusen Knäuel. Sie hatte plötzlich großen Hunger. Ihr fiel ein, dass sie mittags nichts hatte essen können, und morgens hatte sie auf dem Weg zur Schule nur ein Sandwich und einen Kakao gefrühstückt. Sie ging in die Küche, um zu sehen, wie weit Leo mit den Essensvorbereitungen war. Sie fand ihn gedankenverloren aus dem Fenster starrend vor. Das Nudelwasser hatte er zwar abgegossen, aber die Nudeln lagen noch im Nudelsieb, und die Soße blubberte bedenklich. Olivia zog den Topf vom Feuer. Es schien gerade noch rechtzeitig zu sein, denn es roch noch nicht angebrannt. Sie füllte die Nudeln in eine Schüssel, tat Butter und ein wenig Salz dazu, legte einen Deckel auf die Schüssel, damit die Nudeln nicht so schnell kalt wurden, füllte die Sauce in eine andere Schüssel, holte tiefe Teller, Löffel und Gabeln aus Schränken und Schubladen und deckte den Tisch. Leo lehnte noch immer am Fenster und sah gedankenverloren in den winzigen Garten hinaus.

Was würde Mum jetzt tun?, fragte sich Olivia. Vorhin hatte sie ihn in der Küche umarmt, und er hatte sich entspannt. Würde es auch helfen, wenn sie so etwas versuchte? Sie näherte sich Leo, stellte sich auf die Zehenspitzen und legte ihm die Hand auf die Schulter.

»Es ist gut«, sagte sie. »Es wird schon. Keine Angst.« Etwas anderes fiel ihr nicht ein. Leo antwortete nicht. Olivia blieb hinter ihm stehen und streichelte seine Schulter.

Leo drehte sich nach einer Weile zu ihr um. Er hatte geweint. Seine Augen waren leicht gerötet.

»Danke, Olivia, du bist sehr lieb«, sagte er und streichelte ihr über die Wange. Die Berührung seiner Finger prickelte im ganzen Körper, und wieder bedauerte sie es, nicht älter zu sein. Plötzlich war sie wütend auf Silje. Wie hatte sie Leo das antun können, ihn nur wegen Heimweh zu verlassen? Wie hatte sie ihn so verletzen können? Vielleicht liebte sie ihn nicht genug?

Mum und Silje kamen in die Küche. Silje sah so verstört aus, dass sie Olivia sofort wieder leidtat. Sie setzten sich um den Tisch. Marie zog Olivia auf den Stuhl neben sich, so dass Leo und Silje nebeneinandersitzen mussten. Sie füllte jedem Nudeln und Soße auf den Teller. Alle aßen schweigend. Im Hintergrund sang Norah Jones.

26

Neben Silje zu sitzen, sie wieder so dicht an seiner Seite zu spüren, erzeugte in Leo eine Fassungslosigkeit, die das, was vorhin im Tunnel und im Krankenhaus passiert war, für kurze Zeit vollkommen aus seinen Gedanken und Empfindungen verdrängte. Ihre Stimme zu hören – ihr Akzent war wieder so stark wie damals, als er sie bei dem Sumatratiger im Zoo kennengelernt hatte. Plötzlich kamen die Erinnerungen an ihre gemeinsame Zeit in London zurück. Jetzt durfte er sich wieder erinnern. Denn Silje saß hier in London neben ihm in dieser Küche, in diesem kleinen Haus, das ihm in den vergangenen Monaten so oft Zuflucht vor der unbändigen, nicht zu stillenden Sehnsucht nach Silje geboten hatte. Jetzt wusste er, dass die Sehnsucht und Einsamkeit, die er ohne Silje erlebt hatte, einen Sinn gehabt hatten. In den ersten Wochen ohne sie hatte er sich nicht im Spiegel betrachten können, ohne unendlich traurig zu werden. Es war so schmerzhaft, die Leerstelle neben seinem Gesicht zu sehen, dass er es kaum ertragen hatte. Nur sehr betrunken oder wenn er mit einer anderen Frau schlief, hatte er sie für kurze Zeit vergessen können.

Aber nie lange genug, um nicht zu bemerken, wie sehr sie ihm fehlte. Er würde Silje nicht erzählen, mit wie vielen Frauen er in den vergangenen Monaten geschlafen hatte in der Hoffnung, sie zu vergessen. Es war ihm ja nicht gelungen, also zählten diese anderen Frauen auch gar nicht. Es war sicher nicht sehr gut zu lügen, aber für den Anfang war es wichtig, dass Silje nicht erfuhr, wie er sich getröstet hatte. Er wusste es zwar nicht genau, aber er war sich eigenartig sicher, dass Silje sich nicht auf diese Weise getröstet hatte. Und er kam sich schäbig vor, weil er diesen einfachen Weg gewählt hatte, um sich Linderung zu verschaffen, aber er war eben nicht so heroisch wie sie. Noch nie gewesen. Und er war ja auch der Verlassene gewesen, der nicht davon ausgehen konnte, dass sie jemals zu ihm zurückkehren würde.

Sie war seinetwegen gekommen. Er hatte in den vergangenen Monaten nie gewagt, sich das vorzustellen. Sicher wäre sie nicht hier, wenn sie nicht davon überzeugt gewesen wäre, dass ihm bei den Anschlägen etwas passiert war. Aber war das wichtig? Sie war bei ihm. Nur das zählte. Und sie musste ihn noch lieben. Diesen weiten Weg nimmt niemand nur für einen guten Freund auf sich. Er war nie ihr guter Freund gewesen. Er war sofort ihr Geliebter geworden, etwas anderes kam bei ihnen auch nicht in Frage. Sollte er sie fragen, wann sie wieder zurückmusste? Aber was würde das ändern? Er war glücklich, sie zu sehen, einfach nur bescheuert glücklich.

Die Erinnerungen und Bilder aus dem Tunnel würde er nicht mehr loswerden, das war ihm klar. Er hatte

Susan das Leben gerettet, vielleicht machte ihn das ja zum Helden. Aber es hatte ihn gleichzeitig in einen Menschen verwandelt, der den Tod und das Sterben auf grausamste Art gesehen hatte, verbunden mit einem Höchstmaß an perfider menschlicher Gewalttätigkeit, die sich nicht gegen einen Einzelnen, sondern gegen den Menschen an sich wandte, wahllos gegen alle Menschen, die nur den einen Fehler begangen hatten, in London am Morgen des 7. Juli 2005 zu einer bestimmten Zeit einen bestimmten Zug genommen zu haben. Für die Attentäter hatten die Opfer keinerlei Bedeutung. Sie hatten sie überhaupt nicht interessiert. Es war allein darum gegangen, den Auftrag zu erfüllen und Menschen, die auch Ameisen hätten sein können, die man einfach mit dem Schuh kaputt tritt, auszulöschen, um zu zeigen, dass man dazu in der Lage ist, die westliche Welt in ihren Grundfesten zu erschüttern. Um die Angst vor Terror weiter zu schüren und das alltägliche Leben in London nachhaltig zu beeinflussen. Aber zumindest das würde den Attentätern nicht gelingen, dachte Leo. Er war sich sicher, dass London schnell wieder zu so etwas wie Normalität zurückfinden würde. Hier würde sich niemand auf die Dauer unterkriegen lassen.

Er konnte dem Gespräch zwischen Olivia, Silje und Marie nicht folgen. In seinem Innern tobten widersprüchliche Gefühle, Erleichterung, dass Silje hier war, Angst, dass sie ihn gleich wieder verlassen würde, Erschöpfung, Müdigkeit. Er hatte immer noch das Gefühl, dass sich der dicke, übel riechende Qualm aus dem Abteil in seinen Atemwegen als zäher Schleim festgesetzt hatte. Ab und zu musste er plötzlich husten. Wenn er das tat, verstummten Silje, Marie und Olivia und sahen ihn befremdet und besorgt an. Es klang wohl fürchterlich unappetitlich, und das, was er in seine Serviette abhustete, sah auch nicht gerade beruhigend aus.

Nach mehreren Hustenanfällen konnte er keinen Bissen mehr herunterbekommen. Er erhob sich und entschuldigte sich kurz. Er wollte allein sein und in der Abgeschiedenheit seines Zimmers weiterhusten. Während des zweiten Hustenanfalls hatte er plötzlich Kopfschmerzen bekommen. Es war ein stechender Schmerz, der mal rechts, mal links durchs Gehirn schoss wie spontane elektrische Entladungen. Er wusste, dass es die Erschöpfung war, denn er kannte diesen Zustand. Wenn er sich zurückzog, auf sein Bett legte und versuchte, seine Gedanken anzuhalten, würde es besser werden.

»Können wir dir helfen?«, fragte Marie, als er aufstand. Sie guckte sehr besorgt, aber er wollte jetzt nicht weiter von ihr bemuttert werden. Er traute sich nicht, Silje anzusehen. »Es ist in Ordnung. Ich bin okay. Ich bin nur müde und will mich hinlegen«, antwortete er und verließ die Küche.

Er quälte sich die Treppe zu seinem Zimmer hoch. Auf einmal waren seine Beine unendlich schwer, als ob er gerade einen Marathon hinter sich gebracht hatte. Er hörte die Frauen in der Küche reden und war froh darüber, dass sie ihn in Ruhe ließen. Er hätte es nicht ertragen, wenn jetzt jemand hinter ihm hergekommen wäre.

Er warf sich aufs Bett und blieb mit dem Gesicht in den Kissen liegen. Der Husten hatte nachgelassen. Er fühlte sich auf einmal zu schwach, um sich umzudrehen. Sein Körper war bleischwer. Sein Atem flatterte, sein Puls raste, als ob sein Körper jetzt – Stunden später – auf die Geschehnisse im Tunnel reagieren würde. Dort war er ruhig gewesen, hatte gewusst, was er tun musste.

Er hatte keinen Augenblick Panik oder Angst verspürt, denn er hatte helfen müssen. Es war um Leben und Tod gegangen. Jetzt wusste er, was dieser Ausdruck überhaupt bedeutete. Er hatte sich in Gefahr begeben, aber diese Tatsache einfach ausgeblendet. Er hatte nicht gewusst, wie lange es dauern würde, bis man sie aus dem Tunnel herausgeholt hätte. Aber die Angst, zu lange dort bleiben zu müssen, zu viel von diesem Qualm einzuatmen, sich womöglich durch das Blut, mit dem er dort in Berührung gekommen war, mit Aids angesteckt zu haben, diese Ängste hatte er nicht gehabt.

Er musste Marie bitten, ihn für morgen in der Praxis zu entschuldigen. Er würde nicht arbeiten können, hatte überhaupt keine Kraft mehr. Und er wollte auf keinen Fall morgen von zu intensiven Magerkuren, zu viel Langeweile und von zu wenig wirklichem Leben gestressten Kensingtoner Ladys den Rücken massieren.

Jeder Muskel seines Körpers schmerzte. Seine Füße hingen über die Bettkante. Immer noch lag er mit dem Gesicht in den Kissen. Er wollte schlafen, nur schlafen, aber er wusste, dass es nicht gehen würde, weil die

Angst zu groß war, wieder in dem Tunnel zu sein, sobald er einschlief.

Die Zimmertür öffnete sich.

»Leo?«, hörte er Silje. Aber er konnte nicht antworten und sich auch nicht umdrehen. Gott sei Dank, sie ist hier, dachte er nur. Er spürte sie dicht neben sich. Sie zögerte. Er wünschte sich, dass sie ihn berührte. Er öffnete den Mund, um es ihr zu sagen, aber es kam nichts heraus.

Auf einmal spürte er Siljes Finger auf seinem Rücken. Sie strich nur mit den Fingerkuppen langsam die Wirbelsäule entlang. Sie schwieg und massierte vorsichtig seinen Nacken. Sie tat es ein wenig zu sanft, so würde sich die Verspannung nicht lösen, aber das störte ihn nicht, denn es waren ihre Hände, die ihn berührten, und in diesem Moment spendeten sie Trost und Ruhe und lösten nicht wie früher kleine erotische Explosionen aus.

Sie murmelte etwas auf Norwegisch, das er nicht verstand. Aber der melodische Singsang lockerte seine Anspannung. Er spürte, dass er gleich weinen würde, aber das beschämte ihn nicht mehr. Auch kämpfte er nicht mehr gegen den Kloß an, der sich in Tränen auflösen wollte. Silje fuhr mit den Fingern durch seine Haare, strich über seine Schultern und seinen Rücken. Er weinte, aber es war nicht das ausbruchartige Weinen, das er erwartet hatte, sondern ein leises Wimmern. Die Tränen liefen ihm die Wangen hinunter.

»Dreh dich bitte um«, sagte Silje. Er konnte sich wieder bewegen, und sie setzte sich an das Fußende des Bettes, nahm einen Fuß in ihren Schoß und massierte ihn mit dem Öl, das noch vom Sex mit der Frau aus dem Pub neben dem Bett stand. Er schloss die Augen und atmete tief ein und aus. Der Druck im Magen, im Kopf, die Verkrampfungen in den Schultern lösten sich auf. Er entspannte sich. Er spürte noch, wie Silje ihm auch den anderen Fuß massierte. Dann schlief er ein.

27

Leo lag auf der Seite, hatte das Bettlaken im Arm. Silje schmiegte sich mit dem Bauch an seinen Rücken, wie sie das früher immer getan hatte. Er schlief so fest und bemerkte sicher nicht, dass ihre Körper sich berührten. Aber sie spürte, dass er sie brauchte. Er hatte irgendetwas gesehen und erlebt, das ihn zutiefst getroffen hatte. Vielleicht würde er es ihr irgendwann einmal erzählen. Sie würde ihn aber nicht drängen. Einerlei, wie ihre Geschichte weiterging, ob sie überhaupt weiterging, es war richtig, nach London gekommen zu sein, denn Leo brauchte Hilfe. Er brauchte Schutz, und den würde sie ihm gewähren, einerlei, was danach geschehen würde. War das die tiefe selbstlose Liebe? Eine Liebe, die gibt, die nicht fordert, die nicht verlangt, die einfach da ist, die nichts zurückhaben will? Die nichts übelnimmt? Die erduldet? War es das, was in der Bibel im zweiten Korintherbrief beschrieben wurde?

In diesem stillen Moment, in dem sie neben Leo lag, sich die Dunkelheit im Zimmer ausbreitete, sie nur selten Autolärm wahrnahm, Leos ruhigem Atmen lauschte und bemerkte, wie sehr er sich durch ihre

Nähe entspannte, war sie glücklich. Sie erinnerte sich an ein Lied von Silje Nergaard, ein Wiegenlied, das diese vor Jahren für ihre älteste Tochter geschrieben hatte. Es ging darin darum, dass die Kinder im Schlaf in ihren Träumen von ihren Müttern allein gelassen werden müssen, die am Ufer zurückbleiben und nur hoffen können, dass ihre Kinder am nächsten Morgen gut wieder an das Ufer des Wachens zurückkehren. Silje wusste nicht, was jetzt in Leo vorging. Sein Schlaf war momentan erschöpft und ruhig, aber sie war darauf gefasst, dass sich dies heute Nacht noch ändern würde. Seine Augen hatten vorhin wie tot ausgesehen, und dazu diese dunklen Schatten darunter und die Bleichheit seiner Haut! Sie würde sofort bemerken, wenn er unruhig schlafen sollte, deshalb konnte sie jetzt auch die Augen schließen. Sie würde für ihn da sein, wenn er aus einem Alptraum erwachen und Hilfe brauchen sollte. Sie würde ihn auch in den Arm nehmen wie ein Kind, ihn wiegen und nicht darauf drängen, dass er sie in die Arme nehmen und lieben sollte. Sie sehnte sich nach ihm, nach seinem Körper, aber das hatte Zeit. Vielleicht würde er sie wieder lieben, aber das war jetzt nicht wichtig. Sie schmiegte sich an seinen Rücken und nahm ihn in die Arme. Sie würde ihm Trost geben, Sicherheit, Geborgenheit, was auch immer er brauchen sollte.

28

Vier Wochen später Kvinesdal, Norwegen

Leo hörte nichts außer dem Rauschen des Windes in den Birken, dem Plätschern des Wasserfalles in der Nähe des Hauses, den Vögeln und den Geräuschen, die seine eigenen Bewegungen verursachten. Er saß unter Birken auf einer weißen Holzterrasse vor einem Haus aus dunklem Holz, neben einem Teich randvoll mit Fischen. In seinem Kopf spürte er nichts außer einer angenehmen, trägen Leere. Er brauchte keine Angst mehr davor zu haben, dass ihn die Bilder aus dem Tunnel überfielen, denn das taten sie hier tagsüber nicht. Hier gab es nicht die passenden Geräusche, die diese Bilder auslösen konnten, hier war auch der Himmel ein komplett anderer, viel weiter als in London, die Wolken zogen höher und schneller. Es war heller. Tagsüber hatte er die Bilder im Griff. Er konnte sogar wieder lesen, wenn auch nicht besonders lange. Es strengte ihn noch zu sehr an, aber er hatte in den vergangenen Tagen Nick Hornbys *High Fidelity* wieder gelesen und sich dabei königlich amüsiert – besonders, weil er nicht mehr in der Situation des Helden der Geschichte war. Er hatte die Frau seines Lebens längst gefunden. Das hatte er auch schon in London gewusst, aber als Silje ihn verließ, hatte er sich verraten gefühlt und nicht mehr daran geglaubt. Doch dann war sie wieder aufgetaucht, und jetzt war er sich sicher, dass sie einen gemeinsamen Weg finden würden. Ihm war momentan sogar egal, wo sie zusammenlebten, in Norwegen, in London oder an einem anderen Ort.

Leo hörte ein Handy im Innern des Holzhauses klingeln, das Silje für zwei Wochen von einem Bekannten gemietet hatte. Nur noch eine Woche, dann würde Silje wieder arbeiten müssen. Es war sowieso ein Wunder gewesen, dass ihr Chef ihr spontan so lange frei gegeben hatte. Zuerst hatte er sich gesträubt, aber als er Leos Geschichte hörte, hatte man ihn nicht mehr überzeugen müssen. Für viele war er so etwas wie ein Held. In der Presse war über ihn geschrieben worden, wie er durch Bekannte erfahren hatte, die in der Praxis anriefen und denen Lucy dummerweise seine Privatnummer gegeben hatte. Susan war, nachdem sie sich stabilisiert hatte, interviewt worden. Mittlerweile war ihr das eine Bein abgenommen worden. Die Presse hatte ihr Schicksal breitgetreten, weil es so anrührend war. Er sei ihr Retter, hatte sie gesagt. Leo, ein Physiotherapeut, den Nachnamen hatte sie nicht mehr gewusst, aber den hatte der Journalist von jemandem aus der Ambulanz erfahren. Niemand war davon ausgegangen, dass es Leo stören könnte, wenn seine Geschichte im Tunnel an die Öffentlichkeit gezerrt werden würde.

Natürlich riefen die Journalisten bei ihm an und baten um ein Interview, baten darum, bei seinem

Zusammentreffen mit Susan, das sie sich sehnlich wünschte, dabei sein zu dürfen. Er hatte abgelehnt. Er wollte keine Publicity. Er hatte nur jemandem vom *Independent* die Fakten bestätigt. Vielleicht erleichterte es ja anderen, über ihre Erlebnisse während und kurz nach den Anschlägen zu reden, und die Öffentlichkeit war ganz scharf darauf gewesen. Olivia war in den ersten Tagen nicht vom Fernseher wegzubekommen gewesen, und Marie hatte rund um die Uhr gearbeitet. Auf ihre Art hatte sie Kapital aus den Anschlägen geschlagen. Ihr hatte er natürlich ein Interview gegeben, noch vor dem *Independent* und wesentlich detaillierter als jenem Journalisten. Es war nicht einfach gewesen. Er hatte sich zusammenreißen müssen, um nicht wieder zu weinen. Das hatte er in Gegenwart von Silje schon oft genug getan. Er hatte sich darauf konzentriert, Marie spannende O-Töne zu liefern, damit ihre Beiträge für die großen deutschen Nachrichtenmagazine auch wirklich so gut würden, dass Folgeaufträge nachkämen. Er war stolz auf sie. Ihre Artikel hatte er aber zum Glück nicht lesen können, sie waren auf Deutsch, und er hatte sein Schuldeutsch schon längst wieder vergessen. Er las sowieso keine Zeitungen, und die wichtigsten Fakten über die Anschläge hatte er von Marie bekommen. Er wusste, dass Mohammed Sidique Khan das Selbstmordattentat an der Edgware Road verübt hatte. Irgendwann würde er sich sicher damit auseinandersetzen wollen, wie jemand es fertigbringen konnte, sich selbst und eine unbekannte Anzahl von Menschen in die Luft zu sprengen. Aber jetzt war er noch nicht so weit.

Er wusste nicht, warum er noch so unter dem litt, was er dort im Zug gesehen hatte. Er war doch der Helfer gewesen, Susans Schutzengel, der für sie direkt nach Gott kam. Er hatte sie besucht, aber ohne laufende Kameras oder Zeugen. Es war vier Tage nach den Anschlägen gewesen. Ihr ging es den Umständen entsprechend gut. Sie habe nur noch ein Bein, sagte sie am Telefon heiser, aber sie lebe, und das sei ja die Hauptsache.

Er wusste nicht, was er ihr mitbringen sollte. Waren Blumen oder Konfekt nicht zu profan? Sollte er ein Buch besorgen oder vielleicht eine CD, aber welchen Geschmack hatte sie? Silje hatte ihm geholfen, das richtige Geschenk zu finden: ein Vogel aus durchscheinendem mundgeblasenem blauem Glas. Sie hatte ihn auf einem der Märkte in Camden gefunden, die sie durchstreifte, wenn er allein sein musste und ihm selbst ihre Gegenwart zu viel wurde. Silje wusste, dass es nicht an ihr lag. Sie nahm dann ihre Jacke und verließ das Haus, aber erst nachdem sie ihm gesagt hatte, dass sie ihr Handy angeschaltet ließe, er sie jederzeit anrufen könne und sie dann zurückkäme.

Sie hatte ihn auch begleitet, um Susan zu besuchen. Er war sehr froh darüber, denn er wusste überhaupt nicht, was er mit Susan reden sollte. Er kannte sie ja gar nicht und glaubte auch nicht, dass er das ändern wollte. Nur durch einen dummen Zufall war er in ihr Leben hineingezogen worden, das er nicht weiter mit ihr teilen wollte. Sie verkörperte die Erinnerung an das Grauen, das er in dem zerborstenen Waggon erlebt hatte, die er auch ohne Susan weiter mit durch sein

Leben schleppen würde. Vielleicht war sie sogar besser dran als er, dachte er manchmal, auch wenn er natürlich wusste, dass das nicht stimmte. Er hatte noch beide Beine und war auch sonst unverletzt. Er war nicht Zeuge der schrecklichen Explosion gewesen, hatte keine Schmerzen verspürt, außer denen in seinen Atemwegen, die auch noch nach Tagen nicht ganz weggegangen waren, und den überfallartig auftretenden Kopfschmerzen, gegen die nur starke Schmerzmittel halfen. Aber er hatte jemanden direkt neben sich sterben sehen, jemanden, dem er nicht mehr hatte helfen können. Er hatte zwar Susan gerettet, den anderen, der bis zum Eintritt des Todes so schrecklich geschrien hatte, jedoch nicht. Manchmal dachte er, er habe nicht genug Hilfe geleistet und dass er, wenn er erfahrener und älter gewesen wäre, vielleicht mehr hätte erreichen können, als dass Susan nicht verblutete.

Diese Zweifel verriet er Susan aber nicht. Er sagte eigentlich so gut wie nichts. Ließ Silje den Vortritt, die ihre Hand ergriffen hatte, sie streichelte und Susan zuhörte. Sie sprach über ihren Freund, der so viel zu tun hatte, dass er sie leider nur einmal hatte besuchen können, wofür sie aber Verständnis habe, wie sie sagte. Silje erzählte ihr nicht, dass sie seinetwegen Hals über Kopf aus Norwegen gekommen war.

Leo lehnte sich zurück und schloss die Augen. Silje würde gleich mit dem Abendessen herauskommen – Käse, Tomaten, Brot aus dem kleinen Supermarkt neben der Bahnstation. Fleisch brachte er momentan nicht herunter. Sie verwöhnte ihn, und er ließ es sich ohne schlechtes Gewissen gefallen. Aber er hatte ihr verboten, ihn zu bemitleiden. In den vergangenen drei Tagen war er wieder wie gerädert neben ihr aufgewacht, weil er die halbe Nacht im Haus herumgelaufen war, sich durch die Fernsehkanäle gezappt, dabei aber immer vermieden hatte, auf CNN zu schalten, und meistens im Sportkanal hängengeblieben war. Er hatte zu viel Weißwein getrunken, und als er dann doch endlich eingeschlafen war, schreckte er mehrmals auf, und Silje wurde jedes Mal wach, weil sie so eng aneinandergeschmiegt schliefen, beschwerte sich jedoch nicht.

Die ersten beiden Tage nach den Anschlägen war er wie ferngesteuert herumgelaufen und hatte Siljes Gegenwart gar nicht richtig wahrgenommen. Er war zwar froh gewesen, dass sie da war, hatte aber nicht auf sie reagieren können. Er war viel in seinem Zimmer oder unten im Wohnzimmer bei Olivia und Silje gewesen, wenn Silje Olivia vorher hatte überreden können, den Fernseher auszuschalten. Dann saßen sie zu dritt auf dem Sofa und hörten Harry Potter. Das war Olivias Idee gewesen, und Leo war dankbar für ihren Vorschlag, denn er konnte in die Geschichte abtauchen, die er dank Olivia sowieso schon ziemlich genau kannte. Oder sie sahen zusammen einen Film aus Maries DVD-Sammlung – überwiegend Schnulzen wie *Notting Hill* oder *Pretty Woman*.

Er wollte nicht hinausgehen, und als Marie Olivia am Montag mit einem geleasten Auto in die Schule brachte, hatte er Angst um die beiden. Aber er versuchte, sich nichts anmerken zu lassen. Zu Susan ins Krankenhaus fuhren sie mit einem Taxi. Er konnte sich nicht vorstellen, schon wieder die U-Bahn zu nehmen, und er konnte sich nicht vorstellen zu arbeiten. David hatte Verständnis gezeigt und gesagt: »Nimm dir so viel Urlaub, wie du brauchst. Wir schaukeln das Ding hier schon, du kannst jederzeit wieder anfangen, deine Patientinnen sind informiert, für sie bist du der Held.«

Nach einer Woche, die er fast nur im Haus verbracht hatte, hatte Silje die Dinge in die Hand genommen. Sie buchte Flüge nach Kristiansand, und er war sofort einverstanden gewesen, mit ihr nach Norwegen zu kommen. Er war sogar erleichtert, als sie das vorschlug. Er wollte nur weg aus dieser Großstadt, weg von U-Bahnen und Bussen, die in die Luft fliegen konnten, und in ein Land, das sehr wahrscheinlich Attentäter nicht interessierte.

Irgendwie überstand er den Flug, hörte pausenlos Musik und konnte sich so vormachen, woanders zu sein als in einem Flugzeug.

Die ersten Tage verbrachten sie bei Siljes Familie auf dem Hof. Siljes Eltern waren sehr bemüht um ihn gewesen, genauso wie ihr kleiner Bruder Sondre. Natürlich war auch ihre große Schwester Malin aus Mandal gekommen, um Leo zu begutachten, und auch ihr Bruder Kristoffer ließ es sich nicht nehmen, ihn kennenzulernen. Es hatte zu Leos Ehren ein fröhliches lautes Essen gegeben, das schon fast klischeehaft familiär gewesen war. Alle saßen um einen grob gezimmerten Holztisch herum. Es gab Fisch, Kartoffeln und Salat, und es wurde unglaublich viel Bier und Schnaps getrunken und laut gelacht. Sie hatten alle versucht, mit ihm englisch zu sprechen. Die Mutter konnte es recht gut, der Vater nur mäßig, aber er prostete ihm dafür umso mehr zu. Sondre löcherte ihn mit Fragen nach London, er kam gar nicht auf den Gedanken, dass er darüber vielleicht nicht sprechen wollte. Silje wies ihn wohl auf Norwegisch einmal zurecht, aber Leo legte die Hand auf ihren Arm, um ihr zu verstehen zu geben, dass es in Ordnung ginge.

Malin musterte ihn kritisch, als sie ihm die Hand gab, aber nach einiger Zeit, während der sie ihn scharf beobachtete, nickte sie anerkennend zu Silje hinüber, als wolle sie sagen: »Der ist doch in Ordnung, der meint es ernst mit dir.«

Es war angenehm, so willkommen geheißen zu werden. Es war lustig, in Siljes Kinderzimmer zu schlafen, obwohl das Bett viel zu schmal für sie beide war und er mitten in der Nacht aufstehen musste, um aufs Sofa umzuziehen. Nach der ersten Woche hatte ihn eine unbändige Lust auf Sex gepackt, als ob er mit jeder Vereinigung mit Silje das Leben feiern wollte. Aber Silje war wegen ihrer Eltern gehemmt. Sie hatte Angst, dass das Bett quietschen würde. Sie taten es dann doch, aber es war eher wie unschuldiger Blümchensex, und das wollte Leo nicht. Er wollte sich verausgaben, weil er hoffte, sich dann wieder richtig spüren zu können.

Im Sommerhaus in Kvinesdal, weit genug von Spangereid entfernt, dass niemand aus der Familie unangemeldet vorbeikommen konnte, schlief er in den ersten Tagen überall im Haus mit ihr: auf den Sofas, auf dem Teppich im Wohnzimmer, sogar auf dem antiken

Holztisch. Sie probierten jedes der drei Schlafzimmer im ersten Stock aus. Sie stürzten sich aufeinander und versanken ineinander, bis sie nicht mehr denken konnten, bis sie nur noch Körper waren, satt, wunschlos, schwer.

Aber dann kehrten die Bilder und noch schlimmer die Gerüche aus dem Tunnel zurück. Er schämte sich fast, weil es ihm gut ging. Er hatte die Möglichkeit bekommen, beruflich eine Auszeit zu nehmen. Er hatte Zeit. Er würde sich auch noch einen weiteren Monat freinehmen können, ohne dass er riskierte, seine Stelle zu verlieren.

Und er hatte Silje wiedergefunden. Er wusste, dass er sie liebte, dass sie ihn liebte und zu ihm halten würde, egal, wie lange er in dieser eigenartigen Stimmung verharren würde. Es war eine noch viel tiefere Liebe als die, die sie in London miteinander verbunden hatte. Damals hatte Erotik sehr im Vordergrund gestanden, das Fasziniertsein, das Hingerissensein, das Herzrasen, die Schmetterlinge im Bauch. Jetzt gab es auch noch diese Momente der kopflosen Aufgeregtheit, der besinnungslosen Hingabe an den Körper des anderen, aber da war nun auch noch dieses andere, für ihn neue Gefühl. Manchmal beobachtete er Silje, er saß ganz still, damit sie es nicht bemerkte. Sie hatte die Angewohnheit, sich ihr Haar mit der linken Hand ungeduldig aus der Stirn zu streichen, auch wenn das gar nichts brachte. Nach kurzer Zeit fiel es ihr wieder in die Stirn. Wenn sie sich auf etwas konzentrierte, bewegte sie die Lippen und sprach so laut mit sich, dass er hören konnte, was sie sagte, auch wenn er es nicht verstand. Aber er hatte sich ein englisch-norwegisches Lexikon gekauft, bevor sie in London aufgebrochen waren, in dem er ab und zu las, und manchmal fragte er Silje, wie ein Wort ausgesprochen wurde. Siljes Augen leuchteten, als er ihr sagte, er würde gern Norwegisch lernen. Er war beschämt, dass sie es die ganze Zeit gewesen war, die sich in seine Sprache und Kultur eingefühlt und er keinen Gedanken darauf verschwendet hatte, das Gleiche für sie zu tun.

Wenn er sie beobachtete, wie sie abends vor dem Kaminofen saß, den sie manchmal anheizten, weil es einfach gemütlicher war, und in ihrem Buch las, unvermittelt lächelte oder die Augenbrauen zusammenzog, gedankenverloren mit ihren Haaren spielte oder mit ihrem Fuß wippte, ihn vergessen zu haben schien, überkam ihn ein bisher unbekanntes Glücksgefühl. Er liebte Silje, er vertraute ihr, sie hatte ihn gesehen, als er vollkommen neben sich stand, weinte, zitterte, zerstört war oder sich zumindest so fühlte. Und sie war nicht weggegangen, sondern geblieben, hatte es ausgehalten, hielt es immer noch aus, dass er sie manchmal nicht an sich heran ließ. Hatte ihn in die Arme genommen, als er sich gefühlt und so ausgesehen hatte wie ein alter Mann, ein kranker Mann. Sie liebte ihn. Er musste sich nicht beweisen oder sich besonders anstrengen, damit sie das tat, es war einfach so. Und er wusste plötzlich: Sie würde ihn auch noch lieben, wenn er älter wäre, wenn er anfangen würde, die ersten grauen Haare oder Falten zu bekommen. Dies war nicht einfach eine Liebesgeschichte, die eine Weile dauern würde. Er traute sich jetzt, das Ende nicht gleich mitzudenken. Das hatte er in London getan, als sie noch zusammenlebten. Ihm war klargeworden, dass er immer damit gerechnet hatte, dass sie ihn verlassen und in ihr Land zurückkehren würde.

Er wusste nicht, wie es weitergehen würde, wo sie sich niederlassen würden, ob er in Norwegen bleiben und hier eine Arbeit finden würde, ob sie gemeinsam nach London zurückkehren oder einen dritten Ort finden würden, an dem sie leben könnten. Sie hatten beide Berufe, die man in verschiedenen Ländern ausüben konnte. Silje hatte ihm nicht gesagt, dass hier in der Gegend Physiotherapeuten gesucht würden. Das würde sie nicht tun, weil sie ihn nicht unter Druck setzen wollte, aber Malin hatte so etwas fallen lassen. Er hatte keine Ahnung, was die nächsten Tage und Wochen bringen würden, aber es war ihm auch egal. Es konnte jeden Tag vorbei sein, es gab keine Garantie für irgendwas, aber das störte ihn nicht mehr. Vielleicht ging es wirklich darum, im Augenblick zu leben und ihn zu genießen. Und der Augenblick jetzt war gut.

Silje kam aus dem Haus. Sie trug einen Korb, ihre Haare leuchteten in der Abendsonne, sie sah sehr schön aus.

»Marie hat eben angerufen«, sagte sie und lächelte. »Sie trifft sich gleich mit dem Arzt, Paul, dem sie geholfen hat. Sie hat ihn angerufen, er hat sich wohl sehr gefreut. Er ist Single, geschieden, hat zwei Kinder, die aber bei seiner Exfrau leben. Er holt sie von ihrem Büro ab. Sie gehen essen. Sie ist ganz aufgeregt, ich glaube, sie hat sich in ihn verliebt. Ich würde mich so freuen, wenn es was wird, du auch?«

Siljes Wangen hatten sich gerötet, während sie sprach und gleichzeitig den Tisch deckte. Er bewunderte sie dafür, wie sie auf Marie und auch auf Olivia zugegangen war, ihre Offenheit und Freundlichkeit, als ob sie gar nicht bemerkt hätte, wie verhalten zumindest Olivia am Anfang gewesen war. Marie und Olivia waren ihr wichtig. Er wusste, dass es ihr anfangs nicht leichtgefallen war zu ignorieren, wie reserviert und feindselig Olivia gewesen war. Aber sie hatte gemerkt, dass Marie und Olivia Leos Familie gewesen waren, und deshalb hatte sie sich bemüht, Olivia für sich einzunehmen, und es war ihr auch gelungen. Er war sich nicht sicher, ob sie aus Olivias Anspielungen herausgehört hatte, dass er während ihrer Trennung mit anderen Frauen geschlafen hatte. Wenn ja, ließ sie es sich nicht anmerken. Nur einmal hatte sie ihn, nachdem sie ihn geliebt hatte, ernst angesehen und gefragt, ob es noch andere Frauen außer ihr gebe, und er hatte sie in den Arm genommen und ihr versichert, dass dem nicht so sei. Denn das, was er mit den anderen gehabt hatte, war unwichtig, vergessen. Es existierte nicht mehr.

»Und Ralph geht es auch wieder besser, er und seine Nachbarin haben beschlossen, ein paar Tage an die See zu fahren. Hast du gewusst, dass sie ein Paar sind?«, fragte Silje jetzt.

»Nein, er hat es mir nicht gesagt, vielleicht war es ihm peinlich, ich weiß auch nicht.«

»Ich freue mich schon darauf, sie alle wiederzusehen«, sagte Silje, ließ aber offen, wo das sein würde.

Er nahm sich Schwarzbrot und Käse, schenkte Weißwein ein, zerschnitt eine Tomate, salzte und pfefferte sie, trank einen Schluck, aß langsam und genießerisch. In London fängt es jetzt schon an zu dämmern, dachte er. Es war still, ein leichter Wind spielte mit den Zweigen der Birken. Die Sonne beschien den sanft ansteigenden Weg, der in den höher gelegenen Wald führte. Vielleicht würde er heute Nacht, wenn er wieder nicht schlafen konnte, dort hinaufgehen und den Stimmen der Nacht lauschen. Im Angesicht dieser Natur, die er sofort beeindruckend gefunden hatte, fühlte er sich klein, aber das war nicht erschreckend oder beängstigend.

Silje hatte ihn an seinem ersten Abend in Norwegen zum Kap Lindesnes gefahren. Es war spät gewesen und es hatte gestürmt. Sie waren dort allein gewesen, das letzte Wohnmobil war vom Parkplatz verschwunden. Sie waren schweigend die steinernen Stufen zum Leuchtturm hinaufgestiegen. Und oben hatten sie sich im Windschatten des Leuchtturmes an die weiße Wand gelehnt, Schulter an Schulter, und hatten auf das Meer hinausgeschaut. Und er hatte verstanden, warum Siljes Sehnsucht nach diesem Anblick und diesem Land so übermächtig geworden war, dass sie ihn und London hatte verlassen müssen.

Für ihn waren die Kargheit dort am Kap Lindesnes und die steinernen Klippen, deren Spitzen abgeflacht waren, so dass man kilometerweit ohne große Mühe gehen konnte, eine Offenbarung. Es gab hier nur diese Steine, die stellenweise mit Moos und Flechten bewachsen waren und in verschiedenen Braun- und

Grauschattierungen leuchteten, wenn sie von der Sonne beschienen waren, und sonst steingrau wirkten. Krüppelweiden, die dem Wind verdrossen standhielten. Das Meer, immer anders. Hier wechselte das Wetter fast täglich, aufgewühlt, stürmisch an einem Tag und dann am nächsten wieder vollkommen glatt und ruhig. Er wusste, dass ihn dieser Anblick nie langweilen würde. Dort, oberhalb des Meeres hatte er das Gefühl, dass es für einen Moment keine Fragen mehr gab, dass er nicht mehr in Bedrängnis war, dass selbst diese schrecklichen Anschläge, die das Leben so vieler Menschen zerstört oder auf immer verändert hatten, hier an Bedeutung verloren. Seine Gedanken verlangsamten sich, er ließ sie fließen. Erst stiegen erneut Bilder aus dem Tunnel in ihm auf, aber sie verschwanden schneller als sonst. Plötzlich konnte er sich ruhig in den Anblick des Meeres, der Felsen und des weiten Himmels vertiefen. Er spürte Silje neben sich, ihre ruhige Wärme, ihre klare Zuversicht.

Vielleicht ist es das, was wirklich wichtig ist, dachte er.

Nachwort

Um 8.50 Uhr am 7. Juli 2005 war ich auf der Circle Line unterwegs, nur wenige Stationen von der Edgware Road entfernt, wo die Bombe hochging. Ich recherchierte gerade für meinen dritten Roman *Charlottes Rückkehr*.

Meine U-Bahn blieb für eine halbe Stunde im Tunnel stecken, aufgrund eines Stromausfalles, wie es hieß. Das ist so ähnlich wie in Madrid ein Jahr zuvor, schoss es mir durch den Kopf. Eigentlich hatte ich die Circle Line in Richtung Paddington nehmen wollen und wäre genau in dem Zug gewesen, der den Anschlagszug kurz nach der Detonation passierte. In letzter Minute entschied ich mich anders, wechselte den Bahnsteig und fuhr Richtung Westminster.

Nachmittags lief ich wie Tausende anderer Menschen quer durch die Stadt, weil keine U-Bahnen fuhren, keine Busse, ein Taxi nicht zu bekommen war. Was mir auffiel, war die hervorragende Organisation und Betreuung nach den Anschlägen. Ich hatte den Eindruck, dass die Londoner sich nicht unterkriegen ließen und mit der ihnen eigenen stoischen Gelassenheit mit den schrecklichen Ereignissen umgingen – zumindest am Tag des Anschlages.

Ich fing an, über die Opfer zu recherchieren, erfuhr

Lebensgeschichten, und es war immer das Gleiche: Von einer Sekunde auf die andere veränderte sich ihr Leben komplett, wenn sie »nur« verletzt wurden, oder es wurde ganz ausgelöscht. Eben noch Passagiere in der U-Bahn, waren sie plötzlich Opfer einer Gewalt, die für alle vollkommen unvorhergesehen aus dem Nichts kam.

Ich knüpfte Kontakt zum 7 July Assistance Centre in London, das kurz nach den Anschlägen gegründet wurde, um den Opfern von Terroranschlägen – nicht nur denen in London – zu helfen. Jo Best, eine Psychologin, stellte den Kontakt zu einem Augenzeugen her, der im Gegenzug der U-Bahn war, die in der Nähe der Edgware Road hochging, in den Unfallzug stieg und Menschen rettete, als in der Nähe der Edgware Road die Bombe hochging. Leos Eindrücke in diesem Zug basieren auf den Aufzeichnungen dieses Augenzeugen. Ich traf Jo Best auch in London.

Auch andere Augenzeugen haben über die Anschläge geschrieben, besonders beeindruckt haben mich die Bücher von John Tulloch und Gil Hicks.

Ich recherchierte außerdem über die Terroristen, die die Anschläge verübt haben, entschied mich aber dagegen, über sie zu schreiben. Wenn ich einer Figur in meiner Geschichte eine Stimme gebe, muss ich Verständnis für das haben, was sie tut, und im Fall der Attentäter fehlt mir dieses Verständnis völlig.

Von heute auf morgen kann alles vorbei sein. Es gibt keine Garantie. Also müssen wir den Tag nutzen und das Beste aus unserem Leben machen.